www.bbulmedia.com

www.bbulmedia.com

그대가
왈칵

# 그대가 왈칵

안정은 장편 소설

DAHYANG ROMANCE STORY

# contents

하얀 침대.

그보다 창백한 얼굴.

이현이 떨고 있다. 스스로 내게 몸을 맡겼으면서, 정작 내 시선만으로도 떨고 있다. 검은 머리카락을 하얀 침대보에 흩트린 채 손등을 잘근잘근 씹는 녀석의 입술이 붉디붉다. 핏빛으로 물든 입술이 파르르 떨리다가 바싹 말라 간다. 아마 녀석의 심장도 이렇게 말라 가고 있을 것이다.

난 여자의 눈을 사슴에 빗댄 표현을 믿지 않았다. 하지만 이현의 눈을 보면서 난 늘 그 생각을 했었다. 정말이지, 커다랗고 촉촉한 눈동자가 사슴의 그것과 닮았다고. 하지만 다른 게 있다면 녀석의 눈은 푸른 호수의 색을 띠고 있다는 것이다.

금방이라도 방울방울 눈물을 쏟을 것 같은 녀석의 눈동자가 나를 피해 사선으로 비껴 있다. 누가 허락했는가. 감히 내 시선을 피해 있어도 된다고. 나는 녀석의 턱을 와락 움켜쥐어 내게로 고개를 돌려놓았다.

또다시 파르르 떤다. 새장에서 가냘픈 목소리로 노래를 부르는 이름 모를 새처럼 연약하고 아름다운 몸짓으로.

하지만 놓아줄 생각은 없다. 두려움으로 점철된 이 눈동자를 내게서 놓아줄 생각은 더더욱 없다. 나만 바라보고, 나만 인식하고, 나만 품으면 된다. 나만……

그래, 넌 나만 사랑하면 된다. 내가 네 목을 조르고, 네 심장을 손에 쥐고 비튼다고 해도 넌 나만 사랑하면 된다. 나를 만난 순간부터 네 운명은 그렇게 정해진 거다.

신 따윈 없다, 정이현. 네가 사랑하는 네 신도 나를 꺾을 수는 없다. 아무것도 나를 바꿀 수 없다. 너 외엔 그 어떤 것도 나를 바꿀 수 없다.

아……

동그랗게 손아귀에 들어오는 젖가슴…….

손바닥에도 심장이 달렸던가. 손바닥을 통해 전율이 온몸으로 퍼져 나간다. 저릿하고 아릿한 떨림. 그리고 잔인하도록 달콤한 흥분.

손바닥을 통해 녀석의 떨림이 전해져 온다. 그와 동시에 한 번도 들어 본 적 없는 탄성이 들려온다. 내 것인가? 아니다, 이건.

여자의 야릇한 신음. 바람에 아스러지는 나뭇잎처럼 살랑이면서도 한겨울 나뭇가지에 매달린 고드름처럼 날카로운 떨림 소리. 분명 이현의 것이다.

이상한 노릇이다. 젖가슴을 잡힌 건 이현인데, 왜 내 심장이 움찔 떨려 오는 것일까. 어쩌면…… 그래, 어쩌면 네 심장과 내 심장이 이어져 있는 건지도 모르겠다. 그래서 네 떨림이 내게로 고스란히 전해지는 것일지도.

정이현.

이현아.

내 낙원, 정이현.

나는 네게 지옥이었겠지만, 너는 내게 낙원이었다.

나는 이제 낙원으로 발을 들여놓으려고 한다. 네가 허락한 낙원으로 내 몸을 밀어 넣으려고 한다. 뽀얗게 빛나는 내 낙원의 실체에 발을 디디려고 한다. 그로 인해 내 낙원이 찢기고 상처 입어 석류처럼 붉은 피를 흘린다고 해도 나는 멈추지 못할 것이 분명하다.

젠장……!

낙원은 생각했던 것보다 훨씬 뜨겁고 다정하게 나를 감싸 안았다. 터질 것 같은 쾌감으로 내 몸을 녹여 버릴 듯 조여 온다. 어린애처럼 낙원의 뽀얀 언덕 사이에 얼굴을 묻고 애원하고 싶어진다.

나를 버리지 마…….

나는 아직도 사랑을 표현하는 방법을 알지 못한다. 한순간도 나는 사랑이라는 것을 받아 본 적이 없으니 그딴 걸 알 길이 없다. 하지만 그 때문에 나는 늘 울부짖고 있었다. 나를 사랑해 달라고, 내가 널 사랑한다고.

하아, 하…….

사랑한다, 정이현. 더는 널 아프게 하고 싶지 않지만, 지금 이 순간만큼은 널 배려할 수가 없다. 처음 느껴 보는 네 안은 마치 신비스러운 숲 속 같아서 하염없이 빠져들게 된다. 더 가 보면 무엇이 있을지, 궁금해 미칠 것만 같다.

아무리 달리고 달려도 만족스럽지 못해 성마르게 몸을 움직여 널 채근해 봐도 난 아직 만족스럽지 못하다. 질척이는 우리의 소리가 네 안에 내가 있음을 끊임없이 일러 주지만, 나는 이 순간이 꿈인지 아닌지 자신이 없다.

울지 마라, 이현아.

다시는, 두 번 다시는 널 울리지 않겠다고 결심했다. 내 심장을 파내어 까마귀에게 파먹히는 한이 있어도 널 울리는 일은 절대 하지 않겠다고 맹세했다. 그러니 울지 마, 정이현…….

"좋아해……."

이건……. 분명 이현의 목소리다. 그런데 믿어지지가 않는다. 녀석이 날 좋아한다고? 죽이고 싶도록 증오하는 게 아니라?

나는 절정의 쾌감에서 아직 완전히 벗어나지 못한 상태로 멍해지고 말았다. 두 눈에 눈물을 그렁그렁 매달고 숨을 삼키듯 읊조리는 이현의 목소리가 너무나 아프다.

"아주 어렸을 때부터 주욱……. 그래, 언제부터인지 기억도 나지 않아. 그때부터 널 좋아했어. 네가 날 모욕하며 업신여겨도 난…… 등신처럼 널 좋아하는 걸 멈출 수가 없었어. 하지만 네 패악을 다 받아 준 건 그 마음 때문만은 아니었어."

도대체 무슨 소리를 하는 걸까? 난 뇌가 딱딱하게 굳은 듯 녀석의 말을 전부 이해할 수가 없다. 난 아직 녀석의 안에 있었고 녀석은 날 밀어내지 않았다. 뜨겁게 상기된 볼과 호흡이 좀 전의 절정을 여지없이 증명하고 있었다.

"네게 가장 소중한 걸 내가 빼앗았으니까……. 그래서 네가 더 상처받았으니까, 그래서 그랬어. 나는 네가 가장 가지고 싶었던 것을 빼앗은 죄로 너무 행복했으니까, 네게 사죄를 해야 한다고 생각했어."

"그래서 내 잔인한 마음을 다 받아 주었다고?"

"서하륜, 너 그거 알지? 내가 너한테만 자존심을 조금도 내세우지 않았다는 거. 내 자존심을 짓밟아도 묵인해 준 사람은 너뿐이야. 하지만 그런 내게도 너에게 지키고 싶었던 자존심이 있었어."

이현이 날 밀어낸다. 나는 녀석에게서 몸을 빼냈다. 녀석은 몸을 일으켜 앉으며 이불을 끌어당겨 안았다. 그러고는 나를 외면한 채 말한다.

"죽어도 널 좋아한다고 말해 주지 않으려고 했어. 그것만이 네게 내세울 수 있는 유일한 내 자존심이었으니까."

"그런데 어째서……."

그런데 어째서 오늘 밤 내게 자진해서 안긴 걸까? 사랑을 나눈 뒤 왜 좋아한다고 고백하는 걸까. 마지막 자존심을 내버리면서까지 왜…….

문득 불안해진다. 그리고 그 불안은 현실이 된다.

"내 몸에 이어 내 마음까지 다 가졌으니 이제 됐지?"

"뭐?"

"이제 더는 날 찾지 마."

이현은 이불로 몸을 감싼 채 침대 아래로 내려섰다. 아랫배 아래로 찾아드는 낯선 통증 때문인지 잠시 휘청거린다. 나는 그녀를 잡아 줄 생각도 못 한 채 얼이 나가 버렸다.

날 버리지 마라, 정이현…….

녀석은 나를 등진 채 한숨처럼 중얼거린다.

"더는 내게 미련 갖지 마. 넌 내가 아니어도 되잖아, 그치? 널 사랑해 줄 사람이라면 누구라도 상관없잖아. 그러니까 제발…… 날 놓아 줘."

이현의 말이 머릿속에서 벌 떼처럼 윙윙거리며 날아다닌다. 단어들이 모조리 분리되어 떠돌 뿐, 문장이 되어 해석되지 않는다. 미칠 것 같다. 이대로 머리가 터져 나갔으면 좋겠다. 녀석의 말을 이해할 바엔.

"이제 그만 끝내자, 우리."

"정이현⋯⋯."

"그런 목소리로 내 이름 부르지 마."

이현이 고개를 슬쩍 돌린 채 아프게 외친다.

"그 목소리로 내 이름 부를 때마다 내가 매번 얼마나 기대했는지 알기나 해? 내가 얼마나 설레었는지 넌 짐작도 못 할 거야. 하지만 이젠 다 지겨워. 서하륜이라면 치가 떨려."

"날⋯⋯ 좋아한다고 하지 않았나, 지금?"

"좋아해! 좋아한다고 했어! 하지만 그 이상으로 널 미워해!"

내게로 획 돌아서며 소리치는 이현의 눈에서 눈물이 뚝뚝 떨어진다.

"나, 너 없는 곳에서 새롭게 시작하고 싶어. 네가 놓아주지 않으면 난 이 세상을 놓아 버릴 거야."

농담이 아니다. 하아⋯⋯ 진심인 것이다. 그만큼 날 벗어나고 싶다는 거다. 죽고 싶을 만큼 내가 밉다는 말이다. 좋아하는 마음 따윈 어떻게 돼도 상관없을 만큼 내가 싫다는 뜻이다.

얼마나 시간이 지났을까.

나는 먹먹해진 가슴으로 잠시 시간을 잃었다. 정신을 차려 보니 이현이 옷을 챙겨 입고 방문 앞에 서 있었다.

"너도 인간이라면⋯⋯ 지금만이라도 인간으로서 최소한의 배려라는 것을 해 봐. 부탁이야."

"널 놓아 달라는 건가?"

"그래."

심장에 물이 찬다. 어쩌면 난 이 물 때문에 숨을 쉴 수 없어 익사할지도 모르겠다. 하지만 이미 결심하지 않았던가. 다시는 나로 인해 이현이 눈물을 흘리지 않게 하겠다고.

"가도 되지?"

"······."

"가도 되지, 서하륜!"

녀석의 물음이 아프게 내 심장을 조여 온다. 녀석이 내게 허락하라고 강요하고 있다. 가도 되냐고 묻는 게 아니라 날 떠나가겠다고 악을 쓰고 있는 거다. 너도 이제 그만 인정하고 더는 미련을 두지 말라는 듯, 오히려 내게 동의를 구하고 있는 것이다.

"······그래······."

나는 차마 이현을 쳐다볼 수가 없었다. 잠시 할 말이 있는 듯 원망스러운 눈으로 날 바라보던 녀석이 방문을 열고 나가 버렸다.

순간, 정적이 찾아왔다. 나는 밀랍인형처럼 그렇게 굳어 버렸다. 아무 생각도, 아무 행동도 할 수 없었다.

이제 끝이구나, 나의 낙원······.

유일하던 나의 안식처이자 나의 사랑아.

눈물 한 방울이 뚝 하고 침대보 위로 떨어진다. 이현의 상처 입은 마음처럼 붉은, 그녀가 내게 안겼다는 흔적 위로.

## 제1장

## 그대가 내게

비가 내렸다. 온통 뿌연 공기 속으로 파고드는 싸늘한 가랑비가 대지를 적시고 있었다. 이현은 얇은 티셔츠 속으로 파고드는 냉기에 바들바들 떨면서도 꼼짝도 하지 않았다. 흠뻑 젖어 물에 빠진 생쥐 꼴을 하고서도, 입술이 파랗게 질려 금방이라도 쓰러질 모습을 하고서도 움직일 생각은 없어 보였다.

이현은 속눈썹을 적시는 빗물을 털어 내려 정기적으로 눈을 깜빡였다. 제가 할 수 있는 거라고는 오로지 눈을 깜빡여 빗속에서도 아빠가 돌아오는 모습을 잘 알아볼 수 있도록 하는 것뿐이었다. 이현의 푸른 눈동자가 아이답지 않은 슬픔으로 짙게 젖어 있었다.

"어머! 꼬마야, 비도 오는데 왜 여기 앉아 있니?"

지나가는 여자가 발길을 멈추고 물어보았다. 이현이 앉아 있는 뒤쪽 대문을 힐끔 쳐다보며 우산을 이현에게로 기울여 주었다. 이현이 앉아 있는 집은 으리으리한 대문을 자랑하는 2층 저택이었다. 대문에

서 현관문까지 한참을 걸어야 하는 고가의 집. 그런 집 앞에 낡아 빠진 티셔츠와 무릎이 해진 바지를 입은 여자아이가 앉아 비를 맞고 있는 게 의아한 여자였다.

"이 집 아이니?"

이현은 간신히 고개만 저었다.

"몇 살이니? 집을 잃은 거니? 엄마는? 엄만 어디 계셔? 집 어딘지 알아? 경찰서 데려다 줄까?"

여자는 이현의 대답을 기다리지도 않은 채 질문만을 쏟아 냈다. 이현은 역시 고개만 내저을 뿐이었다.

"이러다 감기 걸린다. 아줌마가 경찰서 데려다 줄게, 응?"

"기다리랬어요……."

이현이 겨우 입을 열어 대답했다. 그렇게라도 하지 않으면 여자가 저를 강제로 경찰서로 데려갈 것만 같아서.

"누가?"

"아빠가……."

이현이 고개를 들어 여자를 올려다보았다. 이현의 눈과 마주친 여자는 흠칫 놀라는 것 같더니 이현에게 기울였던 우산을 제게로 고쳐 썼다. 여자는 이현의 얼굴을 뚫어져라 바라보더니 혀를 찼다.

"혼혈이니? 아빠가 외국 사람이니?"

"아니요."

"그럼 엄마가 외국 사람이니?"

"아니요."

"어머, 조그만 게 거짓말도 할 줄 아네? 도와주려고 했더니 말버릇하고는."

여자는 이현의 푸른 눈을 보는 순간 거짓말처럼 호의를 거둬들였다. 여자는 돌아서 가려다가 이현을 향해 시선을 돌리더니 눈을 부라렸다.

"이제 한 예닐곱 살쯤 된 것 같은데 조그만 게 색기가 줄줄 흐르네, 그냥. 재수 없게 개 눈을 해 가지고서는!"

이현은 여자의 악다구니에도 놀라지 않았다. 늘, 언제나 들어 온 말처럼 그저 듣고 있을 뿐이었다. 자신에 대한 정당한 평가라도 받은 것처럼 화난 기색도 없이, 그저 기운 없는 눈빛으로 잠자코 있었다.

여자가 자리를 뜨고 또 얼마나 시간이 흘렀을까.

이현은 제 앞에 다가와 선 신발을 물끄러미 바라보았다. 검은색의 운동화.

"누구니, 넌."

낮지만 따뜻한 목소리였다. 이현은 기다리던 아빠가 아니라는 것을 알았지만 반가운 마음이 일었다. 영문은 알 수 없었지만 마치 여태 기다리고 있던 사람을 만난 듯 반가운 기분이었다.

"지금 내 앞에 있는 건 대형 빗방울인가?"

"풋."

이현은 저도 모르게 웃음이 났다. 조금 전까지만 해도 죽을 것처럼 춥고 떨렸다. 배도 고프고 눈물도 났다. 아빠가 오지 않으면 난 어떻게 되는 거지, 하는 걱정에 온몸이 다 쪼그라드는 것만 같았다. 그런데 이 부드럽고 따뜻한 음성이 농담과 함께 말을 건네 오자 긴장이 스르르 풀리며 웃음이 났다.

"난 빗방울 아니에요."

"그러니까 대답해 봐."

이현은 고개를 들지 않았다. 소년의 운동화만 뚫어져라 내려다볼 뿐이었다. 고개를 들었다가 또 그 여자가 그랬던 것처럼 욕을 먹지 않을까 걱정이 되었던 것이다.

"정이현, 열 살."

"꼬맹이구나? 그런데 왜 여기 앉아서 비를 맞고 있는 거니?"

"아빠가 기다리라고……."

"빗속에서?"

소년의 목소리가 의아함으로 가득했다. 잠시 말이 없었다.

"일단 들어가서 기다릴까?"

"네?"

"꼬맹아, 네 입술이 새파래. 그러다가 감기로 죽을 수도 있어."

"하지만 아빠가 돌아오면……."

"자, 일어나."

소년이 이현의 팔을 다정하게 잡았다. 이현은 소년의 손에서 전해져 오는 온기에 잠시 추위를 잊을 수 있었다. 그러나 그것도 잠시일 뿐, 금세 눈앞이 아찔해지고 컴컴해져 왔다. 이현은 저도 모르게 고개를 들어 소년의 얼굴을 쳐다보았다.

하얀 얼굴에 또렷한 이목구비가 예쁜 오빠였다. 교복을 입고 가방을 멘 예쁜 오빠.

"아빠가 데리러 온다고 했는……."

"꼬맹아!"

이현은 그대로 정신을 잃었다. 소년은 이현을 얼른 껴안듯 붙들었다. 이현에게 기울여 주던 우산도 내팽개친 채 그는 이현을 안아 올렸다. 교복과 가방이 젖었지만 개의치 않았다. 일단은 이 열 살 난 여자아이를 살려야 한다는 생각만이 들 뿐이었다.

"어멋, 큰 도련님! 비를 홀딱 맞으시고……!"

미진은 하준이 안고 들어온 여자아이의 얼굴을 확인하고 깜짝 놀랐다. 기가 막히고 놀라워서 말이 나오질 않았다.

"박 교수님 불러 주세요!"

"아, 예……."

하준이 이현을 안고 2층으로 올라가며 소리쳤다. 미진은 반사적으로 대답했지만 난감한 마음에 선뜻 전화를 하지 못했다.

'정말 데려다 놓고 갔어! 미친놈! 제 딸을, 여기가 어디라고!'

"뭐 해요, 김 집사 이모?"

그때였다. 언제 다가왔는지 하륜이 서 있었다. 미진은 붉으락푸르락하는 제 얼굴을 가만히 들여다보는 하륜을 향해 멋쩍은 미소를 지었다. 그녀는 허리춤에 찬 에이프런에서 휴대전화를 꺼내 들었다.

"내가 할게요."

하륜이 집 전화의 수화기를 집어 들며 차분하게 말했다. 미진은 당황한 눈으로 휴대전화를 집어넣었다. 이제 겨우 열 살밖에 안 된 하륜이지만, 어쩐지 그의 말이라면 단박에 들어야 할 것 같은 기분이 들었다. 사람을 꿰뚫는 듯한 눈빛도 무시할 수 없었지만 나이에 비해 조숙한 그의 분위기와 비상한 머리 회전 때문이기도 했다. 가끔은 열 살짜리 하륜이 제 생각을 읽고 있을지도 모른다는 생각마저도 들었으니까.

"네, 교수님. 고맙습니다."

하륜이 통화를 마치고 수화기를 내려놓았다. 미진은 하륜이 제 얼굴을 빤히 쳐다보자 무슨 말이라도 해야 할 것 같은 기분이 들었다.

"아, 큰 도련님께서 여자아이를 데리고 오셔서……."

"그건 저도 봤어요."

"그, 그렇죠, 참."

미진은 더욱 당황스러웠다. 하륜의 눈빛이 진실을 말하라고 요구하는 것만 같았다. 그녀는 에이프런을 매만지며 우물쭈물했다.

"실은 제 조카……."

"김 집사님, 저 아이 갈아입힐 만한 옷이 있을까요?"

하준이 2층에서 내려오며 물었다. 하준의 목소리가 구세주의 그것이라도 되는 듯 반가운 미진은 서둘러 그에게로 다가갔다.

"여긴 두 도련님들만 계시니까 마땅한 옷이 없네요. 제가 나가서 사 가지고 올게요."

"그동안 벗겨 놓으려고? 입술 파랗던데."

하륜이 끼어들었다. 하준은 다가오는 하륜을 응시했다. 또래보다 머리 하나는 더 큰 하륜의 지식은 저와 맞먹을 지경이었다. 열 살답지 않은 그의 조숙함에, 열일곱 살인 저마저도 하륜이 편하지만은 않았다. 그것은 가족인 그를 사랑하고 하지 않고의 문제와는 별개였다.

"내 옷이라도 입혀. 작년에 입던 옷 중에 아직 버리지 않은 게 있어."

하륜은 미진을 다시 올려다보았다. 올해 훌쩍 커서 입지 못하는 옷을 따로 모아 놓은 걸 찾아오라는 의미였다. 미진은 당장 창고에서 하륜의 옷을 찾아왔다.

"김 집사님이 갈아입혀 주세요. 어리다고는 해도 여자애라."

하준이 멋쩍게 웃자 미진은 썩 내키지 않는 얼굴로 억지 미소를 지었다. 그러나 달리 방도가 없었다. 미진이 2층으로 향하자 하준이 피곤하다는 듯 소파에 털썩 주저앉았다.

"젖은 옷으로 가죽 소파에 앉으면 김 집사 이모가 싫어할 텐데?"

"긴장했나 보다. 긴장이 풀리니까 피곤하네."

하준이 소파 등받이에 기대며 피식 웃었다. 하륜은 맞은편에 앉으며 하준을 직시했다.

"어디서 데리고 왔어?"

"집 앞에서 주웠어."

"주웠다고?"

"그래, 아마도."

하준은 입가에 띠었던 미소를 거둔 채 하륜을 내려다보았다.

"버려진 것 같다, 저 아이."

"버려져?"

하륜의 눈매가 싸늘하게 굳어 갔다. 하준은 그런 하륜을 바라보며 마음 한구석이 시큰해졌다. 하륜이 어린 나이에 비해 조숙한 건 다 그들의 엄마 탓이라 여겼다. 제 아이를 알아보지 못하는 엄마……

"나랑 같네?"

하륜이 나지막하게 중얼거렸다. 그러더니 무슨 생각이 들었던 건지 되물었다.

"정말 버려진 걸까?"

"꼬맹이는 아빠를 기다린다고 했지만, 제대로 된 아빠라면 아이를 이 빗속에 내버려 두지 않지. 돌아오지 않을 거다, 분명."

하륜은 다시 생각에 잠겼다.

"형."

"어, 왜?"

하준은 하륜이 무슨 말을 할지, 순간 긴장이 되었다. 사뭇 진지한 눈빛과 입매가 비장해 보이기까지 했기 때문일까.

"쟤, 우리가 키울까?"

"뭐?"

하준은 쿡, 웃음이 났다. 그러나 크게 소리 내 웃진 않았다. 정말 오랜만에 아이다운 발상을 하륜에게서 본 것 같아 즐거웠다.

"쟤도 열 살이라고 하던데, 네가 키우겠다고?"

"여섯 살인가 했는데."

"잘 못 먹어서 발육 부진인가 봐."

"그런 건가? 아무튼 우리가 키우자, 형."

"글쎄다. 이 형님은 아이 키우는 데 흥미가 없어서."

"그럼 내가 키울게."

하준이 하륜의 말을 장난처럼 받아쳤다. 그러자 하륜이 싱긋 웃었다. 하준은 흠칫 놀랐다. 하륜이 아이처럼 웃다니, 별일이 다 있다 싶었다. 아이가 아이처럼 웃는 게 정상인데, 하륜에게서는 그런 웃음을 좀처럼 찾아볼 수 없었기에 신기하기까지 했다.

"네가?"

"응. 나도 엄마한테 버려졌잖아. 저 애가 아빠한테 버려졌다는 거 알면 얼마나 마음을 심하게 다치겠어? 난 아니까, 그거."

"호오."

하준은 하륜에게 새삼 감탄했다. 엄마에게 버려졌다는 것 때문에 하륜도 상처가 많은 아이였다. 엄마에게 사랑받고 싶어서 또래 아이들보다 훨씬 많은 것을 포기하고, 또 훨씬 많은 것을 해내려고 안간힘을 썼다.

각종 상이란 상은 다 휩쓸어 와서 상장을 보여 줘도 시큰둥한 엄마, 많은 책들을 읽고 이야기를 들려주려고 해도 싸늘하기만 한 엄마.

점잖게 굴면 대견하다 여길 줄 알고 아이의 장난도 포기했지만 관심도 없는 엄마 때문에 늘 마음을 다치고 있는 하륜이었다. 그런데도 하륜은 제법 씩씩하게 잘 버티고 있었다.

'아닌가……. 아슬아슬한 걸까?'

문득 그런 생각이 드는 하준이었다. 어쩌면 하륜이 지옥의 가장귀에 서 있는 건지도 모른다는 생각이 들었다. 참을 수 있는, 괜찮다고 스스로를 착각하게 만들 수 있는 능력의 마지노선에 서 있는 건지도 모른다는.

"아버지께 여쭤 봐. 저 아일 키우고 싶다면 아버지 허락부터 받아야 할 거다."

"그건 걱정 마."

하륜이 자신 있다는 듯 다시 싱긋 웃었다. 하준은 고개를 끄덕였다. 그럴 것이다. 아버지는 분명 허락해 줄 것이다. 하륜의 말이라면 뭐든 들어주는 아버지였으니까. 어미에게 버려진 새끼만큼 안쓰러운 것은 없으니까.

"그럼 나, 그 애 보러 갈게."

"하륜아."

"어?"

자리에서 일어서던 하륜이 하준을 돌아보았다. 하준은 저 작은 여자아이가 하륜에게 긍정적인 영향을 주길 바랐다. 아픔이 비슷한 아이들끼리 서로를 위로하고 의지하며 밝게 자랄 수 있다면 더없이 좋을 거란 생각이 들었다. 왠지, 그러기 위해 이현이 제 집 앞에 버려졌던 게 아닐까 하는 생각이 들 만큼.

"말해."

"키워서 색시 삼을 거야?"

"어?"

하륜은 그게 무슨 소리냐는 듯 눈썹을 찌푸렸다. 참 이상한 소리도 잘한다며 피식 비웃었다.

"내가 쟬 키우면, 재한텐 내가 아빠가 되는데 어떻게 색시 삼아?"

"진짜 아빠도 아닌데 뭘 그러냐?"

"그리고 형, 함께 살면 가족이잖아. 그럼 결혼 같은 거 못해."

하준은 자신도 옷을 갈아입어야겠다며 자리에서 일어났다. 그런 뒤 하륜을 지나치며 그의 머리를 두어 번 흔들어 흩트려 놓았다.

"형이 두 눈 똑똑히 뜨고 지켜볼 거다? 잘해 봐라."

❀　　　❀　　　❀

이현은 천천히 눈을 떴다. 잠에서 덜 깬 것처럼 눈꺼풀이 무거웠지만, 눈을 뜨는 순간 정신이 번쩍 들었다. 아빠를 기다려야 했다. 가만히 앉아 있으면 아빠가 데리러 온다고 했었다. 이 비가 그치기 전에…….

"아빠……!"

힘겨운 몸을 일으키려 애썼으나 털썩 쓰러지듯 도로 눕고 말았다. 어쩐지 몸이 으슬으슬한 것이, 피부 안쪽 어딘가에서 자꾸만 찬바람이 이는 것만 같았다.

"일어나지 마."

"……?"

이현은 모로 누운 채 목소리의 주인을 올려다보았다. 뜻밖에도 제 또래의 남자애가 의자에 앉아 저를 내려다보고 있었다. 손에는 무엇인지 모를 책을 든 채.

"열 겨우 내렸어. 박 교수님이 주사 놔 주고 갔으니까 곧 나을 거야."

"비…… 그쳤어?"

이현의 입에서 나온 첫마디였다. 하륜은 상상했던 첫마디와 너무나 동떨어진 이현의 질문에 고개를 갸웃거렸다.

"여기가 어딘지 안 물어봐? 내가 누군지, 안 궁금해?"

"비 그쳤어?"

이현은 다시 몸을 일으키려다가 푹 쓰러졌다. 몸에 기운이 하나도 없었다. 누가 몸에디 엄청난 무게의 돌덩이를 매달아 놓은 것처럼.

"그쳤어."

"흐윽."

하륜의 대답이 떨어지기가 무섭게 이현의 입술 주위에 잔파도가 일었다. 금방이라도 왈칵 울음을 터트릴 것처럼 입술을 삐죽이며 눈시울을 붉히는 이현을 보자 하륜은 난감해졌다. 비가 그쳤다는 것이 그렇게도 슬픈 말인가? 도무지 이해할 수가 없었다.

"아빠가 비 그치기 전에 데리러 온다고 했는데…… 으으흥."

기어코 이현의 눈에 눈물이 고였다. 물 잔에 떨어지는 물방울처럼 작고도 여린 목소리였다. 하륜은 괜스레 아픈 여동생을 눈앞에 둔 오빠처럼 마음이 무거워졌다. 상황이 대충 파악이 되었던 것이다. 하준의 말이 맞았다. 버려진 것이다.

"비는 또 와."

"응?"

"여름이잖아. 여름은 비가 많이 와."

"아……."

이현은 손등으로 눈가에 맺힌 눈물을 쓱쓱 닦고는 또랑또랑한 눈으로 하륜을 응시했다. 단정하게 넘긴 앞머리 사이로 보이는 까만 눈동자가 참 예쁘다는 생각이 들었다.

"여기 너희 집이지?"

"그래."

"미안. 네 침대야?"

"아니, 손님방 침대."

"손님방도 있어?"

"어."

"그럼 나, 좀 더 누워 있어도 돼?"

"어."

"다행이다. 몸이 안 일으켜졌거든."

이현이 배시시 웃었다. 하륜은 이현에게서 시선을 떼지 않은 채 물었다.

"혼혈이야?"

"아!"

그제야 이현은 제 눈이 신경 쓰였다. 황급히 손바닥으로 두 눈을 가렸다.

"왜 가려? 이미 다 봤는데?"

"그래도 재수 없잖아."

"누가 그래? 재수 없다고."

"사람들이. 다들 그래."

"야, 넌 그런 말을 듣고도 가만있었냐?"

하륜이 버럭 소리를 질렀다. 이현은 하륜의 화난 목소리에 슬그머니 손가락을 벌리고, 그 틈으로 그를 바라다보았다.

"바보냐? 그런 말 듣고 가만있게?"

"그럼 어떡해?"

"네 눈 색깔이 다르다고 재수 없으면 컬러 렌즈 끼는 사람들은 다 재수 없게? 재수 없는데 왜 돈 주고 그런 걸 끼냐? 안 그래?"

"으응."

"게다가 그 사람들은 다 가짜 눈이고, 넌 진짜 눈이잖아. 그런 걸 천연이라고 해."

"천연?"

이현은 저도 모르게 손을 내리며 하륜의 말에 귀를 기울였다.

"그래, 천연. 보석도 인공 보석보다는 천연 보석이 더 비싸. 컬러 렌즈 한 사람들이 인공 보석을 끼고 있는 거라면, 네 눈은 천연 보석이잖아. 근데 왜 그런 말을 듣고만 있어?"

"보석?"

이현은 한기에 몸을 더욱 움츠리면서도 하륜에게서 시선을 떼지 않았다. 이현의 눈동자가 더욱 커지며 하륜에 대한 신뢰가 스며들었다.

"다음부터는 당당하게 말해. 내 눈은 천연 보석 같은 거라고."

"응!"

이현은 처음으로 제 눈을 보석이라고 말해 준 하륜에게 호감을 느꼈다. 처음 보지만 아픈 저를 위해 곁에 있어 준 거라는 것쯤은 어린 이현도 알 수 있었다.

"고마워……."

"당연히 고마워해야지."

하륜은 자리에서 일어났다. 자연스레 이현의 시선이 하륜에게로 흘렀다. 하륜은 그런 이현을 내려다보며 피식 웃었다.

"앞으로 내가 널 키워 줄 거거든."

"응?"

이현은 뜬금없는 하륜의 말에 어리둥절한 표정으로 되물었다. 키워 준다니?

"너희 아빠가 데리러 올 때까지 내가 키워 줄게."

"왜?"

이현은 이해할 수가 없었다. 어린 나이지만, 생판 처음 보는 저를 키워 준다는 하륜의 말이 얼마나 얼토당토않은지는 알 수 있었으니까.

"왜냐고?"

이현의 질문에 오히려 당황한 건 하륜이었다. 하륜은 짐짓 심각한 표정으로 잠시 고민에 빠졌다. 하준에게 먼저 말을 꺼내긴 했지만, 저로서도 왜 그런 결심을 하게 된 건지는 알 수가 없었던 것이다. 딱히 고민을 하고 꺼낸 말도 아니었다. 불현듯 그런 생각이 들었고, 그러고 싶다는 마음이 들었을 뿐.

"음, 아마도……."

하륜은 무슨 생각에선가 표정이 밝아졌다.

"강아지를 키우고 싶었는데 엄마가 털 알레르기가 있어서 못 키운댔거든. 넌 강아지 대신이야."

"강아지 대신?"

"그래, 강아지 대신. 그러니까 내가 키워 줄게. 맡겨 둬."

하륜은 충격을 받은 듯한 이현의 표정을 읽지 못한 채 의기양양한 표정으로 웃었다. 그런 뒤 저녁 먹기 전까지 자고 있으라는 명령 아닌 명령을 내리고 방을 빠져나갔다.

"형."

손님방에서 막 나서자마자 방에서 나오는 하준과 마주친 하륜이 그를 불러 세웠다.

"그 아이 아직 자?"

"강아지."

"뭐?"

하륜의 얼굴에 즐거움이 가득했다. 설렘 같은 흥분으로 들떠 있었다. 하준은 하륜이 이토록 즐거워하는 것을 본 적이 없다는 생각이 들었다. 무엇이 하륜을 이렇게 웃게 만들었을까?

"강아지처럼 귀여워."

"누구? 주워 온 애?"

"어. 이름을 안 물어봤네."

하륜은 머리를 긁적이며 눈썹을 찌푸렸다. 그러나 이내 환한 웃음을 지으며 말했다.

"정말 강아지처럼 귀여워."

하륜이 하준을 지나쳐 제 방으로 들어갔다. 하준은 하륜의 방문을 물끄러미 응시하며 애매한 감정에 사로잡혔다.

"강아지 기르고 싶다더니, 그래서?"

그러나 이내 그는 고개를 가로저었다. 표현이 서툰 하륜이었다. 어머니의 사랑은커녕, 아버지에게서도 사랑이라는 따뜻한 감정을 받아 보지 못한 탓에 사랑과 관련된 표현은 학습이 되어 있지 않은 하륜이었다. 하준 역시 하륜을 아꼈지만 표현에는 인색했던 터라 내심 미안하게 생각하고 있었다.

"어쩌면……."

하준의 입가에 옅은 미소가 번졌다.

"강아지만큼이나 사랑스럽다는 건가?"


현묵은 소파에 몸을 기댄 채 이현을 꿰뚫을 듯한 시선으로 바라보았다. 미진은 그 곁에서 죽을죄를 지은 표정으로 고개를 떨어뜨리고 있었다.

"김 집사 조카라고?"

"네? 아, 네……. 죄송합니다."

미진은 이현을 곁눈질로 흘겨보며 머리를 조아렸다. 원수가 따로 없었다. 제 어미도 못 견뎌 버리고 간 애를 왜 자기한테 떠맡기고 갔는지, 형부라는 작자에 이가 덕덕 갈렸다. 전화 연락은 왔었지만 단칼에 거절한 일이었다. 그런데 이렇게 연락도 없이 찾아와 문 앞에 버리고 갔을 줄이야.

"어쩔 셈이지?"

"그게 저…… 제가 키울 순 없으니까 아무래도…… 보육원에……."

이현의 눈이 동그랗게 커져 갔지만 미진은 아무래도 상관없었다. 제 한 몸 건사하기도 벅찼다. 말이 좋아 집사지, 식모와 뭐가 다를까. 남의 집 식모살이를 하는 주제에 조카까지 건사할 생각은 추호도 없었다.

"그럼 보육원으로 보내게."

현묵이 자리에서 일어나려 몸을 움직였을 때였다. 때를 기다린 듯한 하륜이 입술을 떼었다.

"제가 키워 주겠다고 약속했어요."

"뭐?"

현묵은 단단하게 굳은 눈으로 하륜을 쳐다보았다. 그의 눈에는 애정이라고는 눈곱만큼도 찾아볼 수 없었다. 딱히 하륜에게 애정이 없다기보다 천성이 애정이라고는 느껴 본 적 없는 사람처럼, 그는 단단한 눈빛을 가진 남자였다.

"남자는 한 번 한 약속은 꼭 지켜야 한다고 하셨죠? 이미 약속했어요."

"흠, 네가 그럴 능력이 된다고 생각하니?"

현묵의 목소리가 무겁게 가라앉아 있었다. 하륜을 떠보겠다는 심리가 깔려 있었다.

"강아지는 안 되잖아요. 강아지 대신요."

"강아지 대신?"

현묵은 다시 이현에게로 시선을 돌렸다. 푸른 눈동자가 이상하게도 마음을 끌었다. 천성적으로 옅은 갈색 눈을 타고난 아내의 눈빛이 연상이 되는 눈이었다.

"그런 이유라면 용납할 수 없다. 이 이야기는 없던 걸로 하자."

"하지만 아버……."

"더는 아무 말 마라."

현묵은 단박에 하륜의 말을 막아섰다. 단호한 눈빛으로 돌아서던 현묵은 막 방에서 나오는 은린을 발견했다.

"김 집사."

현묵의 부름에 돌아보던 미진은 깜짝 놀랐다. 좀처럼 방에서 나오는 일이 없는 은린이 제 발로 방을 나오다니. 그녀는 무언가를 찾아 헤매는 것처럼 주위를 두리번거렸다.

"이상하네? 어디 갔지? 예쁘게 입혀야 하는데……."

"사모님, 왜 나오셨어요. 어서 방으로 들어가세요."

미진이 은린을 부축하며 재촉했다. 금방이라도 쓰러질 것처럼 마른 은린은 긴 머리를 옆으로 쓸어 넘기며 물었다.

"우리 애기 못 봤어? 우리 애기 입히려고 옷을 만들었는데, 어디 갔는지 아까부터 보이질 않네?"

"사모님, 자제분들은 저기 있잖아요."

미진이 하준과 하륜을 가리켰다. 그녀의 얼굴에 난감함이 가득했다. 은린을 보살피는 것이 가장 큰 임무인데, 요즘 들어 부쩍 심해진 은린의 상태에 감당을 못 하고 있었던 것이다. 이러다 잘리는 게 아닐까 걱정이 될 정도였다.

"하준아, 네 동생 못 봤니?"

은린은 미진의 팔을 뿌리치며 아슬아슬한 걸음을 떼었다. 너무 말라 금방이라도 아스러질 것 같았지만, 그녀의 청순한 아름다움은 나이를 무색케 했다. 그녀는 하륜을 지나쳐 하준에게 다가가 그의 품에 안겼다.

"하준아, 네 동생이 안 보여. 어딜 간 거지?"

"……."

하준은 아무런 말을 할 수가 없었다. 바로 옆에, 손을 뻗으면 닿을 거리에 아들을 두고도 알아보지 못하는 은린 때문에 마음이 아팠다. 하지만 그보다, 매번 반복되는 상황이지만 도저히 익숙해질 수 없는 상처를 또 한 번 입었을 하륜이 더 마음에 걸렸다.

하륜은 주먹을 꼭 쥔 채 입술을 깨물었다. 태연한 척, 괜찮은 척 울지 않으려고 숨을 멈추었다.

"사모님, 그만 들어가세요. 앉아 계시는 것도 힘드신 분이……."

미진이 다가와 다시 부축하려 들자 은린이 그녀를 확 밀쳐 냈다. 미진은 방심하다 뒤로 나자빠졌다.

'평소 죽도 한 그릇 다 못 먹는 년이 어디서 저런 힘이!'

"네가 빼돌렸지! 네가 내 아이 빼돌렸지! 당장 데려와, 당장! 당장 내 아이 데려……."

그때였다. 은린은 미진을 향해 발작적으로 소리치다 문득 반대편에 물끄러미 서 있는 이현과 눈이 마주쳤다. 그러자 은린의 눈동자가 서서히 커지며 흥분과 놀람으로 뒤범벅되어 갔다.

"오……."

은린이 이현을 향해 두 팔을 뻗었다. 마치 반가운 그 누군가를 만난 사람처럼. 그녀는 불안한 걸음으로 이현에게 다가갔다. 그러더니 왈칵, 이현을 안았다.

"내 아기! 어디 갔었어? 누가 널 이 엄마 품에서 떼어 놓은 거니? 아, 내 아기……."

이현은 어리둥절했다. 생전 처음 보는 사람이 엄마라고 나섰다. 순간, 엄마 얼굴을 기억하지 못하는 이현은 어쩌면 은린이 제 친엄마일지도 모른다는 생각이 들었다. 그래서 아빠가 자신을 이 집 앞에서 기다리라고 하고 가 버린 건지도 모른다고.

"어…… 엄마?"

이현은 제 입에서 나온 말을 제 귀로 듣고도 믿지 못했다. 스스로도 놀라운 일이었다. 엄마라는 말이 튀어나올 줄은.

"그래, 아가. 엄마야. 어디 갔었어! 엄마가 얼마나 찾았는지 알기나 하니?"

"엄마……."

이현은 저도 모르게 서러움이 복받쳤다. 인정하고 싶진 않았지만 아버지에게 버려졌다는 비참함과 앞으로 어떻게 살아가야 할지 모를 불안감 등이 한꺼번에 치밀어 올랐다. 이현이 왕, 하고 울음을 터트리자 은린은 함께 눈물을 흘렸다.

"어디 보자, 내 딸. 무서웠구나? 엄마가 없어서, 그치? 이제 걱정하지 마. 엄마가 있잖아."

은린은 이현의 눈물을 닦아 주며 하준을 돌아보았다. 그녀의 눈이 기쁨으로 가득했다.

"하준아, 네 동생이야. 네 동생을 찾았어. 얼마나 다행이니."

"어머니……."

은린은 슬픈 눈으로 저를 쳐다보는 하준의 눈빛에 의아한 듯 고개를 갸웃거리더니 하륜에게로 시선을 옮겼다.

　"그런데 저 앤 아직도 안 갔니? 쟨 누군데 계속 우리 집에 있는 거니?"

　"그만 좀 해!"

　은린은 깜짝 놀랐다. 단단히 화가 난 듯 얼굴이 일그러져 있던 하륜이 버럭 소리를 질렀던 것이다. 그의 눈에 눈물이 그렁그렁했다.

　"언제까지 날 몰라볼 건데, 엄마!"

　"어머, 쟤 좀 봐. 누구한테 엄마래?"

　"나야! 나라고! 내가 엄마 아들이라고!"

　하륜은 은린에게로 달려갔다. 미칠 것만 같았다. 저를 못 알아볼 때는 그래도 참을 수 있었다. 엄마가 마음이 아프니까, 정신이 온전치 않으니까 언젠가는 저를 알아봐 줄 때가 올 거라고 믿고 있었으니까. 아무리 화가 나고 슬퍼도, 아무리 마음이 아프고 죽을 것 같아도 견딜 수 있었다. 하지만 지금은 달랐다. 다른 아이를 보고 자기 아이라고 하는 엄마를 보는 것만큼은 견딜 수가 없었던 것이다.

　하륜은 은린을 꽉 껴안았다.

　"엄마, 엄마, 엄마!"

　"얘가 왜 이래!"

　은린은 있는 힘껏 하륜을 밀어 버렸다. 하륜은 엉덩방아를 찧고도 벌떡 일어났다. 그는 다시 은린에게 매달렸다. 엄마를 빼앗길 수 없었다. 더 이상은 저를 외면하는 것도 참을 수 없었다. 제발 엄마, 날 좀 봐 줘……

　"엄마, 사랑해요. 엄마, 엄마! 내가 잘할게요. 더 잘할게요. 말도 잘 듣고, 상도 더 많이 타 올게요. 뭐든 엄마가 하라는 건 다 할게요. 그러니까 엄마! 날 좀……."

찰싹.

하륜은 넋이 나갔다. 뺨에서 전해지는 찢어질 듯한 통증 따위는 아무렇지도 않았다. 엄마가 저를 철저히 외면했다는 것이, 부정했다는 것이 충격이었다. 더는 아무런 희망도 없다는 것을 증명받은 것처럼 절망감이 온몸을 급습했던 것이다.

"얘가 왜 이래, 징그럽게."

은린은 정말 소름 끼치는 듯 두 팔을 문지르고 다시 이현을 껴안았다. 이현은 어리둥절해 아무 말도 할 수가 없었다. 도대체 무슨 말을 해야 할지, 어떻게 행동해야 할지 생각할 수가 없었다. 그저 놀란 토끼 눈으로 하륜을 바라볼 뿐이었다.

"당신, 정신 좀 차려! 언제까지 그럴 거야!"

언제나 냉정할 것 같던 현묵이 하륜을 일으키며 은린에게 소리쳤다. 은린은 경멸하는 시선으로 현묵을 노려보았다.

"누가 모를 줄 알고? 당신이 내 아이 빼돌렸던 거지? 나한테 복수하려고! 이제 절대로 내 아이 안 뺏겨! 누가 당신 같은 사람 좋아서 있는 줄 알아? 이제 내 딸도 찾았으니까 여기서 나갈 거야!"

"하아……."

현묵이 미진에게 눈짓을 했다. 미진은 그 의미를 알아듣고 냉큼 움직였다. 그녀는 은린을 살살 달랬다.

"사모님, 따님 찾으셨으니까 방에 들어가셔서 따님이랑 뭘 좀 드시지 않으시겠어요?"

"아, 그럴까? 우리 딸, 과자 먹고 싶어?"

"네? 아, 아니 전……."

이현은 고개를 젓다 말고 하륜을 돌아보았다. 경멸에 찬 눈으로 저를 쳐다보고 있는 하륜의 눈과 마주치자 이현은 흠칫 놀랐다. 왠지 마음이 아팠다. 제 눈을 보고도 거부감 없이 친절하게 대해 준 하륜에게 미움을 받아 버렸다는 것을 직감했다.

미진은 이현의 손을 꼭 잡고 놓을 생각을 하지 않는 은린을 방으로 안내하고, 부랴부랴 과자와 음료를 챙겨 방으로 들였다.

"아버지……."

하륜이 부릅뜬 눈으로 현묵을 올려다보았다. 그의 눈에서 분노와 슬픔이 뒤섞인 눈물이 뚝뚝 떨어지고 있었다.

"쟤 보육원으로 보내요."

하준은 하륜의 변심에 깜짝 놀랐다. 마음이 쉽게 변하는 타입이 아니었다. 어린 나이지만 또래 특유의 이랬다저랬다 하는 변덕은 없었다. 하지만 한편으로는 이해가 되었다. 아주 오랫동안 어머니의 사랑을 받기 위해 얼마나 부단히도 노력했던가. 어린 나이로 감당할 수 없는 그 아픔 속에서도 희망이 있었기에 겨우 버틸 수 있었을 것이다.

그런데 이제 그 희망도 사라져 버렸다. 어머니가 저를 알아보기는커녕 다른 아이를 자식으로 인정해 버렸으니 그동안의 기다림과 노력이 모두 다 물거품이 되어 버린 것이다.

'이현일 보육원으로 보내면 다시 희망이 생긴다고 생각하는 것 같군.'

하준이 내린 결론이었다.

"그래야겠지."

현묵이 동의했다. 하륜이 이현을 돌봐 주고 싶다면 하륜의 이름으로 후원금을 보내면 그만이었다. 그때 미진이 방을 나서며 안도의 한숨을 내쉬었다. 그녀는 현묵 앞으로 다가와 조심스럽게 말을 꺼냈다.

"사모님이 집을 나간다고 하시는 걸 간신히 설득했어요."

"김 집사가 고생이 많습니다."

"실은 제가 아니라……."

미진은 재빨리 머리를 굴렸다. 은린이 이현을 딸로 생각한다는 것이 묘하게도 제게 이득이라는 판단이 들었던 것이다.

"이현이가 설득했어요."

"그 아이가?"

현묵은 미간을 좁히며 되물었다. 그 조그만 아이가 무슨 언변이 좋아서 은린을 설득했단 말인가.

"이현이가 여기가 집이라고, 다른 데 가면 안 된다고 했더니 사모님께서 네가 좋다면 난 어디라도 좋다며……."

없는 말은 아니었다. 이현이 분명 그렇게 말했고, 은린도 그리 답했다. 그 말을 들은 현묵은 충격이 이만저만이 아니었다. 그 조그만 아이가 은린을 고분고분하게 만들었단 말인가! 그녀가 유일하게 사랑하는 하준의 말조차도 듣지 않는 은린이?

"사모님께서 이현이 말이라면 뭐든 다 들어주겠다고 하시면서……."

미진은 현묵의 눈치를 살폈다. 지금 당장 세상이 무너진다고 해도 눈 하나 깜짝할 것 같지 않던 현묵이 흔들리고 있다는 것을 알 수 있었다. 십 년 동안 정신이 반쯤 나간 아내를 두고 외도 한 번 하지 않은 그의 우직함이 처음으로 흔들리는 모습을 보았다. 미진은 이현이 이용 가치가 있다는 생각에 확신을 가졌다.

"좀 더 두고 봐야겠지만……."

현묵이 굳게 닫혀 있던 입을 열었다. 그의 눈이 상처로 일그러진 하룬에게 향해 있었다.

"저 아일 이 집에 더 둬야겠구나."

그날 당장 이현의 방이 꾸며졌다. 마음먹은 것은 바로 처리하는 현묵의 성격이 그대로 반영된 결과였다. 미진이 백화점 VIP고객 전담 퍼스널 쇼퍼와 연락해서 일사천리로 진행했다. 여자아이답게 아기자기한 가구와 이불이 들어와 자리를 차지하고, 세심한 소품까지도 제자리를 찾아가기 시작했다. 그 모습을 조금 떨어진 곳에서 지켜보던 이현은 어리둥절함을 떨치지 못한 채 반쯤 넋이 나가 있었다.

"너 말야. 운 좋은 줄 알아. 여기가 어디라고 감히 너 따위가 공주 대접 받으며 지낼 수 있을 것 같아?"

미진은 이현에게 허리를 숙여 나지막하게 속삭였다.

"아까 그 아줌마 있지? 그 아줌마한테 잘해야 돼. 널 딸처럼 여기니까 너도 엄마처럼 착 달라붙어서 애교도 피우고 그러란 말이야."

"그분…… 엄마 아니지, 이모?"

이현이 미진에게 조심스럽게 물었다. 미진은 기가 막힌다는 듯이 코웃음을 쳤다.

"이 계집애가 무슨 말도 안 되는 소릴 해? 네 엄마는 너 낳자마자 도망갔잖아. 그 바람에 네 아빠도 술독에 빠져 살다가 그 모양 그 꼴이 된 거고. 똑바로 봐."

미진은 이현의 팔을 끌어다가 앞으로 그녀가 지내게 될 방 앞에 세운 뒤 턱짓으로 안을 가리켰다. 이현은 화이트와 핑크로 꾸며지는 제 방을 물끄러미 바라보았다.

"앞으로 여기가 네 방이야. 넌 여기서도 버려지면 보육원으로 가야 돼. 엄마한테 버려지고 아빠한테도 버려진 주제에, 또 버려지고 싶니?"

이현은 고개를 강하게 내저었다. 울컥, 무언가가 치밀었다. 뜨거운 눈물 같기도 하고 서러운 아픔 같기도 했다.

"그러니까 악착같이 그 아줌마 품에 붙어 있으란 말이다, 요것아. 너 때문에 이모까지 곤란하게 만들지 말고."

"하지만 난 딸 아니잖아, 이모? 아니라고 말해야 하잖아?"

"미쳤니! 너 이모까지 쫓겨나는 거 보고 싶어?"

"아니⋯⋯."

이현은 또다시 고개를 내저었다. 그건 싫었다. 자기 때문에 이모까지 버려지는 건 싫었다.

"너, 그 눈 때문에 보육원에서도 안 받아 줄지 몰라. 그럼 넌 거지처럼 여기저기서 얻어먹고 살다가 굶어 죽거나 얼어 죽거나, 그것도 아님 어디 잡혀가서 온갖 나쁜 짓 다 당하고 죽거나 그럴 게 뻔한데, 그래도 좋아?"

이현은 고개만 계속해서 내저었다. 금방이라도 울음을 터트릴 것처럼.

"이모 말 알겠지? 네가 잘해야 너도 살고 이모도 사는 거야, 응?"

"⋯⋯."

"대답해, 요것아!"

"⋯⋯응."

이현은 마음이 무거웠다. 자꾸만 저를 화난 눈으로 바라보던 하륜의 얼굴이 머릿속에서 떠나지 않았다. 자신에게 잘해 준 아이한테, 처음으로 호의를 느낀 아이한테 큰 상처를 준 것 같아 자꾸만 눈물이 나려고 했다.

"이모⋯⋯."

"앞으로는 집사님이라고 불러."

"응, 근데⋯⋯."

이현은 간절히 바라는 눈빛으로 미진을 올려다보았다.

"내가 잘하면…… 아까 그 애도 날 좋아해 줄까?"

"누구? 아, 하륜이?"

"으응."

"그놈이 문제네……."

미진은 하륜의 존재를 깨닫고 한숨을 푹 내쉬었다. 아직 어리지만 분위기가 만만찮은 아이였다. 그런 하륜에게 미운털이 박혀 버렸으니, 순진한 이현이 잘 해낼 수 있을까 문득 걱정이 들었다. 미진은 무슨 생각에선가 이현의 두 팔을 꼭 붙들고 시선을 맞추었다.

"잘 들어, 이모 말."

"응."

"넌 무슨 일이 있어도 하륜이 말을 잘 들어야 해. 하륜이가 하라는 건 뭐든지 해."

"왜?"

"그래야 너 여기서 안 쫓겨나."

"이모, 나 때문에 그 애 마음 아픈 거지?"

"당연하지. 너한테 자기 엄마 빼앗겼잖아. 아까 못 봤어? 친아들한 테 손찌검하는 거? 자존심 상한 하륜이가 이번 일로 널 엄청 미워할 거다. 넌 하륜이한테서 가장 소중한 걸 빼앗았어. 그러니까 네가 하륜 이한테 잘해야지, 안 그래?"

"응……."

이현은 고개를 끄덕였다. 마음이 아팠다. 자신이 하륜에게서 가장 소중한 엄마를 빼앗았다는 생각에 눈물이 쏟아졌다. 한 번도 느껴 본 적 없는 엄마 품을 알게 된 저와 달리, 자신으로 인해 그 품을 빼앗긴 하륜의 상처가 마음 아파 눈물이 멈추지 않았다.

'그래, 이년아. 하륜이가 짖으라면 짖고, 죽으라면 죽는 시늉까지 하란 말이다. 지금이야 사모 때문에 널 받아 주지만 사장도 하륜이가 싫다고 하면 오래 못 버틸 테니까. 너 쫓겨나는 거야 무서울 것도 없지만, 너 때문에 나까지 여기 있기 힘들어지면 그건 문제란 말이지. 여기 월급이 얼만데! 이런 일자리를 잃을 순 없지!'

"그 애한테 미안하다고 할 거야."

"정이현! 너 이모 말을 뭐로 들은 거야!"

미진은 이현의 팔을 붙들고 매몰차게 흔들었다. 이현은 미진의 날카로운 눈빛에 흠칫 몸을 떨었다.

"미안하다는 말 가지고 될 거 같아? 넌 평생 하륜이에게는 죄인이야. 하륜이가 시키는 건 뭐든지 해! 뭐든지! 절대로 그 애한테 미움 같은 거 받지 않게!"

이현은 휘둥그레진 눈으로 고개를 끄덕였다.

'어린 게 언니 닮아서 예쁘긴 또 엄청 예쁘네. 훗, 또 모르지. 좀 더 커서는 이 댁 도련님들의 사랑을 번갈아 받을지? 가진 게 없으면 몸으로 때워야지, 안 그래? 네 주제에 살아남으려면 그 수밖에 더 있겠어?'

미진은 의미심장한 웃음을 흘리며 이현을 놓아주었다. 미진은 저녁상을 차려야 한다며 아래층으로 내려갔다. 그 뒷모습을 물끄러미 보던 이현은 시선을 돌리다가 흠칫 놀랐다. 제 방 옆, 방문을 열고 나서는 하륜과 눈이 마주친 것이다. 잘못을 하다 들킨 것처럼 획 돌아선 이현은 잠시 고민하다가 머뭇머뭇 다시 돌아섰다.

어느새 다가온 하륜이 잔뜩 화난 눈으로 이현을 노려보았다.

"난 널 도와주려고 했는데……."

"미안해……."

이현의 눈은 이미 퉁퉁 부어 있었다. 그러나 하륜의 눈도 붉게 물들어 있긴 마찬가지였다.

"넌 왜 나한테서 엄말 빼앗아 갔어!"

"미안해! 으앙!"

기어코 멈췄던 눈물을 다시 쏟아 내는 이현이었다. 하지만 이상했다. 어째서 하륜에게 엄마를 돌려주겠다는 말은 나오지 않는지…….

"미안해……. 미안해……."

이현은 손등으로 눈을 가리고 미안하다는 말만 되풀이했다. 무슨 말을 어떻게 해야 할지 생각이 나질 않았다. 그저 서러움 같은 울음만 솟구칠 뿐이었다. 가슴속 한구석에서부터 스멀스멀 피어오르는 욕심 때문인지도 몰랐다. 나도 엄마를 가지고 싶다는 욕심.

"미안해, 으으응, 흐응……."

"너…… 절대로 용서하지 않을 거야."

하륜이 이를 꽉 깨문 채 읊조렸다. 모든 게 박살 났다. 이젠 더 이상 희망도 없었다. 가슴에는 새카만 어둠이 내려앉았다. 그의 심장에 차가운 눈보라가 이는 겨울밤이 시작되었다.

"가만 안 둬, 너."

하륜이 돌아섰다. 이현은 너무 놀란 나머지 울음도 멈춘 채 딸꾹질을 했다. 문을 쾅 하고 닫고 들어간 하륜의 방문을 응시하던 이현은 다시금 입을 삐죽이며 울음을 터트렸다.

미움받고 말았다. 또다시 버려질지도 모른다는 두려움에 휩싸였다. 태어나서 처음으로 제 눈을 보석 같다고 말해 준 아이한테 씻을 수 없는 상처를 주고 말았다는 슬픔도 함께였다.

계단을 올라오다 그 모습을 모두 지켜본 하준은 한숨을 푹 내쉬었다. 결국 사달이 났다. 하륜은 잘 버티고 있었던 것이 아니라, 아슬아슬한 곡예를 하듯 불안하게 버텨 내고 있었던 것이다. 마지막 끈이 뚝 하고 끊기자 그의 분노가 폭주하기 시작했다는 것을 느낄 수 있었다.

하준은 울고 있는 이현에게 다가가 머리 위에 손을 올려놓았다.

"울지 마라, 꼬맹아."

"으아앙!"

"이번엔 커다란 눈물방울인가?"

"흐으윽."

농담에도 눈물을 그칠 기세가 없자, 하준은 이현의 머리를 두어 번 쓰다듬었다. 하준은 굳게 닫힌 하룬의 방문을 응시했다. 마치 그 문이 닫힌 하룬의 마음같이 단단해 보였다.

"네가 풀어 주면 되잖아."

"네?"

"오빠가 재미난 이야기 하나 해 줄까? 제목은 눈의 여왕이야. 옛날에 못된 악마가 거울을 하나 만들었는데 뭐든지 흉측하게 보이는 거울이었대. 그런데 그만 그 거울이 산산조각이 나서 사람들의 눈과 마음으로 파고들었어. 그랬더니 사람들이 아주 차갑고 못되게 변해 버린 거지. 그 마을에는 카이와 겔다라는 아이가 살고 있었는데, 둘은 엄청 사이가 좋았어. 하지만 카이도 거울 조각 때문에 못된 아이가 되어 버렸대. 결국 눈의 여왕이 카이를 잡아갔고 겔다는 아주아주 슬퍼했어."

"진짜요?"

어느새 눈물을 그친 이현이 하준이 들려주는 이야기에 귀를 기울였다. 자신을 올려다보는 이현의 푸른 눈동자를 가만히 내려다보던 하준은 부드럽게 미소 지었다.

"하지만 괜찮아. 겔다가 온갖 어려움을 꿋꿋이 다 이겨 내고 카이를 구해 냈거든."

"와!"

"하륜인 지금 그 거울 조각이 마음속에 박힌 거야."

"아……."

"아마 앞으로 엄청나게 못되게 굴지도 몰라."

"카이처럼요?"

"그래. 하지만 괜찮을 거다. 겔다가 있으니까."

하준은 이현의 머리를 다정하게 쓰다듬으며 빙그레 웃었다. 이현은 뭔가 작은 희망 같은 것이 느껴져 눈이 커졌다.

"그럼 나도 다 이겨 내면 구할 수 있어요?"

"쉽진 않겠지만 이겨 낼 수만 있다면?"

"그럼 나 할래요! 내가 엄마를 빼앗았으니까 다른 건 다 들어줄래요! 내가 할 수 있는 거라면 뭐든지 다!"

이현이 환한 미소를 지으며 손을 맞잡았다. 아무런 방법이 없을 줄 알았는데, 하준 덕분에 방법을 찾은 것 같아 기뻤다. 겔다처럼 어떤 어려움도 다 참고 이겨 내면 하륜이 저를 미워하지 않을 거라 여겼다. 그의 마음에 박힌 나쁜 거울 조각을 없앨 수 있으리라고.

하준은 왠지 씁쓸한 생각이 들었지만 이현에게 따뜻하게 웃어 주었다.

"하륜이 외로운 아이야. 외로운 거 알지?"

이현은 고개를 끄덕였다. 기억이라는 것을 할 수 있는 나이부터 외로웠던 자신이었기에 충분히 그 마음이 어떤 건지 알 수 있었다.

"네가 많이 사랑해 줘."

"네!"

이현은 두 손을 꼭 잡은 채 밝게 웃었다. 엄마의 사랑을 빼앗은 대신 제가 하륜을 많이많이 사랑해 줘야지, 하는 생각으로 잔뜩 들떴다. 지금은 이 결심이 얼마나 잔혹한 사랑이 될지 알지 못한 채.

제2장
그대가 문득

교실 안이 시끌시끌했다. 점심을 먹고 수다를 떠는 아이, 우당탕탕 교실을 뛰어다니며 장난을 치는 아이, 우리가 고등학생이라는 걸 잊은 거냐며 시끄럽다고 소리치는 아이들로 산만했다. 이현은 그 와중에도 책상에 앉아 문제집을 들여다보고 있었다. 내년이면 고3이었다. 한순 간도 게으름을 피울 수 없었다.

"어이, 개 눈깔."

"……."

이현은 대답하지 않았다. 책상 위에 놓인 수학 문제집에서 움직이 는 손도 멈추지 않았다. 개 눈깔이라는 말이 저를 부르는 거란 것쯤은 알고 있었지만 고개를 들 생각은 추호도 없었다.

"안 들리냐, 개 눈깔?"

"허엇, 개 눈깔이 되더니 사람 말을 못 알아듣는 거냐?"

누군가 거들자 주위에서 웃음이 터졌다. 한둘이 아니다. 점심시간이 끝날 무렵이라 교실에는 반 아이들 대부분이 존재했고, 이 모습을 지켜보는 아이들 전부 쿡 하고 실소를 터트리는 것에 동참했을 것이 분명했다.

"그러는 넌 사람 주둥이로 그따위 말밖에 못하니?"

이현은 힘주어 쓰던 샤프심이 툭 하고 부러지는 것을 노려보며 단호하게 대꾸했다.

"호오, 요것 봐라? 서하륜 없는 틈에 사람대접해 주느라 좋은 말로 말했더니 물려고 드네?"

이현의 말에 웃음기가 싹 가신 남학생이 주위를 휙 둘러보며 반응을 살폈다. 명색이 서열 2위인 제게 겁도 없이 덤비는 이현이 못마땅한 것은 당연, 반 아이들이 이현의 선방을 대단하게 여기는 눈빛을 보자 오기가 치밀었다. 강현은 이현의 멱살을 와락 움켜쥐고 들어 올렸다.

이현은 강현의 힘에 못 이겨 몸이 들리면서 책상 안쪽 모서리에 허벅지를 쿡 찔렀다. 책상과 부딪친 거야 대수롭지 않았지만, 하필이면 작은 못이 오랜 세월을 못 견디고 삐쩨나왔었던 모양이다. 이현은 못에 찍힌 허벅지가 쓰라렸지만 입술 안쪽을 지그시 깨물며 강현을 똑바로 직시했다.

"용건이 뭐야?"

"재수 없게!"

강현은 이현의 눈과 마주치자 정말 치 떨리게 재수 없다는 듯 교실 바닥에 침을 찍 갈겼다. 그런 뒤 이현의 얼굴에 제 얼굴을 바짝 들이밀었다.

"존나 꼴리게 생겨서 개 눈이라니! 너 운 좋은 줄 알아. 이 눈깔만 아니었으면 넌 벌써 내 밑에 깔렸어!"

"너, 나 좋아하니?"

이현은 눈 하나 깜짝하지 않고 되물었다. 도도하게 치켜 올린 턱 위, 이현의 붉은 입술로 시선이 내려간 강현은 침을 꿀꺽 삼켰다. 정말 기가 막히게 예쁜 얼굴이었다. 이제 겨우 열여덟인데도 이현은 향기를 터트리기 전의 꽃봉오리처럼 탐스러웠다. 밤마다 이현이 꿈에 어른거려 몽정한 게 수두룩했고, 그녀를 생각하며 자위를 한 건 또 몇 번이던가.

하지만 이현은 건들 수 없는 성역(聖域)과도 같았다. 그녀의 분위기가 그랬고, 그녀의 곁에 있는 하륜의 성질 때문에도 감히 이현을 넘볼 수 없었다.

그 어떤 남자에게도 눈길 한 번 주지 않는, 자존심 빼면 시체인 이현이 서하륜에게만은 자존심도 뭣도 없는 것처럼 구는 것에, 배알이 뒤틀리고 질투가 나서 그녀를 괴롭히는 것으로 자존심을 회복하고 있었던 것이다.

"그렇담 서하륜에게 허락부터 받고 와. 정이현을 좋아해도 되는지."

"와, 씨! 너 지금 서하륜 믿고 까부는 거냐!"

"그럴 리가."

이현은 입가에 비소를 띠었다.

"서하륜이 그 정도로 날 아낀다고 생각해?"

질문이 아니었다. 말도 안 되는 소리로 시간 낭비하지 말라는 확인 사살이었다. 그때였다.

"간이 배 밖으로 나왔구나들?"

이현은 목소리만으로도 흠칫 떨었다. 심층 지하수만큼이나 차갑고 낮은 목소리였다. 감정을 배제한 듯한, 그러나 금방이라도 솟구칠 것처럼 분노를 내재하고 있는 싸늘한 목소리.

"서, 서하륜?"

강현은 하륜에게로 시선을 돌린 채 뭉그적대며 손길을 내렸다. 조금 전까지만 해도 기세등등하게 이현의 멱살을 잡고 있던 손에 망설임이 역력했다.

하륜은 천천히 그들에게로 다가갔다. 주위의 숙덕거림도 사라지고 고요함만이 남았다. 반 아이들 모두 그를 잘못 건드려서 개망신당하거나 얻어터지기 싫었던 것이다.

"개 눈깔이라……."

하륜은 뒤로 슬금슬금 물러나는 강현의 팔을 움켜쥔 채, 허리를 숙여 이현의 눈을 바짝 들여다보았다. 이현은 미간을 살짝 찌푸리며 고개를 돌렸다. 그러나 최소한의 움직일 뿐, 드러내 놓고 뿌리치지도 못하는 시선이었다.

"푸른 눈동자라……. 그렇게 불릴 만도 하지."

"그렇지? 그렇지, 서하륜? 아니 내가 지나가는데 쟤가 꼬리 치잖아. 그래서 내가 손봐 주고 있던 차……."

"차라리."

하륜은 고개를 돌려 강현의 얼굴에 제 얼굴을 바짝 들이댄 채 입꼬리를 올려 비웃었다. 강현은 깊고도 차가운 하륜의 눈동자에 오금이 저렸다.

"네가 개새끼라고 해라. 그럼 믿어 주지."

"뭐?"

이상한 노릇이었다. 순정만화에서 막 튀어나온 것처럼 아름답기까지 한 외모이면서, 어째서 이토록 위압적인 분위기를 풍기는지 알 수가 없었다. 아마도 하륜이 무서울 게 없는 성격이기 때문일 것이다.

"정이현이 너 따위에게 꼬리를 쳐? 평생을 나만 바라보고 살았는데 수준 떨어지게 너 따위에게?"

하륜의 반듯한 눈매가 조금 일그러지며 피식 웃었다. 정말 웃겨 죽 겠지만 품위 떨어지니 크게 웃지 않겠다는 듯이.

"저건 내 허락 없인 자기 자신도 좋아하지 못해. 그런데 너 따위한 테 꼬리를 쳐?"

하륜은 기가 막히다 못해 제 자존심이 상하는 듯 표정이 굳었다. 그 와 동시에 그의 발이 강현의 아랫배를 강타했다. 예상치 못한 공격에 강현이 뒤로 나자빠지며 책상과 의자를 우르르 무너뜨렸다. 주위에 섰 던 아이들은 강현을 도와주려고 하기는커녕 소리도 지르지 못한 채 뒤 로 물러났다. 괜히 불똥이 제게로 튈까 봐 노심초사하는 모습이었다.

하륜은 얼굴을 찌푸리며 일어서려는 강현의 배를 발로 쿡 밟아 눌 렀다.

"내가 말하지 않았나? 저건 내 거라고."

"우윽."

"내 거니까 딴 놈들은 감히 건들지 말라고. 건들 생각조차 말라고."

"그, 그래. 기억난다……."

"난 내 거, 누가 건드는 거 소름 끼쳐 하는 놈인 거 알지?"

"그, 그래."

강현은 후회막급이었다. 괜히 이현에게 말이라도 한 번 걸어 보고 싶었던 것이 사태를 심각하게 만든 것이다. 하륜의 괴팍하고 포악한 성질을 알면서도 이현을 건들다니, 제가 미친놈이라는 생각이 들었다.

"두 번 다신 그러지 마라? 죽이고 싶어질 것 같으니까."

"아, 알았어. 알았어! 에이씨, 쪽팔리니까 그만 비켜 주라, 어?"

강현은 창피함에 낮은 욕설을 내뱉었다. 하륜은 강현의 배 위에서 발을 내렸다. 그러나 그게 끝이 아니었다. 이번엔 그의 냉랭한 시선이

49

이현에게로 향했다.

이현은 하륜의 시선을 똑바로 응시했다. 이럴 때 그의 시선을 피하면 불통이 더 커진다는 것을, 이미 체험으로 진절머리 나게 알고 있었던 것이다.

"넌 따라와."

"여기서 말해."

"여기서 네 옷 벗겨도 상관없단 말이지?"

하륜이 이현의 옷깃을 움켜쥐었다. 그러자 이현은 깜짝 놀라 황급히 그의 손목을 부여잡았다. 그가 한다면 반드시 하는 성격이라는 걸 잘 알기 때문에 놀라지 않을 수가 없었다.

"알았어. 따라갈게."

하륜이 앞장서 문을 나섰다. 이현은 옷매무새를 가다듬고 그의 뒤를 따랐다. 보통은 온갖 비웃음과 비난이 쏟아질 만도 한데 조용했다. 서하륜이 무서워 감히 이현의 뒷담화도 하지 못하는 그들이었다.

하륜은 주머니에서 열쇠를 꺼내 이사실의 문을 열었다. 그가 성큼 들어서 이현을 노려보았다. 어서 들어오지 않고 뭐하느냐는 질타의 눈빛이다. 그러나 이현은 찜찜한 기분을 떨쳐 버릴 수가 없었다. 수도 없이 들어온 이사실이지만, 한 번도 그와 은밀한 일은 벌어지지 않았다. 그러나 오늘따라 부쩍 드는 이 찜찜한 기분은 대체 무엇이란 말인지.

"곧 수업 시작할 거야. 학생 신분으로 이사실을 이렇게 멋대로 사용하는 건 별로 좋지……."

"그동안 학생 신분으로 이사실을 이렇게 사용한 것이 얼마나 건전했던 건지, 오늘 보여 줘?"

하룬은 뭉그적거리는 이현의 팔을 휙 잡아당겨 안으로 이끌고는 문을 잠갔다. 이현은 문 쪽으로 뒷걸음질을 쳤다. 앞은 하룬이 떡하니 버티고 서 있어서 갈 곳이라고는 두어 걸음 남짓 남은 뒤밖에 없었다. 등 뒤로 차가운 문이 느껴지자 이현은 눈을 지그시 감았다가 떴다.

'그래, 긴장할 거 없어. 이보다 더한 것도 당했는데 뭐. 서하룬에게만은 자존심 내세우지 않겠다고 맹세했잖아…….'

이현은 속으로 마음을 다잡으며 하룬을 올려다보았다.

언젠가, 작년 이맘때쯤이었나. 난데없이 하룬이 명령한 적 있었다. 여자의 몸이 궁금하니 다 벗어 보라고. 그때 이현은 청천벽력 같은 요구에 얼굴이 새하얗게 질리고, 입술이 사시나무 떨듯 파르르 떨렸지만 거부할 수가 없었다. 그에게 빼앗은 것이 너무 컸기에…….

하지만 다 벗을 순 없었다. 열일곱이었다. 감수성이 예민할 대로 예민하고, 무르익을 대로 무르익었을 때였다. 그런데 저와 동갑인 남자 앞에서, 그것도 눈만 마주쳐도 가슴이 떨리는 하룬의 앞에서 발가벗을 수는 없는 노릇이었다. 차라리 생전 처음 보는 남자에게 벗은 제 몸을 보여 주는 편이 나을 것 같았다. 그래서 사정했다. 속옷만은 벗지 않겠다고.

아무 짓도 하지 않을 테니 벗기만 하라고 화를 내는 하룬에게 눈물로 사정한 탓에 속옷만은 몸에 걸칠 수 있었다. 하룬은 약속대로 가만히 앉아 바라보기만 했다. 속옷 안도 꿰뚫을 듯한 눈을 하고서.

얼마간의 시간이 지나자 하룬은 조금 충격을 받은 듯한 얼굴로 방을 나섰다. 그날 밤 이현은 밤새 펑펑 울었다. 자존심이 상해, 수치심에 온통 생채기가 나 아파 오는 심장 때문에 울음을 멈출 수가 없었다. 그 뒤로 하룬의 괴롭힘은 더 심해졌다. 다른 남학생과 일상적인 인사라도 한 마디 건넸다가는 난리가 났다. 그 남학생은 코피가 터져 교실로 돌아오거나 보건실에서 안정을 취하다 집으로 돌아가곤 했다.

"만지게 됐어?"

"어?"

"여기, 만지게 됐냐고."

하륜의 검지가 이현의 젖가슴 사이의 골을 쿡 눌렀다. 그제야 이현은 하륜이 무얼 두고 하는 말인지를 깨달았다. 조금 전, 강현이 멱살을 잡은 탓에 어쩔 수 없이 가슴 윗부분에 그의 손이 닿았던 걸 두고 묻는 말이다.

"만진 건 아냐. 조금, 아주 조금……."

"닿았다고 말하고 싶은 건가? 그럼 어떤 놈이든 아주 조금 닿는 건 상관없다, 그 말이지?"

"아……."

하륜의 눈빛이 날카롭게 가라앉았다. 눈매가 낮아진 게, 그가 화가 났다는 것을 알게 해 주었다. 이현은 두 눈을 질끈 감았다. 하륜의 야수처럼 빛나는 눈동자가 점점 더 제게로 낮게 가라앉는다는 것을 깨닫고선.

닿을 듯 말 듯.

이현은 숨을 멈추었다. 제 얼굴에 따뜻하게 내려앉는 하륜의 숨결에 숨이 멎을 것만 같았다. 그녀는 그의 입술에 맞닿을까 봐 긴장되어 숨을 쉴 수가 없었다.

"넌 내 거라고 말했지?"

"……."

그가 입술을 움직일 때마다 이현의 입술을 스치듯 닿았다가 떨어지길 반복했다.

"내 장난감……. 내가 가지고 노는 살아 있는 인형. 대답해."

"……알아."

이현은 두 주먹을 꽉 쥔 채 꿍, 앓듯 대답했다. 빨리 대답을 해야만 그가 제게서 멀어질 것만 같아서. 그러나 이현의 생각은 여지없이 빗나갔다. 그는 물러나지 않았다. 오히려 한숨 같은 옅은 숨을 내쉴 뿐.

"수업 종 쳤어. 그만 교실로 가야겠어."

이현은 용기를 내 하륜의 가슴팍을 밀어내려 손을 뻗었다. 하얀 하복 셔츠가 너무나 깨끗해 감히 손대기조차 조심스러웠다. 하륜에게는, 선생님들도 그와 눈이 마주치는 걸 부담스러워하는 묘한 분위기가 존재했다.

"내게 손대는 거, 각오가 섰다는 건가?"

이현은 흠칫 놀랐다. 손끝이 그의 옷깃에 닿기 직전 손을 움츠렸다.

'어째서일까……. 어째서 서하륜에게만은 이토록 두려운 마음이 드는 걸까?'

이현은 제가 생각해도 의아했다. 하륜이 제게 손을 댄 적은 없었다. 눈빛으로 숨통을 조여 오고, 말로 윽박질러도 폭력을 쓴 적은 없었다. 그런데도 이현은 그가 두려웠다. 세상에서 서하륜이 가장 두려웠다.

'아니야. 그것만은 아니야…….'

이현은 저도 모르게 고개를 내저었다. 서하륜을 두려워하는 마음 깊은 곳에서는 더 근본적인 이유가 흐르고 있다는 것을 알고 있었다. 한 번도 알려고 하지 않았던 마음, 절대로 깨닫고 싶지 않은 이유. 이현은 그 진실과 맞닿을까 봐 서둘러 고개를 재차 흔들었다.

"다 참을 수 있는데……."

이현은 입술을 지그시 깨물었다가 떼며 어렵게 입을 열었다. 조금 전 강현에게 맞설 때와는 사뭇 다른, 순종적이고도 조심스러운 태도였다.

"내가 여자라는 거, 그리고 네가 남자라는 걸 인지시키는 그런 협박만큼은 하지 말아 줬음 좋겠어."

"훗."

하륜의 입에서 가소롭다는 조소가 짧게 흘렀다. 그 웃음에서, 이현은 이미 그의 대답을 들은 거나 다름없다는 생각을 했다.

"고개 들어."

"······."

"날 봐."

이현은 하는 수 없다는 듯 천천히 얼굴을 들었다. 하륜의 얼굴이 다시금 가깝게 내려와 있었다. 이현은 엉덩이에 닿은 이사실의 앤티크 책상을 뒤로 뻗은 손으로 짚은 채 침을 꼴깍 삼켰다. 시리도록 차가운 겨울밤, 짙은 어둠 속에서 눈이 시리도록 빛나는 하얀 눈 조각을 발견한 것처럼 아름다운 그의 눈을 마주하자 심장이 터질 것같이 뛰었다.

"네가 여자라는 거, 그리고 내가 남자라는 거 인지시키는 건 너잖아, 정이현."

"내, 내가?"

이현은 재빨리 제 행동거지를 되돌아봤다. 하륜에게 제가 여자라는 것을 인지시킬 만한 행동을 한 적 있었나? 아니, 없었다. 그의 명령 없이는 그와 눈도 마주치지 않으려고 노력했고, 최대한 그의 눈에 띄지 않으려고 애썼다. 집에서도, 학교에서도 유령처럼 지내려고 노력했다. 그런데 어째서 그 책임을 제게 떠넘기는 걸까.

"박강현을 비롯해서 발정 난 수컷들이 널 두고 수군거리는 소리 못 들었어? 다들 너 한 번 먹어 보고 싶다고 하는 거."

이현은 확 끼쳐 오르는 모욕감에 입술이 파르르 떨렸다. 소위 일진이라는 남자애들이 저를 두고 수군거린다는 것쯤은 알고 있었다. 하지만 구체적으로 어떤 말들이 오가는지는 알고 싶지 않았다. 듣지 않아도 뻔한 그 말들은 음흉한 눈길만으로도 충분히 짐작하고도 남았으니까. 그런데 그걸 굳이 하륜의 입을 통해 들으니 더욱 얼굴이 화끈거리고 자존심이 상했다.

"너한테 그런 말 듣고 싶지 않아."

이현은 하륜의 경고를 무시하고 그의 가슴팍을 확 밀어 버렸다. 그러나 하륜은 꼼짝도 하지 않았다. 오히려 그는 이현에게로 몸을 바짝 들이밀었다. 이현은 깜짝 놀라 뒤로 몸을 눕혔다.

"하준 오빠가 알면 화낼 거야. 이사실 함부로 쓴다고……."

하준의 이름을 입에 올리며 분위기를 바꿔 보려 한 이현은 아차 싶었다. 제가 하준의 이름을 거론하는 걸 그가 싫어한다는 사실을 깜빡한 것이다. 하륜이 이현의 뒤로 팔을 뻗어 책상 위를 짚었다. 이현은 하륜의 두 팔 안에 갇힌 꼴이 되었다.

"이름뿐인 이사 따위 뭐가 무섭다고. 형은 내가 이 자리에서 널 안는다고 해도 상관하지 않을걸?"

"이러지 마……."

"뭘?"

이현은 숨을 멈췄다. 제 가슴 위에 맞닿아 있는 하륜의 가슴이 어렴풋이 느껴졌다.

"명심해 둬."

하륜의 목소리가 차갑게 가라앉았다. 냉랭한 기류를 형성하듯 그의 목소리가 이현의 입술 위로 흩어졌다.

"너한테 첫 남자는 나라는 걸."

"……!"

이현은 가쁜 숨을 몰아쉬었다. 하륜의 말이 너무나 충격적이어서 가슴이 벌렁벌렁거렸다. 그녀의 떨리는 눈이 하륜의 눈을 직시했다. 네가 한 말이 무슨 뜻이냐고 되묻는 이현의 눈을 내려다보며 하륜은 재미있다는 듯 입꼬리를 올려 씨익 웃었다.

"내가 널 안기 전까진, 넌 누구에게도 안겨서는 안 돼."

"뭐……?"

"키스도 안 돼. 물론 손도."

"……."

이현은 흔들리는 눈동자로 충격을 내색하지 않으려 애썼다. 하륜이 저를 여자로 봐서, 여자로 좋아해서 그런 말을 하는 것 같지는 않았다. 혹, 그랬다면 기뻤을까? 아니, 이현은 기뻐할 수가 없었다. 그의 눈에는 잔인한 즐거움만 있을 뿐 애정 따윈 없었던 것이다.

"설사 그게 네 남편이라고 해도."

제가 들은 말이 사실인지, 이현은 의심스러웠다. 하륜의 집요한 괴롭힘이 단지 '엄마' 때문인 줄로만 알았다. 빼앗긴 엄마의 사랑, 그에 대한 복수라고만 생각했다. 그런데 이제는 혼란스러웠다. 제게 보이는 이 집착이 과연 미움 때문인지, 삐뚤어진 애정 결핍인지 알 수가 없었다.

"알았으니까 이제 그만 비켜 줘."

이현의 목소리에 힘이 하나도 없었다. 절망과 슬픔만이 가득했다. 하륜이 순순히 비켜섰다. 이현은 자세를 바로잡으며 작은 목소리로 말했다.

"난 공부해야 돼. 너처럼 머리가 좋은 것도 아니고 집안이 빵빵한 것도 아니니까. 그러니까 제발…… 고등학교 졸업할 때까진 내게 손대지 말아 줘. 그 뒤엔 네가 원하는 대로 해 줄 테니까."

이현은 하륜을 지나쳐 이사실을 빠져나갔다. 하륜은 닫힌 문을 노려보았다. 슬슬 기분이 나빠지기 시작했다.

"어째서……."

이해할 수가 없었다. 이현을 실컷 괴롭혔는데도 분이 풀리지 않았다. 그녀를 제게서 꼼짝달싹 못하게 옭아맬 때마다, 왜 마지막엔 항상 제가 당한 것처럼 상처를 받는지 알다가도 모를 일이었다.

"젠장!"

하륜은 책상 위를 주먹으로 내리쳤다. 그래도 분이 풀리지 않았다. 가슴이 따끔따끔한 것이 숨을 쉴 때마다 심장이 제 기능을 하지 못하는 것 같았다. 왜 이렇게 화가 나는지, 왜 이렇게 못마땅한 건지! 그는 도무지 그 이유를 알지 못했다.

"박강현! 너 따위가 감히! 감히 내 거에 손을 대?"

하륜은 이 모든 짜증과 분노가 강현이 제 것에 눈독 들여서라고 결론지었다. 그렇게라도 이유를 찾고 보니 조금은 숨통이 트이는 것 같았다. 원인을 알면 제거하면 되니까.

"어떤 새끼든, 내 거에 손대면 죽여 버린다. 두 번 다시 내 거 뺏기는 일 따윈 안 해."

하륜은 두 손으로 교복 옷깃을 탁탁 펴며 목을 좌우로 한 번씩 힘주어 꺾었다. 그의 반듯하게 잘생긴 얼굴이 잔인할 정도로 아름답게 빛났다.

❀          ❀          ❀

"머릿결이 참 곱구나."

창가에 앉아 이현의 머리를 빗질하던 은린이 새삼 감탄했다. 하루에 한 번, 이현의 머리를 빗질해 주는 것이 은린의 유일한 낙이었다.

느리게 움직이는 여름 태양 덕분에 이제야 막 노을이 번지기 시작했다.

"엄마도 너만 할 땐 이렇게 머릿결이 좋았는데."

"지금도 좋아요."

"그래?"

은린은 이현의 칭찬에 금세 기분이 좋아져 입가에 미소를 드리웠다.

"하연아, 넌 좋아하는 남자애 없니?"

그녀는 이현을 '하연'이라 부르고 있었다.

"네? 아……."

은린은 빗질을 하던 손을 멈추고 고개를 숙여 이현의 표정을 살폈다. 머뭇거리는 이현의 귓불이 점점 발갛게 물들고 있었다. 은린은 후훗, 흐뭇한 웃음을 흘리며 이현을 행복한 눈으로 흘겨보았다.

"어머, 우리 딸! 벌써 좋아하는 남자가 있구나? 그래, 그럴 때도 됐지. 누구니? 말해도 엄만 모르려나?"

은린은 이현의 손을 잡고 침대로 다가가 마주 보고 앉았다. 그녀의 눈에 이현에 대한 사랑이 가득했다.

"그래도 엄만 너무 궁금해. 우리 딸이 좋아하는 남자애가 어떤 앤지. 한번 집으로 데려올래? 그럴 수 있어? 아, 엄마가 몸이 이래서……."

은린은 제 몸 여기저기 만져 보며 긴장했다. 그녀도 알고 있었다. 제 몸 상태가 건강하지 않다는 것을. 심장이 점점 멈춰 간다는 것을 직감적으로 느끼고 있었다. 앙상하게 마른 몸과 신경질적이고 불안한 정신이 심장을 점점 좀먹어 가고 있다는 것을 누구보다 스스로가 가장 잘 알고 있었다.

하지만 이현에게만은 정성이었다. 세상에서 가장 사랑하는 딸, 이현에게만은 제 목숨을 내어 놔도 아깝지 않았다. 죽기 전에 이현이 아름다운 드레스를 입고 결혼하는 걸 볼 수만 있다면 더 바랄 것도 없었다. 하다못해 이현이 결혼할 남자를 보고만 죽어도 여한이 없었다.

"하연아."

"네, 엄마."

"엄마는 하연이가 있어서 이만큼 살았어. 너 아니었음 진즉에 죽었을 거다. 의사가 나보고 마음이 아파서 정신도 아픈 거라고 하더라? 그래, 엄마가 생각해도 그런 거 같아. 그래도 엄만 하나도 안 슬퍼. 엄마한테는 하연이가 있으니까."

이현은 슬픈 마음을 감추고 밝게 웃었다. 자신을 딸로 착각한 건 사실이지만 다른 누구도 아닌 저를 딸로 사랑하는 것은 진실이었기에, 이현도 은린을 진심으로 사랑했다. 그녀를 사랑할수록 하륜에 대한 죄책감과 미안함은 더욱 커져 갔지만.

"엄마도 네 나이 때 정말 좋아하는 사람이 있었어."

은린은 옛 추억에 잠긴 듯 눈을 감고 행복한 미소를 지었다.

"정말정말 좋아했단다. 나중에 결혼하자고 약속까지 할 정도로."

눈을 뜬 은린은 슬픈 눈으로 이현의 머리를 쓰다듬었다. 무언가 꼭 하고 싶은 말이 있지만, 차마 그 말만은 할 수 없다는 듯 안타까운 눈빛이기도 했다.

"정략결혼으로 그 남자와는 헤어졌지만…… 엄만 그 남자를 정말정말 사랑했단다."

이현으로서는 처음 듣는 이야기였다. 어렸을 적 풋사랑 같은 거라면 얼마든지 할 수 있는 이야기였다. 엄마와 딸이 마주 앉아 서로의 첫사랑에 대해 공유할 수 있는 것도 멋진 일이니까. 하지만 이건 성질이 좀 달랐다. 마치 지금의 남편은 전혀 사랑하지 않는다는 반증과도 같은 고백이었으니까.

"죽기 전에 다시 볼 수 있을까?"

은린은 창가로 시선을 던지며 혼잣말처럼 중얼거렸다. 아련한 무언가를 보는 듯 눈동자가 그리움으로 잠식되어 갔다.

"지금도 그분…… 사랑하세요?"

이현은 용기를 내어 물었다. 어쩌면 은린이 하륜을 까맣게 잊은 이유와 이어져 있을지도 모르는 일 같아서.

'혹시 아저씨와 헤어지고 그분한테 가려다가 하륜일 가진 걸 아신 게 아닐까? 그래서 하륜일 기억에서 지워 버린……. 에이, 설마.'

이현은 얼토당토않은 생각이라 치부하며 고개를 내저었다. 드라마에서나 있는 일이라는 생각이 들어 괜스레 민망해졌다.

"그분, 보고 싶으세요?"

은린은 이현을 의미심장한 눈빛으로 가만히 바라보더니 싱긋 웃었다.

"괜찮아, 괜찮아. 너 태어나기 전에 만나 봤으니까."

갑자기 머릿속이 복잡해지는 이현이었다. 여자에겐 직감이라는 것이 있다지 않는가. 어쩐지 은린의 의미심장한 미소 속에 해답이 있을 것만 같았다. 좀 더 물어보고 싶었지만 은린이 화제를 바꾸어 기회를 놓쳤다.

"말해 봐. 좋아하는 남자애에 대해서."

"음."

이현은 순간 하륜을 떠올렸다. 하지만 입 밖으로 내진 못했다.

"혹시 말이다."

은린이 '요런 깍쟁이' 하는 눈빛으로 이현을 응시하며 비밀스럽게 물었다.

"하륜이니?"

"네?"

"그렇구나? 호홋."

제 예감이 맞았다는 것에 기쁜 은린은 역시 엄마는 다르다며 소리 내 웃었다. 이현의 얼굴이 새빨개지자 은린은 그녀의 얼굴을 두 손으로 감싸 쥐었다.

"뭐 어때? 아버지 친한 친구분 아들이잖아. 좋아해서 안 될 게 어디 있니? 부끄러워서 그래?"

"그게……."

당황스러웠다. 이현은 시선을 어디에 둬야 할지 몰라 안절부절못했다. 은린은 그런 이현이 사랑스러워 꼭 껴안았다.

"우리 딸, 벌써 사랑을 할 나이구나. 괜찮아, 괜찮아. 사랑을 한다는 건 정말 아름답고 행복한 일이란다. 엄마는 우리 딸이 예쁜 사랑을 했으면 좋겠어."

"……."

이현은 아무런 말도 할 수가 없었다. 과연 그럴까? 하륜을 좋아하는 마음이, 은린이 말하는 그런 아름답고 예쁜 사랑일까? 그렇게 될 수 있을까? 이현은 한숨을 속으로 삼켰다.

'아니, 하륜이가 날 좋아하는 일은 생기지 않아…….'

"하륜이를 보는 네 눈빛이 영락없이 사랑에 빠진 소녀 같더라. 너무 떨리고 설레서 쳐다보지도 못하는 수줍은 소녀의 사랑 말이야."

"엄마……."

"응?"

이현은 은린의 품에 기대어 조심스럽게 입을 뗐다.

"내가…… 하륜일 좋아해도 괜찮을까?"

"당연하지. 좋아하는 데 누구 허락받고 좋아해야 되니?"

"하륜이가 싫어하면?"

"그럴 리가 있니? 이렇게 예쁜 우리 딸이 좋아한다는데 감지덕지해야지!"

"흐응."

이현은 은린의 가슴에 볼을 비비며 기분 좋은 소리를 냈다. 그러나 한편으로는 마음이 무거웠다. 이렇게 은린의 품에 안겨 있을 사람은 제가 아닌 하륜이어야 하는데, 하는 생각이 들지 않을 수가 없었다.

"엄마, 나…… 사랑받을 수 있을까?"

이현의 눈동자에 슬픔이 번졌다. 은린은 마음이 아팠다. 아무래도 이현이 남과 다른 눈동자 색 때문에 의기소침해진 것 같았다. 그녀는 이현의 등을 쓰윽쓰윽 쓰다듬었다.

"사랑은 받는 게 아니야, 하연아."

"그럼?"

"사랑은 씨를 뿌리는 거야."

"응?"

은린의 품에서 벗어난 이현은 그녀의 눈을 응시했다. 은린은 하늘처럼 맑고 호수처럼 깨끗한 이현의 눈동자를 들여다보며 다정하게 속삭였다.

"나를 상대의 심장에 심는 거야."

"아……."

"생각해 봐. 땅 속에 씨를 뿌려 아름드리나무를 키우는 것도 쉽지 않은데, 남의 심장에 나란 씨를 뿌려서 사랑으로 키우려면 얼마나 많은 어려움이 있겠니? 그 어려움에도 흔들리지 않을 때 사랑으로 팡!

피어나는 거지."

은린은 연극배우처럼 두 손으로 커다란 하트를 그렸다. 이현은 은린의 행동에 훗, 웃음을 터트렸다. 그녀는 이현이 웃자 마음이 놓였다. 이현이 눈동자 색 때문에 사랑을 포기하거나 잃지 않기를 바랐다.

"하륜이, 그 아이 말이다. 눈빛이 강한 게 내가 아는 그 남자와 많이 닮았더라. 그런 눈을 한 남자는 한 여자만 사랑해. 난 알아. 그러니까 하연아."

"네?"

"맘껏 사랑해."


"이현아, 이거 두 도련님 방에 가져다 드려."

미진은 오색 과일이 조금씩 담긴 접시를 쟁반에 올린 뒤 내밀었다. 저녁 식사 후 설거지를 끝낸 이현은 쟁반을 조심스레 받아 들었다.

"가능하면 큰 도련님 방에 오래 있다가 와."

미진이 눈을 찡긋거리며 눈치를 주었다. 이현은 그 눈빛이 무슨 의미인지 이젠 아는 나이였다. 하준을 어떻게든 꼬셔 보라는 미진의 눈치를 받을 때마다, 이현은 제 자신이 여자라는 것에 소름이 끼쳤다.

"이모."

"집사님이라고 부르라고 했지?"

"네, 집사님. 근데 우리 엄마도 나처럼 푸른 눈동자였어요? 집사님은 안 그렇잖아."

뜬금없이 묻는 이현의 질문에 미진은 어쩐 일이냐는 듯 그녀를 바라보았다. 엄마가 왜 집을 나갔는지에 대해 물은 적은 있어도 그녀의 눈 색깔을 물어본 적은 단 한 번도 없었기 때문이다. 미진은 귀찮다는 듯 대충 얼버무렸다.

"유전이지 뭐. 네 엄마도 멜라닌 색소 부족으로 너랑 같은 눈이었지. 그래서 아버지가 재수 없다고, 언니가 스무 살이 되자마자 동네 홀아비한테 팔아먹었지만."

미진은 그 말을 들을 이현에 대한 배려는 눈곱만큼도 없었다. 이현도 그 얘길 처음 들었을 때는 충격이었지만 나이를 좀 더 먹게 되자 생각이 달라졌다. 어렸을 땐 자신을 낳고 도망간 엄마를 이해할 수 없었지만 지금은 이해할 수도 있을 것 같았다. 원하지 않는 남자에게 팔려 가다시피 시집가서 원치 않는 아이까지 낳았으니 얼마나 죽고 싶었을까. 그런 생각을 하면 죽지 않고 어딘가에 가서 잘 살고 있으면 다행이란 생각마저도 들었다.

"큰 도련님이 널 예뻐하니까 너도 좀 애교 있게 굴어 봐. 큰 도련님한테 시집가면 내가 좋냐? 네 팔자가 좋아지지?"

이현은 한 걸음 떼다 말고 미진을 돌아보았다. 미진을 바라보는 이현의 눈동자에 생기라고는 전혀 없었다.

"이모, 나 이제 열여덟이야. 아직 고등학생이라고."

"또 이모! 에효, 네년이 아직 어려서 뭘 몰라서 그러지. 큰 도련님은 벌써 스물다섯이야. 주위에 널린 게 여자라고. 너 고등학교 졸업할 때까지 큰 도련님이 기다려 준대, 어디? 난 초조해 죽겠구먼."

"대학 가고 싶어. 대학 가서 졸업하고 취업하면 이모, 내가 모실게. 그러니까 나 대학 가게 그냥 좀 봐주면 안 돼?"

"요년이 또 입 아프게 되풀이하게 만드네. 네가 대학 가서 취업해서 날 모신다고? 비슷한 놈 만나서 살기 빠듯하면 이모 따위 거들떠도 안 볼 거면서 뭘? 모셔? 지나가는 개가 웃겠다, 이년아. 딴생각 말고 넌 큰 도련님 앞에 자빠질 궁리나 해."

"……."

미진이 더는 말을 말자는 듯 손사래를 쳤다. 이현은 대꾸 없이 쟁반을 들고 2층으로 올라가는 계단을 밟았다. 그러면서 다시 한 번 다짐했다. 스무 살만 되면 꼭 독립하리라고. 죽어라 공부해서 장학금 받을 수 있는 대학으로 지원한 뒤, 생활비는 어떻게든 벌어서 대학을 마치리라고. 그때가 되면 하륜에게도 엄마를 돌려줘야지, 하는 생각으로 입술을 깨물었다.

이현은 먼저 하륜의 방에 들렀다. 그는 침대 헤드에 기대어 누운 채 책을 읽고 있었다. 책상에 올려 두려던 계획을 바꿔 침대 머리맡 탁자 위에 과일 접시를 내려놓았다. 이현은 저를 곁눈질로 쳐다보는 하륜의 시선을 느끼고 있었다.

"과일 먹어."

"여자의 젖가슴에선 복숭아 맛이 난다는데 진짤까?"

혼잣말처럼 내뱉는 하륜의 말에 이현은 과일 접시에서 손을 떼다가 움찔 떨었다.

"여자의 거기에선 달콤한 꿀이 흐른다는데 진짜 그럴까?"

이현은 두 눈을 질끈 감았다. 하륜이 일부러 더 짓궂은 말들을 던진다는 것쯤은 알고 있었다. 하지만 요즘 들어 그 수위가 하늘 높은 줄 모르고 치솟고 있었다. 이현은 눈을 뜨고 하륜을 노려보았다.

"그딴 거 묻지 마. 나한테 답을 구하는 것도 아니면서."

"맞아. 너한테 답을 들을 생각은 없어."

하륜은 읽고 있던 책을 내려놓았다. 그의 입가에 잔인한 미소가 피어올랐다.

"너한테서 그 해답을 찾아보면 되니까!"

갑작스레 손목을 잡아당기는 하륜의 힘에, 이현은 균형을 잃고 침대 위로 쓰러지듯 주저앉았다. 하륜은 이현의 얼굴로 바짝 제 얼굴을 들이밀었다.

"키스라는 게 어떤 느낌인지 궁금해졌어."

아주 흥미로운 게임을 눈앞에 둔 어린아이처럼 눈을 반짝이며 입가를 끌어 올려 웃는 하륜이었다. 이현은 쌀쌀맞은 눈으로 그의 시선을 회피했다.

"난 실험동물이 아냐."

"날 위해서 뭐든 하겠다고 한 건 너 아닌가? 내가 시키는 건 뭐든 하겠다고 했을 텐데?"

"이런 건 아냐!"

"이런 게 아님 네가 나한테 뭘 해 줄 건데!"

"앗!"

이현은 눈을 질끈 감았다 떴다. 단지 눈을 감았다 떴을 뿐인데 어느새 몸이 침대 위에 누여져 있었다. 하준에게 가져다주기 위해 들고 있던 쟁반과 접시가 바닥으로 떨어지며 과일이 여기저기 흩어졌다.

하륜은 제 두 팔 사이에 이현을 가둬 놓고 끈질기게 그녀의 눈을 응시했다.

"말해 봐. 뭘 해 줄 수 있는지."

"……그래도 이런 건 아냐."

"내가 원하는 게 이런 거뿐이라면?"

"……"

고개를 돌린 이현은 입술 안쪽을 지그시 깨물었다. 하륜의 까만 눈동자와 마주치면 자꾸만 심장이 떨려서 숨을 쉴 수가 없어졌다. 점점 남자다워지는 그의 시선과 분위기가 자꾸만 그녀 안에 있는 소녀의 껍질을 깨려고 들었던 것이다.

"넌 다 가졌잖아. 내 엄마도, 엄마의 사랑도. 안 그래?"

하룬은 이현의 턱을 꽉 잡아 제게로 돌렸다. 이현의 푸른 눈동자 안에 제 얼굴이 들어 있었다. 호수처럼 떨리는 그 눈이 너무나 예뻐 짜증이 치솟았다. 이현의 눈을 예쁘다고 생각하는 제 자신에게 화가 치밀어 어쩔 바를 모르는 하룬이 이를 갈듯 중얼거렸다.

"난 형이 널 어떤 눈으로 보는지 알아."

"무슨……?"

"날 볼 땐 늘 불쌍하다는 눈빛인데 널 볼 땐 사랑스럽다는 감정으로 가득하지."

"아냐. 그건 정말 네 오해야. 하준 오빠는……."

"네 입에서 형 이름 듣고 싶지 않다고 몇 번을 말해야 알아들어!"

이현은 입을 다물었다. 어떤 말을 해도 하룬에게는 변명으로 들린다는 것을 안다. 하지만 입을 다물고 있을 수도 없는 노릇이었다. 그의 생각이 틀렸다고, 그렇지 않다고 말해 주어야 하는데…….

'하준 오빠는 정말 날 여동생처럼 좋아하는 거야. 난 알아. 느낄 수 있으니까. 나도 하준 오빠가 친오빠라면 좋겠다고 생각해. 너하곤 달라. 너하곤…….'

가끔은 '날 좋아해 주면 안 돼?' 하고 물어보고 싶어지는 이현이었다. 하룬에게 '더 이상 날 미워하지 않으면 안 돼?' 하고 매달리고 싶어질 때가 한두 번이 아니었다.

하지만 이현에게도 자존심이라는 것이 있었다. 죽어도 좋아한다는 말은 하지 않을 거라 결심했다. 제 자신에게도 하룬을 좋아한다는 사실을 잊으라 강요했다. 무의식 속에 꽁꽁 감춰 놓고 절대로 꺼내 보지도, 생각하지도 말라고 악다구니를 써 댔다. 그래야만 겨우…… 겨우 견딜 수 있었으니까.

마지막 남은 자존심.

널 좋아해…….

하지만 절대로 하륜이 알게 하고 싶지 않은 마음이었다.

"심지어 아버지도 너한테만큼은 미소를 지어 주시지. 어째서…….
어째서지? 어째서 하나같이 다 너만 좋아하지? 이 집에서 날 좋아하
는 사람은 아무도 없어!"

"아냐! 정말 아냐. 다들 널 좋아해. 정말이야!"

이때다 싶었다. 하륜이 먼저 말을 꺼냈으니 그의 자존심을 건들지
않고 사실을 알려 줄 기회가 온 것이다. 이현은 간절함을 담아 나지막
하게 외쳤다.

"가족이잖아. 가족인데 사랑하지 않을 리 없잖아? 다들 널 좋아해.
난 보여. 내 눈엔 보여! 다들 널 좋아해, 정말이야."

"넌?"

"……!"

이현의 눈동자가 떨림으로 커졌다. 슬픈 마음을 간신히 참고 있는
것처럼 하륜의 미간이 아프게 일그러져 있었다. 이현은 그런 그의 얼
굴을 만져 주고 싶은 마음이 들었다. 그러나 선뜻 손을 뻗지는 못했
다. 대답 역시 할 수 없었다.

"그럼 넌!"

하륜이 울분을 터트리듯 버럭 소리쳤다. 이현은 상처받은 하륜의
눈을 응시하다가 눈을 감았다.

"키스하는 느낌이 어떤 건지 궁금하댔지?"

이현의 말에 하륜은 침대를 짚은 손을 꽉 오므렸다. 제가 원하는 걸
해 주겠다는데 왜 이렇게 화가 나는 걸까. 하륜은 까불지 말라는 심정
으로 이현에게로 다가갔다.

이현은 이렇게라도 그의 마음을 어루만져 줄 수 있다면 그것으로

족했다. 자신이 그를 좋아하는 마음을 이렇게라도 전할 수 있다면 모욕도 참을 수 있었다.

늘 사랑에 목말라 심장이 타 버릴 것처럼 어쩔 줄 몰라 하는 하륜을 보면서, 제가 할 수 있는 일이라고는 그의 어리광을 다 들어주는 것뿐 달리 방법이 없었다. 아무도 듣지 않는 허허벌판에서 사랑해 달라, 죽어라 외쳐 대는 그에게 해 줄 수 있는 것이라고는 그저 화풀이를 받아 주는 것뿐, 제가 해 줄 수 있는 것은 아무것도 없었다. 저를 미워하는 하륜이기에, 이현으로서는 아무것도 할 수가 없었다.

이현의 입술이 파르르 떨렸다. 하륜은 그 떨림을 보자 자존심이 상했다. 저를 좋아하지 않는 이현에게 키스를 구걸하는 것 같아 자신이 초라하게 느껴졌다. 미워 죽겠는데, 그런 이현에게 진심으로 키스하고 싶다는 생각을 하다니. 돌아도 단단히 돌았다는 생각이 들어 자존심이 구겨졌다. 마음이 아팠다.

그는 몸을 일으키며 차갑게 이현을 내려다보았다. 이현은 하륜이 움직이자 마음을 놓으며 서서히 눈을 떴다. 그러다 그의 싸늘한 시선과 마주치자 흠칫 놀랐다.

"필요 없다, 너 따위."

"……!"

"너 따위에게 내 입술을 주기엔 아깝지."

"아……."

"연습일지라도 너한텐 아까워."

하륜이 주머니에 손을 넣고 터벅터벅 걸어 방을 나가자 이현은 방문을 등지고 돌아누웠다. 그러자 눈물이 그녀의 얼굴 곡선을 따라 또르르 흘러내렸다.

하륜은 방문을 닫으려다 이현의 등을 보고 미간을 찌푸렸다. 어깨가 미세하게 떨리고 있었다. 분명 또 울고 있는 게 틀림없었다.

언제나 그렇다. 언제나 결국엔 꼭 울리고 만다. 그럼 속이 시원해져야 하는데 왜 더 답답해지는지. 하륜은 아무리 생각해 봐도 그 이유를 알아내지 못했다. 누군가에게 묻고 싶어도 물어볼 사람도 없었다. 이 이율배반적인 감정을 어떻게 설명해야 할지 그것조차 알지 못했기에.

'젠장! 눈에 보이면 짜증나고, 안 보이면 더 화가 나는 걸 나보고 어쩌라고!'

하륜은 괴로운 듯 이마를 일그러뜨리며 눈을 감았다.

"거기서 뭐하냐?"

막 방에서 나오던 하준이 맞은편에 서 있는 하륜을 보며 물었다. 하륜은 서두른다는 느낌을 주지 않으려 애쓰며 방문을 닫았다. 그런 뒤 하준에게 다가갔다.

"이현이?"

하준이 침대에 누워 있는 이현을 얼핏 본 모양이었다. 하륜은 눈썹에 힘을 주었다.

"내가 키스했더니 정신을 못 차리네?"

"어?"

하준이 놀라는 눈치이자, 하륜은 입꼬리를 끌어 올려 씩 웃었다.

"정이현, 날 좋아하나 봐."

하륜은 놀란 표정을 짓고 있는 하준의 어깨를 툭툭 친 뒤 그를 지나쳤다. 왠지 모를 쾌감이 일었다. 마치 승부욕이 한껏 끓어오른 게임에서 선취 골을 넣은 것 같은 승리감.

그는 계단을 내려가려다 말고 하준을 돌아보았다.

'내가 갖지도 않을 거지만 정이현, 아무한테도 안 줘.'

본심이면서, 그 본심의 진정한 의미를 알지 못하는 하륜의 다짐이었다.

하륜은 불편했다. 아침 식사를 하는 내내 은린이 저를 몰래몰래 훔쳐보며 미소 짓는 것이 거슬렸다. 그동안 철저히 저를 이방인 취급하던 은린이 아니던가. 현묵의 친한 친구 아들로만 여기는 하륜이 혹여나 이현이에게 집적거릴까 봐 늘 경계하던 그녀였다. 그런데 어째서 오늘은 계속 흐뭇한 시선으로 저를 주시하는지 알 수가 없었다. 게다가 그 눈빛엔 다정함까지 담겨 있었다.

"많이 먹어요."

은린이 구운 굴비 접시를 하륜에게로 밀어 주며 넌지시 말했다. 그 손길을 보는 하륜의 미간이 못마땅하게 일그러졌다. 어렸을 땐 무척이나 그리웠던 어머니의 손길이었지만, 지금은 불편할 뿐이었다. 제 것이 아니라고 이미 결정 내린 것이었다. 새삼 이제 와 반가울 것도 고마울 것도 없었다.

"하륜 군은 공부를 엄청 잘한다죠? 하연이가 하륜 군 칭찬을 얼마나 하는지."

은린의 말에 하륜이 날카로운 시선으로 이현을 바라보았다. 이현은 생각지 못한 은린의 발언에 깜짝 놀라 그녀를 돌아보았다. 은린은 눈을 찡긋거리며 맡겨 두라는 듯 후훗, 웃었다.

"하륜 군, 나 부탁 하나 해도 될까요?"

하륜은 대답하지 않았다. 혼란스러운 듯 그의 눈이 갈피를 못 잡고 흔들렸다. 태어나서 처음으로 받아 보는 엄마의 부탁이었다. 처음인 만큼 아무리 그녀가 밉다고 해도 들어주어야 옳은지, 미우니까 들어줄 필요가 없는지 판단이 서지 않았다. 더군다나 이렇게 다정한 목소리로 물어 오면…….

"실은 너무 보고 싶은 영화가 있는데 난 몸이 이래서 못 가니까 하연이한테 보고 오랬거든. 근데 하연이가 혼자 가는 건 싫다고 해서 하륜 군이 같이 좀 가 줬으면 좋겠는데, 괜찮겠어요?"

순간, 식탁 위 공기가 멈춘 것처럼 고요해졌다. 현묵과 하준은 하륜을 응시하며 그의 반응을 기다렸다. 어쩔 줄 몰라 하는 건 이현뿐이었다. 은린의 독단이었다. 이현을 위해 결정한 데이트 작전.

"아니에요. 전 괜찮⋯⋯."

"그러죠, 뭐."

하륜의 입에서 조소가 깔린 웃음이 새어 나왔다. 그런 부탁을 한 걸 후회하게 만들어 주겠다는 비웃음 같기도 했다. 이현을 뚫어져라 바라보는 하륜의 눈빛이 짓궂은 장난기로 가득했다.

"이번 주 일요일 어때?"

"아⋯⋯."

이현은 선뜻 대답하지 못했다. 혼자 가도 괜찮다고, 거절해야 한다는 생각을 하면서도 마음이 움직이지 않았다. 오히려 설렘이 피어올라 기대감마저 들어 어떤 표정을 지어야 할지 종잡을 수가 없었다.

하준은 이 상황을 어떻게 파악해야 할지 고민되는 눈으로 하륜과 이현을 번갈아 쳐다보았다. 애매하고도 어려운 두 사람 사이에 빛이 들어올 수 있을지 궁금했다. 은린이 둘 사이에 처음으로 개입했으니 변화가 생길지도 모른다는 생각이 들었다.

❁　　　❁　　　❁

이현은 교복 맵시를 살피다가 치맛단 아래 허벅지에 생긴 딱지를 발견했다. 책상 못에 찍힌 상처는 크지 않아 그냥 둬도 될 것 같았지만 일단은 밴드라도 하나 붙여 놔야 할 것 같았다. 책상 서랍에서 밴드를 찾아 걸 포장지를 뜯었다. 막 허벅지 아래쪽에 붙이려던 찰나 문이 벌컥 열렸다. 하륜이었다.

"노크하랬잖아."

이현은 이골이 난 듯 무심히 말했다. 하륜이 문을 벌컥벌컥 열 때마다 놀라지 않는 건 아니지만, 그것도 반복되다 보니 언제 저 문을 열고 하륜이 절 찾아올까 기다리는 마음도 없지 않았다.

"옷이라도 갈아입는 중이었으면 어쩌려고 그래."

"바라던 바."

"최소한의 사생활은 지켜 줘."

이현은 밴드를 붙이며 중얼거렸다. 하륜은 이현의 움직임을 지켜보며 미간을 찌푸렸다.

"내 허락 없이 네 몸에 흠집 내지 말라고 하지 않았던가?"

"허락 미리 못 구해서 미안. 갑자기 일어난 일이라서."

이현은 뜯은 포장지를 책상 옆 휴지통에 넣으며 시큰둥하게 대답했다. 최대한 담담하게, 가능하면 무심하게. 이현은 하륜과 마주할 때마다 그 말을 수십 번씩 되뇌었다.

"그 여자에게 뭐라고 한 거지?"

은린을 두고 하는 말이라는 것을 안다. 이현은 가방을 집어 들며 되물었다.

"궁금해?"

"묻는 말에 대답이나 해."

"궁금하구나?"

이현의 눈이 제게로 꽂히자 하륜은 조금 당황스러웠다. 자기 자신도 보지 못하는 정곡이 찔린 기분이었다.

"좋은 얘기."

하륜이 대답을 망설이자 이현이 먼저 입을 열었다. 그녀는 하륜을 지나치다 잠시 발길을 멈추고 다시 한 번 힘주어 말했다.

"너에 대한 좋은 얘기들만."

"어째서?"

하륜이 곁눈질로 이현을 노려보며 물었다. 제게 좋은 점이 있었던 가? 스스로 생각해 봐도 엉망진창이었다. 마음이 엉망진창이어서 좋은 점이라고 할 만한 게 하나도 없었다. 누군가를 도운 적도, 누군가를 향해 웃어 준 적도, 누군가를 위해 자신을 낮춘 적도 없는데, 도대체 무슨 좋은 얘기들이 있을까.

하지만 이상하게도 하륜은 제 심장이 평소보다 빠르게 뛰고 있다는 것을 느끼고 있었다. 그 심장의 고동을 어떤 단어로 정의 내려야 할지 는 모호했지만, 분명한 건 제 심장에 온기가 돌고 있단 거였다.

"내게 좋은 점이 있었던가?"

하륜은 말을 해 놓고 흠칫 놀랐다. 이건 마치 내게 좋은 점이 있는 지 확인받고 싶어 하는 꼴이지 않은가. 그러나 이미 내뱉은 말이었다. 이현은 하륜과 어깨를 나란히 한 채 정면만을 바라보았다.

"언제나 책을 읽는데 하준 오빠보다도 더 어려운 책을 읽는 수준이 라든가, 책을 읽을 땐 누가 말을 걸어도 모를 만큼 집중력이 좋다든 가."

"흠."

그럼 그렇지, 제게 좋은 점이 있을 리가 없었다. 그러니 겨우 좋은 얘기라는 것이 책을 좋아한다, 공부를 잘한다 수준인 것이다. 그러나 이내 이어지는 이현의 말에 하륜의 눈동자가 커졌다.

"아이들이 찾는 야구공을 은근슬쩍 찾아 주고 모른 척한다든가, 폐지 주우시는 할머니 리어카를 뒤에서 티 안 나게 밀어 주다가 사라진다거나, 길고양이에게 매일 사료를 챙겨 준다든가……."

그는 심장이 쾅 하고 얻어맞은 것처럼 충격을 받았다.

"너만 날 보는 게 아냐."

하륜은 심장이 찢어질 것처럼 두근대서 숨이 컥 막혔다. 이현이 저를 돌아보았지만 그는 꼼짝도 할 수가 없었다. 언제…… 언제 본 걸까? 아무에게도 보여 주고 싶지 않은 모습이었는데.

"너 날 매일 감시하겠다고 했지? 그 말은 결국 네가 있는 곳엔 나도 항상 있었다는 거니까."

"……!"

"엄마가 무척 좋아하셨어. 네 얘기 들을 때마다."

"윽……."

이현이 방을 나가자 하륜은 심장 부근이 뻐근하게 저려 와 가슴을 움켜쥐었다. 숨을 토해 내고 싶은데 생각처럼 쉽지 않았다. 주먹으로 심장을 몇 번인가 쾅쾅 쳐 대자 겨우 숨통이 트였다. 그의 눈시울이 뜨거워졌다.

"하아, 하아……."

숨 가쁘게 달려온 사람처럼 가쁜 숨을 몰아쉬는 하륜의 눈동자에 새로운 생기가 피어올랐다. 여태 깨닫지 못한 사실을 깨닫는 순간이었다.

"정이현……!"

심장이 알려 주고 있었다. 네 심장에 지금처럼 온기를 전해 줄 수 있는 사람은 정이현뿐이라고. 이제껏 한 번도 제 심장을 뛰게 만든 사람은 없었다. 생각해 보면 이현과 관련된 일이라면 심장이 벌떡벌떡 뛰고 있었다. 그 심장의 울림이 너무 벅차 화가 난 것 같고 짜증이 나는 것 같았다는 것을, 이제야 새삼 깨닫는 하륜이었다.

"왜 하필 네가……!"

하륜의 눈에서 굵은 눈물이 한 방울 뚝 하고 떨어졌다.

"왜 하필 네가 다 봐 버린 거지!"

미칠 것 같았다. 이현은 미워해야 하는 대상인데, 싫어해야 하는 대상인데 유일하게 제 심장을 뛰게 만드는 사람이 이현이라니! 얼음 같은 심장에 온기를 전해 주는 유일한 존재가, 가장 미운 정이현이라니……

가장 받고 싶었던 엄마의 사랑을 온전히 다 받고 자란 이현이, 하륜에게는 어머니의 사랑 그 자체였던 것이다.


뚜벅뚜벅.

이현은 교문을 들어서면서부터 하륜의 발소리에 귀를 기울이고 있었다. 늦게 출발했지만 발이 빠른 하륜이었기에 교문에서부터는 두어 걸음까지 쫓아와 있었다. 하지만 이현은 그를 돌아보지 않았다. 그저 그의 발소리를 들은 것만으로도 충분했으니까.

"다리는 왜 다친 거야?"

잘못 들은 걸까? 이현은 문득 걸음을 멈추고 제 귀를 의심했다. 하륜의 목소리가 조금은, 아주 조금은 부드러워져 있는 것도 같았기에.

"책상 못에 좀……."

이현은 말을 얼버무렸다. 제가 들은 하륜의 목소리가 정말 부드러웠던 건지 되짚어 보느라 정신이 없었기 때문이다. 그녀는 그럴 리가 없다며, 스스로에게 정신 차리라 경고하고 교실로 들어섰다.

"안뇽?"

이현의 앞자리에 앉은 진희가 오른손을 뻗어 쬠쬠을 하며 인사를 건네 왔다. 이현은 그런 진희의 손을 잡으며 미소로 인사를 대신했다. 반에서 유일하게 저를 친구로 받아 준 진희였다.

"수학 숙제 했어? 나 좀 보여 주라, 응? 응, 이현아?"

"잠깐만."

이현은 자리에 앉아 가방을 무릎에 올려놓고 수학 노트를 찾느라 뒤적였다. 그때였다. 눈앞에서 책상이 휙 하고 공중 부양을 했다.

"왜?"

깜짝 놀란 이현은 급히 하륜을 불러 세웠다. 그러나 하륜은 듣는 둥 마는 둥 하며 책상을 들고 복도로 나갔다. 하륜의 행동에 호기심을 느낀 남자아이들 몇몇이 그를 따라나섰다. 여자아이들은 창문과 문에 붙어 서서 하륜의 모습을 지켜보았다. 이현이 황급히 달려 나갔다.

"왜 이러는 건데?"

이현이 말릴 새도 없이 하륜은 창밖 아래를 확인하더니 책상을 훅 던졌다. 남자아이들 입에서 환호성이 터져 나왔다. 어이가 없어진 이현은 아무 말도 못한 채 하륜을 바라볼 뿐이었다.

"스트레스받는 사람?"

"나!"

"나도!"

"가서 부숴 버려. 책임은 내가 진다."

"진짜지?"

"아싸!"

남자아이들 몇몇이 우르르 아래층으로 내달렸다. 하륜은 어이를 상실한 이현을 내려다보며 피식 웃었다. 그러자 창문을 통해 하륜을 바라보던 여학생들이 수군대기 시작했다.

"봤냐? 지금 서하륜 웃은 거 맞지?"

"비웃은 거 아니지?"

"아, 붕닭! 저런 건 미소라고 하는 거야."

"근데 왜 개 눈깔한테 웃어 주는 거지?"

"개가 짖네."

그때였다. 이현에게서 눈을 떼지 않은 하륜의 차가운 목소리가 여학생들의 심장에 찬물을 끼얹었다. 멋쩍어진 여자아이들은 자리로 돌아갔고, 아래에선 책상을 부수는 소리가 쿵쾅쿵쾅 들려왔다.

"책상은 왜?"

"그냥."

"그냥이라니! 그냥이 어디 있어?"

"뭣들 하냐. 예비 종 울렸는데 교실에 안 들어가니?"

지나가던 담임 선생님이 툭 던진 말에 하륜은 어깨를 한 번 들썩이더니 교실로 들어가 버렸다. 이현은 창밖을 내다보다 한숨을 내쉬었다. 책상은 돌이킬 수 없는 강을 건넌 지 오래였다.

종이 울리자 아이들이 제자리를 찾아 앉으며 이현을 힐끔댔다. 이현은 의자에 앉아 있었지만 책을 놓을 책상이 없는 채였다. 지윤은 조회를 하러 교실에 들어왔다가 이현의 책상이 사라진 걸 보고는 깜짝 놀랐다.

"아니, 이현아! 네 책상은 어디 갔니?"

서른 후반의 지윤은 이 사태를 어찌하면 좋을지 모르겠다는 듯 난감한 표정이었다. 말썽을 일으키고 싶지 않았다. 그녀는 이 사태를 어떻게 보고해야 할지 눈앞이 캄캄했다.

"제가 그랬습니다."

하륜이 자리에서 일어나며 순순히 자백했다.

"하륜이 네가?"

"네, 아이들과 내기를 했습니다."

"내기라니?"

이현을 비롯한 반 아이들은 금시초문이었기에 호기심 어린 눈으로 하륜을 지켜보았다.

"책상을 던지면 다리가 먼저 닿을까, 책상 면이 먼저 닿을까 뭐, 그런 내기."

"서하륜!"

"잘못했습니다, 선생님."

"아……."

아이들의 입이 떡 벌어졌다. 잘못했다고? 이게 과연 서하륜의 입에서 나온 말이 맞는가? 지윤도 어제까지와 다른 하륜의 태도에 당황스럽긴 마찬가지였다.

"책상은 책임지고 제가 마련하겠습니다. 제가 그런 거니 오늘만 제 책상을 같이 쓰겠습니다."

"남는 책상이 어디 있을 텐데."

"이미 주문했습니다. 오늘 중으로 도착한다고."

"그래? 그렇다면 뭐……."

지윤은 대충 얼버무렸다. 조용히 넘어가고 싶었던 것이다. 게다가 하륜은 이사장의 동생이지 않은가. 어쩌면 훗날 하륜이 이사직을 맡게 될지도 모를 일이었다. 그때 가서 하륜에게 밉보이고 싶지 않았다.

"이현아, 불편하겠지만 책상이 올 동안만 하륜이와 책상을 같이 쓰렴."

"네……."

이현은 내키지 않는 얼굴로 하륜을 돌아보았다. 그와 딱 붙어 수업을 들을 생각을 하니 벌써부터 진땀이 났다. 창가 가장 끝자리에 앉은 그에게로 의자를 들고 걷는 발걸음이 천근만근이었다.

"오빠 어머니는 어떠셔?"

하준은 옆자리에 나란히 앉은 소은의 손을 찾아 쥐었다. 소은은 작은 체구에 짧은 단발머리를 하고 있어 마치 소녀 같았다.

"신경질적인 면은 거의 사라지셨지. 많이 좋아지셨어. 하지만 건강은 그리 좋은 편은 아냐."

"그래도 다행이다. 마음이 건강하면 몸도 건강해진다고 하니까."

나긋나긋한 목소리로 빙그레 웃는 소은의 미소가 참 맑았다. 하준은 그런 그녀의 미소가 참 좋았다.

"졸업반인데, 취업 준비는 잘 되어 가?"

"어. 빨리 취업해서 오빠한테 받은 등록금도 빨리 갚아야 할 텐데."

소은의 눈가에 그늘이 졌다. 그도 그럴 것이 고등학교까지는 보육원에서 지냈고, 나와서는 줄곧 하준의 도움을 받고 있었던 것이다. 고등학교 선후배 사이이면서 연인으로 발전한 하준에게 기대고 싶지 않았지만, 하준의 생각은 완고했다. 도움을 받는 건 자존심 상하는 일이 아니라, 더 큰 도움을 주기 위해 투자를 받는 거라고 생각하라는 그의 말에 소은은 못 이기는 척 받아들였다.

"나 취업하면 정말 월급의 십 퍼센트는 나 같은 아이들을 위해 쓸 거야. 작은 돈이지만 꼭."

하준은 소은의 결심에 고개를 끄덕였다. 그녀의 말이 빈말이 아니라는 것은 알고도 남았다. 대학 4년 동안 한 달에 한 번은 꼭 보육원에 봉사활동을 나가고 있었다. 아르바이트를 두 군데나 뛰면서도 빠뜨리지 않는 그녀의 일과였다.

"우리 나중에 결혼하면 아이들을 입양할까?"

"어?"

소은은 하준의 말에 놀라지 않을 수 없었다. 자연스럽게 저와 결혼하자는 말을 한 것 때문이기도 했지만, 그가 입양을 생각하고 있다니, 예상치도 못한 일이었다.

"버려진 아이를 키운다는 건, 세상에서 가장 좋은 일인 것 같단 생각이 들었어."

하준은 그 순간 이현을 떠올렸다. 이현을 입양한 것은 아니지만 친오누이처럼 지내다 보니 나쁘지 않았다. 그대로 내쳐졌다면 어떻게 변했을지 모를 이현의 인생이, 지금은 그럭저럭 순탄하게 풀리는 것 같아 흐뭇하기도 했다.

"이현이라는 동생 때문이지?"

하준이 싱긋 웃었다.

"너 때문이기도 해."

"응."

소은은 하준의 깊은 뜻을 알아채고 입가에 미소를 드리웠다. 괜찮을 것 같았다. 하준과 결혼하고 그의 아이를 낳고, 또 외로운 아이들을 입양해서 함께 살면 따뜻한 가정이 될 것 같았다. 하지만 이내 소은의 입가에 어둠이 내려앉았다.

'그럴 수 있을까? 내가…… 오빠와 결혼할 수 있을까…….'

소은은 큰 기대를 하지 않지만 내색하지 않았다. 하준에게 받은 사랑은 이미 차고도 넘쳤다. 그와 평생을 함께하지 못한다고 해도, 평생 그만을 사랑하며 살 수도 있을 것 같았다.

❋　　　❋　　　❋

"하아……."

이현은 쉬는 시간을 알리는 종이 울리자마자 화장실로 내달렸다. 도망치듯 화장실에 도착한 이현은 크게 숨을 들이마셨다가 내쉬었다. 수업 시간 내내 숨이 막혀 죽을 것만 같았던 것이다.

한 책상을 두고 같이 쓰다 보니 본의 아니게 살짝, 하륜과 마주 보는 각도로 앉게 되었다. 오른손잡이인 이현이 필기를 하려면 하륜 쪽을 보는 각도로 살짝 틀어 앉아야 했고, 창가에 앉은 하륜은 왼손을 책상에 괸 채 수업을 들어 이현의 얼굴을 내려다보는 형상이었던 것이다.

선생님이 수업을 듣고 있냐고 물으면, 하륜은 수업 내용을 줄줄 읊어 대서 선생님이 딱히 반박할 여지를 주지 않았다. 이현이 필기 안 하냐고 볼멘소리를 하면 그는 검지로 제 머리를 톡톡 칠 뿐이었다. 그렇게 수업 시간 내내 제 얼굴을 뚫어져라 쳐다보고 있는 하륜의 시선 때문에 이현은 숨을 쉴 수가 없었던 것이다.

"갑자기 왜 저러지?"

알다가도 모를 일이었다. 노려보거나 관찰하는 눈빛이 아닌, 그저 바라보는 눈빛이라니. 그건 그것대로 신경 쓰였다.

"야."

이현은 뒤에서 들려오는 여학생의 목소리에 거울을 쳐다보았다. 소위 잘나간다는 무리의 얼굴들은 대충 알고 있었다. 그중 몇몇은 저를 괴롭힌 적도 있었으니까. 하지만 지금 제게 시비조로 말을 건 여학생은 생소한 얼굴이었다.

"네가 서하륜 구멍이라며?"

"구멍?"

이현이 돌아섰다. 날카롭게 눈썹을 정리한 영미가 눈을 흘기며 가운뎃손가락을 치켜 올렸다.

"서하륜 이거 받아 주는 구멍."

영미가 치켜 올린 손가락이 무엇을 의미하는지 간파한 이현은 망설임 없이 영미의 뺨을 올려붙였다.

찰싹!

"야! 지금 날 쳤어?"

"네 손가락 네 맘대로 치켜 올려 날 모욕한 것처럼, 나도 내 손 내맘대로 치켜 올려 널 모욕 준 건데 왜, 억울해?"

"뭐!"

영미가 눈을 부릅뜨고 손을 들어 올렸다. 당장이라도 이현의 뺨을 갈길 기세였다. 그러나 이현도 만만찮았다. 영미의 손목을 잡은 뒤 다른 손으로 그녀의 뺨을 다시 한 번 쳤다. 영미는 어이가 없다는 듯 두 손으로 맞은 뺨을 얼싸쥐고 부들부들 떨었다.

"치사한 년! 때린 데 또 때렸어?"

"너, 서하륜 상대 못 하지?"

이현은 단호한 눈빛으로 영미를 노려보았다. 영미는 당장이라도 다시 달려들려다가 멈칫했다.

"서하륜한테는 찍소리도 못 하지? 감히 쳐다도 못 보지? 네가 노는 아이라고 소문이 나서 서하륜이 싫어할까 봐 근처에도 못 가지?"

"치사 곱빼기년! 때린 데 또 때려 놓고 가슴까지 후벼 파네?"

"나도 그래."

"뭐?"

"나도 그렇다고. 내 처지가 서글퍼서 서하륜 좋아하지도 못해. 내 눈이 이래서 서하륜이 싫어할까 봐 제대로 쳐다보기도 힘들어. 그래서 찍소리도 못해. 내가 서하륜에게 상처 준 게 너무 커서, 돌이킬 수 없어서 서하륜 근처에 가는 것도 힘들어."

"……진짜?"

영미는 새삼 처음 듣는 얘기에 귀를 쫑긋 기울였다.

"그러니까 그런 모욕적인 말은 하지 말아 줘. 때린 건 미안해."

이현이 사과하자 영미의 얼굴이 새빨개졌다. 영미는 머뭇거리다가 이현이 저를 지나치자 황급히 말문을 열었다.

"치사한 년아, 너만 사과하냐? 누굴 치사한 년 만들고 있어."

이현이 돌아보았다. 영미는 굉장히 쑥스러운 표정으로 이현을 힐끔 대더니 시선을 피해 버렸다.

"구멍이라고 한 거 미안해. 질투가 나서……. 오늘 오전 내내 서하륜 이랑 같은 책상 썼다며? 여자애들 사이에 소문 다 났어. 근데 알고 보니 너도 내 동지구나?"

영미는 이현도 저랑 별반 다를 게 없다는 걸 알자 괜스레 웃음이 났다.

"너 정이현이지? 은근 유명인이다, 너? 때린 데 또 때린 건 괘씸하지만, 날 이렇게 때린 건 네가 처음이야. 맘에 들었다. 우리 사귀, 아니지. 우리 친구 하자."

이현은 영미의 털털한 태도에 훗, 하고 웃음을 터트렸다. 입은 거칠지만 심성은 나쁘지 않은 것 같았다.

"고마워, 친구 하자고 해 줘서."

이현이 대답했다. 그러자 영미는 맘에 든다는 듯 씨익 웃더니 이현의 귀에 작은 목소리로 속삭였다.

"친구가 된 기념으로 말해 주는데, 사실 나 잘 못 놀아. 잘 노는 것처럼 보이려고 무쟈게 애쓰는 거야. 내 꿈이 배우거든. 연기 연습 삼아 일진 놀이 하는 중."

"어째서?"

이현이 조금 놀란 투로 물었다. 그러자 영미가 쑥스러운 듯 배시시 웃었다.

"아까 봤잖아. 노는 척이라도 하지 않으면 나 은근 얻어터지는 타입이라."

이현이 풉, 하고 웃음을 터트렸다. 스스로도 예상치 못한 웃음이었다.

"미안, 미안. 웃을 일이 아닌데."

"괜찮아. 내가 생각해도 웃기니까. 어리숙한 걸 들켜서 얕잡아 보이지 않으려고 노력하는데도 금방 들통 나, 지금처럼."

"그래도 지금이 훨씬 좋은 것 같아, 너."

"정말?"

"응."

"오, 다행이다……. 성깔 있는 년, 너 손 맵더라?"

"미안."

영미가 웃으며 제 볼을 가렸다. 기분 나쁠 만도 한데 의외로 털털하게 넘기는 영미를 보며 이현도 싱긋 웃었다.

이현은 영미와 헤어져 교실로 향했다. 오늘은 정말이지 이상한 날이다. 하륜이 저와 영화를 보러 간다고 하질 않나, 그가 부드러운 목소리로 말을 걸어 주질 않나, 거기다가 뜻밖의 친구도 얻었다. 어쩐지 좋은 일이 앞으로도 쭉 일어날 것 같은 설렘이 멈추질 않았다.


교실에 들어서자마자 눈에 들어온 모습은 바로 하륜이었다. 하륜은 오른손으로 머리를 받친 채 창밖을 바라보고 있었다.

'서하륜, 뒤통수도 예쁘네…….'

천천히 자리로 다가가 앉은 이현은 그제야 하륜이 잠들었다는 것을 알았다. 4교시를 알리는 종이 울려도 하륜은 깨지 않았다. 수학 선생님이 들어오자마자 수학 공식을 증명해 나가기 시작했다. 자는 아이들은 아예 관심 밖이었다. 들을 놈은 듣고 잘 놈은 자되, 수업에 방해만 하지 말라는 게 그의 원칙이었다.

'깨워야 할까?'

이현은 하륜을 깨워 줘야 할지 말아야 할지 갈피를 잡지 못했다. 수업 한 번 안 듣는다고 성적에 지장이 있을 그는 아니지만, 그대로 뒀다가 또 무슨 트집을 잡힐지 알 수가 없었으니까. 하지만 그의 뒷모습을 보고 있으니 숨을 쉴 수가 있어서 좋았다. 깨우면 또 저를 빤히 쳐다볼 것만 같아서.

'그래도 깨워야겠지?'

그때였다. 이현이 깨우려고 손을 뻗은 순간, 하륜이 괴고 있던 팔이 푹 꺾이면서 그의 몸이 이현에게로 휙 쏠렸다. 뛰어난 반사 신경으로 책상에 머리를 찍는 굴욕은 면했지만, 기우뚱하는 몸의 균형을 잡기 위해 하륜은 본의 아니게 이현의 허벅지를 꽉 잡았다.

"흡!"

소스라치게 놀란 이현이 비명도 지르지 못한 채 숨을 들이켜며 자리에서 벌떡 일어났다.

"왜 그러지, 학생?"

수학 선생님의 질문에 얼굴이 더욱 빨개지는 이현이었다. 그녀는 뭐라고 대답을 해야 할지 난감했다. 반 아이들의 시선이 모두 제게로 쏠려 있었다.

"그게 저⋯⋯."

"선생님."

하륜이 몸을 일으키더니 이현의 이마에 손을 척 얹었다.

"얼굴이 빨간 게 열이 많은데요? 보건실에 가고 싶다고 말하려다가 쑥스러워 말문이 막힌 모양입니다. 제가 데려다 주고 와도 될까요?"

"그래라."

하륜은 이현을 부축해 걸었다. 이현이 왜 이러냐는 눈빛으로 올려다봤지만 하륜은 그녀의 시선을 무시했다.

"왜 이러는 건데?"

"뭘?"

"왜 갑자기 호의적이야?"

이현이 단도직입적으로 물었다. 이해할 수 없는 일이었다. 하륜은 이현의 팔을 잡은 손을 풀지 않았다.

"헨젤과 그레텔을 보면 말이다. 마녀가 헨젤을 당장에 잡아먹지 않아."

"아……."

이현은 그 말만 듣고도 하륜이 하고자 하는 말의 뜻을 파악할 수 있었다. 하륜의 입가에 묘한 미소가 떠올랐다.

"살이 포동포동해졌을 때 잡아먹으려고 그때까진 풍요로운 음식이라는 친절을 베풀지."

이현은 한숨을 속으로 삭였다. 고양이가 쥐를 잡으면 절대로 바로 먹지 않는 법이다. 실컷 이리 굴리고 저리 굴리며 갖고 놀다가 버리는 법은 있어도.

'긴장을 풀게 해 놓고 골탕을 먹일 생각이구나.'

보건실에 다다르자 이현은 하륜에게 그만 가 보라고 했다. 그러나 하륜은 제가 먼저 보건실로 들어섰다.

"어디가 아파서 왔니?"

"어지럽다고 해서요. 조금 누워 있으면 될 것 같다는데 그래도 될까요?"

"다른 데 아픈 데는 없고?"

"네, 없어요."

이현은 하륜이 시키는 대로 가만히 있었다. 당장 교실로 돌아갈 수도 없는 노릇이니.

"그리고 저는 속이 울렁거려서 진정이 안 됩니다, 선생님."

"뭘 잘못 먹었니?"

"아니요. 아침부터 계속 심장이 울렁거려서 그런지 속이 좋지 않습니다. 저도 좀 쉬었다 가도 될까요?"

"남자는 왼쪽, 여자는 오른쪽."

보건 선생님의 지시에 따라 이현은 오른쪽 침대에 누웠다. 하륜도 왼쪽 침대에 눕자 보건 선생님이 이동식 파티션을 가져다 둘 사이를 갈라놓았다.

"선생님 교무실에 볼일 잠깐 보고 올 테니까 가만히 누워 있어."

"네."

문이 열렸다가 닫히는 소리가 들린 후 보건실 안은 무거운 침묵이 감돌았다. 에어컨이 은근하게 돌아가고 있었다. 이현은 천장을 말똥말똥 쳐다보았다. 어색하고 불편해서 눈만 깜빡였다. 아직도 하륜의 손이 닿았던 허벅지가 화끈거렸다.

"확인해 보고 싶은 게 있어."

역시다. 잘못 들은 게 아니었다. 하륜의 목소리가 전과 달리 부드러워져 있었다. 이현은 화끈 달아오르는 볼을 두 손으로 감싸 쥐었다.

'큰일이다……. 목소리가 조금 부드러워졌을 뿐인데 이렇게 얼굴이 달아오르면 어쩌라고…….'

하륜이 이동식 파티션을 옆으로 밀고 모습을 드러냈다. 이현은 저도 모르게 반대로 돌아누우며 이불을 코끝까지 끌어 올렸다.

삐거덕.

간이침대가 움직였다. 이현의 심장이 터질 것처럼 뛰어 댔다.

'설마……. 설마 아니겠지?'

이현은 하륜이 제 침대로 들어와 눕는 걸 느끼면서도 애써 부인했다. 명백한 사실을 부인하려 애를 쓰느라 머리에 쥐가 날 지경이었다. 하륜의 가슴이 등에 닿자 이현은 화들짝 놀라 몸을 떨었다.

하륜은 확인하고 싶은 게 있었다. 아침부터 제 머릿속을 끊임없이 괴롭히는 그것을.

"이렇게 붙어야만 확인할 수 있는 게 아니라면 비켜 줄래?"

이현의 목소리가 가늘게 떨렸다. 담담한 척해 봐도 소용없었다. 할 수 있는 거라고는 최대한 티 안 나게 하륜과 반대쪽으로 찔금찔금 몸을 움직여 도망가는 것뿐.

"자꾸 움직이면 내 손이 어디에 닿을지 나도 몰라."

"……!"

믿을 수가 없었다. 하륜을 처음 만난 그때 이후로 이렇게 다정한 목소리를 들어 본 적이 있었던가? 아니, 다정한 게 아닐 수도 있다. 한껏 마음이 약해져 있는 아이의 칭얼거림 같은 걸지도.

이현은 하륜이 정말 어디가 아픈지도 모르겠단 생각이 들었다. 그렇지 않고서야 쉬는 시간에 교실에서 잠을 청하거나 지금처럼 약한 소리를 할 턱이 없었다.

"확인할 게 있음 빨리 확인하고 네 자리로 돌아…… 읏."

이현은 말을 채 마치지 못한 채 움찔 몸을 웅크렸다. 하륜의 팔이 제 허리를 감싸 안았던 것이다. 아찔한 감각이었다. 한순간에 의식이

증발해 버리는, 뜨겁고도 저릿한 감각.

하륜은 몸을 웅크려 저보다 작은 이현의 등에 이마를 조심스레 기댔다. 확인하고 싶었다. 정말 정이현이 제 가슴에 온기를 전해 주는 존재가 맞는지. 그동안 느껴 왔던 이율배반적인 감정의 원인이 그녀가 전해 주는 온기 때문이었는지를.

"큭……."

얼마나 시간이 지났을까. 하륜의 비틀린 입가에서 조소가 흘러나왔다. 그는 자신을 비웃었다. 어떻게 이렇게 까마득하게 몰랐을까. 어떡해야 이렇게 바보처럼 모를 수 있을까!

'제길……. 로미오가 따로 없네…….'

하륜은 느린 동작으로 이현에게서 벗어났다. 그는 신발을 신으며 한 손으로는 심장을 뻐근할 정도로 꾹 눌렀다. 심장이 태어나서 처음으로 제 기능을 하는 것처럼 팔딱거렸다. 그는 고개를 돌려 이현을 바라보았다. 이현은 여전히 하륜에게 등을 돌리고 있었다.

'하지만 넌 줄리엣이 될 수 없다, 정이현.'

하륜은 자신의 심장에 다시금 얼음물을 들이붓는 차가운 시선으로 보건실을 나섰다.

"휴우."

이현은 돌아누우며 크게 숨을 내뱉었다. 형광등 불빛에 눈이 부셔 눈을 감았다.

"떨려서 죽을 뻔했네……."

"어머, 남학생은 돌아갔나 보네?"

마침 보건실로 돌아온 선생님이 이현을 살펴보다 걱정스런 눈빛으로 물었다.

"아직도 얼굴이 빨갛네? 열 재 봐야겠다."

"아니, 아니에요. 이제 괜찮아졌어요. 저도 교실로 가 볼게요. 감사합니다!"

이현은 황급히 신발을 신고 보건실을 빠져나왔다. 그녀는 보건실 옆, 벽에 걸린 거울에 제 얼굴을 비쳐 보았다. 두 볼이 발그레 물들어 있었다.

# 제3장
## 그대가 울컥

"네가 왜 여기에?"

이현은 샤워를 마치고 나오다가 뜻밖의 인물을 만나자 깜짝 놀랐다. 박강현이 왜 2층 거실에서 어슬렁거리고 있는 건지.

"호오, 역시 한집에 사는 거 맞네?"

강현은 이현을 위아래로 훑어보며 능글맞게 웃어 댔다. 이현은 미간을 찌푸리며 정색했다.

"어떻게 들어온 거야?"

"못 들었어? 저녁 식사 초대받아서 온 건데."

손님이 온다는 얘긴 들었다. 사업상 중요한 손님이니 꼼짝 말고 2층에서 내려오지 말라는 미진의 분부와 함께. 하지만 그 손님이라는 것이 강현의 가족일 줄은 몰랐다.

"하륜인 없나 보지?"

"책 사러 갔어. 곧 올 거야."

"오, 아직은 없다는 거군."

강현은 제 세상을 만난 것처럼 이 방 저 방 방문을 열어 보기 시작했다. 이현은 그를 저지할 생각으로 방문을 막아섰으나 역부족이었다. 강현이 몸을 만질 것처럼 손을 뻗어 오는 통에 주춤 물러서지 않을 수가 없었던 것이다.

"여기가 서하륜 방인가? 심플하네. 책만 가득하고."

강현은 별 흥미가 없는 듯 발길을 돌렸다. 애당초 하륜의 방엔 관심이 없었다. 그는 하륜의 옆 방문을 열었다.

"정말 막무가내구나! 남의 방 문을 허락도 없이 막 열어 보는 거, 못 배운……."

"나한테 매너를 기대했냐?"

강현은 여전히 능글능글 웃으며 방 안으로 성큼 들어섰다. 이현은 강현을 막아설 재간이 없어 난감했다. 소리라도 지르고 싶었지만 그랬다간 아래층의 손님에게까지 들릴 테고, 중요한 손님이라는데 방해할 순 없었다. 더군다나 강현은 그런 손님의 자제로 방문한 거였으니.

"좋은 냄새가 나네?"

강현이 코를 킁킁대며 냄새를 맡자 이현은 소름이 끼쳤다. 왠지 그가 제 몸에 코를 대고 킁킁거리는 듯한 불쾌함이 스멀스멀 몸뚱어리 위로 기어올라 왔다.

"나가!"

이현은 목소리를 낮춰 소리쳤다. 강현은 못 들은 체하며 방 안을 둘러보더니 침대 위에 털썩 주저앉았다.

"뭐하는 짓이야? 나가란 소리 안 들려?"

"노려보면 어쩔 건데? 날 끌어내기라도 할래?"

"초대받은 손님이면 정중하게 굴어. 망나니처럼 이게 무슨 짓이야?"

"나 망나니인 거 지금 안 것도 아니면서 뭘 그래? 침대 푹신하다? 너 보통 이쪽에서 자냐? 아님 이쪽? 가운데서 자려나?"

강현은 침대에 냅다 눕더니 이현이 자는 포즈를 흉내 내느라 이리 뒹굴 저리 뒹굴 거렸다. 기가 막힌 이현은 책상 서랍에서 무언가를 꺼내 들었다. 30센티미터 자였다.

"호오, 그걸로 날 때리기라도 하려고?"

"못할 거 같아?"

이현은 강현에게로 다가갔다. 강현은 머리를 괸 채 모로 누워 그런 이현을 비웃었다.

"날 때리면 곤란한 건 서하륜 아버지일 텐데?"

"……!"

"잘은 몰라도 리조트 동업 문제로 오신 걸로 알거든? 내가 여기서 너한테 맞았다고 해 봐. 나야 뭐, 그걸로 맞는다고 해서 죽진 않을 것 같으니까 상관없지만."

"꺼져, 좀."

이현은 손이 부들부들 떨렸다. 힘으로도 이길 수 없는데 무슨 수로 강현을 끌어낼 수 있을지 난감했다.

"그러지 말고 너도 이리 와서 누워 봐!"

"엇!"

눈 깜짝할 새였다. 이현은 침대에 벌렁 누운 제 자신을 믿을 수가 없었다. 또래 남자의 힘이 이렇게 센지 처음 알았다. 하륜과는 달랐다. 그도 완력을 쓰긴 했지만, 강현과는 다른 느낌이었다. 소름이 끼치는 불쾌함. 그래, 하륜에겐 그런 느낌은 없었던 것이다.

강현은 벌떡 일어나려는 이현의 어깨를 꽉 누른 채 그녀를 내려다보았다.

"비켜!"

안간힘을 써 봤자 소용없었다. 이현은 무섭기보다 소름이 끼쳐 죽을 것만 같았다. 아래층에 어른들이 계시니 허튼짓은 하지 못할 거란 생각이 들어 무섭진 않았다. 하지만 이 순간, 이현은 공포보다 더 짙은 불쾌함에 몸서리가 쳐졌다.

"너……."

문득 강현의 눈빛이 진지해졌다.

"서하륜과 잤나?"

"뭐……?"

생각지도 못한 질문에 이현의 눈동자가 굳어 버렸다. 강현은 그런 이현의 눈을 잡아먹을 듯 노려보았다.

"같은 집에서, 바로 옆방에서 지내는데 기회야 얼마든지 있었겠지!"

모욕감에 얼굴이 화르르 타오르는 이현이었다. 사실이 아니었지만, 아니라고 말해도 강현이 믿을 것 같지 않았다.

"서하륜이 네 방으로 오냐? 아님 네가 그 자식 방으로 가? 그 자식, 잘하냐!"

"계속해 봐, 어디."

이현은 강현의 시선을 맞받으며 단호하게 말했다. 이현의 당당한 태도가 강현의 질투에 더 불을 질렀다.

"잘하겠지! 그러니까 네가 찍소리도 못하고 그 자식 말이라면 다 들어주는 거 아냐?"

"할 말 다 했음 비켜."

"지금 나 무시하냐!"

"비키라고!"

"윽!"

이현은 참다못해 강현의 팔을 꽉 깨물었다. 강현은 물린 오른쪽 팔을 황급히 빼내면서도 다른 손으로는 이현의 얼굴을 꽉 눌러 꼼짝 못하게 막았다.

"그냥 구경이나 하고 가려고 했는데 날 열 받게 만든 건 너야!"

이현은 강현을 밀어내기 위해 두 팔과 다리를 힘껏 내저었다. 그러나 큰 키와 큰 덩치의 강현을 이겨 내는 건 애당초 무리였다. 고함이라도 지를 수 있다면 좋을 텐데, 그러면 하다못해 하준과 맺어지길 바라는 미진이라도 달려와 줄 텐데!

"놔, 미친놈아!"

"와, 정이현이 욕도 할 줄 아네? 야, 정이현! 키스 한 번만 하자! 너 때문에 꼴려 죽, 으억!"

"⋯⋯!"

믿기지 않는 일이 눈앞에서 벌어졌다. 제 몸 위에 있던 강현이 옆으로 훅 넘어졌다. 강현이 사라지자 잠깐 분노로 일그러진 하륜의 얼굴이 보였다. 그러나 그것도 잠시일 뿐 하륜이 사라졌다. 이현은 이게 무슨 일인지 파악하기가 어려웠다. 그저 고개를 돌려 옆을 바라보았다.

"아!"

이현은 깜짝 놀라 벌떡 일어났다. 하륜이 강현의 배 위에 올라타 그의 목을 조르고 있었다.

"으으읏⋯⋯."

너무 놀란 이현은 그대로 굳어 버렸다. 말려야 하는데, 하륜을 말려야 하는데, 하는 생각만 들 뿐 몸이 움직이질 않았다.

"내 걸 건들면 죽여 버린다고 경고했지!"

하륜의 얼굴이 엉망진창으로 일그러져 있었다. 이토록 화난 얼굴을 본 적은 한 번도 없었다. 이현은 아연실색했다. 낮은 목소리로 이를 갈듯 말하는 하륜의 목소리에서 그의 분노가 극에 달했다는 것을 알 수 있었다.

"하지 마……."

이현의 목소리가 기어 들어가듯 작았다. 그저 혼잣말처럼 중얼거리는 것에 불과했다.

"하지 마, 하륜아……."

하지만 하륜의 귀에는 이현의 말이 들리지 않았다. 그저 죽여 버리고 싶은 짐승 한 마리가 눈에 들어올 뿐이었다.

"으윽, 사, 살려 줘……."

강현은 정말로 숨을 못 쉬고 있었다. 이현은 정신이 번쩍 들었다. 그녀는 하륜의 팔을 잡아당겼다. 그만하라며 계속해 그의 팔을 잡아당겼지만 하륜은 이현에게 눈길 한 번 주지 않았다.

"제발 그만둬!"

이현은 하륜의 허리를 와락 껴안았다. 그러자 거짓말처럼 하륜의 팔에 들어갔던 힘이 스르르 풀렸다. 그걸 느낀 강현은 컥컥 숨을 내뿜으며 하륜의 다리 사이에서 간신히 몸을 빼냈다. 강현은 곧장 도망치듯 방을 빠져나갔다.

"어떡해, 자기 아버지한테 이르면……."

"……."

이현의 걱정에도 하륜은 아무 말이 없었다. 아직 분노가 사그라지지 않아 숨을 고르는 중이었다. 이현은 조심스레 하륜의 허리를 감쌌던 손을 풀었다.

"조금만 더 안아 줘……."

"어?"

"진정이 되지 않아서……."

"아……."

"쫓아가서 다시 죽여 버리고 싶어질 것 같아."

"응……."

이현은 슬그머니 하륜의 허리를 감싸 안았다. 들끓는 화를 주체하지 못해 목소리에도 열기가 묻어났지만, 어쩐지 약한 소리를 하는 그가 안쓰러웠다. 이현은 용기를 내어 그의 등에 얼굴을 기댔다. 아주 약하게 움찔하는 근육의 긴장을 느낄 수 있었다. 어쩐지 이현은 웃음이 났다.

"무섭지 않아, 내가?"

"지금은 무섭지 않아."

"정말 죽이려고 했어."

하륜의 목소리에 전에 없이 쑥스러움이 묻어났다. 이현은 쿵쾅거리며 뛰는 제 심장의 울림이 하륜에게 전해질까 봐 조바심이 났지만, 마음만은 포근했다.

"난 내가 무서워……."

처음 듣는 말이었다. 이현은 놀랐다. 하륜이 제 자신이 무섭다고 할 줄이야. 정말이지, 상상도 못 한 말이었다. 하륜은 고개를 돌려 이현을 내려다보았다.

"널 미워하는 동안 내가 개새끼처럼 굴었다는 걸 알아."

이현의 심장이 저릿, 전율했다. 하륜이 도대체 무슨 말을 하려고 그러는 걸까! 심경의 변화라도 온 걸까?

"널 미워하는 걸 포기하면 난 내가 인간이 될 줄 알았어."

"말했잖아. 너한테 좋은 점들이 많다고."

이현은 하륜에게서 떨어져 그를 응시했다. 하륜의 아픈 눈동자가 이현의 눈동자에 젖어 들었다.

"아니, 내가 틀렸어. 너도 봤잖아, 지금."

"아⋯⋯."

하륜은 침대에서 벗어났다. 내려가서 강현의 상태를 살펴봐야 할 것 같았다. 불똥이 이현에게 튀지 않게.

"확실한 건⋯⋯ 너와 난 엮여 봤자 좋을 게 없다는 거다."

"⋯⋯!"

하륜이 방을 나서며 문을 닫아 주었다. 이현은 문이 닫히는 순간, 하륜과 제 사이에도 커다란 문이 닫히는 느낌이 들어 심장이 내려앉았다. 어쩌면 조금은, 아주 조금은 저를 좋아하는 마음이 있는지도 모른다고 착각했었다. 강현을 노려보는 그의 눈빛이 단지, 제 장난감을 건드려서 화가 난 것 같지만은 않았기에.

그러나 역시나였다. 저에 대한 미움은 눈의 여왕에 나오는 거울 조각처럼 작은 게 아니었던 것이다. 눈에 보이는 부분을 전부 녹여내도 수면 아래에 거대한 산처럼 얼어붙은 빙하가 존재하는 것처럼, 저에 대한 하륜의 미움은 사라지거나 녹일 수 있는 수준이 아니라는 것을 다시 한 번 깨닫는 순간이었다.

하륜은 이현의 방문에 기대어 깊은 한숨을 내쉬었다. 잠깐이지만 완전히 돌았었다. 결국엔 강현을 죽이진 않았겠지만, 진심으로 죽이고 싶다는 생각을 했던 것이다.

"널 좋아했다간 미워할 때보다 더 미친개가 될 것 같다⋯⋯."

❀           ❀           ❀

"남자는 농구, 여자는 배드민턴! 체육이 이십 분만 몸 풀고 있으래."

반장이 체육 선생님의 말을 전달하자 아이들은 고삐 풀린 망아지처럼 환호성을 질러 댔다. 체력 단련을 해야 한다고 체육 시간마다 십 분은 오래달리기를 시켜 대는 통에 죽을 맛이었던 것이다. 그것에서 해방이 되자 아이들은 알아서 편을 나누고 각자의 게임에 몰두했다.

"서하륜 어디 가?"

"화장실."

반장의 부름에도 불구하고 하륜은 체육관을 벗어났다. 강현은 농구공을 들고 있다가 무슨 생각에선가 남자아이들을 불러 모았다. 그가 무슨 말인가를 속삭이자 아이들이 술렁거렸다.

"진짜야?"

"와, 서하륜 엄마가 미친년이라고?"

"그래. 서하륜 성격이 저 모양인 것도 다 지 엄마 닮아서 사이코 같은 거지."

이현은 남자아이들과 강현이 주고받는 말을 듣고 소스라쳤다. 어제 있었던 일을 발설하지 않아 반성하고 있는 줄 알았다. 그런데 착각에 불과했던 것이다. 이현은 강현이 은린을 두고 험한 말을 하는 것에 피가 솟구쳤다.

"말조심해."

"호오, 네가 서하륜 대변인이냐?"

강현이 실소를 터트리며 이현을 노려보았다. 어제 당한 수모를 잊지 못하는 것이다.

"서하륜 있을 땐 아무 말도 못하면서, 서하륜 없을 때만 이러는 거 비겁하지 않아?"

"원래 뒷담화는 본인이 없을 때 하는 거 아닌가?"

"그렇지!"

남자아이들이 호응했다. 여자아이들도 관심을 가지고 몰려들기 시작했다.

"진짜 서하륜 엄마 미친 거야?"

"그렇다잖아, 지금."

"그런 거 아냐!"

이현은 버럭 소리 질렀다. 은린을 두고 미쳤다니! 들어 줄 수가 없었다. 제게 있어서는 세상에 둘도 없는 좋은 엄마였다. 그런 은린을 모욕하게 둘 순 없었다. 무엇보다 하륜이 이 말을 들으면 또 상처받을까 봐 겁이 났다.

"박강현, 모르면서 말 함부로 하지 마! 하륜이 어머닌 몸이 좀 안 좋으신 거야! 네가 뭘 안다고 함부로 떠들어!"

"우리 아버지가 엄마랑 하는 소릴 들었어! 서 회장도 십팔 년 전에 이혼하고 새 출발 했어야 했다고, 정신이 반쯤 나간 여자랑 어떻게 십팔 년을 살 수 있는지 모르겠다고 하는 소릴 들었다고!"

"마음이 아프신 거야!"

"그게 그거 아냐, 얘들아?"

강현이 아이들에게 동조를 구했다. 아이들은 서로 시선을 교환하며 고개를 끄덕였다. 서하륜은 멀쩡한데 그 엄마는 미쳤다니 불쌍하다는 말과 엄마가 미쳐서 서하륜이 괴팍해졌나 보다며 은린을 욕하는 말이 혼란스럽게 뒤섞였다.

이현은 마음이 급해졌다. 하륜이 돌아오기 전까지 아이들의 기억에서 강현의 말을 싹 지워 버리고 싶었지만 그건 불가능했다. 그렇다면 최소한 더는 은린을 모욕하는 말들을 하지 못하게 막아 내고 싶었다.

하지만 그러기엔 제가 할 수 있는 것이 너무 없었다. 이현은 눈시울이 뜨거워졌다. 억울하고 분하고 슬펐지만, 울 순 없었다.

이현은 두 주먹을 꽉 움켜쥐었다. 손이 부들부들 떨렸다.

"미친년이 낳은 자식이라 서하륜이 미친 새낀가? 으하하하, 으익!"

퍽.

이현은 진희가 들고 있던 배드민턴 라켓을 빼앗아 다짜고짜 강현의 머리를 후려쳤다.

"미친 새끼는 너야! 말이면 단 줄 알아? 아무 말이나 짖어 대라고 입이 있는 줄 알아?"

강현을 향해 정신없이 라켓을 휘두르던 이현은 주위가 고요해지자 어리둥절해졌다. 아직 흥분을 가라앉히지 못한 채 주위를 둘러보았다. 왜 아이들이 한 발, 두 발 물러서는 거지?

그러다 이현은 체육관 입구에 떡하니 서 있는 하륜을 발견했다. 그가 저벅저벅 걸어 다가왔다. 여학생들은 배드민턴이나 하자며 자리를 옮기려 했다.

"멈춰."

하륜의 한 마디에 모두 동작 그만이 되었다. 낮은 목소리였지만 위압적이었다.

"정이현, 너 왜 이래?"

"……."

이현은 라켓을 든 손을 내리며 입을 다물었다. 괜스레 주위의 눈치를 살폈다. 하륜의 시선이 자연스레 강현에게로 움직였다.

"또 너냐?"

"난 안 건드렸어. 애들이 봤어."

강현의 귓불이 붉어졌다. 좀 전의 기세는 온데간데없어지고 기가 죽은 제 모습이 수치스러웠던 것이다.

"무슨 일이야?"

하륜이 굳은 눈으로 반 아이들을 둘러보았다.

"어느 한 놈 족쳐야 입 열래?"

그가 가장 가까운 곳에 있던 남자아이의 멱살을 휘어잡자 아이들이 동요하기 시작했다. 가장 동요한 건 아무래도 멱살을 잡힌 남학생이었다.

"그, 그게 있잖아. 사실은 네⋯⋯."

"그냥 내가 화가 나서!"

이현은 당황한 나머지 아무렇게나 말을 내뱉었다. 하륜이 남학생의 멱살을 놓아주고 이현을 응시했다. 이현은 무슨 말이라도 덧붙여야 한다는 생각에 머리를 굴렸다.

"생각해 보니까 어제 일이 너무 화가 나서⋯⋯. 그래서 나도 모르게 라켓을 휘둘렀어."

하륜은 말없이 이현을 계속 응시했다. 이현은 담담한 척했지만 조바심이 났다. 제 거짓말이 서툴러서 하륜에게 들키지 않을까 걱정되었다. 다행히 그때 체육 선생님이 체육관 문을 열고 큰 소리로 소리쳤다.

"뭣들 하냐! 몸 풀고 있으랬더니!"

이현은 재빨리 진희의 팔짱을 끼고 여학생들 틈에 끼어 자리를 피했다. 하륜은 이현의 뒷모습을 마땅찮은 눈으로 따라갔다.

'거짓말이군.'


영화관 안은 쾌적했다. 이현은 하륜을 기다리며 제 옷차림을 다시 한 번 점검했다. 민소매 원피스에 레이스 실로 듬성하게 멋을 내 짠 볼레로를 입은 제 모습이 낯설기만 했다. 평소엔 늘 청바지에 티셔츠 차림이었다. 그렇기에 오늘 이 차림은 너무 꾸민 티가 많이 났다. 하륜이 보면 뭐라고 한 소리 할 것 같아 민망했다. 하지만 은린이 꾸며 준 거라 이현으로서는 거부할 수가 없었다.

하륜은 이현과 만나기로 한 매표소 앞으로 다가가다 그녀를 발견했다. 그는 잠시 멈춰 서서 어색한 동작으로 멀뚱멀뚱 서 있는 이현을 주시했다. 하늘색 원피스는 은린의 취향일 것이다. 레이스 실로 직접 짠 볼레로도 은린의 작품일 것이다. 그러고 보니 이현의 모습은 영락없이 데이트하러 나온 여고생이었다.

'하루쯤은 괜찮지 않을까……'

그는 문득 흔들리는 자신을 발견했다. 검은 머리를 드리운 채, 첫 데이트의 설렘처럼 긴장된 모습의 이현을 보고 있으려니 하륜의 마음도 흔들렸다. 하루쯤은 모든 걸 다 내려놓고 마음이 이끌리는 대로 흘러가도 괜찮지 않을까 싶었다. 하지만 그는 이내 마음을 다잡았다. 그러다 걷잡을 수 없게 되면, 그땐 어쩌란 말인가.

'정이현은 형을 좋아하잖아.'

인정하고 싶진 않지만 그것이 사실이라 믿었다. 언제나 하준 앞에서는 생글생글 잘도 웃는 이현이었다. 하준의 침대에 엎드려 책 읽는 것도 스스럼이 없었고, 하준과의 스킨십도 자연스러웠다.

그에 비해 자신에겐 어떤가. 한 번도 웃어 준 적이 없었다. 단 한 번도 제 침대 위에선 편하게 눕는 건 고사하고 앉아서 이야기를 나누다 간 적도 없었다. 하준과는 밤이 늦도록 이야기를 나누다 새벽녘에야 돌아가기 일쑤면서.

그 생각에 미치자 하륜은 무언가 뜨거운 것이 훅, 하고 치밀었다.

'질투……?'

하륜은 그 뜨거운 무언가가 질투라는 감정임을 깨달았다. 그러나 질투만은 아니었다. 또 뺏길지도 모른다는 불안감도 함께였다. 그래서였을까. 갑자기 주위의 시간이 멈춘 듯 아주 느리게 흘렀다. 시끌시끌하던 소음도 사라졌다. 오로지…… 오로지 정이현만이 제 시간 속에서 생생하게 살아 움직였다.

'그런 건가……? 모두 정이현만 좋아해서 화가 난 게 아니라…… 정이현이 형을 좋아해서 그토록 화가 났던 걸까?'

하륜은 새로운 사실을 또 하나 깨달았다. 긴장을 감추지 못한 채 저를 기다리는 이현을 보며 그는 그동안 저를 괴롭히던 분노의 이면을 보게 된 것이다. 그 순간, 그의 심장에 작은 구멍이 하나 뚫렸다. 바늘 구멍만큼이나 작은. 하지만 그는 그 구멍에 불안감을 느끼고 있었다. 구멍이 나지 않은 벽은 철벽처럼 튼튼하지만, 틈새가 생기기 시작한 벽은 언젠가는 무너지게 되어 있기 때문이다.

이현이 하륜을 발견하고 다가왔다. 하륜은 마음을 다잡았다. 주변의 시간이 다시 제대로 흐르기 시작했다.

"해결해야 할 일은 잘 끝났어?"

해결해야 할 일이 있으니 먼저 가 있으라는 하륜의 말에 이현은 홀로 영화관으로 향했던 것이다. 버스에 나란히 앉아 소소하게 날씨 이야기라도 할 수 있으면 좋겠다는 기대를 산산이 깨뜨리는 말이었지만, 이현은 그마저도 기뻤다. 먼저 가서 하륜이 올 때까지 기다리는 마음은 또 얼마나 설렐까 하는 생각에. 정말 데이트를 하는 것처럼 두근대고 떨릴 것 같았다. 실제로도 그랬고.

"신경 쓰지 마."

하륜은 이현을 무시한 채 매표소로 향했다. 이현은 멋쩍었지만 개의치 않았다. 그와 단둘이서 영화를 보다니! 있을 수 없는 일이 벌어지고 있었다.


똑똑.

하준은 은린의 방문을 살짝 열고 노크를 했다. 은린은 엄마 방에 들어오면서 왜 그리 격식을 챙기느냐며 하준을 반겼다.

"뭐하세요?"

"하연이 주려고, 목도리."

"벌써 겨울 준비하세요?"

"미리미리 준비해야지. 사람 일은 한 치 앞도 모르는 거니까."

하준은 의자를 끌어다 은린 곁에 앉았다. 실 색이 검정색이다. 하준은 의아한 눈으로 실 뭉치를 집어 들었다.

"하연이라면 흰색이나 붉은색이 더 잘 어울리지 않을까요?"

"아, 이건 하연이 거 아니야. 하연이 건 벌써 떴지."

은린은 즐거운 얼굴로 다른 바구니를 내밀었다. 그 안엔 하얀색의 목도리가 얌전하게 담겨 있었다.

"그럼 제 건가요?"

"미안, 하준아. 이건 딴 사람 거야."

하준은 은린에게 물어볼 것이 있어서 왔다가 새로운 변화에 마음이 뭉클해졌다. 벌써 팔 길이만큼이나 짠 목도리를 들어 살펴보는 은린의 입가에 미소가 가득했다.

"하륜 군 줄 거야. 맘에 들어 할까?"

"하륜……이에게요?"

제 짐작이 맞았다. 처음이었다. 은린이 하륜을 위해 무언가를 한 것은.

"하연이와 커플 목도리인데 너무 노골적인 걸까, 하준아?"

"커플 목도리라고만 안 하면 모를 거예요. 그 자식 둔해 빠져서."

"둔해? 그렇겐 안 보이던데?"

하준은 의미심장한 미소로 어깨를 으쓱거렸다. 사실이다. 하륜이 둔한 건 절대 아니다. 오히려 나이에 비해 상황 파악이 빠르고 무엇을 해야 할지 너무 잘 아는 게 문제라면 문제일까. 하지만 본인의 감정에 한해서는 바보도 그런 바보가 없었다. 외로움이 너무 커서, 상처가 너무 깊어서 감정의 창문을 꽁꽁 닫고 사는 바람에 창밖의 세상이 붉어도 붉은지, 파래도 파란지 모르는 감정 바보가 따로 없었다.

"어머닌 하연이가 하륜이랑 사귄다면, 괜찮으시겠어요?"

하준은 은근슬쩍 은린을 떠보았다. 은린은 다시 대바늘을 놀리며 싱긋 웃었다.

"안 될 거 뭐 있니. 하륜 군은 잘생겼고 머리도 좋고, 말수도 많지 않은 게 듬직하고, 게다가 눈빛도 강해서 자기 여자만큼은 끝까지 지켜 줄 것 같거든."

"하륜일 좋아하시는군요?"

하준은 놀랐다. 한 번도 은린이 하륜에 대해 이야기하는 걸 본 적이 없었다. 한집에서 그토록 오래 같이 살았으면 한 번쯤 하륜에 대해 물어볼 만도 한데, 은린은 그런 적이 없었다. 그저 남의 집 아이가 왜 제 집에서 사는지 의아해할 뿐. 현묵이 은린이 충격을 받지 않게 친구 아들이라고 하자 은린은 곧바로 수긍했다. 사실 수긍이라기보다는 무심함이라고 해야 더 적절할 것이다. 덕분에 하륜은 집에서는 현묵을 아버지라고 부르지도 못하는 처지가 되어 버렸다.

"게다가 그 아인…… 내가 아는 누군가와 무척 닮았어."

"……누구?"

하준의 눈빛이 가라앉았다. 그렇지 않아도 그에 대해 물어볼 생각으로 은린을 찾았던 거였다.

"있어, 눈빛이 아주 강한……. 하지만 다정했던……."

은린은 창밖으로 시선을 돌리며 얼버무렸다. 하준은 그런 은린을 답답한 마음으로 응시했다. 은린은 여전히 18년 전, 그 시절에 머물러 사는 사람 같았다. 제가 일곱 살이던 그 해에서 은린의 마음이 멈춰 있다는 걸, 하준은 알고 있었다.

18년 전, 그해 아주 무덥던 여름에 은린이 현묵에게 이끌려 집으로 들어서던 모습을 하준은 똑똑히 기억하고 있었다. 눈물범벅이 되어 옷과 머리가 흐트러진 채 도살장에 끌려가는 소처럼 질질 끌려왔었다. 하지만 차라리 죽이라고 발악하는 은린을 바라보는 현묵의 표정은 담담하기 그지없었다.

'죽어도 내 곁에서 죽어.'

'보내 줘, 제발! 더 이상 당신이랑 살 수 없어! 내 배를 좀 봐!'

'내 아이다! 누가 뭐래도 내 아이야!'

'미쳤어? 당신 아이 아니야! 차라리 죽여! 제발 날 죽여! 다른 남자 아이 가진 날 용서할 수 없잖아, 당신!'

'용서했다, 난! 용서했어. 그러니까 닥쳐, 제발.'

현묵은 악을 써 대는 은린을 차가운 눈으로 내려다보기만 할 뿐이었다. 그는 함께 온 사설 업체 경호원들에게 은린을 감시하라고 지시했다. 일곱 살이던 하준은 거실에서 그 모습을 똑똑히 지켜보았다. 현묵은 하준을 발견하고는 잠깐 당황하는 듯했지만 아무 말 없이 서재로 들어가 버렸다. 이후에도 현묵은 하준에게 아무런 설명을 해 주지 않았다.

하준은 충격보다 궁금증이 앞섰다. 왜 엄마는 갑자기 집을 나갔고,

반년 만에 나타나서는 아버지께 죽으라고 화를 내는 건지. 또 엄마 배는 왜 저리 부른 건지. 엄마는 남의 아이라는데 아빠는 왜 자신의 아이라고 하는지. 모든 게 의문투성이였다.

'엄마, 내 동생이야?'

'손대지 마!'

하준이 은린의 배에 손을 대며 묻자, 깜짝 놀란 은린이 하준의 손을 매몰차게 쳐 냈다. 그러나 이내 제 행동이 지나쳤다는 걸 깨달은 은린은 하준을 안으며 말했다.

'네 동생이야.'

'남자아이야, 여자아이야?'

'모르겠어. 엄마가…… 병원에 다니질 못했거든…….'

은린은 그때 제 배를 쓰다듬으며 미안한 표정을 지었었다. 나중에 알게 된 거지만 은린은 병원 기록이 남을 것을 우려해 산달이 다 되도록 병원에도 가지 못했던 것이다. 다른 남자의 아이를 임신한 걸 알고 그 남자와 야반도주한 사실을 현묵이 알고 있었기에, 그녀는 병원을 기피했다. 현묵이라면 병원을 매수해서라도 진료받은 사실을 찾아낼 게 틀림없었기에.

'태어나면 네가 잘 돌봐 줘. 그럴 수 있지, 하준아?'

은린이 애틋한 시선으로 하준을 응시했다. 하준은 혼란스러웠다. 제 동생이라는데 왜 아빠 아이가 아닐까? 아빠 아이가 아닌데 동생을 예뻐해도 될까? 엄마는 왜 날 버리고 집을 나갔을까! 일곱 살의 하준에게는 머리가 터질 것 같은 혼란이었다.

하준은 머리를 흔들었다.

'미워할 거야…….'

'뭐?'

'내 동생 아니잖아! 엄마도 미워!'

하준은 그길로 은린의 방에 발길을 끊었다. 하지만 은린이 아이를 낳고 무슨 이유에선가 정신을 놓기 시작하면서 다시금 그녀를 찾았다. 매일 밤 울부짖는 그녀 때문에 하준도 매일 밤 그녀의 곁에서 울었다.

'하준아, 네 동생 어디 갔니? 아빠가 데려갔을 거야! 네 아빠가 데려간 게 분명해! 네가 가서…… 제발 동생을 돌려 달라고, 엄마한테 돌려 달라고 부탁해 보렴, 응?'

'하륜이 아빠 방에서 자는데?'

은린은 어린 하준을 왈칵 껴안고 아이처럼 목 놓아 울었다.

'하준아, 엄만 어떻게 사니! 아빠가 네 동생을 빼앗아 가 버렸어! 어디다 버렸는지, 누굴 줬는지! 하준아, 하준아! 제발 네 동생 좀 찾아 줘!'

'내 동생…… 방에서 잔다니까, 엄마.'

'엄만 못 살아! 그 아이 없인 못 산다! 흐으윽, 흐억. 네가 오빠니까 네 여동생은 네가 찾아 줘. 엄만 기다릴 거야! 네가 어른이 돼서 엄마한테 우리 하연이 찾아 줄 때까지! 흐윽……'

하준은 알 수 없는 말만 해 대는 은린에게서 벗어나 현묵을 찾아갔다. 현묵은 잠든 하륜을 물끄러미 내려다보고 있었다.

'아빠.'

'잠들었다.'

하준은 작은 목소리로 물었다.

'하륜인 여자야?'

'무슨 소릴 하는 거냐.'

현묵은 하준의 질문에 그를 돌아보았다. 하준이 현묵에게 다가가자 그는 하준을 안아 제 무릎 위에 앉혔다.

'봐라. 네 동생은 남자아이다. 조그만 게 잘생겼지?'

'그런데 왜 엄마는 자꾸 여동생이라고 그래?'

현묵은 하준의 표정을 살폈다. 이야기를 해 줘도 될지 걱정스런 마음이 들었던 것이다.

'쌍둥이였다. 네 동생은 하륜이 말고도 여자아이가 하나 더 있었어.'

'그런데 왜 하륜이뿐이야? 누구 줬어?'

하준이 인상을 썼다. 엄마 말대로 아빠가 여동생을 다른 사람에게 준 게 아닌가 하는 생각이 들었던 것이다.

'하륜이는 내 자식이다. 난 내 자식을 버리는 짓 따윈 안 한다, 절대. 그런데 네 여동생을 버렸을 것 같니?'

'그럼 어딨어?'

'하늘나라에…….'

하준은 하늘나라에 있다는 말이 무슨 뜻인지 알고 있었다. 뭐라고 딱히 설명할 수 없는 저릿한 충격이 하준의 마음에 가득 들어찼다.

'여동생은 태어나자마자 네 엄마 품에서 숨을 거뒀다. 엄마는 그 사실을 인정할 수 없어서 저렇게 정신을 놓은 거다. 그러니까 네가 엄마를 잘 보살펴 드려라.'


은린은 여자아이를 낳자마자 제 품에서 떠나보내고는 그 충격으로 정신을 잃었다. 그 바람에 아직 밖으로 나오지 못한 하륜이 위험해져 급하게 제왕절개를 하게 되었던 것이다. 은린은 무슨 운명의 장난인지, 하륜을 낳았다는 것을 전혀 인지하지 못했다. 애당초 그녀에게는 쌍둥이를 가졌을 거라는 가능성이 배제되어 있었기에.

"어머니, 그 남자분에 대해 이야기해 주시겠어요?"

하준이 부드러운 목소리로 묻자 은린은 흠칫 놀랐다. 하준이 무슨 마음으로 그 이야기를 묻는지 의중을 살피려는 기색이 역력했다. 하준은 다정하게 은린의 손을 잡았다.

"저도 이제 다 컸어요. 사랑이 뭔지도 아는 나이구요. 어머니를 이해할 수 있는 나이라는 겁니다. 그러니 들려주세요. 제 동생…… 아버지에 대해서."

"……!"


"왜 이런 영화가 보고 싶은 거지?"

하륜은 턱을 괸 채 광고를 보고 있었다. 이현은 하륜을 힐끔 쳐다보았다. 그는 영화가 시작되기 전 10분이 넘도록 해 대는 광고에 슬슬 짜증이 돋는 것 같았다.

일본 멜로 영화였다. 이현은 '달콤한 초콜릿보다 더 감미로운 로맨스'라고 적힌 신문 광고를 본 기억이 났다. 은린이 데이트에서 볼 만한 영화라며, 각종 액션 영화들 속에서 콕 찍어 준 영화였다. 하지만 하륜에게는 정말이지 어울리지 않는 영화이긴 했다.

"그럼 넌 딴 영화 보고 올래? 비슷한 시간에 시작하는 영화도 있던데."

금방이라도 짜증을 내며 자리를 박차고 일어날 듯한 하륜의 표정에 이현이 넌지시 제의했다. 속으로는 가지 않기를 바라면서.

"귀찮다."

"응."

"보러 온 사람도 없네. 어지간히 재미없나 보다. 그냥 잠이나 자든가 해야지."

이현은 주위를 둘러보았다. 정말 연인으로 보이는 네댓 커플과 여자들끼리 앉은 무리들이 몇 보일 뿐이었다. 하륜과 이현이 앉은 가장 뒷줄에도 그들뿐일 정도로 한산했다.

영화가 시작되고 한참이 지나도록 하륜은 잠들지 않았다. 여전히 턱을 괸 채 스크린에 집중하고 있었다.

"정이현."

시선은 스크린에 고정시킨 채 하륜이 낮은 목소리로 이현을 불렀다. 어쩐지 그의 목소리가 애틋하게 들린다. 왜일까? 영화를 보는 다른 사람들에게 방해가 될까 봐 목소리를 낮췄기 때문일까? 이현의 가슴이 두근, 반 박자 느리게 뛰었다.

"너, 나 보는 거 힘들지?"

"......?"

이현은 선뜻 대답하지 못했다. 사실 하륜과 눈이 마주치는 것만으로도 심장이 방망이질을 해 대 힘들긴 했다. 하지만 그를 보기가 더 힘든 건, 그의 상처가 보이기 때문이었다. 제가 어루만져 줄 수 없는 슬픔이 보여, 그를 보고 있는 게 힘겨운 건 사실이었다.

"응......."

"그래?"

하륜은 무심하게 되물었다. 하지만 그의 뉘앙스는 의문이 아니었다. 그럴 줄 알았다는 듯 수긍하는 어조였다. 이현은 영화에 집중하려 애썼다. 팔걸이를 사이에 두고 앉아 있었지만 강하게 풍겨져 오는 하륜의 느낌이 정신을 어지럽혔다.

"날 봐."

"어?"

하륜의 낮은 목소리가 다시 이어졌다. 이현은 날 보라는 말이 무슨 뜻인지 이해하지 못한 사람처럼 놀란 눈으로 그를 돌아보았다. 턱을 괴고 있는 하륜의 얼굴이 반듯하면서도 멋있었다.

"넌 영화 보지 말고 날 보라고."

"어?"

이번에도 이현은 놀란 눈으로 되묻기만 했다. 도대체 무슨 의도로, 무슨 이유로 그러는 건지 파악할 수가 없었다.

"영화가 끝날 때까지 넌 나만 봐."

"……!"

이현의 가슴이 턱 막혀 왔다. 몸 안의 체온이 얼굴로 다 몰리는지 화끈 달아올랐다.

"눈 돌리면 가만 안 둬."

"……."

겨울의 차가운 바람과 봄의 미지근한 바람의 딱 중간쯤 같은 하륜의 목소리가 부드럽게 협박했다. 이현은 머뭇거리는 동작으로 비스듬히 앉아 떨리는 눈으로 그를 응시했다.

'넌 내가 힘들다고 해서 그러는 거겠지만 난 말야……. 난…… 맘 놓고 널 볼 핑계가 생겨서…… 좋아.'

이현은 등받이에 머리를 비스듬히 기댄 채 하륜을 바라보았다. 하륜의 입가에 미소가 번졌다. 때마침 스크린에서 재미있는 장면이 나왔는지 주위에서도 작은 웃음소리가 터졌다. 그 때문에 이현은 꿈에도 생각지 못했다. 하륜이 제 시선을 즐기며 미소 지었을 거라고는.

❀　　　❀　　　❀

"서하륜, 넌 정학이다."

"네?"

이현은 현묵의 말을 듣고서도 상황 판단이 되지 않았다. 영화를 보고 집으로 들어오자마자 이 무슨 날벼락인지!

이현은 놀란 토끼 눈으로 하륜을 바라보았다. 이게 어찌 된 일인지 이해할 수가 없었다. 학교에서는 아무런 문제도 없었다. 게다가 오늘은 일요일이지 않은가. 문제를 일으킬 만한 일은 일어나지 않았다. 그런데 왜?

하지만 하륜은 억울하다거나 이해할 수 없다는 표정이 아니었다. 이현은 그게 더 이상했다. 왜 정학이라는 현묵의 말을 당연하게 받아들이는지 도무지 알 수가 없었다.

"내일 학교에 가면 그렇게 결정이 날 거다. 네가 재단장의 아들이라고 해도 잘못을 했을 땐 다른 아이들과 똑같은 처분이 내려질 거라고 했지?"

"네."

"왜요? 왜 정학이에요? 학교에선 아무런 일도 없었는데……."

이현이 하륜을 대신해 항변했다. 현묵은 담담한 시선으로 하륜을 응시했다.

"강현이 이가 부러지고 손가락도 골절이라더군."

"……!"

이현은 소스라쳤다. 그럼 잠깐 볼일을 보고 오겠다고 한 게 박강현을 만나고 온다는 얘기였나!

"얼굴도 멀쩡한 데가 없더구나."

"그건……!"

이현이 하륜의 변명을 하기 위해 나섰다. 분명 이유가 있을 거였다. 아무래도 하륜이 배드민턴 라켓 사건의 전말을 알게 된 게 분명해 보였다. 그 말을 듣고 가만있을 하륜은 절대 아니었으니까.

"나도 안다."

"네?"

현묵이 그 이유를 안다니 이현은 멈칫했다. 은린에 대한 험담은 현묵에게도 아픈 말이 분명했기에.

"박 회장이 자기 아들이 아직 철이 없어서 막말을 한 것 같다고 사과하더라. 하지만 그건 그거고, 네가 폭력을 휘두른 건 용서할 수가 없다고 하더군. 그 집 아들, 4대 독자라 귀하신 몸이니 화가 날 만도 하지."

"그럼 박강현도 함께 벌을 받아야죠! 언어폭력도 폭력이에요, 아저씨. 이는 만들 수 있고, 뼈는 붙으면 나아요. 얼굴에 든 멍이야 시간이 지나면 사라지지만! 마음에 난 상처는요? 그건 쉽게 사라지지도 낫지도 않는 거잖아요, 아저씨?"

부당하다는 이현의 항변에 가장 놀란 건 하륜이었다. 누구보다 이현을 가장 많이 괴롭힌 건 자신인데, 그런 자신을 위해 이토록 억울해 해 주다니 뜻밖이었다.

'한집에 산 정인가?'

하륜은 이것이 어른들이 말하는 '팔은 안으로 굽는다.'는 의미인가 싶었다. 아무래도 박강현보다는 미우나 고우나 함께 살아온 자신이 좀 더 나은 것뿐일지도 모르지만, 하륜은 그것만으로도 흐뭇했다. 정학이든 퇴학이든 상관없었다. 억울할 것도 없었다. 이현이 제 편을 들어 준 것에, 그는 하나도 억울하지 않았다.

"어떤 이유에서든 폭력을 쓴 건 잘못이다. 그로 인해 박 회장과 함께 추진하려던 리조트 문제도 흔들리게 생겼다. 동남아 쪽까지 프랜차이즈로 뻗어 나가려고 했던 것인데 사업 쪽으로 타격이 이만저만이 아니다."

"죄송합니다."

현묵에게 질타를 받는 동안 처음으로 입을 연 하륜이었다. 아버지 사업에 피해가 간다는 것은 고려하지 못했다. 반 아이의 고자질임이 분명한 문자로 내막을 알게 된 하륜은 눈이 뒤집혔다. 이현을 농락한 것도 모자라 은린까지 비하하다니, 용서할 수가 없었던 것이다. 그길로 하륜은 강현을 찾아가 주먹으로 응징했다.

"여기까진 아버지로서 공식적인 입장이었고."

현묵의 입꼬리가 아주 조금 위로 치켜 올라갔다.

"제 엄마를 욕하는데 그냥 두고 봤다면 너한테 실망했을 거다."

"……!"

하륜은 놀란 눈으로 현묵을 바라보았다.

"내 아들이라면 그래야지. 자신에게 소중한 것을 지키기 위해선 뭐든 해야지! 그냥 당하는 건 내 아들답지 못하지. 박 회장? 그런 띨띨한 아들도 4대 독자라고 떠받드는 거 보면 우습기 그지없다! 잘했다, 내 아들. 네 뒤엔 내가 있으니 부당한 일엔 참지 마라."

"아……버지?"

현묵은 자리에서 일어나며 하륜의 어깨를 툭툭, 두어 번 두들겨 주었다. 하륜의 눈에 감격스러움이 스며들었다. 그 모습을 보는 이현도 왠지 마음을 울컥해졌다.

"그렇다고 함부로 주먹을 쓰란 얘긴 아니다."

"네."

현묵이 서재로 들어가자 하륜은 한숨을 푹 내쉬었다. 자꾸만 눈시울이 뜨거워지려고 해 눈을 부릅떴다. 이현이 보는 앞에서 볼썽사납게 눈물을 흘릴 순 없었다.

"정이현."

"응?"

"너…… 꽤 난폭하더라?"

"아……."

이현의 얼굴이 순식간에 붉어졌다. 예쁘게 보여도 모자랄 판에 몇 번씩이나 폭력적인 모습을 보였으니, 부끄러웠다. 하륜은 맞은편에 앉은 이현을 직시하며 피식 웃었다.

"너, 점점 날 닮아 가는 모양이지?"

"어?"

이현은 당황스러웠다. 하륜이 무심히 툭툭 내던지는 말들은 참 이해하기가 어려웠다. 어떻게 해석하고 받아들여야 할지 난감했다. 그가 자리에서 일어나자 이현도 따라 일어섰다. 그러나 혼잣말처럼 내뱉으며 2층으로 향하는 하륜의 말에 이현은 몸이 굳었다.

"좋아하면 닮는다던데."

"……!"


"박강현, 나 좀 봐."

이현은 아침 조회가 시작되기 전 강현을 불러냈다. 하륜은 등교하자마자 학생상담실에 불려갔다. 복도로 나온 이현은 강현의 몰골을 살폈다. 다행이 부러진 이는 잘 보이지 않는 위치인 것 같았고, 손가락은 깁스를 한 채였다.

"얼굴, 많이 부었네."

"서하륜 정학 먹게 생겨서 급 친절이냐?"

"어."

"쳇, 노골적이네."

강현은 이현에게서 비스듬히 돌아선 채 혀를 찼다. 그러나 한편으로는 찜찜한 표정이었다.

"열 받아서 해선 안 되는 말을 지껄이긴 했지만 부모님한테 이를 생각은 없었어. 서하륜이 무식하게 얼굴을 이 지경으로만 안 만들었어도 둘러댈 수 있었는데."

강현은 멀쩡한 손으로 제 머리를 마구 흩뜨렸다.

"쪽팔리게! 왜 애들 싸움에 어른들이 나서서는."

"아버지잖아."

이현이 부드러운 목소리로 말하자 강현은 놀란 눈으로 그녀를 돌아보았다. 저를 원망하고 비난할 줄 알았는데, 마치 이해한다는 듯 차분한 목소리라 놀라지 않을 수 없었다.

"어느 아버지가 자기 아들이 이렇게 엉망이 되어 왔는데 가만있겠어? 좋은 아버지시네."

"왜 그런 말을 하는 거냐?"

"서하륜 잘 봐 달라고."

"와, 진짜 노골적이네. 아닌 척이라도 해야 하는 거 아냐?"

"어차피 티 나잖아. 평소에 내가 너한테 친절했던 적이 없는데. 하지만 너한텐 좋은 아버지란 말은 진심이야."

"뭐……."

강현은 쑥스러운 듯 이현을 힐끔 쳐다보고는 이내 시선을 회피했다.

"네 방에 멋대로 들어간 거…… 미안하다."

강현의 사과에 이현은 그저 고개를 한 번 끄덕였다. 지금은 사과를 받는 것보다 사과를 받아 주길 바라는 마음이 더 컸다.

"너, 나 좋아하지?"

"우씨, 진짜 노골적이네! 서하륜한테 과외 받냐?"

이현은 민망함을 감추려고 버럭 소리를 지르는 강현을 직시했다.

"나한테 시비 거는 것도, 실은 서하륜 때문에 그러는 거지? 질투나서."

"것도 티 났냐?"

강현은 괜스레 발끝으로 바닥을 툭툭 차며 얼버무렸다. 이현은 그런 강현의 발짓을 물끄러미 내려다보았다.

"내 부탁…… 들어줄래?"

"부탁?"

강현은 군기가 바짝 든 군인처럼 저도 모르게 차렷 자세로 자세를 고쳐 잡았다. 제 귀가 의심스러웠다. 정이현 입에서 나온 말이 과연 맞는지. 이현이 제게 부탁 같은 걸 할 줄은 상상도 못 했다. 목에 칼이 들어와도 제게는 아쉬운 소리 따윈 하지 않을 것 같던 그녀였다.

"서하륜 엄마 얘기…… 사실이 아니라고만 해 줘. 친구들에게 네가 화가 나서 그냥 한 말이라고."

은린에 대한 험담을 되돌릴 수는 없었다. 되돌릴 수만 있다면 뭐든 하고 싶었지만, 자신이 아무리 아니라고 해 봤자 씨알도 안 먹힐 게 분명했다. 방법은 하나, 그나마 딱 하나. 말한 장본인이 헛말이었다고 인정하는 수밖에 없었다.

"결국 서하륜을 위한 부탁인 거네?"

"응. 대신 나도 네 부탁 들어줄게."

"내 부탁을?"

강현은 잠시 고민에 빠졌다. 하륜을 위한 부탁인데도 선뜻 거절할 수가 없었다. 전 같았으면 질투가 나서라도 단박에 거절했을 텐데, 이현이 제 부탁을 들어준다는 말에 마음이 흔들렸다.

"너, 서하륜 좋아하는구나."

"비밀로 해 줘."

강현은 그것 역시 순순히 받아들였다. 하륜에게 말해 봤자 저한테 좋을 건 없었다. 이현이 부탁하지 않아도 굳이 말하고 싶은 생각도 없었다.

"내 부탁이 뭘 줄 알고 들어준다고 하는지. 서하륜과 어울리더니 겁도 없네."

"나랑 만나 보고 싶은 거 아냐?"

강현은 반박할 수 없었다. 아니라고 큰소리쳐 줄 수 있으면 좋으련만, 아쉽게도 이현이 정곡을 찔렀다.

"뭐 솔직히 내가 인간이 덜 된 건 나도 인정해. 시간이 흘러 다시 생각해 보면 유치하기 짝이 없는데, 왜 그 순간엔 그렇게 치졸하게 구는지 나도 내가 참 한심해. 그래도 서하륜 엄마에 대해 말 함부로 한 건 진심으로 후회하고 있어."

"응."

이현은 강현의 말을 의심하지 않았다. 강현은 그런 이현의 반응을 힐끔 살피고는 마음을 놓았다. 제 말을 믿어 주는 것 같아 다행이었다. 그가 망설이는 눈빛으로 물었다.

"그럼 나랑 데이트……해 줄래?"

"그럴게."

이현은 망설이지 않았다. 강현이 진심으로 후회하는 걸 보게 되어 다행이었다. 저와 데이트를 하기 위해서가 아니라, 우러나서 제 부탁을 들어주는 것에 고마운 마음도 들었다.

"의무적으로가 아니라, 그때만이라도 진심으로 나와 있어 줄 거야?"

이현은 수줍은 소년처럼 귓불이 붉어진 강현을 보며 고개를 끄덕였다.

"부탁해."

"진짜 그것뿐이야?"

"어?"

"부탁이라는 게, 정말 그것뿐이냐고."

이현은 돌아서려다 말고 강현을 다시 올려다보았다. 강현은 이현이 더 부탁하고 싶은 것이 있으면서도 말하지 않는다는 것을 알기에 되물었다. 어째서 말하지 않는지 의아했다.

"더 부탁하는 건…… 너한테 예의가 아닌 것 같아."

하륜은 학생주임 선생님에게 정학 처분이 내려질 테니 일단 교실에 가서 기다리라는 이야기를 듣고 교실로 향했다. 그러다 이현이 강현과 함께 있는 모습을 보았다. 순간 피가 거꾸로 치솟았다. 이현을 내려다보는 강현의 눈빛이 달라져 있었다. 어딘가 모르게 애틋하면서도 잔뜩 들떠 있는 듯한 느낌. 그들이 함께 교실로 들어서는 걸 본 하륜은 걸음을 재촉했다.

"어이!"

강현은 교실로 들어서자마자 아이들의 시선을 끌어 모았다.

"내 꼴 보이냐? 서하륜 엄마 얘기 잘못했다가 실컷 얻어터졌다. 쪽 팔려서 말 안 하려고 했는데, 니들도 내 짝 나지 말라고 말해 주는 거다."

강현은 슬쩍 이현 쪽을 바라보고는 일부러 더 마땅찮은 표정으로 인상을 썼다.

"우씨, 아파 죽겠네. 거짓말한 벌치고는 너무 심하지 않냐? 사람을 이 꼴로 만들어 놓다니."

122

"거짓말이었어?"

누군가 묻자, 강현은 짜증난다는 듯 제 머리를 마구 흩트리고는 실없이 큭큭 웃었다.

"서하륜에게 감정이 격해져서 뻥 좀 쳤다."

"야, 너 좀 심했다!"

"그래, 그건 좀 심했다."

"진짠 줄 알았네."

여기저기서 기가 막힌다는 핀잔과 강현을 비난하는 목소리가 흘러나왔다. 하륜은 돌아가는 사태를 보며 마음이 불편해졌다. 왜 갑자기 강현이 아이들에게 비난받는 걸 감수하면서까지 거짓말이라며 둘러대는지. 왜 그러면서 이현을 힐끔힐끔 쳐다보는지!

제게 얻어터진 후라 분해서라도 저를 두둔해 줄 이유가 없었다. 하륜은 기분 나쁜 예감에 심장이 뻐근해졌다.

시간이 지날수록 하륜은 기분이 더 나빠져만 갔다. 정학이 내려질 거라고 했는데 정학은커녕 벌점도 주어지지 않았다. 강현이 제 잘못이라고 아버지를 설득했다고 했다. 저라도 엄마를 두고 미친년이라는 표현을 썼다면 가만두지 않았을 거라며, 맞을 짓을 했다며 하륜을 두둔했다고 했다. 아버지들끼리의 동업 문제도 정상적으로 다시 추진되고 있었다.

하륜은 창가에 책장 겸 소파로 비치한 책장 위에 앉아 책을 읽다가 불현듯 치미는 짜증에 책을 덮었다. 그는 곰곰이 생각했다. 지난 일주일 동안 강현과 이현 사이에 존재하던 미묘한 감정의 변화를. 그 기류는 강현에게서 더 두드러지게 나타났지만, 하륜에게는 이현의 변화가 더 충격적이었다. 수업 중간중간 이현을 힐끔대는 강현의 눈빛이 빈번해졌다. 어쩌다 강현과 눈이 마주치면 이현은 그 시선을 피하지 않고 응해 주었다.

'정이현이 박강현을 좋아한다?'

훗, 실소가 터졌다. 그럴 일은 없었다. 그런데 어째서 둘 사이의 관계가 하루아침에 달라진 걸까. 무엇 때문에 강현이 모든 문제를 수습하고 나섰을까. 하륜은 이현에게서 알아내야겠다는 생각이 들어 일어났다.

그때였다. 문득 시선이 향한 창밖에서 그는 이현을 발견했다.

"정이현?"

이현은 얼마 전 저와 영화관에 갔을 때 입었던 하늘색 원피스를 입고 막 대문을 빠져나가는 참이었다. 평소엔 치마를 입지 않는 이현이 원피스를 입었다는 사실에 하륜은 심장이 삐거덕거렸다. 영화관에서 긴장한 모습으로 저를 기다리던 모습이 떠올랐다. 마치 데이트하러 나온 소녀처럼 예쁘던…….

하륜은 무슨 생각에선가 냅다 책을 던지고 지갑과 핸드폰만을 챙겨 방을 뛰쳐나갔다.


"그렇습니까?"

현묵은 재훈과 필드를 걸으며 뜻밖의 사실에 놀라워했다. 재훈의 4대 독자, 강현이 이현으로 인해 하루아침에 달라졌다니 이현도 보통내기가 아니란 생각이 들어 흐뭇해졌다. 처음 봤을 때부터 작지만 강단 있어 보였다. 늘 다소곳하게 있는 편이었지만 제 의견을 말해야 할 땐 반드시 입을 열었다. 현묵은 기죽지 않고 지내는 이현이 마음에 들었다.

"글쎄, 그 아이에게 잘 보여야 한다고 하륜 군 정학을 막아 달라고 부탁하지 뭡니까? 고등학생이 되도록 떼만 쓸 줄 알았지, 제대로 된 부탁을 한 건 이번이 처음입니다. 귀하다고 너무 오냐오냐 키웠더니 망나니가 따로 없었죠, 사실."

재훈은 민망한 듯 껄껄 웃었다.

"오늘 그 아이와 데이트가 있다고 하더군요. 요즘 고등학생들은 우리 때와 달리 참 빠르고 대범합니다."

"이현이 그 아이가 벌써 데이트를 할 나이라……."

현묵은 새삼 세월의 흐름이 빠르다는 생각이 들었다.

"일주일 동안 우리 아이가 어찌나 들떠 있던지, 제 엄마가 눈꼴 시려서 못 보겠다지 뭡니까? 하하하하. 괜히 제 엄마한테 가서 도와줄 거 없냐, 어깨 주물러 줄까 그러질 않나. 허허, 아들자식이 뽕 맞은 놈처럼 흥분해서 돌아다니는 걸 보고 있자니 우스워서, 원."

"이현일 많이 좋아하나 봅니다."

"그런가 봅니다. 이현이란 그 아이가 부모님한테 잘하라고 그랬다네요. 특히 엄마한테 잘해 드리라고. 아니 여자애가 그랬다고 하루아침에 달라지는 건 또 뭐랍니까? 사내자식이 벌써부터 저러니 애처가가 될 소지가 다분하죠?"

"여자를 위하는 남자는 좋은 남자가 아닙니까?"

현묵이 옅은 웃음으로 응했다. 그러자 재훈이 걸음을 멈추고 현묵을 바라보았다. 뒤따르던 캐디들도 거리를 두고 멈춰 섰다.

"그래서 말입니다. 이현이란 그 아이가 그 댁 자제가 아닌 걸로 압니다만."

"네."

현묵은 재훈을 마주 보고 섰다. 무슨 말을 하려는 건지 제대로 들어보자는 태도였다.

"그 아이, 서 회장께서 딸 삼으실 의향은 없으십니까?"

"어째서 그런 걸 물으시는 겁니까?"

재훈이 남의 집 가정사에 이러쿵저러쿵할 위인은 아닌데, 어째서 그런 질문을 던지는지 현묵은 의아했다. 그의 눈빛이 진중하게 굳어졌다.

"4대 독자인 제 아들에게 그 아인 너무나 부족하죠. 하지만 서 회장님 딸이라면 좋은 조건이 되는 거니까요. 무엇보다 저는 제 아들을 단박에 휘어잡은 그 아이가 맘에 들었습니다."

"그렇군요."

현묵은 생각이 많아졌다. 무언가 체증처럼 걸리는 것이 탐탁지 않았다.

"박 회장님 댁이라면 그 아이에겐 더할 나위 없는 혼처지만, 아직은 이른 것 같군요."

"당장이야 저도 어쩌자는 것이 아닙니다. 서 회장님이 그 아일 입양하고 친딸과 동등한 대우를 해 주신다고 약속만 하신다면 그 둘, 고등학교 졸업 후에 결혼시켜 함께 유학을 보낼까 합니다. 어떻습니까, 제 생각이. 저희가 사돈을 맺으면 사업에 있어서도 시너지 효과가 있지 않겠습니까?"

"이현이가 강현 군을 어찌 생각하는지도 모르고. 생각을 해 보겠습니다."

"하하하, 서 회장님도 정략결혼을 하셨으면서 어찌 그런 말씀을 하십니까?"

재훈은 현묵을 순진하다 비웃는 것처럼 박장대소했다.

"두 아이의 결혼 문제는 표면적으로야 제 아들이 이현 양을 좋아한다는 이유지만, 그보다 더 중요한 이유는 사업적인 거지요. 아시면서 그러십니까?"

"……"

피가 쏠렸다. 관자놀이가 띵해질 만큼 피가 거꾸로 솟구쳤다. 하륜은 이현이 버스에 오르자 택시를 잡아타고 버스를 따라가자고 했다. 버스가 멈출 때마다 택시도 멈춰 섰다. 이현이 버스에서 내리는 모습을 발견하고서야 하륜도 황급히 택시에서 내렸다.

이현이 내린 곳은 뜻밖에도 아쿠아리움이었다. 그리고 더 뜻밖인 것은 아쿠아리움 입구에서 기다리고 있는 강현이었다.

"박강현!"

하륜은 당장이라도 달려가려다가 멈칫했다. 무슨 권리로, 무슨 이유로 이현을 붙잡는다는 말인가. 어떤 변명을 해야 이현이 강현과 못 만나게 할 수 있단 말인가. 그는 주먹을 꽉 쥐었다. 자꾸만 손이 부들부들 떨렸다.

이미 표를 사 뒀는지, 강현이 표 두 장을 팔랑팔랑 흔들어 보였다. 이현이 강현과 아쿠아리움 안으로 들어가자 하륜은 하늘이 무너지는 기분이었다. 이현에게 배신감마저 들었다. 어떻게 그럴 수가 있는가! 하준을 좋아하면서 어떻게 박강현과!

"형을 좋아하는 게 아니었어?"

하륜은 맥없이 중얼거렸다. 혼란스러웠다. 하준을 좋아하면서 다른 남자와 데이트를 할 이현은 아니었다. 제가 아는 정이현은 양다리를 걸칠 여잔 아니었다. 그는 불현듯 주머니에서 휴대전화를 꺼내 들었다.

"형!"

[왜?]

"정이현……"

[이현이가 왜?]

"형 좋아하는 거 아니었어?"

[푸하하하, 질투하냐?]

"닥치고 바른대로 말해 줘."

[형한테 말버릇하고는. 공손하게 말하면 알려 주지.]

하준이 큭큭 웃으며 하륜을 놀렸다. 하륜은 화가 치밀었지만 듣고 싶은 대답을 듣기 위해선 어쩔 수 없었다. 그는 어금니를 꽉 깨물고 말했다.

"솔직하게 말해 줘, 형님."

[오냐, 말해 주지. 훗, 이현이는 날 오빠로 생각해. 친오빠 같은 오빠. 우리 사이엔 플라토닉한 사랑만이 충만하지!]

"꺼져, 형님."

[오호, 내 말 아직 안 끝났는데? 네가 진짜 듣고 싶어 하는 건 이거 아냐?]

"빨리 말해!"

[공손하게.]

"하아…… 빨리 말해 줘, 형님."

[이현이 좋아하는 사람은 따로 있다. 동갑내기 같은 반 남자. 네가 더 잘 알 사람. 끊는다, 짜샤. 형님 바쁘다.]

"같은 반…… 동갑내기……. 내가 더 잘 알 사람?"

하륜은 전화를 끊고 멍해졌다. 하준이 남긴 마지막 말만 곱씹었다. 쩅쩅한 휴일의 햇살이 따가웠다. 믿을 수가 없었다. 정말 이현이 좋아하는 남자가 박강현이라고? 박강현? 그럴 리가 없었다. 그래서도 안 되었다.

"말도 안 돼!"

하륜은 버럭 소리를 질렀다. 지나가던 여자가 깜짝 놀라 하륜을 돌아보았다. 그럴 순 없었다. 절대로! 절대로 그럴 순 없었다.

"정이현은······."

하륜은 심장이 쓰라려 미간이 일그러졌다. 불덩이가 심장에 들어와 박혔다.

"내 거다!"

그는 미친 듯이 달렸다. 아무 생각도 할 수 없었다. 그저 이현을 강현에게서 빼앗아 와야겠다는 생각뿐. 그는 그냥 들어가려다가 표 검사를 하는 직원에게 제지를 당했다. 표를 사야 한다는 생각조차도 하지 못한 하륜은 지갑에서 돈을 꺼내 들었다. 돈을 받은 직원이 표를 건넸지만 그는 받지 않고 내달렸다. 하륜이 소란을 피우자 지켜보던 직원이 대신 표를 챙겨 입장 도우미에게 건넸다.

하륜은 에스컬레이터를 뛰어서 내려가 내부를 샅샅이 뒤지기 시작했다. 귀여운 펭귄도, 신기한 물고기도 눈에 들어오지 않았다. 관심 밖이었다. 빨리 이현을 찾지 못하면 영영 빼앗길지도 모른다는 불안감에 심장이 쪼그라들었다. 그래서인지 숨 쉬기도 힘들었다. 그는 자꾸만 엄마를 잃은 아이처럼 울컥울컥 뜨거운 기운이 치밀어 미칠 것만 같았다.

"정이현······."

그는 사람들로 빼곡한 한가운데에 서서 주위를 두리번거렸다. 어디에도 이현은 보이지 않았다. 다른 장소로 이동한 모양이었다. 그러나 하륜은 머리가 얼어 제대로 된 판단을 내릴 수가 없었다. 어디에도, 제 눈길이 미치는 어디에도 이현이 없다는 것만이 처절하게 인지될 뿐이었다.

"이현아······."

지나가던 꼬마 아이가 제 엄마의 옷자락을 톡톡 당기며 말했다.

"엄마, 저 형 울라 그래."

하륜은 이를 꽉 깨물었다. 그러지 않으면 뜨거운 기운이 왈칵, 토해 질 것 같았기에.

이상한 일이다. 이렇게 빨리 다음 전시관으로 이동했을 리가 없다. 그런데도 왜 이현의 모습을 찾을 수가 없는지, 하륜은 애가 탔다. 울컥, 심장에 물이 차올라 산소가 부족해지는 느낌이다. 자꾸만 시야가 흐려졌다.

그때였다. 펭귄 수족관 앞에서 먹이 주기 시연이 끝나자 한 무리의 사람들이 빠져나갔다. 그러자 거짓말처럼 이현의 모습이 드러났다.

"직접 보니까 정말 귀엽다."

"애들이나 오는 데라고 생각했거든? 근데 직접 와 보니까 좋다."

강현도 함께였다. 펭귄에게서 눈을 떼지 못하는 이현을 내려다보며 그가 웃고 있었다. 한껏 멋을 낸 강현은 밖에서 보니 꽤 괜찮아 보였다.

"펭귄에 대해서 좀 알아?"

이현이 물었다. 강현은 머리를 긁적이며 난감한 표정이더니 잠시만 기다리라고 했다. 펭귄 수족관 옆, 펭귄에 대해 설명해 놓은 것을 읽고 와서 얘기해 주겠다며. 이현은 고개를 끄덕였다. 저를 위해 애쓰는 모습을 보니 오늘만큼은 강현이 하자는 대로 따라 주자는 생각이 들었다.

이현은 다시 수족관 안으로 시선을 돌렸다. 뒤뚱뒤뚱 걷는 펭귄들의 모습이 무척 귀여웠다.

"펭돌아, 펭순아, 여기 좀 봐 봐. 언니 좀 봐 봐. 아, 귀여워! 읏?"

펭귄에게 멋대로 이름을 붙여 가며 자신을 좀 봐 달라고 떼를 쓰던 이현은 누군가가 제 손목을 낚아채자 소스라쳤다. 너무 놀라 비명도 나오지 않았다. 이현은 제 손목을 낚아챈 사람을 돌아보았다가 더 소스라쳤다. 하륜이었다.

"서하륜?"

하륜이 왜 여기에 있는지, 이현으로서는 이해할 수 있는 범위 밖의 문제였다. 전혀 뜻밖이었다. 하지만 그가 제 쪽으로 저를 잡아당겼을 때 그 의문은 거짓말처럼 싹 사라져 버렸다. 하륜은 이현의 손목을 아프도록 꽉 붙잡은 채 성큼성큼 걸었다. 이현은 하륜에게 이끌려 가면서 뒤를 돌아보았다. 강현은 펭귄에 대해 설명해 놓은 안내판에 시선을 고정시킨 채 열심히 읽고 있었다.

'뿌리쳐야 하는데……'

그런 생각이 들긴 했지만 정작 하륜의 손을 뿌리치지는 못하는 이현이었다. 아쿠아리움 밖으로 나온 이현은 겨우 다급하게 물을 수 있었다.

"왜 이러는 거야? 어디 가는 거냐고."

"말하지 마."

하륜의 목소리가 낮고도 차가웠다. 그는 이현을 한 번도 돌아보지 않았다. 돌아보았다간 왈칵, 이현을 껴안고 애걸복걸할 것만 같았기에.

이현의 휴대전화가 울려 댔다. 분명 강현이 저를 찾는 전화일 거란 생각에 이현은 자유로운 손으로 가방 안을 뒤졌다.

"엇?"

하륜이 이현의 휴대전화를 빼앗아 들었다. 어찌나 민첩한 행동인지 이현은 뺏기지 않으려는 동작 한 번 못 해 보고 그대로 뺏기고 말았다. 하륜은 휴대전화의 배터리를 빼서 주머니에 넣고 나머지는 다시 이현에게 돌려주었다. 그런 뒤 그는 좀 전처럼 이현의 손목을 꽉 잡은 채 걸었다.

"왜 이러는 거냐니까?"

"자극하지 마. 겨우 참고 있으니까……."

목구멍을 억눌러 내뱉는 하륜의 목소리가 너무나 무거워 이현은 입을 다물었다. 묻는다고 대답해 줄 하륜도 아니었지만, 그를 뿌리친다고 뿌리치게 내버려 둘 그도 아니었다. 하륜이 이렇게 화가 났을 땐 잠자코 있는 게 가장 좋은 방법이라는 것을 이미 경험으로 체득한 터였다.


정신을 차리고 보니 바닷가였다. 집으로 가나 했지만, 하륜이 택시 기사에게 행선지를 말한 곳은 현묵의 별장이 있는 곳이었다. 이현은 어째서 집이 아닌 별장으로 가는지, 별장까지 가서 도대체 무슨 이야기를 하려고 그러는지 궁금했지만 입을 열 수가 없었다. 한 마디라도 했다간 끝장을 볼 것처럼, 하륜의 표정이 비장하다 못해 쓰라려 보였던 것이다.

하륜은 택시비를 카드로 지불하고 반갑게 맞는 관리인에게 목례를 하는 둥 마는 둥 하더니 이현을 이끌고 바닷가로 향했다. 백사장에 거리를 두고 나란히 앉은 이현은 하륜이 먼저 말을 꺼낼 때까지 침묵했다.

'화났을 거야. 자기 걸 남하고 나눠 쓰는 거 죽도록 싫어하는 애니까.'

이현은 하륜의 마음이 이해가 되었다. 자기가 주면 주었지, 뺏기는 것만큼은 광적으로 싫어하는 하륜이라면 아무리 미워하는 자신이라도 강현과 나눠 가질 생각은 추호도 없을 것이다. 이현은 하륜을 물끄러미 응시하다가 결국 아무 말도 못한 채 고개를 돌렸다.

하륜은 치열하게 생각하고 또 생각했다. 고민하고 또 고민했다. 미워 죽겠는데, 은린의 곁에 찰싹 달라붙어 딸 노릇을 하는 이현이 죽도록 미운데, 또 그만큼 가지고 싶었다.

생각해 보면 이현을 처음 봤을 때부터 그 푸른 눈이 예뻐서 돌봐 주고 싶었다. 비록 자신에게는 힘이 없었으나 아버지의 능력이라면 이현이 하나쯤은 충분히 돌봐 줄 수 있을 것 같았기에 자신 있었다. 저처럼 버려진 아이, 불쌍한 이현을 제가 돌봐 주면서 의지하고 싶었던 것이다.

그런데 운명은 잔인했다. 생전 자신에게는 마음을 열지 않던 은린이 이현을 보자마자 세상을 다 얻은 것처럼 마음을 열었다. 이현을 품에 끼고부터는 마음의 병도 치유가 되어 가는지, 기억이나 사고 능력도 많이 좋아졌다. 아이러니하게도 이현이 때문에 엄마를 빼앗긴 하륜은 이현이 때문에 엄마와 사이가 부드러워졌던 것이다.

'빼앗기기 싫어! 아무에게도 주고 싶지 않아…….'

하륜은 별장으로 오는 내내 그 생각뿐이었다. 다른 생각이라고는 별장으로 가야겠다는 것뿐, 그 외에는 온통 그 생각으로 가득 찼었다. 지금도 하륜은 그 생각 속에서 치열하게 싸우고 있었다.

'내 거니까……. 정이현은 내 거니까!'

하륜은 괴로운 듯 머리를 흔들었다. 이현은 문득 하륜이 하는 양을 지켜보다 그에게로 다가가 앉았다.

"있잖아……."

이현은 괴로움과 싸우는 듯한 하륜의 팔에 살며시 손을 대었다. 그러자 흠칫 놀란 하륜이 매몰차게 이현의 손을 뿌리쳤다. 일그러진 눈으로 이현을 바라보는 하륜의 표정이 상처받은 새끼 짐승처럼 헛헛해 보였다.

이현은 공중에서 멋쩍게 손을 움츠렸다.

"내가…… 어떻게 해 주면 좋겠어?"

"……?"

"내가…… 어떻게 해 주면 네가 괴롭지 않을까?"

이현은 하륜의 시선을 피해 고개를 떨구었다. 진심이었다. 그가 괴로움에서만 벗어날 수 있다면 뭐든 해 주고 싶었다.

"생각해 보면 내가 너무 뻔뻔했던 것 같아. 아무리 이모가 있다고는 하지만, 너희 집에서 너희 아버지가 주는 돈으로 어려움 없이 학교도 다니고, 네가 배우는 거라면 나도 같이 배우게 해 주셨고……. 정말 감사할 일이야. 아무리 엄마가……."

이현은 은린을 엄마라고 불렀다가 잠시 머뭇거리며 정정했다.

"아무리 너희 엄마가 나를 딸로 여긴다지만 그러기 쉽지 않다고 생각해. 하준 오빠도 날 친동생처럼 편안하게 대해 주었고 또 넌……."

이현은 다시 입을 다물었다.

'넌 내가 태어나서 처음 받아 보는 호의를 베풀어 줬어. 내 눈을 예쁘다고 해 준 사람은 너뿐이었으니까. 보석이라니……. 그것도 천연 보석. 네 말 때문에 난 당당하게 살 수 있었어. 누가 뭐래도 그건 다 네 덕분이야. 정말이지, 난 죽어도 그때의 네 마음을 잊지 못할 거야.'

"넌 죽도록 미운 날 그동안 쭉 봐 준 것만으로도 고마워."

"……!"

이현은 고개를 떨구고 있어서 더욱더 험악하게 일그러지는 하륜의 표정을 읽지 못했다. 상처가 뒤틀려 와 어찌할 바를 모르는 하륜은 무슨 말을 어떻게 해야 할지 몰라 침묵의 비명만 질러 댈 뿐이었다.

"그러니까 네가 원하는 건 뭐든 들어줄게. 사라지라면…… 그렇게 할게. 당장은 독립할 수 있는 여건이 안 되니까 또 너희 아버지께 신세를 져야겠지만, 그래도 한집에 사는 것보다는 낫겠지?"

"뭐라는 거야, 지금."

하륜은 떨리는 목소리를 들키지 않으려 목에 힘을 주어 말했다.

"내가 나가면 너도 조금은 덜 괴로울 거 아냐."

"그러니까 지금 뭐라는 거냐고!"

하륜이 버럭 소리를 질렀다. 화가 나서 미칠 것만 같았다. 누가 이럴 땐 어떻게 말을 꺼내야 하는지, 어떻게 마음을 표현해야 하는지 가르쳐 주었으면 싶었다. 왜 아무도 저에게 사랑하는 법에 대해서, 사랑을 표현하는 법에 대해서 가르쳐 주지 않았는지 원망스러웠다.

"난……!"

하륜은 마음이 급해졌다. 천천히, 논리적으로 설명할 자신이 없었다. 그동안 자신의 마음이 어땠는지, 왜 괴로웠는지, 깨닫고 보니 널 좋아하고 있었다는 말을 잘 설명할 자신이 없었다. 그래서 그는 직설적으로 말하려고 했다. 그 방법뿐이었다. 그냥 좋아한다고 말하면, 그 말이면 충분하지 않을까! 하지만 하륜은 더 이상 목소리를 내지 못했다. 이어지는 이현의 말 때문에.

"더 이상은 나도 너, 못 보겠어!"

"……!"

이현은 두 손으로 얼굴을 가린 채 울음을 터트렸다. 그동안 꾹꾹 눌러 담았던 감정들이 한꺼번에 다 폭발해 버렸다. 깔딱깔딱 숨이 넘어갈 것처럼 울음을 쏟아 내는 이현을 보고 있으려니 하륜은 가슴이 먹먹해졌다. 머릿속이 새하얘졌다. 하륜은 제 심장이 뛰고 있는지 의심스러웠다.

하륜은 방향감각을 상실한 사람처럼 주위를 두리번거리며 몸을 일으켰다. 어디로 가야 할까, 어떻게 해야 할까. 그는 일어서다 휘청거렸다. 어쩐 일인지 다리에 힘이 들어가지 않았다. 모래사장이 발을 끌어당기는 모양이란 생각이 들었다. 머릿속도 가슴속도 텅텅 빈 하륜은 불안한 시선으로 모래사장을 되돌아 나갔다.

이현은 가슴이 아파 죽을 것만 같았다. 자신이 좋아하는 사람이 세상에서 가장 미워하는 사람이 저라는 건 지독한 저주였다. 차라리 무관심한 편이 행복할 것 같았다. 더 이상은 저를 미워하는 하륜을 보는 것도, 곁에 있는 것도 힘들 것 같았다. 저를 위해서가 아니었다. 하륜을 위해서였다. 자신이 눈에 띄지 않으면 그도 조금은 편해지겠지 싶었던 것이다.

"나 때문에 힘들어하는 널 보는 거…… 정말이지 더 이상은 못 하겠어, 흐윽……."


얼마나 울었을까. 이현은 누군가 다가오는 소리에 고개를 돌렸다. 어쩌면 하륜일지도 모른다는 생각에 반가움이 일었지만, 모습을 드러낸 건 다름 아닌 관리인이었다.

"작은 도련님이 모시고 오라고."

"아…… 네."

이현은 자리에서 일어나며 모래를 털었다. 오십 대로 보이는 관리인은 앞장서 걸으며 몇 마디 건넸다.

"우선 씻고 저녁을 드시라고 하시더군요."

"하륜인 어디 갔나요?"

"아까 바닷가에서 오시더니 바로 산책을 간다며 나가셨습니다. 6시 이후에 아가씨 모셔 오라는 부탁만 하시고. 무슨 일 있으셨나요? 작은 도련님 그런 표정 처음 봐서요. 완전 얼이 빠진 사람처럼."

관리인이 이현을 돌아보며 눈치를 살폈다. 이현은 대답하지 않았다. 관리인은 더는 묻지 않았다.

"저녁은 식탁에 차려 놓겠습니다. 작은 도련님 돌아오시면 함께 드시든 먼저 드시든 편하신 대로 하세요. 8시쯤 모셔다 드리겠습니다."

"고맙습니다."

이현은 언덕배기에 세워진 별장으로 가면서도 내내 하륜 생각뿐이었다. 지금쯤 어딜 헤매고 있을까.

별장에 도착한 이현은 우선 좀 씻고 싶었다. 모래사장에 오래 앉아 있었더니 발도 자글거리고 몸에서 짠 내도 나는 듯했다. 주방에서는 관리인의 아내가 저녁을 차리고 있었다.

"국만 끓으면 됩니다."

관리인의 아내가 웃음을 띠며 이현을 맞았다.

"작은 도련님은 아직이시네요. 곧 돌아오실 때가 됐는데."

"우선 씻고 싶은데."

"아가씨 방에 두고 가신 옷 그대로 걸려 있어요. 제가 일주일에 한 번은 다시 세탁해서 걸어 놓으니까 안심하고 입으시면 됩니다. 깨끗해요."

이현은 고맙다는 인사를 전한 뒤 2층으로 향했다. 마음 같아서는 씻고 한숨 푹 자고 싶었다. 한참을 울었더니 피곤했다.

아무리 걷고 또 걸어도, 하륜은 머릿속이 정리가 되지 않았다. 마음은 난장판이었다. 아비규환 같은 심장이 자꾸만 악마처럼 그를 유혹했다.

—빼앗길 거야? 이대로 빼앗기고 말 거냐고. 네 거잖아. 네 건데 빼앗기고도 괜찮겠어? 바보 같은 자식, 널 늘 소중한 건 빼앗기지! 등신처럼 말야. 네 거잖아. 가지고 싶지 않아? 가지고 싶잖아, 서하륜. 아닌 척해도 가지고 싶어 미치겠잖아, 지금.

'날 보고 싶지 않다고 하잖아!'

—그럼 넌 안 보고도 살 수 있을 거 같아? 정이현, 안 보고도 살 수 있어? 그 애가 널 영영 떠나 버려도 살 수 있다고? 그 애가 네가 아닌 다른 남자 게 되도 살 수 있다고? 하! 너 아직 정신 못 차렸구나? 숨통 끊어진 뒤에 살려 달라고 해 봤자 늦어. 너도 이젠 알잖아. 정이현 없이 너도 못 산다는 거.

'내가 보기 싫다잖아!'

—널 보고 싶게 만들어. 널 보게 만들라고, 이 멍청한 자식아! 넌 할 수 있잖아! 네가 원하는 거, 가지는 방법 알고 있잖아! 네 곁에 있게 만드는 방법 알잖아!

하륜은 제 속에 분명 악마가 존재한다고 믿었다. 그렇지 않고는 이토록 사악한 욕심이 들끓을 수가 없었다. 제 안에서 일어나는 갈등의 소리가 심장을 쪼아 대고 있었다.

—가져! 가지라고! 좋아하잖아! 좋아하는데 뭐가 문제야! 너만 바라보게 만들어. 널 위해 뭐든 한다는데 뭐가 문제지?

하륜은 제 가슴에 대고 퍽퍽 주먹질을 했다.

'제발 좀 닥쳐……'

하륜은 제 심장에 경고했다. 그럴 순 없었다. 아무리 이현을 원한다고 해도 그럴 순 없었다. 그러자 이번엔 심장이 그를 살살 달래기 시작했다.

—생각해 봐, 서하륜. 좋아하는 여자를 안는다는 게 어떤 기분일지. 상상만 해도 따뜻한 온기가 퍼지는 것 같지 않아? 너 지금 얼어 죽을 것 같잖아. 살고 싶지? 그러니까 안아도 돼. 좋아하는 여잘 안는다는 게 어떤 행복일지 상상해 봐. 가슴 가득 퍼지는 그 행복, 그 따뜻함! 네 비어 있는 심장을 가득 채워 줄 거다.

'닥쳐, 제발!'

하륜은 괴로워 미칠 것 같았다. 심장의 유혹에 자꾸만 넘어가고 싶은 생각이 들어 괴로웠다. 겪어 보지 않아도 알 수 있었다. 좋아하는 사람과 사랑을 나눈다는 게 어떤 충만함일지 짐작하고도 남았다. 어쩌면 이현을 안음으로써 텅텅 빈 심장에 온기가 채워지고 더 이상 외롭지 않게 될지도 모른다는 생각이 들어 그 유혹을 쉽게 떨쳐 버릴 수가 없었다.

"그만하라고, 제발⋯⋯."

하륜은 플라타너스 나무에 대고 주먹을 내질렀다. 한 번, 두 번, 세 번. 살갗이 까지고 피가 배어 나왔다. 육체가 고통스러우면 심장도 다른 생각을 하지 못할 거란 그의 생각은 오산이었다. 손등은 쓰라렸지만, 심장의 잔혹한 유혹은 그칠 줄 몰랐다.

—아무 데도 가지 못하게 잡으려면 그 수밖에 없어! 가지라고, 등신아. 내 거라고 확실히 못을 박으란 말이다! 가지고 싶으면서! 가지고 싶어 지금도 죽을 것 같으면서 아닌 척하긴!

하륜은 이를 꽉 깨물었다. 돌아가서 찬물에 씻고 싶었다. 냉장고에 있는 얼음이란 얼음은 다 띄워 놓고 욕조에 몸을 담그고 싶었다. 그는 미친 듯이 달렸다. 숨이 허덕허덕 차오를 때까지 쉬지 않고 달렸다. 숨이 차오르자 심장도 더는 지껄이지 못했다.

"작은 도련님!"

하륜이 현관문을 열고 들어서자 관리인의 아내는 땀범벅인 그를 보고 조금 놀라는 눈치였다.

"이 층 욕실 문 고장 났어요. 아래층 쓰세요."

하륜은 아직 가라앉지 않은 숨을 몰아쉬며 2층으로 향했다. 욕실 문이 고장 났다는 말은 귀에 들어오지도 않았다. 어서 빨리, 심장이 다시 멋대로 지껄이기 전에 찬물로 몸을 식혀야겠다는 생각뿐이었으므로.

하륜은 다짜고짜 욕실 문을 열어젖힌 후 윗옷을 벗어 던졌다. 티셔츠가 그의 목에서 벗겨지며 시야가 트인 하륜의 눈앞에 믿을 수 없는 광경이 펼쳐졌다. 아니, 이건 꿈인지도 모른다. 일어날 수 없는, 일어나서도 안 되는 일이 일어난 걸 보니 분명 꿈인 듯했다. 어쩜 환상을 보는 건지도! 간절하고도 절박한 심장이 또다시 자신을 유혹하기 위해 만든 강렬한 환상……

도자기로 빚어 놓은 듯한, 부드럽고 촉촉이 빛나는 조각상이 거짓말처럼 몸을 돌렸다.

"그대로! 하…… 그대로 제발……"

하륜은 안타깝게 외쳤다. 외침이라기보다 애원에 가까웠다.

"보지 마……"

그보다 더한 애원의 목소리가 이어졌다. 이현이었다. 이현은 샤워를 마치고 막 몸을 닦고 있던 차였다. 누군가 올라오는 소리가 어렴풋이 들렸지만, 욕실 문은 잠겨 있으니 신경 쓰지 않았다. 하지만 욕실 문이 벌컥 열리고 하륜이 나타났을 때는 기함했다. 사람이 너무 놀라면 몸이 움직여 주지 않는다고 하더니, 이현은 그 말을 오늘에서야 절감했다. 목소리가 덜덜 떨려 말이 되어 나와 주질 않았다.

"나가 줘, 제발……."

이현은 들고 있던 작은 수건 한 장을 부둥켜안고 달달 떨었다. 하륜에게 젖가슴을 고스란히 보여 주고 말았다. 너무 놀란 나머지 가려야 한다는 생각도 못 한 채 잠깐 몸이 굳어 버렸던 것이다. 빤히 제 몸을 쳐다보는 하륜의 시선에, 발끝에서부터 머리카락 한 올까지 전부 화끈거림으로 변하고서야 이현은 겨우 몸을 돌릴 수 있었다.

"보지 마, 제발……."

이현은 목소리가 잠겼다. 소리라도 쳐야 하는데 목구멍이 바짝 말라 그럴 수도 없었다. 어찌해야 할까. 몸은 떨려 오는데 꼼짝할 수가 없었다. 손가락 하나, 발가락 하나 움직일 수가 없었다. 심장은 터질 것처럼 두근대는데 머릿속은 백짓장이었다. 어떻게 처신해야 하는지, 이현으로서는 판단 불가였다.

"보……여 줘……."

"……!"

이현의 눈이 보름달처럼 동그래졌다. 젖가슴을 그러안은 팔이 자꾸만 떨려 왔다. 안 되는데……. 안 되는데! 하륜에게 보여 줘서는 안 되는데, 이현은 어쩐 이유에서인지 그의 요구를 뿌리치고 싶은 마음도 들지 않았다.

'미쳤나 봐……. 나…… 정말 미쳤나 봐…….'

이현은 그런 생각이 든 자신에게 더 놀라고 있었다. 그가 보는 게 부끄럽고 온몸이 떨릴 정도로 두렵기도 했지만, 그에게 보이는 게 싫지 않다니.

하륜은 매끈한 어깨선에서 내려오는 팔의 곡선도, 등에서 허리로 이어지는 가냘픈 허리선도, 모두 너무나 예뻐서 숨이 턱턱 막혔다. 허리에서 엉덩이로 이어지는 곡선은 아찔할 만큼 매력적이었으며, 봉긋한 엉덩이는 당장이라도 입 맞추고 싶을 만큼 사랑스러웠다.

이현의 몸은 소녀다운 청순함으로 빛이 났지만, 이제 곧 여성으로 피어날 준비를 하고 있는 만큼 탱탱하게 영글어 있었다. 하륜은 아랫도리가 뻐근해져 옴을 느끼며 이현에게로 한 발짝 움직였다.

"오지 마, 제발!"

이현이 낮은 목소리로 외쳤다. 하륜의 작은 움직임마저도 그 파동이 증폭되어 온몸으로 부딪혀 왔다. 이현은 샤워기의 손잡이를 위로 올리고 몇 걸음 더 도망쳤다. 차가운 물이 시원하게 뿜어져 나왔다. 제발 하륜이 그 물줄기를 맞고 정신을 차렸으면 싶었다. 그러나 한편으로는 하륜의 품에 한 번, 그저 딱 한 번 안겨 보고 싶다는 생각도 존재했다.

'정말 미쳤나 봐, 나⋯⋯.'

이현은 물줄기가 바닥으로 떨어지는 소리가 조금 전과 달라진 걸 느꼈다. 차갑고 딱딱한 바닥으로 떨어지는 소리가 줄었다. 하륜이 그 물줄기 아래에 서 있는 것이다.

'너라도 정신 차려. 네가 손 뻗으면 난 거부할 수 없을지도 몰라⋯⋯. 나도 날 모르겠어⋯⋯!'

이현은 입술을 질끈 깨물었다. 분명했다. 하륜이 절 만지려고 들면 거부할 수 없을 게 분명했다. 남자의 손길이 무엇을 원하는지, 무엇을 의미하는지 알 나이였다. 하륜이 제 몸에 닿으면 그도, 그리고 저 역시도 걷잡을 수 없을 거라는 건 본능적으로 느끼고 있었다.

"아⋯⋯!"

이현은 소스라쳤다. 짜릿한 감각이 피부를 관통했다. 그런 뒤 엄청

난 속도로 온몸으로 퍼져 나가기 시작했다. 하륜이, 그가 이현에게 손을 뻗었던 것이다.

하륜의 중지가 이현의 몸에 닿았다. 그의 손이 그녀의 목과 어깨가 만나는 가운데 지점에서부터 척추로 이어지는 선을 타고 주욱 내려왔다. 천천히, 손가락 끝의 감각을 이용해 이현을 느끼려는 것처럼 아주 천천히. 차마 다섯 손가락 다 대지 못해 중지 하나만 겨우 그녀의 몸에 닿을 수 있었다. 손가락 끝으로 심장이 내려앉았는지, 손가락을 통해 온몸의 세포들이 펄떡펄떡 날뛰었다.

그의 손가락은 허리 끝, 안쪽으로 살짝 들어간 부분에 머물렀다가 다시 완만한 언덕을 이루는 엉덩이 골로 내려왔다. 이현의 몸이 움찔하고 눈에 띄게 떨렸다. 하륜은 그 반응이 몹시 놀라웠다. 제 작은 손길 하나에, 이현이 반응하는 것이 놀랍고도 신기했던 것이다.

"제발……."

이현이 다시 애원했다. 그만두라는 애원이었지만 하륜의 이성은 이미 뚝 끊어진 후였다. 그는 이현에게 손가락이 닿는 순간 제 몸 구석구석에서 줄이 끊어지는 소리를 들었다.

이성의 끈과 인내의 끈, 도덕성의 끈과 절제의 끈.

그의 인성을 이루고 있는 모든 끈이란 끈은 다 뚝뚝 하고 끊겼다. 그에게 남은 건 오로지 이현을 가지고 싶다는 욕망과 혈기왕성한 감각뿐이었다.

그는 조금 거칠게 이현을 제게로 돌려세웠다. 이현은 반항할 여지도 없이 그의 손길에 의해 하륜과 마주 보게 되었다.

"하……."

하륜의 시선이 이현의 뽀얀 젖가슴에 꽂혔다. 두 팔로 가슴을 그러안는 바람에 볼록하게 솟은 젖가슴이 탐스러운 열매보다 더 그의 목을 마르게 했다.

"보지 말라니까, 제발!"

"가슴……."

하륜의 목소리가 메말라 있었다. 그는 손가락으로 이현의 쇄골에서부터 볼록해진 젖가슴 위로 내리그었다.

"아."

몰랑하면서도 탄력 있었다. 부드러우면서도 졸깃했다. 그는 본능적으로 이 젖가슴을 입안으로 삼키고 싶다는 생각에 사로잡혔다. 맛보고 싶었다. 얼마나 졸깃하고 달콤할지. 우유로 빚은 치즈처럼 보드랍고 사랑스러운 이 젖가슴을 먹어 볼 수만 있다면…….

"이제 그만……. 제발 그만!"

왜일까. 이현은 겨우 목소리만 내서 그를 막아설 뿐, 여전히 몸은 꼼짝도 할 수가 없었다. 젖은 그의 머리카락과 눈빛이, 그리고 그의 얼굴에서 흘러내리는 물방울이 평소보다 더 그를 남자답게 물들이고 있었다. 백팔십이 넘는 큰 키, 딱 벌어진 어깨와 날렵한 몸은 소년의 깨끗함으로 빛나고 있었지만, 남자가 되기 위한 모든 준비는 끝난 몸이기에 강인하기도 했다.

"손…… 내려……."

하륜이 애원했다. 그의 손가락이 아직 이현의 젖가슴 위에 머물러 있었다. 더 내려가서 만져 보고 싶지만 이현의 팔이 가로막고 있어서 움직일 수가 없었다.

"만지기만…… 만지기만 할 테니……."

"……!"

이현은 고개를 힘껏 내저었다. 그래서는 안 될 것 같았다. 분명 누구 하나, 혹은 둘 다 마지막 경계를 넘어설 것이 분명하기에…….

하륜은 기다림에 목이 말라 더는 기다릴 수가 없었다. 부드러운 촉감에 뜨거워진 손 대신, 헛헛한 공기 중에 방치된 손을 올려 이현의 팔을 감싸 쥐었다. 이현은 하륜의 뜨거운 손길에 몸을 떨었지만 뿌리칠 순 없었다. 그가 닿는다면 어떤 기분일지 조금 더 느껴 보고 싶은 충동이 일었다. 하지만 그와 동시에 강렬한 두려움에 휩싸인 것도 사실이었다.

하륜이 팔을 잡은 손에 힘을 주자 이현은 버텼다. 의미 없는 버팀이라는 걸 알지만 버티는 수밖에 다른 방도는 없었다.

"제발……."

하륜의 목소리가 허스키하게 울렸다. 이현은 한 번도 들어 본 적 없는 하륜의 애원에 더는 모른 척 버틸 수가 없었다. 그가 제발이라는 말로 애원하는 일이 일어날 줄은 꿈에서도 상상해 본 적이 없었다. 이현은 저도 모르게 팔의 힘을 풀었다. 그 미세한 변화를 느낀 하륜은 이현의 팔을 부드럽게 내렸다.

"아."

하륜의 입에서 의지와 상관없이 감탄이 흘러나왔다. 보얗게 물오른 젖가슴은 한 주먹에는 다 쥐어지지 않을 만큼 완만한 곡선을 이루며 부풀어 있었다. 그는 손가락을 더욱 아래로 내렸다. 생크림 위에 얌전하게 놓인 체리처럼 핑크빛이 감도는 유두를 훑어 내리자, 놀랍게도 탄력 있게 톡 튀어 오르며 좀 전보다 더 또렷한 모습을 드러냈다.

"으훗."

"……!"

이현은 다시 가슴을 감싸 안았다. 잔뜩 어깨를 움츠린 채 더는 못 버티겠다는 듯이 하륜을 지나쳤다. 그에게서 벗어나야 할 것 같았다. 더는, 더 이상은 허용해서는 안 될 것 같았다.

"아앗!"

하룬을 피해 도망치던 이현은 뒤에서 감싸 안는 하룬의 강인한 팔에 소스라쳤다. 하룬의 팔과 손이 이현의 맨살에 닿았다. 그의 단단한 가슴이 그녀의 매끈한 등에 맞닿았다. 이현은 숨을 멈추었다.

"도망가지 마."

"안 돼……."

하룬은 이현의 허리를 감싼 손을 더욱 좁히며 그녀의 어깨에 얼굴을 묻었다. 이현은 제 등을 통해 하룬의 심장 울림이 전해져 오자 먹먹해졌다.

"넌 내 거니까……."

이현은 흠칫 놀랐다. 내 거란 소린 때때로 들어 왔다. 하지만 오늘, 이 자리에서만큼은 전혀 다른 말처럼 들리는 건 왜일까. 이현의 심장이 더 거칠게 뛰어 댔다.

"넌 내 거야, 정이현. 그렇지? 내 거라고 말해."

하룬의 손이 쓰윽 미끄러지며 이현의 젖가슴을 왈칵 움켜쥐었다.

"아흑……."

저도 모르게 몸이 움츠러드는 이현이었다. 심장이 쪼그라드는 듯한 통증과 쾌감이 순식간에 파고들었다. 몸 어디선가 불이 난 것 같았다. 온몸이 화끈거리고 저릿해서 다리에 힘이 풀렸다. 이현의 무릎이 살짝 꺾이자 하룬은 이현을 훌쩍 들어 올려 안았다.

"서하룬!"

이현은 본능적으로 하룬의 목을 끌어안으며 그의 이름을 불렀다. 뭘 하려는 건지, 왜 이러는 건지 물을 여유가 없었다. 그의 시선이 지금쯤 제 몸 어디에 닿아 있을지 짐작만으로도 허리 아래가 화끈거렸다.

'안 돼⋯⋯. 안 된다고 말해야 돼!'

이현의 입이 달싹였다. 그러나 하륜이 빨랐다.

"박강현 따위에게 안 넘겨. 절대로 박강현 따위에게 내 거 안 **뺏겨!** 넌 내 거니까! 내가 가진다."

하륜은 성큼성큼 걸어 방으로 향했다. 이현은 그만 심장이 얼어 버렸다. 뜨거웠던 심장이, 그에게 모든 걸 주고 싶어 한 심장이 차갑게 얼어 버렸다. 단지 그 이유 때문에? 박강현에게 빼앗기기 싫다는 그 이유 때문에?

'내가⋯⋯ 정말 미쳤었나 봐⋯⋯.'

이현은 잠깐이지만 하륜이 진심으로 저를 원한다고 생각했었다. 그의 손길이 너무 뜨거워서, 그의 눈빛이 너무 간절해서 정말로 자신을 원한다고 생각했었다. 어쩌면 이 기회에 그의 마음을 얻을 수 있을지도 모른다는 생각을 했었다. 그런데⋯⋯.

'충동일 뿐이었어⋯⋯.'

조금 전까지의 떨림과 설렘은 거짓말처럼 사라지고, 오로지 성적 수치심만이 남아 그녀의 심장을 꽁꽁 동여매 오기 시작했다. 하륜이 침대에 내려놓자 이현은 수치심으로 가득 채워진 몸을 돌려 엎드렸다. 그에게서 도망가는 건 아무래도 불가능해 보였다. 도망갈 수 없을 것이다. 조금 전 저를 껴안던 그의 힘이 얼마나 강인한지 체감했기 때문에.

"⋯⋯!"

모든 감각들이 예민해진 탓일까. 이현은 하륜이 바지 지퍼를 내리는 소리가 천둥처럼 들렸다. 돌아볼 수가 없었다. 이현이 할 수 있는 일이라고는 이불을 끌어당겨 몸을 감싸는 일뿐이었다.

"감추지 마."

하륜은 이불을 끌어당겨 바닥으로 내팽개쳤다. 아무것도 제 시야를 막아서서는 안 되었다. 그게 설사 이현이라 할지라도 제 몸을 감추는 짓 따위는 해서는 안 되었다. 그랬다간 약이 올라 미쳐 버릴 것만 같았다. 하륜은 제 몸에 걸쳐져 있는 마지막 천 조각을 벗어 던졌다.

"싫어……."

"뭐?"

하륜은 침대 위로 올라가 이현의 등과 허리, 그리고 엉덩이로 이어지는 곡선을 따라 손을 움직이다 멈칫했다.

"만지지 마. 난…… 네 게 아니야……."

"내 게…… 아니야?"

하륜은 충격으로 얼룩진 눈으로 이현을 노려보았다. 이현은 차마 그를 돌아볼 수가 없어서 베개에 이마를 묻었다. 그런 뒤 울먹이는 목소리로 속삭였다.

"아냐, 네 거……. 그러니까 만지지 마……."

"어째서? 내가 이렇게 좋아하는데."

"……!"

이현은 방 안 공기가 너무나 후덥지근해서 죽을 것만 같았다. 공기라도 시원하면 숨이 조금은 더 잘 쉬어질 것 같은데, 지금은 아무리 숨을 쉬어도 산소가 부족했다. 심장이 컥컥 막혀 와 말을 내뱉는 것도 사그라질 듯 아슬아슬했다.

"못 들었어? 내가 좋아한다고, 너……."

하륜은 이현을 돌려 눕혔다. 이현은 재빨리 한 손으로는 가슴을 가리고, 다른 한 손으로는 옹색하게나마 가장 은밀한 곳을 가렸다. 하륜은 이현의 허벅지 위에 올라타 앉았다. 이현이 질끈 눈을 감자, 하륜은 그녀의 어깨를 꽉 잡은 채 몸을 기울였다.

"좋아해."

"이 상황에서 네 말…… 믿을 수 있을까?"

이현의 목소리에 물기가 묻어났다. 하륜은 절망했다. 좋아한다고 말했는데도 이현이 믿어 주질 않는다. 그로서는 어찌할 바를 몰랐다. 마음은 너무나 절박한데, 상대가 그 마음을 받아 주지 않으니 울컥했다.

"나는 너한테 죄인이지만…… 네 성적 충동까지 받아 줄 만큼 잘못하진 않았어."

"뭐?"

이현은 눈을 뜨고 하륜을 응시했다. 하륜의 눈매가 짓밟힌 마음을 반영하듯 험악하게 일그러져 있었다.

"넌 날 좋아하지 않아. 지금 이 순간은 내가 아니라 누구여도 상관없을 거야. 누구든 네 앞에 발가벗고 서 있었다면 넌 나한테 한 것처럼 똑같이 했을 거야, 그치?"

"말이면 단 줄 알아? 날 화나게 하지 마……."

하륜은 애가 탔다. 어떻게 하면 이현에게 제 마음을 전할 수 있을까. 하지만 한편으로는 제 마음을 부정하는 이현에게 화가 치밀었다. 어렵게 꺼낸 마음이었다. 이렇게 쉽게 부정당해서는 안 되는 진심이었다. 그런데 어째서 이현은 이토록 저를 원하는 마음을 인정해 주지 않는 걸까! 가지고 싶어 미칠 것 같은 이 마음을, 왜 몰라주는 걸까!

"그냥 하고 싶다고 해. 그건 믿어 줄게. 네가 원한다면 뭐든 들어준다고 했으니까……."

이현은 제 입에서 나오는 싸늘한 말을 들으며 가슴이 아팠다. 이런 말을 하고 싶었던 것은 아니었다. 하지만 너무 마음이 아파 그렇게라도 하지 않으면 와르르 무너질 것 같았다. 심장이 갈기갈기 찢어져 산산조각이 날 것 같았다. 모진 말로 제 심장을 다독이지 않으면 금방이라도 짓이겨질 것 같아 두려웠다.

"겨우 여자랑 그런 짓 하고 싶어서 맘에도 없는 좋아한단 말이나 하고……. 서하륜, 너도 별수 없구나……."

"그런 짓?"

"빨리 끝내."

"정이현!"

하륜은 주먹을 침대 위로 내질렀다. 분노가 극에 달했다. 제 마음을 받아 주지 않는 건 아무래도 상관없었다. 그런 내색을 하지 않았으니 믿지 못하는 것도 이해할 수 있었으니까. 하지만 믿지 않는다고 해서 제 마음을 업신여기며 모욕하는 것은 참을 수 없었다. 다름 아닌, 이현을 좋아하는 그 마음을, 섹스에 미쳐서 하는 거짓말로 오인하는 건 참을 수 없을 만큼 화가 났다.

"빨리 끝내라고!"

"못할 줄 알아?"

이현이 오기를 부리자 하륜도 오기를 부렸다. 그는 잡아먹을 듯 이현의 입술을 삼켰다. 하륜은 이현의 입술이 얼마나 아담한지, 얼마나 달콤한지는 전혀 느끼지 못했다. 분노에 심장이 타들어 가서 아무 감각도 느낄 수 없었다. 오로지 자신이 얼마나 이현을 좋아하는지 깨닫게 해 주어야겠다는 생각만이 들끓었다.

본능이었다. 하륜은 본능대로 움직였다. 이현의 작은 입술을 물고 빨았다가 놓아주길 반복했다. 그럼에도 불구하고 성에 차지 않자 그는 더 극심한 분노에 휩싸였다. 처음엔 키스만 할 생각이었다. 입만 맞출 생각으로 덤볐다. 제 마음을 전하기엔 키스만으로도 충분해 보였다. 사랑을 속삭이는 가장 달콤한 목소리, 입맞춤.

하륜은 몇 번이나 입을 맞추어도 만족스럽기는커녕 안타까움만 커져 가자 좀 더 안으로 파고들고 싶은 충동에 사로잡혔다. 뜨거운 혀로 입술을 가르고 고른 치열 사이를 파고들려고 해도 이현은 요지부동이었다.

이현은 침대 시트를 꽉 움켜쥔 채 바들바들 떨었다. 하륜의 입술이 닿자 뜨거운 열기에 덴 것처럼 입술이 붉게 달아올랐지만 이를 꽉 깨문 채 그를 받아 주지 않았다. 이 입맞춤을 순수하게 받아들일 수 있다면 얼마나 좋을까. 이현은 그 생각에 눈시울이 뜨거워졌다. 그러나 그것도 잠시, 이현은 소스라치게 놀라며 절로 입술을 열었다.

"아아……."

약았다. 하륜은 제가 원하는 것을 얻기 위해 어떻게 해야 하는지 너무나도 잘 알고 있었다. 이현은 하륜의 손에 젖가슴을 내어 주고 그의 혀가 입안까지 들어오게 길도 열어 주었다. 의지로는 막아 낼 도리가 없었다.

하륜은 젖가슴을 쥔 손을 쥐었다 폈다 하며 조물거렸다. 손 안 가득 들어오는 촉감만으로도 그는 흥분됐다. 그렇다면 아래는 어떨까 궁금했다. 그는 부드러운 배를 쓰다듬으며 점점 아래로 손을 뻗었다. 그의 손가락이 검은 숲을 지나 아직 누구의 발길도 닿지 않은 계곡 초입에 다다르자 이현의 몸이 활처럼 휘었다. 그녀는 그의 어깨를 밀어내려 안간힘을 썼다.

"아, 안 돼! 안 되겠어! 하지 마! 하아, 하……."

이현의 두 손이 하륜의 어깨를 떠받치고 있었다. 밀어내고 싶었지만 꿈쩍도 하지 않는 하륜이 이현의 눈을 고집스럽게 응시했다. 그는 발그레해진 볼로 헐떡이는 이현을 보면서 야릇한 흥분을 느끼고 있었다.

제 손길에 반응하는 이현…….

달뜬 호흡을 내뿜으며 떨리는 목소리로 신음하는 이현을 보니 하륜은 그녀도 제 마음과 같다는 생각이 들었다. 이현에게 닿을 때마다 몸 어딘가가 자꾸만 떨려 오고 뜨거워지는 제 자신과 같은 반응이었으니까.

"싫어! 하지 마! 그러지 마! 싫어, 서하륜! 너 정말 싫어!"

이현은 하륜의 어깨를 밀어내며 울부짖었다. 울컥, 하륜에 대한 원망이 터져 나왔다. 저를 그저 성욕을 해소할 수 있는 쉬운 도구로 생각하는 것에 마음이 아팠다. 그냥 이대로 딱 죽어 버렸음 좋겠다는 생각이 들 만큼 그가 미워졌다. 좋아하는 마음이 컸기에, 그에 대한 미움도 그만큼 컸다.

"싫어?"

"싫어!"

"싫어, 내가?"

"싫어! 싫다고! 너 정말 싫어! 미워 죽겠어!"

머리카락 한 올같이 아슬아슬하게 남아 있던 하륜의 이성이 뚝 끊겼다. 충격으로 눈동자가 생기를 잃었다. 이현은 붉어진 눈으로 하륜의 어깨를 쾅쾅 두들겼다.

"다신 너 보고 싶지 않아! 두 번 다신 너와 눈도 마주치고 싶지 않아! 집 나갈 거야. 길거리에서 자는 한이 있어도 네 곁엔 안 있을 거야! 학교에서도 알은척 마. 더 이상은 못 하겠어! 네 옆에 있는 거, 죽어도 못 하겠어! 이젠 안 해! 절대, 절대로 안 해! 아웃……!"

이현은 그에게 원망을 쏟아 내다 낯설고도 날카로운 감각에 저절로 허리가 휘었다. 그녀의 눈이 죽음 직전의 공포를 본 것처럼 휘둥그레졌다. 목소리도 나오지 않았다.

'안 돼……!'

이현은 제 은밀하고도 습습한 곳에 하륜의 몸이 닿은 걸 느끼고 소스라쳤다. 단단하고 뭉툭한 것이 보드라운 속살을 가르더니 한 곳에 머물렀다. 이현은 꼼짝도 할 수 없었다. 조금이라도 잘못 움직였다간 그가 제 몸 안으로 쑥 들어올 것만 같았다.

하륜은 제 분신으로 이현의 꽃샘 주위의 여린 살을 가르고 입구를 찾았다. 그의 분노는, 아니…… 그의 좌절감과 간절함은 극에 다다라 있었다.

"내 곁을 떠난다고? 나완 눈도 마주치지 않을 거라고? 웃기지 마! 넌 내 곁에 있을 거야! 넌 죽을 때까지 내 곁에 있어야 돼! 내가 그렇게 만들 테니까!"

"아아앗, 흐윽!"

이현은 하륜의 어깨를 꽉 움켜쥐었다. 두려웠다. 전교생이 저를 두고 쑥덕거리는 것처럼, 결국 서하륜의 성욕을 받아 주는 구멍으로 전락하게 되었다는 사실에 두려웠다. 하륜이 저를, 그 정도의 가치로밖에 생각하지 않는다는 것에 두려웠다.

"무서워……. 흐흐윽, 하윽……."

이현은 더는 하륜을 밀어내지 못했다. 큰 소리로 울지도 못하고 달달 떠는 이현을 내려다보던 하륜은 흠칫 놀랐다.

"무서워……. 무서워, 하륜아……."

"……!"

하륜은 그제야 정신이 조금씩 돌아오는 기분이었다. 그러나 그것도 잠시 다시 얼이 빠져나가는 것 같았다. 머릿속은 하얘지고 가슴속은 점점 더 텅 비어 갔다. 그는 몸을 추슬러 이현에게서 벗어났다. 이현은 하륜이 제 몸에서 떨어져 나가자 엎드려 펑펑 울었다. 베개에 얼굴을 묻고 아이처럼 소리 내어 울었다.

그는 바닥에 떨어진 이불을 주워 이현에게 덮어 주었다. 어떤 말도 할 수 없었다. 미안하다는 말조차도 미안해서 할 수가 없었다. 제가 잠시 정신이 나갔었다고, 네가 너무 좋아서 잠깐 미쳤었다고 말하는 것조차 구질구질해서 입을 열 수가 없었다. 어떤 말로도 이현의 상처를 어루만져 줄 수 없을 것 같았다. 좋아한다는 말도 이유는 될 수 없었다.

하륜은 초라해진 마음으로 옷장 문을 열고 여유분의 옷을 꺼내 들었다. 이렇게 나가 버리면 안 된다는 걸 알았지만, 그럼에도 불구하고 어떤 말도 목구멍에서 나와 주질 않았다. 그냥 이대로 이현이 저를 미워하도록 내버려 두는 것이 속죄하는 길이란 생각이 들었던 것이다. 그는 그대로 문을 빠져나와 욕실로 향했다.

죽을 것 같았다. 심장이 자꾸만 뒤틀리고 불규칙적으로 발악하듯 뛰어 댔다. 하륜은 욕조 안으로 들어가 물을 틀었다. 차가운 물이 수도꼭지에서 콸콸 쏟아졌다.

"윽⋯⋯."

하륜은 욕조 안에서 무릎을 세우고 앉아 무릎 위에 두 팔을 올렸다. 그런 뒤 그는 두 팔 사이에 얼굴을 감추고 흐느꼈다. 혹시라도 밖으로 새어 나가 이현이 들을까 두려웠다. 이현에게 미안해하는 것조차 미안할 정도로 그는 마음이 아팠다.

시간을 돌릴 수만 있다면⋯⋯.

그럴 수만 있다면 제대로 하고 싶었다. 강현에게서 이현을 데리고 나올 때, 그때라도 좋아한다고 고백했더라면 얼마나 좋았을까⋯⋯. 아니, 바닷가에서라도 그녀에게 이제야 널 좋아하는 마음을 깨달았다고 솔직하게 마음을 내보였더라면, 그랬더라면⋯⋯.

"으으윽⋯⋯."

하륜은 이를 꽉 깨문 채 울면서 생각했다. 이대로 죽었으면 좋겠다. 절 미워하는 이현을 볼 바엔 그냥 여기서 죽어 버렸으면 좋겠다. 그것만이 하륜이 할 수 있는 유일한 생각이었다.

❀　　　❀　　　❀

"요즘 서하륜이 정이현한테 눈길도 안 주는 거 맞지?"

"그러게. 그런 거 같지?"

"싫증 난 게 분명하지? 서하륜 얼마 전엔 선배 만나고 다니더니, 요즘은 후배 만나고 다니더라?"

이현은 악보가 프린트된 종이를 뚫어져라 바라보았다. 며칠 있으면 축제가 있었다. 기말 시험이 끝나고 여름 방학 전까지 해이해져 있을 때를 이용해 개교를 기념하는 축제였다.

반별 합창 대회에서 부를 악보를 보면서도 이현은 주위의 숙덕거림이 귀에 맴돌아 집중을 할 수 없었다.

"이제야 정이현을 혼내 줄 수 있게 됐다며 벼르는 애들이 한둘이 아냐."

"하긴, 그동안 서하륜이 유일하게 감싸고 돌던 여자애였잖아. 말은 뭐 가지고 논다, 괴롭힌다, 그래도 알고 보면 그게 다 관심 아니겠어? 괴롭힘조차 당해 본 적 없잖아, 쟤 외엔."

"된통 당해 봐야 돼! 그동안 얄미워 죽을 뻔했는데 서하륜 때문에 욕도 못 했잖아."

"냅둬. 너 아니어도 정이현 머리 뜯어 놓을 애들 많으니까."

"그치?"

여자아이들이 저를 두고 고소하다는 듯 웃어 댔다. 이현은 그저 남의 이야기 듣듯 무심해지려고 애썼다. 스스로 원한 거였지만, 하륜이 저를 외면하자 가장 고통스러운 것도 자신이었다. 그 일이 있은 후 하륜은 철저하게 저를 외면해 오고 있었던 것이다.

"담임이 음악실로 모이래!"

반장이 담임의 말을 전달했다. 아이들은 점심시간을 쪼개서 연습을 해야 한다는 사실에 불만을 가졌지만 어쩔 수 없다는 듯 하나둘 이동했다. 이현도 자리에서 일어났다.

"말만 저러지, 아무 짓도 못 할 거야."

어느새 다가온 강현이 이현을 위로했다. 이현은 강현을 힐끗 올려다보고 고개를 끄덕였다. 아이들의 말이 무서운 건 아니었다. 그들의 말에 반박할 수 없다는 것이 조금 서글플 뿐.

"신경 쓰이면 당분간 내가 같이 다녀 줄까? 서하륜 빼곤 날 건들 수 있는 놈도 없는데."

"아니, 괜찮아."

이현은 강현에게 옅은 미소를 지어 보였다. 아쿠아리움에서 홀연히 사라진 제게 따져 물을 만도 한데 그는 그러지 않았다. 어째서 묻지 않느냐고 이현이 물었을 때, 강현은 처음엔 그럴 생각이었지만 하륜의 태도를 보고 마음을 바꿔 먹었다고 했다. 하륜과 무슨 일이 있었을 거란 짐작을 할 수 있었기에 굳이 묻지 않았다는 게 그의 대답이었다. 그도 그럴 것이 별장에서 돌아온 후부터 줄곧 하륜이 이현을 무시하고 있었으니까.

"가자."

이현은 한 걸음 내딛다가 막 교실로 들어서는 하륜과 시선이 부딪히고 말았다. 아이들 말처럼 요즘 하륜은 1학년 여학생을 만나고 있다. 소문에 의하면 만나기는 하지만 사귀진 않는다고 했다. 여자 쪽에서 '우리 사귀는 거야?' 하고 묻는 순간, 하륜에게 차인다는 소문이 돌며 그에게 해서는 안 되는 금지어까지 생겨나고 있었다.

"음악실로 오란다."

강현이 하륜에게 전달했다. 이현은 악보를 쥔 손에 힘을 주며 그를 지나쳤다.

'날 좋아한다는 말…… 믿고 싶었는데…….'

이현은 입술을 깨물었다. 성욕을 충족시키기 위해 아무렇게나 내던진 말이라고 치부했지만, 한편으로는 믿고 싶은 마음이 굴뚝같았다. 좋아한다는 말이 사실이라면 그 후에라도 증명해 주길 바랐다. 그랬다면 그를 미워하는 마음도 지워 버릴 수 있었을 텐데…….

하지만 하륜은 그러지 않았다. 전보다 더 멀리 물러나 이현을 지켜보는 것조차 하지 않았다. 괴롭힘도 관심이라는 생각에 동의할 만큼 그는 이현에게 무심하게 굴던 것이다. 게다가 다른 여학생들을 만나고 다녔다. 더는 그가 저를 좋아할 수도 있다는 기대를 눈곱만큼도 할 수 없었다.

"안색이 별로다?"

이현이 막 그를 지나쳤을 때였다. 하륜의 무심한 목소리가 바람이 흘러가듯 들려왔다. 이현의 심장이 덜컹거렸다.

"네가 신경 쓸 일은 아냐."

이현은 하륜을 외면했다. 제게 마음이 없는 그의 관심은 더 아프기만 할 뿐이었다. 이현이 교실을 나서자 하륜의 시선이 그녀를 따라 문밖으로 향했다. 강현은 그런 둘을 가만히 지켜보다 하륜에게 다가갔다.

"서하륜."

"할 말 있어?"

"난 망나니였지만……."

하륜의 한쪽 눈썹이 일그러졌다. 마치 뒤이어 이어질 강현의 비난을 알고 있기나 한 것처럼.

"넌 등신이다, 이 자식아."

강현이 눈을 부라리며 하륜의 어깨를 제 어깨로 툭 치고 지나쳤다. 그러나 하륜은 강현에게 덤비지 않았다. 그의 말이 하나도 틀리지 않았으니까. 그는 책상 위에 놓인 프린트물을 들고 밖으로 나왔다. 저 멀리 강현이 이현과 나란히 걷고 있었다.

자신이 있어야 할 자리였다. 하지만 이현의 옆엔 자신이 아닌 박강현이 있었다. 이현의 옆에 제가 아닌, 다른 누군가가 있는 모습을 상상해 본 적이 없었다. 그런 가능성을 염두에 둔 적도 없었다. 그런데 제 눈으로 확인하고 보니 더 뼈저리는 아픔이었다.

"정이현……."

하륜은 울음 같은 한숨을 내쉬었다. 하지만 차마 이현을 잡지는 못하는 그였다.


"야, 걸레!"

이현은 합창 연습을 마친 뒤 집으로 돌아가기 위해 가방을 집어 들었다. 마지막으로 문단속을 맡게 되어 교실엔 혼자였다. 그녀는 시비조의 말투에 돌아보았다. 이름을 부르진 않았지만 제게 걸어오는 시비라는 것쯤은 알 수 있었다.

마치 혼자 남길 기다렸다는 듯이 여학생 셋이 모습을 드러냈다. 어쩐지 친하지도 않는 영희가 살갑게 굴며 교실 문단속을 부탁하더라니, 그들 사이에 모종의 계략이 있었던 모양이었다.

"걸렌 청소도구함에 있어."

"이년이 입은 살았네? 아직도 서하륜이 뒤를 봐줄 거라고 믿고 깝치는 거냐?"

요즘 일진들은 얼굴 보고 뽑는지 다들 예뻤다. 사납게 치켜뜬 눈만 아니면 예쁜 여고생 같은 이미지의 셋은 당장이라도 이현의 머리채를 휘어잡을 것처럼 위협을 가했다.

"다들 왜 나한테 이러지? 난 서하륜에게 뒤를 봐 달라고 한 적도 없지만, 서하륜이 내 뒤를 봐준 적도 없어. 착각들 하지 마."

"씹, 언제까지 입만 살아 있을지 한번 볼까?"

그중 리더 격으로 보이는 여자애가 이현의 머리를 휘어잡았다. 그러나 이현은 눈도 깜짝하지 않았다. 이 세상에 서하륜보다 더 저를 떨리고 긴장되게 하는 사람은 없었다. 서하륜보다 저를 더 두렵고 아프게 하는 사람은 없었다. 그래서 그녀는 무섭지 않았다.

"커터 칼로 그어 줄까, 담뱃불로 지져 줄까? 훗, 선택의 기쁨 정도는 줄게. 선택해."

여학생이 빈정대자 나머지 둘은 뭐가 그리 즐거운지 깔깔대고 웃었다. 이현은 머리채가 잡힌 채로 피식 비웃었다.

"왜 웃어, 미친년아!"

"그냥. 니들 하는 짓이 너무 유치해서."

"이게 돌았나! 효진일 뭐로 보고!"

"그래, 효진아! 저년 입을 뭉개 놔!"

"씹! 너 오늘 내 손에 뒈져 봐!"

효진이 이현의 머리를 질질 끌어다 사물함이 즐비하게 놓인 벽으로 던지듯 밀었다. 이현이 균형을 잃고 바닥으로 쓰러졌다. 하지만 이현은 두렵지 않았다.

"나한테 이러는 거, 아직은 내가 서하륜 여자라고 생각하기 때문이지?"

"뭣?"

"서하륜이 만나는 여자 두고 나한테 이러는 거, 니들 눈엔 아직 내가 서하륜 여자 같아서 아냐?"

"이게 아직도 정신 못 차렸네! 누가 서하륜 여자야!"

효진의 발이 이현의 어깨를 걷어찼다. 그녀의 주먹이 이현의 머리를 강타하고 지나갔지만, 이현은 꼿꼿하게 고개를 치켜들었다.

"웃기지 마. 나도 싫어, 그딴 타이틀! 서하륜 여자? 누가 누구 여자란 거야? 난 그냥 나야! 정이현! 난 그냥 정이현이라고!"

이현이 단호한 목소리로 소리쳤다. 효진은 더 약이 올랐다. 누군 서하륜의 여자가 되고 싶어도 그럴 수 없는데, 서하륜의 여자로 오랫동안 지냈던 주제에 인정하지 않는 이현이 짜증스러웠다.

"효진아, 저년 눈깔을 뽑아 버려!"

"그래, 재수 없잖아!"

"그럴까?"

효진이 씨익 웃으며 주머니에서 커터 칼을 꺼냈다. 그녀는 무릎을 굽혀 이현에게로 몸을 낮췄다.

"이 칼로 네 눈을 도려내 줄까?"

"하지도 못할 거면서. 입만 산 건 너잖아."

"아, 진짜 씨팔!"

효진이 버럭 욕설을 내뱉으며 커터 칼날을 밀어 올렸다. 그 날을 이현의 얼굴에 바짝 들이대려고 했다. 그러나 그 다음 순간, 깜짝 놀란 건 효진이었다. 이현이 커터 칼을 손으로 꽉 움켜쥐었던 것이다.

"넌 서하륜 감당 못 해. 나도 감당 못 하면서 서하륜을 감당할 수 있겠어?"

"미친……년."

효진이 교실 바닥에 침을 탁 뱉었다. 이현의 기세에 눌린 듯 눈밑이 파르르 떨렸다. 다른 두 여학생들도 기함한 듯 사태를 지켜보기만 했다. 그때였다. 별안간 교실 앞문에서 모습을 드러낸 영미가 책상을 번쩍 들더니 고함을 지르며 달려들었다.

"저, 저건 뭐야?"

"으아악!"

영미는 다짜고짜 책상을 두 여학생이 있는 쪽으로 던져 버렸다. 황급히 몸을 피한 여학생들이 기겁했다. 영미는 또다시 책상을 집어 들어 머리 위로 올리더니 괴성을 지르며 한 여학생에게 던졌다.

"또라이년!"

효진이 벌떡 일어나며 소리쳤다. 영미는 흥분된 목소리로 씩씩거리며 이번엔 의자를 집어 들었다.

"야 이 똥물에 튀겨 죽일 년들아! 신성한 학교에서 어디 칼을 들고 설쳐 대, 설쳐 대길! 눈깔의 먹물을 빨대로 쪽쪽 빨아 뱉을 년들! 당장 꺼지지 못해? 옥수수 다 털리기 전에 얼른 꺼져라잉!"

"상또라이네!"

"가자, 효진아! 저런 또라이는 상대 안 하는 게 나아!"

"미친년들, 쌍으로 지랄들을 하고 있어!"

여학생들이 팔을 잡고 끌자 효진은 못 이기는 척 끌려갔다. 영미는 그 뒤통수에 대고 버럭 소리를 질렀다.

"내 친구한테 또 한 번 지랄했다간 니들 내 손에 디진다잉! 손꾸락을 오독오독 씹어 먹어 버릴랑께!"

"풉……."

이현이 입술을 앙다물며 웃음을 참았다. 심각한 상황인데도 웃음이 났다. 이현의 웃음소리에 영미는 그제야 이성이 돌아온 듯 한숨을 푹 내쉬었다.

"이게 무슨 일이래? 나 오늘 주번이라 일지 쓴다고 늦었거든. 지나가다가 싸우는 소리에 깜짝 놀라 와 봤더니."

이현은 별거 아니라는 듯이 싱긋 웃었다.

"대단한 남자애랑 엮여 있다 보니 어쩔 수 없이 치르는 신고식 같은 거?"

영미는 이현의 말뜻을 이해했다. 저도 얼마 전에 질투심으로 이현에게 시비를 걸다가 친해진 거였으니.

"하지만 요즘 서하륜 딴 여자 만나잖아."

"그래서 이젠 날 건드려도 된다고 생각하는 것 같아."

"서하륜이 이제 더 이상 널 보호하지 않을 거라고 생각해서?"

"그렇지 뭐."

"헉!"

영미는 이현을 부축해서 일으키다가 피가 줄줄 흐르는 손을 보고 소스라쳤다. 꽉 쥔 왼손에서 피가 뚝뚝 흘렀다.

"좀 베였어."

"야, 양호실!"

영미가 당황해서 우왕좌왕하자 이현은 다시 쿡 하고 웃었다. 정말이지, 입만 거칠지 마음은 여린 영미란 생각이 들었다.

"너 볼수록 너무 좋아."

"어?"

영미가 멍해진 얼굴로 이현을 응시했다.

"너 되게 순수한 것 같아. 나로서는 듣도 보도 못한 욕을 하는 너지만, 그런 네가 너무 좋아."

"아……."

영미는 쑥스러운지 머리를 긁적이며 얼굴을 붉혔다.

"외할머니한테 배웠어. 외할머니가 전라도 분이신데 욕을 엄청 잘 하셨거든. 걸핏하면 나한테도 대갈통을 오독오독 씹어 먹어도 시원찮은 년이라고 그러셨거든. 근데 왜 그런 거 있잖아. 욕 속에서 느껴지는 사랑?"

이현은 이해한다는 듯 방긋 웃었다. 베인 상처가 쓰라렸지만 마음만은 훈훈했다. 그동안 영미와 밥도 먹고 따로 만나 영화도 보면서 놀긴 했지만 오늘처럼 그녀의 마음이 진하게 느껴진 건 처음이었다.

"빨리 보건실 가자. 선생님 퇴근 안 하셨으려나? 아님 약국이라도."

"있잖아, 영미야."

"응?"

"나 말야. 실은 하륜이네서 살아."

"어?"

뜬금없이 고백해 오는 이현의 말에 영미는 살짝 충격을 받았다. 이현이 하륜과는 남다른 인연으로 이어져 있다는 느낌은 받았지만 한집에서 살고 있을 줄은 짐작도 못 했던 일이었다.

"일단 보건실부터……."

"열 살 때부터 쭉 신세 지고 있어. 이모가 있긴 하지만 날 이 만큼 키워 준 건 하륜이 아버지셔."

"갑자기 그 얘긴 왜……. 나중에 해도 되잖아. 먼저 치료부터 하자, 어?"

이현은 고개를 저었다. 여전히 다친 손으로 주먹을 꽉 쥔 채 씁쓸한 미소를 지었다. 어느새 이현의 눈이 촉촉이 젖어 들었다.

"누군가 날 위해서…… 내 편을 들어 준 건 하륜이 이후로 네가 처음이야. 고마워……."

이현은 단단히 동여맸던 마음이 풀어지자 맥이 빠졌다. 무너지듯 다시 주저앉아 다치지 않은 손등으로 눈을 가렸다. 강한 척 오기를 부리긴 했지만, 역시 누군가 제 편이 되어 준다는 건 너무나 따뜻한 기분이라 의지하고 싶어졌던 것이다. 이현은 참았던 눈물이 왈칵 쏟아졌다.

"하륜이가 좋아…… 흐윽……."

"아……."

영미는 이현의 진심을 듣고 멍해졌다. 이현이 하륜을 좋아하는 것 같다고 짐작은 했었다. 하지만 한사코 그녀가 제 마음을 부정하고 싶은 듯 하륜에게 담담한 척 굴었기에 긴가민가 혼란스러웠던 것도 사실이었다. 그런데 왈칵, 더는 감출 수 없다는 듯이 진심을 쏟아 내는 이현을 보니 왠지 안쓰러웠다.

"그럼 좋아하면 되잖아. 좋아하는데 누가 뭐래? 당당하게 좋아해! 서하륜 아버지가 널 돌봐 줘서 자존심 상해서 그래?"

이현은 펑펑 울었다. 한 번 터진 진심은 봇물처럼 걷잡을 수가 없었다.

"미워……."

"응?"

이현의 목소리가 너무 작아서 영미는 제대로 듣지 못했다. 울음 속에 섞인 이현의 목소리가 파르르 떨렸다.

"너무…… 너무 좋아하는데…… 미워……."

"하아……."

영미는 이현의 앞에 쪼그리고 앉았다. 이현의 마음이 굉장히 복잡하게 엉켜 있다는 것을 알 수 있었다. 그녀로서는 어떻게 풀어 줄 방법이 없었다.

"서하륜 보기가 괴롭구나?"

제 마음을 다독거려 주는 영미의 말에 이현은 간신히 서러움을 추스를 수 있었다.

"날 좋아하지 않는 건 괜찮아. 좋아하지 않을 수 있으니까. 하지만⋯⋯."

이현은 손등으로 눈물을 닦아 냈다. 하지만 더는 말할 수 없었다. 어떻게 하륜이 저를 성적 욕구를 풀기 위한 도구로 쓰려다가 실패로 돌아가자 외면하기 시작했다고 말할 수 있겠는가. 상처받은 건 저인데, 그 와중에도 하륜이 욕을 먹을까 봐 차마 그 말만은 하지 못하는 이현이었다.

"나랑 같이 지낼래?"

"응?"

영미는 이현의 괴로움을 이해할 수 있을 것 같았다. 한집에서 살면서 싫어도 부딪쳐야 하는 게 얼마나 힘든 일인지.

엄마가 재혼을 하면서 영미도 어머니를 따라 새아버지 집으로 들어가게 되었다. 새아버지에게도 자식들이 있었고, 노골적으로 저를 경계하는 새 형제들과 함께 지내는 것은 엄청 피곤한 일이었다.

저는 혼자였고, 새아버지 자녀들은 둘이었다. 편을 먹고 저를 무시하는데 영미도 점점 그들이 미워질 수밖에 없었다. 형제들이 미우니 새아버지도 괜히 친자식들 편만 드는 것 같아 미워졌고, 그런 새아버지와 새 자식들의 눈치만 보는 엄마도 미워졌다. 그래서 차선책으로 작은 원룸을 얻어 독립을 하게 된 것이다. 미워하는 사람들과 함께 사는 건 정말 견디기 힘든 괴로움이라는 것을 잘 아는 그녀였다.

"알다시피 나 혼자 살잖아. 나쁘진 않은데 가끔은 쓸쓸하고 무섭기도 하거든. 너 하나쯤 같이 지낸다고 생활비가 폭주하는 것도 아니니까 와서 지내."

영미가 아이처럼 배시시 웃었다. 이현은 영미가 마음 써 주는 것이 고마워 울컥했다.

"대신 나 밥 좀 해 주라. 내가 한 음식은 사람이 먹을 게 못 돼서 늘 사 먹거든."

"정말…… 그래도 돼?"

"싫으면 내가 왜 말을 꺼내겠냐? 청소는 내게 맡겨 둬. 밥은 못해도 청소 하나는 끝내주게 하거든!"

영미는 주먹으로 제 가슴을 콩콩 두드리며 자신 있다는 표정을 지었다. 이현의 입가에도 미소가 잔잔하게 번졌다.


"선배, 어딜 보는 거예요?"

하륜은 한곳에 시선을 못 박은 채 움직일 줄 몰랐다. 옆에서 세리가 계속 투정을 부렸지만 하륜의 귀에는 들어오지 않았다.

한창 축제가 열기를 띠고 있었다. 7월 중순의 뙤약볕도 아이들의 혈기를 꺾지 못했다. 운동장을 가득 메운 각 반의 천막 앞은 축제를 즐기느라 바쁜 아이들의 웃음소리로 가득했다. 그러나 하륜에겐 다른 건 아무래도 상관없었다. 축제 따윈 관심 없었다.

하지만 정이현…….

3반 천막 앞에서 활짝 웃고 있는 이현의 미소에는 심장이 반응을 일으켰다. 가슴이 뻐근하게 저려 올 만큼.

"선배 덥다며. 우리 반에서 지금 시원한 음료수 판단 말이에요. 내가 산다니까요? 가요, 어서."

"내 몸에 손대는 즉시 만나 주지 않겠다고 했을 텐데?"

세리가 하륜의 팔에 은근슬쩍 손을 댔다. 그러나 차가운 하륜의 목소리에 세리는 시무룩한 얼굴로 손을 내렸다.

아무것도 바라지 말라고 처음부터 하륜이 경고했었다. 그럼 제 옆에 있는 걸 허락하겠다고. 하지만 여자들은 처음엔 좋다고 했다가도 늘 그 경고를 무시하고 하륜을 독점하려고 들었다. 하륜은 여자 쪽에서 제가 둔 거리보다 좁혀 오려고 들면 어김없이 만나 주지 않았다. 그러면 새로운 도전자가 등장했고, 며칠 가지 못해 새 도전자가 다시 등장하는 상황이 되풀이되었다.

이현이 집을 나갔다. 그는 은린이 그녀의 독립을 허락했다는 것 자체가 믿기지 않았다. 이현 없이는 하루도 못 산다는 그녀가 이현이 집을 나가도록 내버려 뒀다는 것이 이해가 되지 않았다. 이현이 은린을 어떻게 설득했는지 은린의 허락이 떨어졌고, 은린의 허락이 떨어지자 현묵도 허락했다.

자주 집에 들르고 연락하겠다던 이현은 집에 와도 은린의 방에서만 머물 뿐 거실에조차 나오질 않았다. 저를 피한다는 게 너무나 분명한 이현의 태도에 마음이 아팠지만, 하륜은 받아들일 수밖에 없었다. 이현을 그렇게 만든 건 바로 저였으니.

이현은 3반이 준비한 '스트레스를 날려 버리세요.' 코너에서 강현이 물 풍선을 던지는 걸 보며 즐거워하고 있었다. 1,000원을 내면 사람이 얼굴을 내민 그림판 위로 작은 물 풍선을 5번 던질 수 있는 게임이었다. 던지는 사람도 통쾌하고 보는 사람도 시원해지는 게임 앞에서 이현이 까르르 웃었다. 풍선이 터지며 물이 사방으로 튈 때면 이현도 폴짝 뛰어 옆으로 피하면서도 옷에 물이 튀는 걸 꺼리지 않았다.

하륜은 자꾸만 심장이 오그라드는 기분이었다. 숨이 막혀 왔다. 한 번이라도 이현이 제 앞에서 저런 표정으로 웃는 걸 본 적이 있었던가?

없었다. 하준에게 보여 주던 표정. 그리고 이젠 강현에게 웃어 주고 있었다.

"너도 해 볼래?"

"아니, 난 괜찮아."

강현이 이현을 부추겼다. 이현은 손사래를 치며 뒤로 물러났지만 싫지 않은 표정이었다.

"스트레스가 날아가. 던져 봐."

"미안해서 못하겠어."

"네가 던져 줘야 애들도 돈을 벌지. 던지라고 하는 건데 미안할 거 뭐 있어?"

"그래! 미안하긴 뭐가! 신나게 던지셔!"

그림판 구멍에 얼굴을 내민 남학생이 큰 소리로 외쳤다. 이현은 망설이다가 물 풍선을 받아 들었다. 주위의 시선이 제게로 쏠려 있었다. 이현은 손바닥 위에 물 풍선을 올려 통통 튕겼다.

"오오."

"자세 나오는데?"

주위에서 몇 마디 거들었다. 이현은 던지기도 전에 재미있어 죽겠다는 듯이 쿡쿡 웃다가 최선을 다해 물 풍선을 날렸다. 물 풍선이 남학생의 머리 위에 맞고 펑 터졌다. 차가운 물이 사방으로 터지자 주위에 서 있던 여학생들이 꺅 소리를 지르며 피했다.

"미안해서 못하겠다더니, 완전 열심히 던지네!"

이현이 던진 물 풍선을 맞은 남학생이 그림판 앞으로 나오며 껄껄 웃었다. 이현도 미안한 듯 눈썹을 일그러뜨리며 환하게 웃었다. 이현은 오랜만에 스트레스도 풀고 즐겁게 웃을 수 있어서 좋았다. 축제를 즐길 기분이 아니었는데, 그런 저를 끝까지 설득해 함께 동행해 준 강현에게 고마운 마음도 슬그머니 들었다.

"즐겁지?"

"응, 고마워."

"고맙긴 뭘. 으하하하."

강현이 머리를 긁적이며 쑥스럽다는 듯 크게 웃었다.

"영미네 반에서 달고나 만든대. 거기 갈래?"

이현이 제의했다. 마음 써 준 강현에게 뭔가 보답하고 싶었다.

"그럴까?"

강현으로서는 마다할 이유가 없었다. 이현이 가자는데 어딘들 못 갈까. 강현이 앞장서자 이현이 종종걸음으로 그의 곁에 나란히 섰다.

"정이현……."

하륜은 저도 모르게 이현의 이름을 나지막하게 읊조렸다. 그는 제 입에서 이현의 이름이 흘러나오는 줄도 자각하지 못했다. 그저 박강현 옆에 나란히 서서 웃고 있는 이현의 모습에 심장이 뺏긴 듯 먹먹해졌다.

"선배, 너무한 거 아니에요? 저 언니, 선배 장난감이라던 그 언니 맞죠? 이젠 버렸다면서요. 근데 왜……."

하륜의 먹먹했던 심장에 차가운 피가 돌기 시작했다. 세리가 눈치 없이 내뱉는 말에 하륜의 정신이 돌아왔던 것이다. 그는 얼음 같은 눈빛으로 세리를 내려다보았다. 하륜의 날 선 눈빛에 세리는 그만 얼어 붙었다. 그 눈빛만으로도 제가 돌이킬 수 없는 실수를 했다는 걸 감지할 수 있었다.

"너 날 따라다닌 지 얼마나 됐지?"

"오, 오늘 하루……."

"그렇군. 이제 지겨워질 때도 됐어. 그만 가라."

"선배!"

"장난감은 하루면 충분해. 지겨워지기까지."

"뭐예요! 그럼 내가 장난감이고 저 언닌 아니란 얘기예요?"

세리의 얼굴이 급속도로 빨개졌다. 수치심으로 발을 동동 구르더니 이내 휙 돌아서서 달려가 버렸다. 잠시 차가운 피가 감돌던 하륜의 심장이 꽁꽁 얼어 버렸다. 그의 눈은 어느새 다시, 아이들 틈으로 사라져 버린 이현을 막연하게 좇고 있었다.

합창 대회가 시작되자 이현은 긴장으로 위가 뒤틀렸다. 요즘 자주 나타나는 증상이었다. 그러다 말아서 대수롭지 않게 넘겼다. 신경을 많이 써서 그런가 보다, 하고 자가 진단을 내린 뒤 무시했다. 그런데 오늘은 좀 심상치 않았다.

"넌 안색 안 좋은 거 같은데."

진희가 다가와 이현의 낯빛을 살폈다. 이현은 긴장해서 그런 것 같다며 얼버무렸다.

"진짜 괜찮겠어? 다음이 우리 순선데, 너 많이 안 좋으면 그냥 쉬어. 한 명 없어도 티도 안 나."

"괜찮아. 위가 좀 뒤틀려서 그렇지, 별거 아니야. 시험 공부하느라 신경을 써서 그런가 봐."

"이렇게 에어컨을 빵빵하게 틀었는데도 땀 흘리는 것 좀 봐."

이현은 애써 웃어 보였다. 갈수록 위가 뒤틀리는 강도가 심해졌다. 반 아이들이야 저 하나 없어져도 신경 쓰지 않겠지만 다 함께 준비한 합창인데 혼자 빠지고 싶진 않았다. 도움은 되지 못할망정 피해를 주는 행동은 하고 싶지 않은 그녀였다.

이윽고 차례가 돌아오자 이현은 줄 맞춰 무대 위로 나아갔다. 하륜은 반주를 맡았다. 반에서 수준급의 피아노 실력을 가진 유일한 학생이었다. 반 아이들이 제자리를 찾아 서자, 하륜이 피아노 앞에 자리를 잡고 앉았다.

  그는 조금 전부터 계속 이현을 주시하고 있었다. 오랜만에 환하게 웃는 이현의 모습을 볼 수 있어서, 오늘은 그에게도 즐거운 날이었다.

  이현이 달고나 위에 새긴 나무 모양의 그림을 떼어 내느라 집중할 땐 하륜도 함께 집중했다. 거의 다 완성되어 가던 찰나, 모서리가 톡 하고 떨어져 나가자 이현이 안타까움에 눈썹을 찌푸릴 땐 그도 함께 찌푸렸다. 이현이 유독 오래 서 있던 시화 앞에선 그도 오랫동안 시를 음미했다.

  그렇게 하륜은 오늘 하루를 이현과 함께했다. 옆에서 함께할 순 없지만 조금 떨어진 곳에서 그녀와 함께 즐거움을 나눴다. 그런데 합창 대회가 시작될 무렵부터 이현의 표정이 좋지 않았다. 그는 합창이 모두 끝날 때까지 이현에게서 시선을 떼지 않았다. 악보 따윈 보지 않아도 연주하는 데 무리가 없었다.

  관중석에서 박수가 흘러나왔다. 이현은 서둘러 무대 밑으로 내려왔다. 이제는 제가 사라져도 아무도 모를 것이다. 그녀는 명치를 움켜쥐고 합창 대회가 진행되는 시청각실을 빠져나왔다.

  식은땀이 났다. 명치 끝을 누가 잡아 비틀었다가 놓아주는 것처럼 지속적이고 반복적으로 아파 왔다. 이현은 통증 때문에 걷는 것도 힘들 지경이었다. 자꾸만 속이 메슥거리는 게 오심이 일었다. 토해지지도 않으면서 욕지기가 일었다. 이현은 벽을 짚고 쪼그리고 앉은 채 헛구역질을 했다.

  "정이현?"

이현은 저를 부르는 목소리에 잠시 통증을 잊었다. 위의 통증을 잊을 만큼 심장을 아프게 하는 목소리.

"아픈 거지?"

"아니……."

이현은 힘겹게 일어섰다. 그러나 하륜을 돌아볼 용기는 나지 않았다. 같은 반이라 한 교실에서 공부를 해도 그동안 그와 눈 한 번 마주치지 않으려 애를 써 왔다. 하륜 역시 저를 피하는 기색이 역력했다. 이제 와 말을 섞을 이유가 없었다.

"조금 체했어. 모른 척해."

이현은 하륜의 시선을 피해 몸을 돌렸다. 그를 무시한 채 걸어가는 걸음걸음마다 가시 위를 걷는 것처럼 쓰라렸다. 그러나 얼마 가지 못해 또다시 일어나는 위경련에 이현은 허리를 꺾었다. 통증에 절로 가슴이 오그라들었다.

"병원에 가자."

"모른 척하라니까?"

이현은 제 팔을 잡는 하륜의 손을 뿌리쳤다. 질투가 일었다. 하륜을 밀어낸 건 저면서, 정작 그가 멀어지니 질투가 나서 견딜 수가 없었던 것이다. 다른 여자를 만나고 다니는 하륜……. 그런 그가 미우면서도 그리웠다.

하륜은 가까이서 본 이현의 안색이 생각보다 훨씬 나빠 가슴이 덜컹 내려앉았다. 낯빛이 하얗다. 그는 오기를 부리는 이현에게 점점 화가 나기 시작했다.

"병원에 데려다 줄게!"

"됐어! 그냥 좀 가!"

이현은 제 팔을 다시 잡는 하륜의 가슴을 다른 손으로 밀쳐 냈다.

위가 뒤틀리는 간격이 더 좁혀졌다. 뒤틀렸다가 풀리는가 싶으면 다시 뒤틀렸다. 그때마다 이현은 입술을 깨물고 아픔을 참아 내느라 다른 생각은 할 수 없었다. 이현은 하륜의 가슴에 손을 댄 채 통증을 참느라 고개를 숙였다. 그 모습을 지켜보는 하륜도 가슴이 쓰라려 비틀렸다.

"너한테 딴 맘 있어서 이러는 거 아니니까 그냥 좀 닥치고 내 말 들어!"

하륜이 버럭 소리를 질렀다. 화가 나서 미칠 것 같았다. 제 손을 거부하는 이현에게 화가 났다. 하지만 더 화가 나는 건 자신이었다. 이현을 윽박지르고 몰아붙일 때도 그녀는 제게 이렇게 냉정하지 않았다. 미워는 했을지언정 저를 밀어내진 않았었다. 하지만 지금은 미워하는 것도 모자라 철저하게 저를 밀어내고 있었다. 그렇게 만든 건 자신이었고, 그런 그녀의 마음을 돌릴 노력조차 죄스럽게 만든 것도 자신이었다.

"이번만 내 말 들어! 그럼 다시는 너와 눈도 마주치지 않을 테니까……."

"……!"

이현은 눈을 질끈 감았다. 그러길 바란 건 자신이었다. 하륜이 그렇게 해 주겠다고 하는데, 가슴이 찢어질 것 같은 건 왜인지…….

하륜이 등을 내밀었다. 제게 업히라는 뜻이란 걸 알면서도 이현은 꼼짝도 하지 않았다. 어쩐지 지금 하륜의 등에 업히면 영영…… 앞으로 영영 그와의 인연은 끊어질 거란 예감이 들었다.

"업혀, 좀!"

하륜이 버럭 소리를 질렀다. 이현은 하륜의 윽박지름에 움찔 몸을 떨었다.

174

"끝까지 짜증나, 너!"

"그러니까 상관하지 말라고!"

이현도 바락 소리를 질렀다. 터질 것 같은 감정이 치밀어 올라 몸이 파르르 떨렸다. 그 순간 이현은 의식이 점점 멀어져 가는 걸 느꼈다. 찰나 같은 그 순간이 느린 시간의 흐름처럼 느껴지며 눈앞이 캄캄해졌다.

"정이현!"

하륜은 의식을 잃은 이현의 몸을 끌어안았다. 심장이 미친 듯이 뛰어 댔다. 기절했다는 걸 알면서도 마치 이현이 다시는 정신을 차리지 못할 것처럼 두려웠다. 그저 잠깐 의식을 잃었을 뿐이라는 걸 알면서도, 하륜은 세상에 혼자 내버려진 것처럼 철저하게 두려워졌다.

그는 이현을 안고 내달렸다. 그새 부쩍 가벼워진 이현이었다. 그는 자꾸만 두 눈으로 뜨거운 아픔이 몰려 이를 악물었다. 이현이 아픈 게 다 저 때문인 것 같았다. 저 때문에 이현이 아픈 것만 같았다. 그녀를 이렇게 만든 저를 용서할 수가 없었다.

그는 택시를 잡을 수 있는 큰 도로까지 미친 듯이 달렸다. 택시를 잡아 이현의 머리를 제 다리 위에 눕힐 때까지 그는 힘든 줄도 몰랐다. 택시가 병원 앞에 서자, 그는 이현을 다시 안아 들었다. 토요일 오후라 응급실로 향했다.

'제발…… 제발 아프지 마라.'

하륜은 이현을 의사에게 맡기고 난 뒤 응급실 밖 의자에 털썩 주저앉았다. 필요한 검사는 다 해 달라고 부탁한 뒤 그는 응급실을 나섰던 것이다. 도저히 응급실 안에서 이현을 지켜볼 수가 없었다. 의식을 잃은 이현을 보는 것만으로도 숨을 쉬는 게 고통스러웠기에.

그는 의자에 앉아서도 아무 생각도 할 수가 없었다. 그저 이현이 무사히 깨어나기만을, 아프지 않기만을 바랐다. 얼마나 아팠으면 의식까지 잃었을까! 하륜은 두 손으로 제 얼굴을 벅벅 문질렀다.

얼마나 시간이 지났을까. 간호사가 응급실을 나서다가 하륜을 발견하고 말을 걸어왔다.

"학생?"

"네?"

"여학생 깨어났어요. 위가 아팠다고 하던데."

"아……."

"극심한 스트레스로 인한 위경련인 것 같다고 하셨어. 그게 너무 심하면 기절하는 수가 있거든. 공부하느라 스트레스가 많았나 봐. 안정을 취할 수 있도록 도와줘요."

"……."

하륜은 누가 제 심장에 얼음물을 들이부은 것처럼 순식간에 굳어 버렸다. 극심한 스트레스……. 이현이 아픈 게 저 때문이란 사실이 명백해졌다. 아마도 별장에서 그 일이 있은 후부터 시작된 스트레스일 것이다.

간호사가 자리를 뜨자 하륜은 두 손으로 얼굴을 감쌌다. 저 때문이라니……. 이현이 이렇게 아픈 게 저 때문이라니. 그는 눈시울이 뜨거워졌다.

다시는…….

다시는 이현의 앞에 나서서는 안 된다는 것을, 심장이 뜯기는 고통과 함께 결심하는 그였다.

❀        ❀        ❀

176

"졸업 축하해, 이현아!"

"너도 축하해, 영미야."

이현은 영미와 손을 맞잡고 서로의 졸업식을 축하했다. 2월의 때늦은 눈이 펑펑 내리고 있었다. 영미는 어제까지만 해도 제법 날이 포근하더니 갑자기 웬 눈이냐며 못마땅해했지만, 이현은 세상이 깨끗해지는 것 같아 좋았다. 어쩐지 눈처럼 깨끗한 새 출발을 할 수 있을 것 같은 예감이랄까.

"그리고 우리의 두 번째 동거도 축하해! 으하하하!"

영미가 이현의 손을 잡고 아이처럼 폴짝폴짝 뛰며 좋아했다.

"또 신세 져야 하지만, 잘 부탁해."

이현은 저를 받아 준 영미에게 진심으로 고마움을 전했다. 별장에서의 그 일이 있었던 그해 여름, 이현은 현묵에게 집을 나가겠다는 의사를 밝혔다.


'어째서 나가겠다는 거냐?'

'제가 있으면 하륜이가 힘들다는 걸 알면서도 이제껏 제 욕심에 신세 졌습니다. 아저씨도, 하준 오빠도, 그리고 엄마도…… 다들 제게 너무 잘해 주셨어요. 그래서 제가 하륜이에게는 악영향만 끼친다는 걸 알면서도 모른 척 외면하며 살았지만, 이젠 더는 그래선 안 될 것 같아서요.'

'갈 데도 없지 않니?'

'친구가 함께 지내자고 했어요. 하륜일 위해서도 제가 이 집에 없는 게 맞아요, 아저씨. 엄마는…… 제가 틈틈이 찾아와서 뵐게요. 엄마를 설득하는 건 제게 맡겨 주세요.'

'꼭 그래야 하겠니?'

'네. 결심이 서지 않았다면 선불리 아저씨께 말씀드리지 않았을 거예요.'

'그렇구나. 네 결심이 그렇다면 네가 뜻한 대로 살아 보거라. 생활비는 걱정 말고.'

'죄송하지만 고등학교 졸업할 때까지만 지금처럼 아저씨 호의, 감사히 받겠습니다. 은혜는 잊지 않을게요, 아저씨.'

'은혜랄 게 뭐 있겠니. 나도 널 이용한 건데. 아내가 널 딸처럼 여기면서 안정을 찾았기에 네가 이곳에 있는 것을 허락한 거다. 그러니 나한테 고마워할 거 없어. 네가 고마워할 사람이라면 네 엄마겠지.'

현묵은 입가에 옅은 미소를 띤 채 은린을 이현의 엄마라 불렀다. 이현은 말하지 않아도 현묵의 깊은 심중을 느끼고 있었다. 그길로 이현은 영미의 원룸으로 들어갈 채비를 했다.

"그래도 난 네가 그렇게까지 하향 지원을 할 줄은 몰랐다?"

영미는 새삼 이현의 선택이 안타까운 듯 한숨을 내쉬었다. 하지만 이현은 고개를 내저었다. 그녀의 입가엔 흐뭇한 미소가 한가득이었다.

"아냐. 전액 장학금을 받을 수 있게 돼서 난 정말 기뻐. 열심히 하면 4년 내내 장학금 놓치지 않을 수 있을 거야. 방세도 안 내도 되고, 생활비만 벌면 되니까 얼마나 가뿐한지 몰라!"

"진짜 괜찮아?"

"당연하지. 게다가 유아교육, 내가 원한 과야. 나쁠 게 뭐가 있어?"

"그래도 더 좋은 대학에 지원할 수 있었잖아."

"아냐, 난 좋아. 너랑 같은 대학이라서 더 좋아. 널 만난 건 정말 행운이었어."

이현은 영미를 끌어안고 그녀의 등을 쓰다듬었다. 영미 역시 경제적인 지원은 받고 있으나 어머니의 재혼으로 버려졌다는 기분을 안고 살고 있었다. 저를 원하는 사람이 별로 없다는 생각을 하던 영미는 이현이 저를 만난 걸 행운이라 말하자 울컥, 눈물이 치솟았다.

"치사한 기집애, 사람을 울리고 있어."

영미는 손등으로 눈물을 쓱쓱 닦더니 이현의 머리 위에 잔뜩 내려앉은 눈을 치워 주었다.

"그나저나 너 정말 약혼하는 거야?"

"아냐. 안 할 거야. 아저씨께서 내 생각을 존중해 주신다고 했어."

이현은 영미에게 팔짱을 끼며 나란히 걸었다. 졸업식이라고 해도 현묵이나 미진이 참석할 리 없었다. 하준은 일이 있어서 못 온다고 미리 만나 졸업을 축하해 주었으니 섭섭할 것도 없었다.

'하륜이도 혼자일 텐데……'

이현은 문득 하륜에게로 생각이 미쳤다. 그는 지금 무얼 하고 있을까. 친구들을 많이 만들지 않는 그였기에 지금 뭘 할지 궁금해졌다. 그러나 이현은 이내 고개를 내저어 하륜을 떨쳐 버렸다.

'생각하지 마.'

이현은 스스로에게 자존심도 없는 년이라 욕했다. 그 일이 있고 난 후 하륜은 저를 본체만체했다. 집을 나간다고 해도 잡기는커녕 잘 가란 인사도 없었다. 심지어 같은 반인데도 투명인간 취급했다.

'이젠 나 따윈 필요 없다는 듯이……'

그 생각에 미치자 이현은 심장에 한기가 들었다. 차가운 겨울바람 때문이라며, 이현은 스스로를 자위했다.

"서하륜이네?"

영미가 지나가는 말처럼 내뱉으며 턱짓을 했다. 그녀가 가리킨 곳은 건물 뒤쪽에서 이어지는 작은 샛길이었다. 여학생과 함께였다.

"오늘도 새로운 여자네?"

"……."

이현은 입술을 잘근 씹었다. 심장이 울컹 하고 출렁거려서 매슥거렸다. 꽤 오래된 증상이다. 하륜이 다른 여자와 있는 것을 볼 때면 늘속이 울컹거렸다.

"전교에 있는 여학생이란 여학생은 다 만나고 다닐 기세로 여자 갈아 치우더라?"

이현은 하륜과 마주치고 싶지 않았다. 3학년 한 해 동안은 같은 반이 아니어서 그나마 숨통이 트이겠다고 생각했는데, 그와 관련된 소문은 쉬지 않고 들려왔다. 그건 그것대로 힘들었다.

"이현아!"

강현이 이현을 소리쳐 부르며 달려왔다. 이현은 강현이 원망스러웠다. 그가 큰 소리로 부르지만 않았어도 하륜은 제 앞을 쓰윽 스쳐 지나갔을지도 모르는데.

"아버지가 밥 사 주신다고 너 데리고 오라셨어!"

이현은 저도 모르게 뒤를 돌아보았다. 그러면 안 된다고 생각하면서도 몸이 먼저 반응했다. 뒤를 돌아보자 역시나 하륜이 걸음을 멈추고 저를 쳐다보고 있었다.

"맛있는 거 사 달래자. 뭐 먹고 싶어?"

"좋은 데 있음 나도 좀 데리고 가라, 어?"

영미가 장난으로 맞받아치자 강현은 다음에 자신이 한턱 쏘겠다고, 이번만은 참아 달라며 웃었다.

"앞으로 먹는 건 내가 책임진다!"

강현은 주먹으로 가슴을 탕탕 치며 호언장담했다.

"오호, 네가 우리 이현이 먹여 살리겠다고 지금 프러포즈하는 거냐?"

"아니 뭐, 딱히 그렇다기보다는……."

영미의 농담에 강현이 조금 쑥스러워했다. 그러자 어느새 다가왔는지 하륜의 목소리가 불쑥 끼어들었다.

"국내 최대 리조트 건설 회사 외동아들이시니 어려우시겠어?"

"서하륜."

강현이 하륜을 보자 경계했다. 하늘에선 하얀 눈이 분분하게 내리고 있었다. 하륜의 눈빛이 얼음 결정보다 더 냉랭하게 얼어 있었다.

"아버지의 입양 제의를 거절하더니 그 이유가 있었어. 대단한 집안의 아들을 물었으니."

하륜은 화가 나 미칠 것만 같았다. 이현에게 그녀에 대한 소유권을 주장하지 않기로 결심한 후로 최대한 아무렇지 않은 척, 담담한 척 굴려고 노력했었다. 이현을 보지 못하면 보고 싶어 미칠 것 같고, 눈에 보이면 가질 수 없어서 미칠 것만 같았다.

제 곁에 있어야 할 이현이 강현과 부쩍 친해진 것도 그의 심장을 좀먹어 갔다. 제가 그녀에게 줄 수 있는 건 상처와 스트레스뿐이란 걸 알기에 두 번 다시 다가가지 않겠다고 결심했지만, 하루에도 수십 번씩 그 결심을 외면하고 싶어 미칠 것만 같았다. 그렇게 미치지 않고 멀쩡한 척 연기를 할 수 있다는 것에 스스로도 놀라울 정도로.

사람이 누군가를 너무 좋아하면, 그리고 그런 사람을 잃으면 미칠수도 있겠구나 하는 것을 느낀 하륜은 은린을 조금은 이해할 수 있을것 같았다. 전부는 아니더라도 아주 조금은.

"말 함부로 하지 마."

이현은 하륜의 눈을 똑바로 올려다보았다. 그를 볼 때면 아직도 제 몸을 더듬던 손길의 촉감이 되살아났다. 분한 건, 치가 떨리고 화가 나서 욕이라도 해 줘야 하는데 그럴 수가 없다는 것이다. 하륜의 손길이 주던 그 따뜻함과 설렘을 다시 느껴 보고 싶다는 기분에 휩싸이는 자신에게 치가 떨렸다. 이현은 하륜에게 상처를 받았지만, 한편으로는 그가 그리웠다.

"매일같이 여자가 바뀌는 너한테 물었다느니, 그딴 말 들을 이유 없어."

"상관없잖아, 너."

하륜의 목소리가 슬쩍 떠보듯 떨렸다. 요즘 들어 부쩍 강현과 이현의 약혼 이야기가 집안끼리 오가고 있었다. 현묵은 그 일로 이현에게 양녀가 되길 권하기도 했다. 그 사실을 알고 현묵에게 덤벼들다가 하준에게 얻어맞기도 했다. 죽어도 이현과 남매가 될 순 없다고 발악하는 그에게, 이현이 이미 거절한 이야기라며 하준이 진정시킬 때까지 그는 제정신이 아니었다.

"너도 상관없잖아."

이현은 지지 않았다. 악착같이 이를 깨물고 눈빛에 날을 세우고 하륜에게 덤벼들었다. 마지막 남은 자존심이었다. 절 어찌해 보려다가 실패하자 보란 듯이 버리고 다른 여자들을 전전하는 그에게 내세울 수 있는 마지막 자존심.

'절대로 널 좋아한다는 말은 하지 않을 거야. 죽는 한이 있어도, 가슴에만 담아 둬서 썩고 문드러져 고름이 들어차 죽어도, 널 좋아한다는 말은 절대로 하지 않을 거야.'

하륜은 절 올려다보는 이현의 눈을 힘껏 노려보았다. 그러지 않으면 금방이라도 제 눈에 이현을 그리워하는 마음이 짙게 깔릴 것만 같았다.

'날 미워해도 좋아. 실컷 미워해. 네 분이 풀릴 때까지. 대신 네 곁에 있게만 해 줘. 내 눈에 보이는 곳에만 있어 줘.'

하륜은 눈빛이 흐트러지지 않게 꽉 힘을 주면서 애원했다. 그날 밤, 제가 하려던 짓은 아주 질 나쁜 짓이었다. 아무리 좋아하는 마음이 앞섰다고는 할지언정, 이현에게 있어서는 가장 질 나쁜 짓에 불과했다는 걸 그도 인정하고 있었다. 끝까지 가지는 않았지만 남자의 몸이 제 몸에 날것으로 닿았으니 충격이 컸을 터였다. 그는 그때 이현이 받았을 상처를 생각하면 가슴이 미어졌다.

이현을 놓아주어야겠다고 생각하면서도, 그는 이현을 놓지 못했다. 그녀가 집을 나갔을 때도 주말 내내 식음을 전폐하고 방문 밖을 나서지 않았다. 자신이 이현에게 관심을 끊었다고, 그녀가 그렇게 믿게 하기 위해 매일같이 상대를 바꿔 가며 여러 여자들을 만나 봐도 헛헛함은 채워지지 않았다. 오히려 더 공허한 것이 그를 아무것도 할 수 없게 만들었다. 그렇지만 그 행동으로 인해 저에 대한 집착을 버렸다고 이현이 점점 믿기 시작하는 것 같자, 하륜은 그만둘 수가 없었던 것이다.

"네 말을 듣고 보니 나쁘지 않을 것 같네. 강현이 집은 엄청난 부자고, 나같이 가난한 계집애가 그런 집 며느리가 될 수 있다는 가능성부터가 기적이니까. 그치, 영미야?"

"어? 어, 뭐 그렇긴 하지."

영미는 어리둥절한 기분으로 수긍했다. 아직 하륜을 좋아하면서, 그를 밀어낼 수밖에 없는 이현이 안타까웠다.

"게다가 알고 보니 강현인 날 삼 년 내내 좋아했더라? 이보다 더 좋을 순 없는 거 아니니, 영미야?"

이현은 하륜을 노려보며 영미에게 묻기를 그치지 않았다. 영미는 이번에도 머뭇거리며 수긍했다. 하륜의 눈매가 낮아지며 눈썹이 미세하게 일그러졌다.

"그럼 뭘 망설여. 약혼해. 약혼하면 유학도 보내 준다잖아. 당장 결혼하라는 것도 아닌데 뭘 망설이지?"

"그러려고!"

이현은 강현에게로 휙 돌아섰다. 더는 하륜의 눈을 보고 있을 수가 없었다. 왈칵 눈물이라도 쏟아지면 낭패였다. 이현은 하륜을 등진 채 조금 고조된 목소리로 말했다.

"강현아, 아저씨께서 맛있는 거 사 주신댔지? 가자."

"어, 그래."

강현은 하륜을 힐끔 쳐다보았다. 실패자의 눈빛을 하고 있는 하륜을 보고 있으려니 강현은 은근 어깨가 으쓱해졌다. 하륜이 이현을 좋아하든 아니든 상관없었다. 그가 이현을 자기 소유물처럼 여기다가 이젠 그러지 못한다는 것만으로도 그는 충분히 통쾌했다. 게다가 상처 입은 듯한 하륜의 눈빛을 보니 강현은 하륜에게 승리한 것만 같아 기분이 날아갈 듯했다. 그는 이현의 어깨에 손을 두른 채 호기롭게 말했다.

"맛있는 거 먹고 쇼핑 가자. 아버지가 너 졸업 선물로 가지고 싶은 거 다 사 주시겠다고 했어. 우리 아버지는 네가 완전 맘에 드신대! 망나니 아들이 인간 됐다고 어찌나 좋아하시는지, 내가 생각해도 내가 용하다니까? 이게 다 네 덕분이란다, 울 아버지. 으하하하."

이현은 제 어깨에 닿은 강현의 손보다도, 그 손을 바라보고 있을 하륜의 시선이 더 신경 쓰였다. 그는 아무 생각 없이 바라보고 있다고 하더라도, 이현에게는 가슴 아픈 일이었다.

"정말 나랑 약혼할 거야? 와, 진짜 대박!"

하륜의 도발에 발끈해서 내던진 말에 강현이 앞서 갔다. 이현은 잔뜩 들떠 있는 강현에게 화가 나서 그랬다고 정정하려니 마음이 무거웠다. 제대로 설명해야 한다고 생각했다. 그러나 지금은 아니었다. 아직은 하룬에게 대화가 들릴 만한 거리였기에 이현은 강현의 기대를 부정할 수 없었다.

"약혼하고 그냥 대학은 여기서 다니자. 난 공부에 취미 없잖아. 대신 네가 하고 싶다는 건 뭐든 다 하게 해 줄게. 그냥 군대 가기 전에 결혼부터 하고 갈까?"

이현이 점점 멀어지자 하룬은 주먹을 있는 힘껏 꽉 쥐었다. 그럼에도 불구하고 팔이 부들부들 떨렸다. 당장이라도 강현을 이현에게서 떼어 내고 싶었지만, 제게는 그런 명분이 없었다. 멀리서 방금까지 그와 함께였던 여학생이 빨리 오라고 외쳤지만 하룬은 듣지 못했다.

"저기?"

영미가 하룬의 팔을 검지로 톡톡 두드리며 말을 걸었다. 하룬이 영미를 돌아보았다.

"내가 끼어들 건 아닌데."

"……."

"너 때문에 이현이 소문 굉장히 드러웠던 거 알지?"

그것도 알고 있는 하룬이었다. 예전엔 신경 쓰지 않았다. 이현인 그런 아이가 아니라는 것을 잘 아니까. 누구보다 자신이 가장 잘 알고 있으니까 상관없었다. 저와 그렇고 그런 사이라는 것도, 벌써 서하룬의 아이를 유산한 경험이 있다는 말도 무시했었다. 이현인 그런 아이가 아니니까.

저만 이현의 가치를 알면 충분했다. 다른 남자들이 이현의 가치를 알 필요는 없었다. 그래서도 안 된다고 생각했으니까. 이현도 그런 소문에 대해서는 신경을 쓰지 않는 것 같아 하룬도 관심을 두지 않았지만 이젠 달랐다. 자신이 이현을 그런 아이로 만들 뻔했으니까……

그는 영미의 말을 들으면서 심장이 쪼그라들었다.

"지난 일 년 동안 이현이 소문도 잠잠해지고 나름 편안해 보였어. 내가 보기엔 너보다는 박강현 쟤가 훨씬 이현이에게 좋은 사람인 것 같다."

하륜은 충격이 이만저만이 아니었다. 영미의 그 말 한마디가, 하륜에게는 날카로운 비수가 되어 심장에 정통으로 들어와 박혔다. 영원히 빼낼 수 없는 단검처럼.

제5장

그대가 저릿

　"어이, 동생."

　하준은 하륜의 방문을 열고 뒤늦은 노크를 했다. 하륜이 돌아보자 하준은 맥주 캔 두 개를 흔들어 보였다.

　"한잔할까?"

　막 샤워를 마친 하준에게서 달콤한 샤워 젤 향기가 났다. 하륜은 저도 모르게 코끝의 감각에 열중했다. 하준이 맥주 캔의 뚜껑을 따서 내미는 걸 받아 든 하륜이 미간을 찌푸리며 물었다.

　"이현이 쓰던 거 아냐?"

　"맞아. 내 게 똑 떨어져서."

　"그럼 내 거 쓰지."

　"이현이 게 냄새가 더 좋아서. 너도 이현이 냄새가 그리울 것 같고 해서."

　"변태냐, 형?"

"푸핫, 그래도 아니라고는 안 하네?"

"……!"

하륜이 뜨끔한 듯 노려보자 하준은 태연하게 외면하며 맥주를 꿀떡 꿀떡 마셨다.

"시간은 많지만 모든 시간이 다 네게 호의적인 건 아니다, 하륜아."

"뭔 소리야?"

철학자도 아니면서 알아듣지 못할 이야기를 늘어놓는 하준에게 하륜은 콧방귀를 뀌었다. 무슨 이야기를 하고 싶어서 뜸을 들이는 걸까.

"네가 대학을 졸업하고 일을 시작하고 이제 천천히 결혼을 생각해 볼까 하기까지 십 년이 걸릴 수도, 그 이상이 걸릴 수도 있어. 지금의 네게 결혼이란 아주 먼 미래의 일같이 느껴지겠지?"

"뜬금없이 왜 결혼 타령이야?"

"하지만 이현이에게 결혼은 현재의 일이지."

하륜은 심장이 풍선처럼 빵빵하게 부풀어 올랐다가 한꺼번에 공기가 빠지는 것처럼 쪼그라들었다.

"생각해 보면 이현이에게는 좋은 혼처지. 평생 고생 안 하고 하고 싶은 거 하면서 살 수 있으니. 나는 이현이가 고생하지 않고 살기를 바라거든."

어느새 맥주 한 캔을 다 비우고 빈 깡통을 책상 위에 내려놓은 하준은 침대 위에 벌렁 드러누웠다.

"나는 네가 이현일 좋아하는 줄 알았다, 하륜아."

"……!"

하륜은 한 모금도 입에 대지 않던 맥주 캔을 들고 벌컥벌컥 들이켰다. 속이 탔다.

"그런데 이현이가 집을 나가도 넌 잡기는커녕 아이처럼 문을 걸어

잠그고 투정만 하더라? 좀 더 두고 보자 싶었다. 아직은 고등학생이니까 조금 더 지켜보는 것도 나쁘진 않겠지 싶었지."

"무슨 말을 하고 싶은 거야, 형?"

하준은 몸을 일으켜 앉았다. 저를 차가운 눈으로 바라보는 하륜의 눈동자를 음미하듯 들여다보던 하준이 미소 지었다.

"나는 스물일곱이고, 결혼에 대해 생각해 보는 나이다."

"결혼하려고?"

"지금 당장은 아니지만, 지금쯤 약혼을 하고 한 삼사 년쯤 기다려도 좋겠지. 이현이가 대학을 졸업할 때까지."

"……뭐?"

하륜은 제 귀를 의심했다. 지금 하준이 뭐라고 한 건지 해석 불가였다. 왜 하준이 결혼을 하는데 이현이 대학을 졸업할 때까지 기다린다는 거지? 그것과 이것 사이에 무슨 연관성이 있어서?

"네가 이현일 데려오지 않겠다면 형님이 데려오겠다는 말이다."

"그러니까 그게 무슨 소리냐고!"

자리를 박차고 일어난 하륜이 하준을 노려보며 소리를 질렀다. 그러나 하준은 차분했다. 하륜의 반응을 예상했기에 놀라울 것도 없었다. 그도 자리에서 일어나 하륜을 차가운 눈으로 응시했다.

"욕심 아니냐?"

"뭐가!"

"네가 가지지도 않을 거면서 남이 갖는 건 죽기보다 싫은 건."

점점 더 눈동자에 힘이 들어가는 하륜의 어깨를 툭툭 두드리며 하준은 차가운 목소리로 말했다.

"곧 이현이 올 거다. 내가 불렀어."

하준이 더는 이현일 두고 소유권을 주장하지 말라는 듯 찬물을 끼엎고 나가자, 하륜은 정신이 반쯤 나가 버렸다.

'형이 이현이와 결혼하겠다고 한 건가, 지금?'

충격이었다. 박강현과의 약혼 이야기가 나올 때와는 비교도 할 수 없을 만큼. 우습게도 하륜은 이현이 강현과 약혼하지 않을 거라는 믿음이 있었다. 근거는 없었지만 이현이라면 강현과 약혼 따윈 하지 않을 거라는 확신 같은 것이 있었다.

하지만 하준이라면 이야기가 달랐다. 하준과 함께 있는 이현을 보았다면, 누가 봐도 이현이 그를 좋아한다고 믿을 만큼 둘은 사이가 좋았다. 이현이 하준을 많이 믿고 의지하고 따랐기 때문에, 만약 하준이 그녀를 흔들어 놓는다면 상황은 달라질 거란 생각이 들었다.

근본적으로 이현은 하준을 좋아했다. 그게 당장은 오누이 같은 사랑이라고 할지라도, 하준이 그녀를 흔들기 시작하면 이성간의 사랑으로 바뀌는 건 시간문제일 것이다.

"정이현이…… 내 형수가 된다고……?"

그건 있을 수 없는 일이었다. 절대로, 죽어도 일어나서는 안 되는 일이었다. 이현을 형수로 평생을 봐야 한다고? 차라리 그럴 바엔 죽는 게 나았다. 생지옥이 따로 없을 테니까.

하륜은 이성을 잃었다. 심장이 조각조각 찢겨 뜨겁게 끓어오르는 피에 녹아 사라졌다. 심장이 사라진 하륜에게 남은 건 악마 같은 질투와 분노뿐이었다. 그는 그길로 아래층으로 내려갔다. 현묵은 서재에 있을 것이다. 저녁을 먹은 후엔 늘 서재에서 시간을 보내곤 하니까. 하륜은 서재 앞에 다다랐을 때 하준의 목소리를 듣고 흠칫 놀랐다.

"이현일 보셔서 아시잖아요, 아버지. 고아라는 것이 문제가 됩니까? 제가 결혼하고 싶은 여자는 고아이긴 해도, 고아여서 문제 될 건 아무것도 없는 여자입니다."

"그래, 이현이 보면 고아라고 해서 문제 삼을 건 없다는 생각을 한다, 나도. 하지만 하준아, 결혼은 좀 다른 문제다. 게다가 넌 장남이고……."

"아버지께서도 결혼을 거래로 이용하고 싶으신 겁니까? 그래서 이현이도 박 회장님 장남과 서둘러 약혼을 시키려고 그러시는 거냐구요."

"이현이에겐 좋은 일이라고 생각했다. 박 회장 아들이 부모 말도 안 듣는 주제에 이현이라면 사족을 못 쓴다고 하니 여자한테는 그런 남자가 제격이라고 생각했다."

"아버지도 어머닐 사랑하셨잖아요. 하지만 어머닌 행복하지 않으셨어요."

잠시 대화가 끊겼다. 하륜은 이어지는 대화에 더욱 귀를 기울였다.

"이현일 어머니처럼 만드실 생각은 아니시죠, 아버지! 이현이가 사랑하는 남자를 선택할 수 있도록 내버려 두세요. 이제 겨우 스무 살이에요. 대학을 졸업할 때까진 그냥 내버려 두세요. 그 뒤엔 제가……."

"싫습니다!"

하륜은 문을 벌컥 열었다. 난데없는 하륜의 등장에 현묵과 하준은 놀란 눈으로 그를 돌아보았다.

"정이현을 형수라고 부를 바엔 차라리 죽겠습니다!"


이현은 높다란 대문 앞에서 심호흡을 했다. 일주일에 한 번은 꼬박꼬박 오고 있었지만 주로 은린을 보기 위한 목적이었다. 이현이 집에 올 때면 하륜은 방 안에서 꼼짝도 하지 않았다. 그런데 오늘은 하준이 불러서 온 길이다. 하륜의 문제로 이야기할 것이 있으니 꼭 와 달라는 하준의 부탁에 시간을 맞춰서 온 것이다.

"다 저녁에 웬일이냐?"

마침 외출을 했다가 돌아오는 미진이 대문을 열며 이현을 힐끔댔다. 이현이 방문한 것에 별로 관심이 없었다. 현묵이 딸로 삼겠다고 해도 마다하고 하준도 놓친 주제에, 강현과의 약혼식도 싫다고 빼는 이현이 눈엣가시 같았다. 양손에 떡을 쥐어 줘도 싫다고 내팽개치는 꼬락서니를 보니 심사가 뒤틀렸던 것이다.

"하준 오빠가 불러서."

이현은 미진의 뒤를 따라 현관문을 들어섰다. 그러자 서재에서 하륜의 악에 받친 목소리가 쩌렁쩌렁 울렸다.

"싫다구요, 싫습니다!"

"작은 도련님이 왜 저러시지?"

미진은 의아한 듯 고개를 갸웃거리며 주방으로 들어갔다. 이현은 서재로 향했다. 저도 모르게 하륜의 목소리에 이끌려 가는 발걸음이 조심스러웠다. 하륜이 왜 저렇게 화가 났을까.

"차라리 박강현에게 보내세요! 제 눈에 띄지 않게! 저와는 아무 상관없는 사람으로 살아가게! 차라리 박강현에게 주세요! 정이현! 절대로 이 집안에 들이지 마세요, 아버지!"

"……!"

이현은 두 손으로 입을 틀어막았다. 너무 놀라 생각보다 먼저 눈물이 쏟아졌다.

"죽어도 싫습니다! 정이현과 가족이 될 바엔 제가 이 집안과 인연을 끊겠습니다! 죽어도 싫습니다, 아버지……. 으윽…… 정이현과 가족이 되는 거 죽어도 싫습니다……."

이현은 용기를 내어 서재 안을 엿보았다. 하륜이 현묵 앞에서 무릎을 꿇은 채 울고 있었다. 괴로운 듯, 그가 소리 내어 울고 있었다. 이현은 하륜이 타인 앞에서 소리 내어 우는 걸 처음 보았다. 그녀는 뒷걸음질을 쳤다.

이렇게까지 하륜이 절 싫어할 줄은 몰랐다. 죽어도 싫다니…….

이현은 그대로 돌아서 도망치듯 빠져나왔다. 그런 뒤 하염없이 걸었다. 방향 감각도 상실해 어디로 가는지, 어디로 가야 하는지도 모른 채 무작정 걸었다. 그녀의 눈에는 눈물이 마를 새 없이 흘렀다. 지나가는 사람들이 이현을 힐끔댔다.

더는 갈 수가 없었다. 더는 걸을 수가 없었다. 이현은 네 갈래 길 한복판에 무너지듯 쪼그리고 앉아 무릎 사이에 얼굴을 묻었다.

"으으흑, 으읏……."

가슴이 미어졌다. 하륜에게 미움받는 것이 서러워 눈물이 났고, 하륜이 저 때문에 그토록 고통스러워한다는 사실에 마음이 아파 눈물이 났다. 저를 미워하느라 마음을 다친 그가 안쓰러워서, 애틋해서 마음이 쓰라렸다.

"나만 없어지면…… 흐윽, 으윽, 흑……."

이현은 아이처럼 엉엉 울었다. 지나가던 한 아주머니가 괜찮냐며 다독였지만 이현은 감당할 수 없을 만큼 감정이 격해져 대답조차 할 수 없었다.

❀      ❀      ❀

약혼식은 일사천리로 이루어졌다. 가족들만 모여 식사를 하는 것으로 약혼식을 대신하기로 한 이현은 빈자리를 물끄러미 바라보았다. 하륜의 자리였다. 그는 약혼식에 가족이란 이름으로 참석하지 않았던 것이다.

"급하게 서두르긴 했지만, 이렇게 자리를 하고 보니 여간 뿌듯한 게 아닙니다."

재훈은 현묵에게 따끈하게 데운 정종을 부어 주며 허허 웃었다. 깔끔하고 고풍스런 한식집에서의 점심 식사가 끝나 가자 강현이 몸을 들썩이며 안절부절못했다.

"약혼 기념 여행이라니, 요즘 아이들은 앞서 가도 너무 앞서 가는 것 같지요?"

재훈의 너스레에 현묵은 이현을 바라보았다. 진주빛의 원피스를 입은 이현은 소녀다운 청순함으로 빛났다. 달라진 게 있다면 그녀의 눈동자 색이 검은색이라는 것뿐.

"걱정 마세요, 아버지. 이렇게 부모님 앞에서 공공연히 여행 간다고 선포했는데 지킬 건 지킵니다. 하하하! 방도 두 개 예약했고요."

"내 동생한테 손끝 하나라도 댔다간 죽는다?"

하준이 웃는 얼굴로 협박했다. 그런 뒤 재훈에게 서글서글한 미소로 죄송하단 말도 덧붙였다.

"걱정 마세요. 약혼을 기념하고 싶어서 가는 여행이지, 다른 목적은 없습니다! 그랬다면 몰래 갔겠죠. 푸하하하."

"이 녀석, 입이 찢어지네, 찢어져."

강현의 어머니가 눈을 흘기며 호호 웃었다. 은린은 파리한 얼굴로 앉아 말이 없었다. 내내 마땅찮은 표정이었지만 이현이 좋다고 하니 말릴 이유도 없었다. 듣자 하니 조건도 나쁘지 않았기에. 하지만 은린은 약혼식이 끝나는 순간까지도 내내 하륜이 맘에 걸렸다. 그리고 약혼식을 하는 동안 한 번도 웃지 않는 이현에게도 마음이 쓰였다.


"술에 절어 있을 줄 알았는데 멀쩡하네?"

하준은 약혼식을 마치고 집으로 돌아오자마자 하륜을 찾았다. 하륜은 침대에 앉아 책을 읽고 있었다.

"책 읽을 정신도 있고."

하준이 하륜의 맞은편에 걸터앉았다. 하준은 하륜과 마주 보고 앉고서야 제 생각이 틀렸다는 것을 알 수 있었다. 하륜은 책을 든 채 넋을 놓고 있었다. 망부석이 된 것처럼 그의 눈에 초점이 없었다. 가만 보니 제 목소리도 들리지 않는 듯했다. 그가 앉으면서 침대 매트가 흔들렸지만 하륜은 누군가가 와 있다는 것조차 인지하지 못하는 듯했다.

"서하륜?"

하륜은 미동도 없었다. 초점을 잃은 눈동자가 생명을 잃은 듯 공허했다. 하준은 그제야 두려운 마음이 훅 끼얹어졌다. 이러다 하륜이 잘못될 것 같다는 불안감이, 처음으로 그를 사로잡았다.

"서하륜! 정신 차려! 이럴 거면서 왜 오기를 부려!"

하준이 하륜의 어깨를 잡고 흔들며 소리쳤다. 그러나 하륜의 눈에 생기는 돌아오지 않았다.

"지금이라도 잡아! 아직 안 늦었어!"

하준은 하륜의 눈시울이 점점 붉어져 오자 한시름 놓였다.

"용서……받지 못할 짓을 했어……."

하륜은 목이 메여 목소리가 잘 나와 주지 않았다. 메마른 목소리가 퍽퍽하게 흘러나왔다.

"용서해서는 안 되는…… 짓을 했어……. 내가…… 그렇게 만들었어, 형……. 이현이에게 다가갈 수 없도록…… 내가 그렇게 망쳐 버렸어!"

간절함이 지나쳐 심장을 갉아먹는 듯한 목소리였다.

"네가 가지 않으면, 네가 이현이 인생을 망치는 거다."

하준이 안타까운 듯 외쳤다. 그 말에 하륜의 눈이 겨우 초점을 되찾고 하준을 바라보았다.

"용서받지 못할 짓을 했다면 용서해 줄 때까지 빌어! 용서해서는 안 되는 일 했다면 평생 이현이에게 용서를 빌며 살면 되잖아. 넌 아직 멀었어! 네 알량한 자존심 때문에……!"

"아니, 아니야, 형! 자존심 때문이 아니야!"

하륜은 지푸라기라도 잡는 심정으로 하준의 팔을 잡았다.

"그게 이현일 위하는 거라고 생각했어! 내가 해 줄 수 있는 유일한 일이라고 생각했다고. 내가 이현이에게서 멀어져 주는 거, 이현이에게 관심을 끊어 주는 거, 그것만이 이현이가 내게 바라는 거라고 생각했으니까!"

"서하륜……."

안타까웠다. 언제나 사랑에 굶주린 새끼 짐승처럼 그르렁거리던 하륜이었다. 하지만 어느샌가 그 굶주림에 사나워진 눈빛이 한곳만 보게 되었다. 하준에게는 보였다. 하륜이 이현에게 사랑을 느끼고, 이현에게서 사랑을 갈구하고 있다는 것을.

저 역시 하륜이 마냥 편한 존재는 아니었기에, 아무리 내 동생이라고 마음을 다잡아 봐도 문득문득 싸늘함이 섞여 있었을 것이다. 근본적인 그 싸늘함을 하준도 극복해 보려고 했지만 청소년기엔 어려웠던 것도 사실이었다.

엄마가 다른 남자와 사랑해서 낳은 아이, 그래서 자신과 아버지를 버리고 집을 나갔던 어머니에 대한 원망이 하륜에게도 녹아 있을 수밖에 없었다. 하륜이 사랑받고 싶어 애를 태우는 걸 알면서도, 그는 진심으로 하륜에게 마음을 열어 보인 적이 없었다. 그것이 미안하고 안쓰러웠다.

조금 더 나이가 들고 보니, 하륜의 아픔을 감싸 안을 수 있을 만큼 나이를 먹고 보니 그제야 그가 진심으로 동생이란 생각이 들었다. 늦게나마 형으로서의 노릇을 다해 보려고 했지만 이미 뒤틀린 시간들은 하루아침에 바로잡기가 어려웠다. 그 후회를, 하륜은 하지 않길 바랐다.

"상대에 대한 깊은 배려가…… 때로는 가장 잔인한 무관심으로 느껴질 수도 있다, 하륜아."

"아……."

"어서 가 봐."

하준은 흥분으로 떨리는 하륜의 눈을 가만히 바라보다 조용히 미소 지었다. 마치 그래도 좋다는 허락을 받은 것처럼, 하륜은 벌떡 일어나 방을 뛰쳐나갔다. 그러다 다시 되돌아와서는 방 안을 두리번거렸다. 하준은 책상 위에 덩그러니 놓인 지갑과 휴대전화도 발견하지 못하는 하륜을 보며 피식 웃었다. 그가 이렇게 허둥지둥하는 것은 본 적이 없었기에.

하준은 지갑과 휴대전화를 집어 들고 하륜에게로 다가갔다.

"이제야 피 끓는 사내새끼 같네."

"어디로 갔지?"

"뻔하지. 가장 가까운 박 회장님 리조트 아니겠어?"

하륜은 돌아서 뛰려다가 문득 궁금한 듯 돌아보았다.

"그런데 형, 진심 아니었어?"

"뭐가?"

"이현이."

"아, 그거."

하준은 큭큭 웃으며 팔짱을 끼었다. 이 깊은 형님의 심중을 네가 어찌 다 알리오, 하는 표정으로.

"이 형님이 결혼하고 싶은 여자가 있다. 올해 약혼하고 한 삼사 년 뒤에 결혼하고 싶은 여자가."

"그게 이현이 아니었어?"

"무슨 헛소리야. 이현인 내 동생과도 같다니까? 그 아이도 이현이처럼 고아이긴 하지만."

"그런데 왜 이현이가 졸업하길 기다렸다가 결혼한다고 했지!"

생각해 보니 미친 듯이 화가 났다. 하준의 말에 이성이 획 돈 걸 생각하면 약이 올랐다.

"그 아이도 막 대학을 졸업해서 사회생활을 좀 하길 원하거든. 이현이가 졸업하기까지 한 사 년 기다리면 딱 좋지 않을까 해서 그렇게 말한 건데?"

"형, 일단 그건 나중에 다시 얘기하자! 가만 안 둬, 형!"

하륜이 피식 웃으며 협박했다. 그가 달려 나가자 하준은 환한 얼굴로 한숨을 푹 내쉬었다.

"그래, 결국 벼랑 끝에 서 봐야 뒤를 돌아보게 되지."

하준은 이제라도 잘되었다고 생각했다. 하륜이 지난날의 제 자신을 벗어던지고 이현과 새롭게 시작할 수 있길 바랐다. 이현이라면 하륜에게 새로운 삶을 열어 줄 수 있을 거라 믿어 의심치 않았다.

❀　　　❀　　　❀

띵, 똥.

이현은 벨이 울리자 긴장하며 문을 돌아보았다. 리조트에 도착해 강현과 가볍게 산책을 하고 잠시 쉬었다가 저녁을 먹었다. 강현은 미안할 정도로 이현을 최대한 신경 써 주었다. 그는 아직도 이현이 자신과 약혼을 했다는 사실이 믿기지 않는다며 감격스러워했다.

저녁을 먹고선 비치룩 차림으로 스파 시설에서 강현과 함께 피로를 풀었다. 좀 더 함께 있고 싶어 하는 그를 위해 카페에서 차를 마시며 이야기도 나눴다. 강현은 앞으로 좋은 남자가 되겠다는 다짐을 수십 번도 더 했다. 뭐든 잘할 수 있을 것 같은 자신감도 생겼다고 했다.

이현은 그런 강현을 보며 마음이 짠했다. 마음을 주지도 않은 강현이 자신으로 인해 인생이 달라졌고 행복해졌다고 하는 걸 들으며, 그녀는 울컥한 마음을 달래느라 힘겨웠다. 강현에게 일어나는 변화가 하륜에게서 일어났다면 얼마나 좋았을까, 정말은 하륜에게 그런 여자가 되고 싶었던 것이다.

"누구세요?"

"나."

강현이다. 이현은 잠시 문을 열어 줘도 될까 망설였다. 아직 9시밖에 되지 않았으니 자긴 이른 시간이었다. 좀 더 함께 있고 싶어 하는 걸 억지로 방으로 밀어 넣었더니 못내 아쉬웠던 모양이다. 이현은 문을 열었다.

"들어가도 돼?"

"조금만 있다가 가."

"그럴 거야. 하준 형 알면 난리 날 테니까. 당장 약혼 취소하고 날 죽이려고 할걸?"

강현은 호탕하게 웃으며 안으로 들어섰다. 그의 손에 와인과 잔이 들려 있었다. 그는 응접실 소파에 앉으며 이현에게 가까이 오라고 고갯짓을 했다.

"그냥 자긴 좀 아쉬워서. 우리끼리 축하하자."

강현이 잔에 와인을 따랐다. 이현은 맞은편에 앉아 잔을 받아 들었다. 강현의 얼굴에서 웃음이 한시도 떠나질 않았다.

"내가 생각해도 내가 참 철이 없었지. 좋아하면 좋아한다고 하면 될 텐데, 괜히 자존심에 삐딱하게 굴고. 서하륜한테 난 상대가 안 되니까. 게다가 넌 서하륜이 자기 거라고 공표를 한 상태였고……. 그렇게라도 시비를 걸어 말이라도 한 번 붙여 보는 게 내가 할 수 있는 전부라고 생각 했어. 지금 생각해 보면 창피할 정도로 비겁하고 못났었지."

강현의 고해성사를 이현은 말없이 듣기만 했다. 강현이 지난 일 년 사이 부쩍 성장한 건 사실이었다. 그 또래 남자들에겐 치기 어린 경쟁심과 반항기가 있을 때니, 하륜에게 반발해서 삐딱하게 굴었다고 해도 이해 못 할 건 없었다.

"그래도 난 서하륜이 널 이렇게 쉽게 포기할 줄은 몰랐다. 그 녀석 성격으로 죽어도 안 뺏긴다고 길길이 날뛸 줄 알았거든."

"그 앤 나한테 정이 없어. 말 그대로 손쉽게 가지고 놀 수 있는 장난감이었어, 난."

이현은 와인 잔에 입술을 대고 잔을 기울였다. 달콤하면서도 쌉싸름한 맛이 혀에 착 감기었다.

"싫증 나면 필요 없어지는 그런 거."

"근데 궁금한 게 있어."

강현이 와인을 한 번에 다 들이켜며 이현의 눈치를 살폈다. 벌써 세 잔째 한 번에 들이켜고 있었다. 이현은 뭔가 용기가 필요한 말을 하려는 듯 머뭇거리는 강현을 의아한 눈으로 지켜보았다. 강현은 다시 한 잔을 따라 한 번에 마시고는 잔을 내려놓았다.

"문제 삼으려는 건 아냐. 그럴 거였음 애당초 너와 결혼할 생각도 안 했을 테니까. 근데 가만히 생각해 보니까 내가 왜 방을 두 개씩 예약해 가면서 선을 지켜야 하는지 모르겠더라고."

"무슨…… 말이야?"

강현의 얼굴이 빨갰다. 이현은 그가 무척 술에 약하다는 것을 알게 되었다. 그는 머리를 긁적이며 망설이는 목소리로 물었다.

"그렇잖아. 너는 벌써 서하륜이랑 그렇고 그런 사이인데, 내가 왜 선을 지켜야 하는 거지?"

"……!"

이현은 잔을 내려놓았다. 사실이 아니지만 걷잡을 수 없이 소문이 퍼진 상황이라, 그런 오해를 한다고 해서 그를 나무랄 수만은 없었다. 이현은 차분한 목소리로 말했다.

"우리, 약혼은 했어도 데이트다운 데이트도 아직 못 했잖아. 천천히 하자. 오늘 밤은 처음 네 의도대로 우리 약혼식을 축하하는 의미로 간직했음 좋겠어."

"그래, 그렇지. 천천히, 데이트부터."

강현은 혼잣말처럼 이현의 말을 되뇌었다. 그러더니 다시금 궁금한 표정으로 이현을 바라보았다.

"정말 탓하려는 건 아냐. 상관없어. 다 알고도 너랑 약혼하고 싶었던 거니까. 나 지금 무척 행복해. 근데 말야. 이제 나, 네 약혼자니까 알아야 한다고 생각해. 너 정말 서하륜하고 잤어?"

강현을 이해하려고 했다. 하지만 가슴이 싸해져 갔다. 그가 도를 지나치고 있다는 느낌을 지울 수가 없었다. 말은 괜찮다고 하지만 정작 괜찮아 보이지 않았다.

"아니라고 했잖아."

"괜찮아. 요즘이 어떤 세상인데! 고등학생이 사귀는 남자랑 자는 거? 그게 어디 놀랄 일이냐, 요즘? 중학생들도 콘돔 가지고 다니는 세상인데!"

"박강현!"

이현은 자리에서 벌떡 일어나며 그의 이름을 외쳤다. 제 말을 믿지 않는 그에게 실망감이 들었다. 아무리 질투심 때문이라고 해도 저를 믿지 못하는 그와 더는 말을 섞고 싶지 않았다.

"어쨌든 우리 약혼했잖아. 이런 얘기 하고 싶지 않아. 싫으면 지금이라도 약혼, 없었던 걸로 해도 좋아."

"미안해!"

강현이 이현을 와락 껴안았다. 그는 당장이라도 이현이 떠날 것처럼 불안해하며 울먹였다.

"내가 잘못했어! 질투가 나서 또 잠시 눈이 돌았어. 이제 넌 내 건데, 서하륜한테 질투할 이유가 없는데!"

"서하륜은 신경 쓰지 마."

이현은 입술을 깨물었다. 강현에게 하는 말이 꼭 제 자신에게 들으라는 것처럼 들렸다.

"하륜인 나 때문에 불행했어. 그 분풀이를 나한테 한 거야. 그것도 이제 재미없어지니까 다른 여자들을 만나기 시작했잖아. 하륜인 누구라도 저를 사랑해 주면 그 순간만이라도 행복하다고 느낄 거야, 아마. 하지만 난……."

이현은 왈칵 치밀어 오르는 슬픔을 억누르며 말을 이었다.

"난 서하륜을 좋아해서도 안 되고, 좋아할 수도 없어. 난 자격이 없거든. 그러니까 난 서하륜에게 갈 수 없어."

"진짜지?"

"무엇보다 서하륜이 날 좋아하는 일 따윈 일어나지 않을 테니까.

그러니까 하륜이 때문에 질투하지 마. 하륜이가 날 찾는 일 따윈 없……."

띵동띵동.

그때였다. 벨이 다급하게 연달아 울렸다. 짐짓 벨소리가 신경질을 내는 듯 요란스럽게 울려 댔다. 이현은 강현을 밀어내고 문 쪽으로 다가갔다. 이 시간에 저를 찾아 벨을 누를 사람이 없었다. 호실을 알려 준 건 하준뿐이었다. 하준이 방을 두 개 예약했냐고 물었을 때 자연스럽게 501호, 502호실을 예약했다고 알려 준 적이 있었다. 하지만 그렇다고 하준이 이 시간에 찾아왔을 리는 만무했다.

"누구세요?"

"문 열어."

"아……!"

이현은 소스라쳤다. 믿을 수가 없었다. 아니, 믿기지가 않았다. 하륜이었다. 분명 하륜의 목소리였다.

"문 열어, 정이현."

이현은 두 손을 모아 가슴에 대고 한 걸음 뒤로 물러섰다. 정말 서하륜이었다. 잘못 들었거나 환청이 아니었다. 왈칵, 눈물이 치솟았다. 어떤 설명도, 이유도 듣지 못했는데 눈물부터 샘솟았다.

"누구야?"

강현이 다가와 문을 열었다. 이현은 두어 걸음 더 뒤로 물러섰다. 문이 열리자 강현은 저를 밀치며 안으로 들어서는 하륜의 모습에 아연실색했다.

"서하륜 네가 어떻게!"

"정이현!"

이현은 강현을 무시한 채 곧장 이현에게로 다가갔다. 다급한 그의 발걸음과 조급한 그의 심장이 다른 건 신경 쓰지 말라고 재촉했다. 그는 자꾸만 뒷걸음질을 치는 이현의 팔목을 낚아챘다.

"도망가지 마."

"……!"

"나도 도망가지 않아, 이젠."

하륜은 팔목을 빼기 위해 비트는 이현을 제 쪽으로 더욱 바짝 끌어당겼다. 놀란 눈을 제게서 떼지 못하는 이현에게서 하륜도 눈을 떼지 않았다. 강현이 다가와 그의 멱살을 잡았지만 하륜은 이현을 놓지 않았다. 그녀에게 향한 시선도 흔들리지 않았다. 그의 눈엔 정이현, 그 외엔 아무것도 보이지 않았다.

"내게 와 줘."

"서하륜! 이게 무슨 짓이야!"

"내게 와 줘, 정이현."

"……!"

이현은 심장이 바들바들 떨려서 아무런 생각도 할 수 없었다. 지금 일어나는 일이 마치 꿈같아 현실적인 느낌이 없었다. 비현실적이었다.

강현과 약혼을 결심한 건 하륜을 위해서이기도 했다. 가족이 되긴 죽기보다 싫다는 하륜을 위해, 강현에게 보내 버리라고 발악하는 하륜을 위해 강현과 약혼을 결심했다. 제가 떠나면, 다른 남자의 여자가 되면 그도 더 이상은 저로 인해 화가 나는 일은 없을 것 같았다.

강현은 제게 지극정성이었고, 미진은 강현과 약혼하기 전엔 저를 이모라고 생각하지도 말라고 하고……. 이현도 쉬고 싶었다. 심장이 과부하였다. 쉬고 싶었다. 게다가 강현의 집안은 하륜의 집안과 중요한 사업 파트너였다. 계속되는 혼담 요청에 번번이 거절하는 현묵도 난처한 것 같았고, 강현의 집안과 사돈이 되면 결국 현묵의 사업을 물려받을 하륜에게도 득이 될 것 같았다.

하륜이 원했고, 하륜을 위해서도 강현과의 약혼은 나쁘지 않을 거란 생각이 들었다. 이현은 하륜을 위해서 강현과의 약혼을 결심했던 것이다.

그런데 어째서…….

어째서 하륜이 여기 서 있는 걸까!

"내게 기회를 줘……."

"개새끼!"

강현이 악에 받쳐 욕설을 내뱉으며 하륜에게로 주먹을 날렸다. 강현의 주먹이 하륜의 볼을 강한 힘으로 타격했다. 하륜의 얼굴이 주먹이 날아온 반대쪽으로 휙 돌아갔으나 잡고 있던 이현의 손목은 놓지 않은 채였다.

이현은 강현의 폭력에 깜짝 놀랐지만 목소리를 낼 순 없었다. 이 상황에선 하륜의 편을 들 수가 없었다. 이젠 그래서도 안 되는 거니까.

"나와 가자, 정이현."

"그래도 이 새끼가!"

강현은 이성이 날아갔다. 제 앞에서 자신의 약혼녀를 날치기해 가려는 하륜의 뻔뻔함에 이가 갈렸다. 그는 다시 하륜에게로 주먹을 날렸다. 그러나 이번에도 하륜은 묵묵히 맞고만 있을 뿐, 피하거나 화를 내지 않았다. 다만 그의 눈은 집요하게 이현의 눈동자를 찾아내 응시했다.

"렌즈 했구나. 원래 네 눈이 훨씬 예쁜데."

"야, 서하륜 이 새끼야! 지금 내 앞에서 뭐하는 짓이야!"

강현은 거의 미쳐 갔다. 꿈쩍도 하지 않는 하륜의 태도에, 하륜을 보자 흔들리는 듯한 이현의 반응에 미치기 일보 직전이었다. 그는 입술이 터진 하륜을 향해 다시 주먹을 치켜들었다.

"때리지 마!"

이현은 강현을 향해 버럭 소리를 질렀다. 주위에 적막이 흘렀다. 이현은 저도 모르게 소리를 쳐 놓고 흠칫 놀랐다.

"때리지 마……."

이현은 당황스러웠다. 그러면서도 하륜을 때리지 말라고 중얼거리고 있었다. 강현에게 미안했고, 하륜에게 마음을 들킨 것 같아 당혹스러웠다. 어디다 둬야 할지 모르는 이현의 눈빛이 바람 앞에 놓인 촛불처럼 흔들렸다.

"가자!"

하륜은 이현의 손목을 잡아끌었다. 이현은 하륜에게 잡힌 손목을 바라보다 강현에게로 시선을 돌렸다. 상처받은 강현의 눈에 눈물이 그렁그렁했다. 눈물을 흘리지 않으려고 인상을 잔뜩 쓰고 있는 강현에게 못할 짓을 하는 것 같아 발길이 떨어지지 않았다.

"가! 끝내고 와! 마지막으로 끝내고 와!"

강현이 내키지 않는 눈으로 소리 질렀다. 하륜은 이현을 이끌고 문을 빠져나갔다. 이현은 마지막까지 강현을 돌아보았다. 이현을 아픈 눈으로 바라보던 강현은 다시 한 번 소리쳤다.

"기다린다!"

문이 닫혔다. 강현은 깊은 한숨과 함께 털썩 바닥으로 주저앉았다. 날벼락을 맞았다. 서하륜이라는 날벼락을. 하지만 그는 약간의 위안을 받고 있었다. 이현이 저를 돌아보지 않은 채 쌩하니 가지 않았다는 것에.

"잘했어……."

그는 흥분해서 날뛰지 않고 대처한 것을 나름 다행이라고 생각했다. 하륜에게 빼앗기는 것이 아니라, 제가 보내 주는 걸로 하면 이현이 돌아올 여지가 있을 것 같았다. 이 상황에 그 생각을 할 수 있었던 스스로가 대견할 지경이었다. 하지만 그는 이내 울컥하고 눈물을 쏟아냈다.

아무리 인정하지 않으려고 해도 마음이 알고 있었다. 이현이 돌아오지 않을 거라는 걸.


벽난로의 불꽃이 혀를 날름거리며 열기를 발산하고 있었다. 하륜은 그 앞에 앉아 무슨 말을 먼저 꺼내야 할지 잠시 고민에 빠졌다. 택시를 타고 별장으로 오는 내내 이현은 창밖만 내다보며 말이 없었다. 왜 저를 찾아왔는지 묻지 않았다. 그저 착잡한 눈빛으로 빠르게 지나가는 풍경에만 몰두할 뿐이었다.

"너도 알 거다. 내가…… 말주변이 없다는 거."

"알아."

이현은 하륜과 조금 떨어져 앉은 채 나지막하게 대답했다. 이현은 세운 무릎을 두 팔로 감싸 안고 하염없이 불꽃만을 응시했다. 달리 시선을 둘 데도 없었다.

"마음을 표현하는 말에는 더 재능이 없다는 것도."

"알아."

의미가 담기지 않은 목소리였다. 하륜은 이현의 목소리를 듣는 게 아팠다. 제게 더 이상 감정이 없다는 듯 메마른 목소리가 그의 귀를 아프게 울렸다. 하륜은 이현을 바라보았다. 차분하면서도 왠지 슬퍼 보이는 이현의 얼굴이 불빛에 일렁였다.

"지금부터 내가 하는 말은 무조건 믿어 줘."

"……."

"좋아한다……."

"……!"

이현은 눈을 들어 하륜을 응시했다. 그의 말에 흠칫 놀라긴 했지만 믿을 순 없었다. 아무래도 하륜이 제 감정에 속고 있는 듯했다. 이현은 서재에서 현묵에게 울면서 했던 그의 말을 도저히 잊을 수가 없었던 것이다. 그 말을 못 들었으면 모를까, 이제 와 저를 좋아한다는 말을 어떻게 곧이곧대로 받아들일 수 있을까. 하륜의 마음을 이해할 수가 없었다.

"내가 보기엔……."

선뜻 말을 내뱉기가 어려웠다. 이현은 이미 마음이 기울어 있었다. 결심은 확고했다. 서하륜에게서 벗어나기로…….

"집착인 것 같아."

"뭐?"

"받고 싶었던 엄마의 사랑을 내게 빼앗겼다고 생각하잖아. 넌 내가 엄마 사랑의 집결체로 느껴질 거야. 마치 나를 소유하고 있으면 엄마의 사랑을 가진 것처럼……."

차분한 이현의 말에 하륜은 큰 충격을 받았다. 혼란스러웠다. 한 번도 그런 생각을 한 적은 없었다. 하지만 이현의 말을 듣고 보니 숨이 컥 막혀 왔다. 이 기분은 뭘까. 왜 이렇게 심장이 뻐근하게 아파 오는 걸까. 하륜은 아무리 파악하려 애써도 짐작조차 되지 않았다. 이현의 말이 정곡을 찔러서? 아님 크나큰 오해라 상처를 받아서? 하아, 알 수가 없었다.

"넌 엄마를 가지고 싶은 거야. 네 마음은 아직 엄마의 사랑이 필요한 어린아이 같아서 내가 필요한 거야. 엄마의 사랑을 온전하게 받고 있다고 생각하는 내가, 그래서 필요한 거야."

"아니……. 아니다……."

하륜의 목소리가 떨렸다. 그는 넋이 나간 눈으로 이현을 바라보았다. 힘껏 부정해야 하는데, 너무나도 엄청난 사실과 직면하게 된 순간 이성이 날아가 버린 사람처럼 멍해져서 혀가 굳어 버린 듯했다.

"어린아이가 곰 인형을 끌어안고 자는 것처럼 넌 그렇게 날 원하는 거야. 엄마의 사랑으로 똘똘 뭉친 인형……. 그게 나라고 생각하는 거야, 넌."

"아니라니까!"

하륜은 자리에서 벌떡 일어섰다. 그런 게 아니었다. 아니어야 했다. 그런데 어쩐지 자신이 없었다. 이현의 말이 백 퍼센트 아니라고 말할 자신이 없었다. 어쩌면 이현의 말처럼 그런 마음이 없지 않은 것도 같았기에.

하지만 그것만이 전부는 아니었다. 분명한 건 그거였다. 이현의 말이 전부가 아니라는 거, 그보다 더 큰 마음이 존재한다는 거.

하륜은 천천히 힘겹게 일어나는 이현을 아픈 눈으로 노려보았다.

"그런데 하륜아, 이제 우린 곰 인형을 껴안고 잘 나이는 지난 것 같아."

이현은 하륜에게로 한 발 내디뎠다. 하륜은 애틋한 눈으로 제게 다가오는 이현의 몸짓을 여전히 노려보고 있었다.

"곰 인형을 안고 자면 놀림감만 될 뿐이야. 그럼 상처받는 건 너야."

"모를 소리만 하잖아, 너……."

이현이 한 걸음 더 다가왔다. 하륜은 눈썹 사이에 힘을 주어 울컥한 마음을 억눌렀다. 이현이 하는 말이 어느 때보다 쉽게 다가왔다. 가장 어렵게 하는 말이, 가장 쉽게 이해되었다.

"하지만 고마워……. 아니라고 해 줘서……."

이현이 다시 한 걸음 떼었다. 하륜과는 이제 겨우 한 걸음 정도의
거리밖에 나지 않았다. 그는 하륜을 올려다보기 위해 목을 젖혔다. 잔
뜩 힘주어 찌푸린 하륜의 눈시울이 뜨겁게 붉어져 있었다.

"너도 알지? 내가 너한텐 독이라는 거……."

"아니라고, 제발……."

하륜의 목소리가 악에 받쳐 있었다. 하지만 그보다 깊은 슬픔이 깔
려 있었다. 완전히 부인할 수 없는, 마음 한구석의 찜찜함이 그를 괴
롭혔다.

"좋아해……."

하륜의 목에서 울음 같은 말이 허스키하게 흘러나왔다. 이현의 눈
이 놀람으로 조금 커졌다. 하륜의 눈동자가 눈물로 여울졌던 것이다.
그러자 이현의 심장도 울컥, 눈물이 차올랐다.

"모든 게 다 내가 어리석어서……!"

왈칵.

이현은 하륜의 가슴으로 파고들었다, 더는 아무 말도 말라는 듯.

하륜은 가슴이 먹먹해져 말을 이을 수가 없었다. 놀란 그의 눈에서
굵은 눈물이 뚝 하고 떨어졌다. 이현은 하륜의 허리를 감싸 안고 그의
가슴에 볼을 비비었다.

"말하지 마……. 돌이키기엔 내 마음이 너무 너덜해졌어……."

"아……."

"네 말을 순수하게 믿지 못할 만큼…… 너덜해졌어……."

"내가 노력……."

"쉬고 싶어……."

이현은 입술을 깨물었다. 울어선 안 된다며 스스로를 재우쳤다. 이번에야말로 확실하게 하륜을 밀어내야 했다. 그래야 그가 편해질 테니까. 이현이 마음을 졸이며, 심장을 끊어 내며 내린 결론은 그랬다. 서하륜은 제게서 벗어나야 행복해진다고.

저 역시 그에게 벗어나고 싶었다. 그를 평생 그리워하며 살아간다 해도, 지금은 벗어나고 싶었다. 저를 사랑하지 않는 그를 보는 것도, 왜곡된 사랑을 고백하는 그를 보는 것도 괴롭긴 마찬가지였으니까. 아니, 저를 사랑한다고 착각하는 그를 보는 게 백배는 더 괴로웠다.

약혼으로 그에게서 벗어나길 바랐다. 제 약혼으로 그의 앞날에 도움이 되고 싶었다. 이제껏 그의 것을 빼앗기만 하고 아픔만 주었던 저이기에, 꼭 한 번은 그에게 도움이 되고 싶었다. 하지만 이젠 그것도 어렵게 되었다. 강현은 이현을 용서하겠지만, 이현으로서는 강현에게 돌아갈 수 없었다. 그건 강현에게 못할 짓이었다. 그와 약혼을 하면 최소한 그를 좋아해 보려고 노력은 하려고 했었다. 그랬기에 약혼도 감행할 수 있었던 것이다.

그런데 이젠 아무것도 하륜에게 줄 것이 없었다. 그를 위해 해 줄 수 있는 게 없었다. 이현은 하륜을 떠나야겠다고 결심한 것보다 그에게 아무것도 줄 것이 없다는 것에 더 마음이 미어졌다.

제가 줄 수 있는 것…….

그중에 가장 귀한 것, 그리고 오로지 저만이 줄 수 있는 것.

이현은 그것이 무엇인지 본능적으로 깨달았다. 그녀는 하륜에게서 벗어나 고개를 떨구었다. 충격과 슬픔, 그리고 혼란으로 뒤범벅된 하륜의 눈빛을 도저히 마주할 자신이 없었다. 그녀는 가느다란 손을 뻗어 하륜의 심장 위에 살며시 올려놓았다. 하륜이 시선을 내려 이현의 손을 아프게 바라보았다.

"날 좋아한다고 했지? 말로는 마음에 와 닿지 않아……."

"……?"

"보여 줘……."

"……뭐?"

"날 좋아하다는 네 말…… 느껴 보고 싶어……."

"……!"


하준은 뒤늦게 리조트에 도착했다. 리조트 내 와인 바로 강현을 부른 하준은 이미 술에 취한 그를 부축해 앉는 걸 도왔다. 강현은 하준을 보고 피식 웃었다.

"형제가 차례로 찾아와 날 말려 죽일 셈인가요?"

"미안하다."

하준은 사과부터 했다. 상황이야 어찌 되었을지 뻔했다. 그는 하륜을 대신해서 강현에게 머리를 숙였다.

"형님이 왜요! 형님이 뭔데 대신 사과합니까!"

강현이 눈에 독기를 품고 대들었다. 겨우 억누르고 있었는데 하준을 보자 다시 분노가 치밀었다.

"내 동생이니까."

하준은 그 말을 하는데 가슴이 먹먹하게 저려 왔다. 처음이었다. 하륜을 두고 '내 동생'이라 말하면서 이토록 가슴이 울컥한 적은.

"하륜이 마음이 삐딱하게 자란 건 내 탓도 커. 그 녀석은 날 형이라고 엄청 따랐는데…… 난 동생이라고 하면서도 늘 거리를 뒀어. 내가…… 그래, 나만이라도 하륜일 진심으로 사랑해 줬다면 그 녀석도 사랑받고 사랑하는 것에 솔직했을 거다."

"왜 그런 말을 하는 겁니까! 지금 아픈 건 저라고요. 서하륜은 승리자예요! 그런데 왜 그 녀석 편만 드는 겁니까! 아무리 동생이라고 해도……."

"내가 보기엔 너희 셋…… 누구도 승자는 없는 것 같다."

하준은 강현의 어깨를 꽉 감싸 쥐었다. 힘들어하는 그의 마음을 충분히 이해할 수 있었다. 표현의 정도 차이는 있어도 좋아하는 그 마음은 진실했을 테니까.

"다들 사랑 때문에 아파하지."

강현은 주먹을 꽉 쥐었다. 하준 말이 틀리진 않았다. 하륜도 남의 약혼을 망쳐 놓기까지 쉽진 않았을 것이다. 아무리 제멋대로인 서하륜이라고 할지라도, 약혼자 앞에서 약혼녀를 강탈해 갈 땐 뼈아픈 고뇌와 아픔이 있었을 것이다. 하지만 지금 이현은 하륜과 함께였다. 그것만으로도 모든 게 보상되지 않았을까.

"그렇게 성장하는 거라고 생각해라."

"저는 서하륜을 용서하지 않을 겁니다. 이현이도 보내 주지 않을 겁니다! 전 패배자가 되기 싫어요!"

"사랑에 패배자가 어디 있어? 그렇게 생각한다면 너야말로 집착이다. 하륜이를 욕할 게 아니군."

"형!"

강현이 하준을 노려보며 소리쳤다. 약이 오를 대로 오른 강현이었다. 하지만 매서운 하준의 눈과 마주치자 조금 수그러들었다.

"강현아, 난 이현이가 널 선택했을 땐 너한테도 그만한 장점이 있다고 생각했다."

"이현인 하륜일 잊기 위해 절 이용한 겁니다. 그렇지 않았으면 저와 약혼하지도 않았을 거예요. 얼마 전까지만 해도 약혼은 하지 않을 거라고 말했거든요. 그런데 갑자기 변했어요. 갑자기 저와 약혼하겠다고 했어요. 절 좋아해 보겠다고, 노력하겠다고 그러면서……."

"그건……."

"서하륜이 아니었음 이현이가 졸업하자마자 저와 약혼하겠다는 결심, 하지 않았을 거예요. 전 알아요. 이현인 모든 것에서 독립할 생각을 하고 있었으니까. 새 출발을 꿈꾸고 있었으니까요!"

"그래서 이현일 탓하는 거냐?"

"그건……!"

강현은 제 머리를 쥐어뜯었다. 웃는 얼굴로 정곡을 찌르는 말을 툭툭 잘도 내뱉는 하준이 만만찮은 상대라는 건 알았지만, 지금 이 순간처럼 하준의 그런 점이 원망스러운 적은 없었다.

"너 알면서도 허락한 거잖아. 어쩌면 오늘, 하륜이가 이현일 빼앗아 갈지도 모른다는 생각 한 거 아냐? 그래서 일부러 여행이란 이름으로 피해 있었던 거 아니냐고."

강현은 두 팔 사이에 얼굴을 감추고 흐느꼈다. 하준의 말에 반박이라도 할 수 있었으면 조금은 덜 비참했을까. 그는 하준의 말에 아무런 대꾸도 할 수 없었다.

하준의 말대로였다. 그는 오늘 하루가 가장 불안한 날이 될 거라고 예상했었다. 가능하면 하륜과 멀리 떨어져 있고 싶었다. 이현이 가까운 곳에서 쉬는 것까진 괜찮지만 멀리 가는 건 꺼려했기에 더 멀리 도망가지 못한 게 아쉬울 뿐이었다.

"부탁한다, 강현아."

하준은 눈물범벅인 눈으로 저를 바라보는 강현에게 못할 짓이라고 생각하면서도 망설일 순 없었다.

"이현이가 없으면 넌 당분간 아프겠지만……. 하륜인 죽는다."

"……!"

"너한테 이현인 좋아하는 여자아이 하나에 불과하지만 하륜이에게 이현인······."

하준은 울컥 치미는 뜨거운 무언가가 목구멍을 막아 잠시 숨을 골라야만 했다.

"전부다."

실오라기 하나 걸치지 않은 이현의 몸은 달빛 아래서 춤을 추는 여신의 몸처럼 아름다웠다. 이미 한 번 본 몸이지만 새삼스러울 만큼 놀랍고도 신비했다. 우유로 빚어 놓은 조각상처럼 윤기 흐르는 알몸은 보고 있는 것만으로도 숨이 막힐 만큼 빛이 났다. 하륜은 이현의 옷을 전부 벗기고 제 옷도 다 벗었지만 섣불리 그녀에게 손을 대진 못하고 있었다.

이현이 하얀 이불 위에 누운 채 몸을 떨었다. 그녀는 한쪽 무릎을 세워 다른 쪽 다리 위로 비스듬히 올려놓으며 은밀한 곳을 최대한 가리기 위해 애썼다. 가느다란 한 팔로 가슴을 그러안아 옹색하게나 이미 그에게 만져진 적 있는 젖가슴도 감추었다.

이현은 하륜의 시선만으로도 몸이 떨렸다. 검은 머리카락을 하얀 침대보에 흩트린 채 손등을 잘근잘근 씹는 그녀의 입술이 붉디붉었다. 핏빛으로 물든 입술이 파르르 떨렸다가 바싹 말라 갔다.

금방이라도 방울방울 눈물을 쏟을 것 같은 이현의 눈동자가 하륜의 시선을 피해 옆으로 비껴 있었다. 하륜은 이현의 턱을 와락 움켜쥐어 제게로 고개를 돌려놓았다.

'정이현, 넌 나만 바라보고, 나만 인식하고, 나만 품으면 돼, 나만······. 그래, 넌 나만 사랑하면 된다. 내가 네 목을 조르고, 네 심장을 손에 쥐고 비튼다고 해도 넌 나만 사랑하면 돼. 나를 만난 순간부터 네 운명은 그렇게 정해진 거다.'

하륜은 이현의 눈을 집요하게 응시하며 마음으로 외쳤다. 간절했다. 그녀의 눈동자에 담긴 제 얼굴이 그녀의 심장에도 이렇게 박히길 바랐다.

'신 따윈 없다, 정이현. 네가 사랑하는 네 신도 나를 꺾을 수는 없어. 아무것도 나를 바꿀 수 없어. 너 외엔 그 어떤 것도 나를 바꿀 수 없다…….'

하륜은 이현의 입술로 다가갔다. 제 간절한 마음이 그녀에게도 전해지길 바라는 마음으로 그녀의 입술을 삼켰다. 그에겐 첫 키스와도 같은 입맞춤이었다. 이현의 입술과 닿자 날카롭고도 달콤한 감각이 심장을 관통했다. 전과는 확연하게 다른 감각이었다. 흠칫 놀란 하륜은 이현에게서 입술을 뗐다.

단지 입술이 맞닿았을 뿐인데도 하륜은 단전 아래가 아릿하게 뜨거워지는 것을 느꼈다. 그는 그 순간 새삼 깨달았다. 정이현은 서하륜에게 치명적이라는 것을. 치명적일 정도로 사랑한다는 것을…….

그는 손을 뻗어 이현의 볼을 쓰다듬었다. 이현은 하륜의 손이 제 얼굴에 닿자 지그시 눈을 감고 음미했다. 따뜻하고 커다란 손이 제 볼을 감싸는 느낌이 좋았다. 마음이 편안해졌다. 조금 전의 그 두려운 떨림은 거짓말처럼 사라졌다.

그의 손이 이현의 목을 타고 내려왔다. 손등으로 부드럽게 쓸며 쇄골까지 내려온 그의 손이 쇄골을 따라 섬세하게 움직였다. 긴장한 이현의 가슴과 배가 눈에 띄게 울렁거렸다. 여자의 몸이 이렇게 섬세하고도 유려했던가! 하륜은 놀라움과 감탄의 연속에 놓여 있었다.

그의 손이 과감하게 이현의 젖가슴을 부드럽게 감쌌다. 손아귀에 동그랗게 들어오는 젖가슴……. 손바닥에도 심장이 달렸던가. 손바닥을 통해 온몸으로 전율이 퍼져 나갔다. 저릿하고 아릿한 떨림, 그리고 잔인하도록 달콤한 흥분.

"아아."

이현이 흠칫 몸을 떨며 신음했다. 하륜은 젖가슴에 머물렀던 시선을 들어 그녀의 얼굴을 응시했다. 여자의 야릇한 신음. 바람에 아스러지는 나뭇잎처럼 살랑이면서도 한겨울 나뭇가지에 매달린 고드름처럼 날카로운 떨림 소리. 이현의 신음 소리마저도 신비한 선율처럼 하륜의 심장을 에워 왔다.

이상한 노릇이다. 젖가슴을 잡힌 건 이현인데, 왜 제 심장이 움찔 떨려 오는지 하륜은 이해할 수 없었다. 그러다 그는 깨달았다. 어쩌면…… 이현의 심장과 자신의 심장이 이어져 있는 건지도 모르겠다고. 그래서 그녀의 떨림이 제게로 고스란히 전해지는 것일지도 모른다고.

'내 낙원…….'

하륜은 다시금 이현의 얼굴을 쓰다듬으며 그녀의 눈을 찾았다. 렌즈를 뺀 이현의 푸른 눈동자가 저를 응시하고 있었다.

'나는 네게 지옥이었겠지만…… 너는 내게 낙원이었다.'

어떻게 다가가야 할지, 어떻게 사랑해야 할지, 잠깐 길을 잃은 아이처럼 망설이던 하륜은 조심스럽게 이현에게 키스했다. 조심스러웠다. 제 손길에 이현이 산산조각 날까 봐 두려웠다. 하지만 이젠 그녀를 가지지 않으면 제가 죽을 것만 같았다. 멈출 수는 없었다.

부드럽게……. 그러나 간절하게.

하륜은 이현의 입술을 핥고 쓸어내리며 나지막한 목소리로 애원했다.

"날 버리지 마……."

"……."

이현은 손을 뻗어 하륜의 등을 감싸 안았다. 그런 뒤 그녀는 용기를 내어 입술을 열었다. 그가 안으로 들어올 수 있게 길을 내어 주었다. 하륜은 이현의 입술을 잘근잘근 물어뜯다가 길이 열리자 무람없이 혀를 집어넣었다.

"으음."

이현의 목에서 억눌린 신음이 흘러나오자 하륜은 더욱 자극받았다. 이현의 목소리가 그 어떤 음악보다도 더 아름답게 그의 마음을 울렸다. 그는 수줍게 피해 다니는 그녀의 혀를 제 혀로 옭아매고 쪽 빨아 당겼다. 타액과 뜨거운 혀가 스치면서 춥춥 야릇한 소리를 만들어 냈다.

현란하게 공격하는 혀놀림에 숨이 막힌 듯 헐떡대는 이현을 위해 하륜은 그녀의 입안에서 혀를 빼냈다. 발그레해진 그녀의 양 볼과 코끝에 입을 맞춘 그는 입술로 미끄럼을 타듯 그녀의 목을 타고 내려왔다.

이현이 몸을 꼬며 점점 가빠지는 숨을 몰아쉬었다. 하륜은 탐스럽게 여문 이현의 젖가슴을 와락 집어삼켰다.

"아훗……."

이번엔 이현이 상체를 들어 올리며 비틀었다. 하륜은 이현이 제게서 벗어나려는 줄 알고 조바심이 났다. 그는 한 손으로는 이현의 어깨를 누르고 다른 한 손으로는 그녀의 허벅지 안쪽을 쓰다듬었다.

추웁.

그는 입안에서 앙증맞게 혀를 자극하는 앵두알을 쪽 빨았다가 다시 와락 삼켰다. 다시없는 달콤하고도 사랑스러운 장난감이었다. 아무리 혀로 휘감아 돌려도, 혀끝으로 튕기듯 핥아도, 입술로 터트릴 듯 쪽쪽 빨아 당겨도 질리지 않고 사랑스러운 최고의 장난감.

"아아아, 아윽······."

이현이 다시금 가슴을 들어 올리며 몸을 비틀었다. 하륜의 손이 검은 숲을 헤치고 이슬 맺힌 꽃잎을 쓰다듬자 불에 덴 듯 그곳이 뜨거워졌던 것이다. 이현은 지금 이 순간만큼은 하륜을 믿고 싶었다. 그의 말을 믿고 싶었다. 저를 좋아한다는 그 말을.

하륜은 활어처럼 유연하게 몸을 휘었다가 비틀기를 반복하는 이현의 몸짓이 좋았다. 사랑스럽다 못해 으스러질 만큼 꽉 안아 주고 싶었다. 그녀의 모든 걸 제 안으로 흡수해 간직하고 싶을 만큼.

그는 이제 이현의 몸 안으로 들어갈 준비가 완벽히 되었다. 제 손에 닿는 이현도 촉촉이 젖어 들고 있었다. 하륜은 이현의 다리 사이로 들어가 자리를 잡았다. 부끄러움에 할딱이면서도 제게서 시선을 떼지 않는 이현을 내려다보던 하륜은 그녀의 입술을 다시금 삼켰다.

낙원으로 발을 들여놓기 전, 하륜은 이현이 제 키스에 중독되길 바랐다. 제 입술이, 제 혀가 그녀의 입술과 혀를 희롱하는 동안 아픔도, 두려움도 다 잊길 바랐다. 그는 천천히, 아주 천천히 그녀의 꽃샘으로 몸을 밀어 넣었다.

"으윽!"

이현이 하륜의 어깨를 밀어내려 안간힘을 썼다. 그러나 단단한 하륜의 어깨는 꼼짝도 하지 않았다. 그녀는 그의 입술에서 벗어나는 것조차 성공하지 못했다. 죽을 것 같은 긴장감과 날카로운 아픔과 터질 것 같은 낯선 감각이 그녀의 숨통을 조여 왔다. 그러나 하륜은 이현의 입술을 놓아주지 않았다. 더욱 집요하게, 더욱 거칠게 몰아쳤다.

머릿속이 하얗게 타올랐다. 이현은 하륜이 제 몸 안으로 밀고 들어오자 아랫도리가 꽉 찬 느낌에 숨이 찼다. 아팠지만, 아픔보다 더 아픈 행복감이 밀물처럼 밀려 들어와 가슴이 벅찼다. 그가 제 몸 안에

219

들어와 있다는 감각은 그 어떤 감각보다도 짜릿하고 따뜻한 황홀함을 선사했다.

하륜은 몸을 반쯤 담근 채 하염없이 이현에게 입을 맞추었다. 눈가에 맺힌 작은 이슬이 그녀가 아파한다는 것을 알게 했다. 하지만 그는 자신이 결코 멈출 수 없다는 것도 알고 있었다. 저로 인해 이현이 찢기고 상처 입어 석류처럼 붉은 피를 흘린다고 해도 멈추지 못할 것이 분명했다.

그는 조금 더 깊숙이 제 몸을 찔러 넣었다. 어김없이 이현의 입에서 아픈 신음이 흘러나왔다. 그는 이현의 머리를 쓰다듬으며 귓불을 핥았다.

"울지 마라, 이현아……."

'다시는, 두 번 다시는 널 울리지 않겠다고 결심했다. 내 심장을 파내어 까마귀에게 파먹히는 한이 있어도, 널 울리는 일은 절대 하지 않겠다고 맹세했다. 그러니 울지 마, 정이현…….'

그는 좀 더, 좀 더 허리를 낮게 내리며 뜨거운 제 분신을 이현의 습습한 꽃샘으로 끝까지 밀어 넣었다. 그렇게 하지 않으면 제 몸에서 일어나는 불길을 끌 수 없을 것 같았다.

그는 이현에게 몸을 담그고 그녀의 입술에 미친 듯이 키스를 퍼부으면서 간절하게 울부짖고 있었다. 저를 사랑해 달라고, 내가 널 사랑한다고.

"하아, 하……."

"사랑한다, 정이현."

더는 이현을 아프게 하고 싶지 않았지만, 지금 이 순간만큼은 그녀를 배려할 수가 없을 것 같았다. 처음 느껴 보는 그녀의 안은 마치 신비스러운 숲 속 같아서 하염없이 빠져들었다. 더 가 보면 무엇이 있을지 궁금해 미칠 것만 같았다. 아무리 달리고 달려도 만족스럽지 못해, 성마르게 몸을 움직여 이현을 채근해 봐도 그는 만족스럽지 못했다.

"하윽, 조금만 천천히……."

"미안해, 내 맘처럼 조절이 안 돼."

하륜은 천천히 움직여야 한다는 걸 알았지만 생각처럼 쉽지가 않았다. 가능하면 천천히, 엉덩이와 허벅지에 힘을 주어 움직였지만 그것마저도 이현에게는 버거운 듯했다. 자꾸만 아래에 힘을 주어 좁히는 그녀 때문에 하륜은 금방이라도 아랫도리가 터질 것 같았다. 그는 한 손으로 이현의 목을 감싸 안고, 다른 손으로는 그녀의 허벅지 안쪽을 들어 올리듯 감싸 쥐었다.

살과 살이 맞닿는 소리, 그가 그녀의 안으로 들어가는 소리, 그가 그녀의 안에서 나오는 소리가 미묘하게 어우러지며 세상에서 가장 아름다운 화음을 만들어 냈다. 그 위에 이현의 달뜬 신음과 인내하는 듯 간간이 내뱉는 하륜의 낮은 신음이 얹어지면서 더없이 색스러웠다.

질척이는 소리가 그녀 안에 제가 있음을 끊임없이 일러 주지만, 하륜은 이 순간이 꿈인지 아닌지 자신이 없었다. 그는 확인받고 싶은 마음으로 더욱 몸을 재우쳤다. 단단한 그의 엉덩이가 탄력 있게 움직였다. 이현은 하륜의 가슴을 부여안고 애달프게 울먹였다.

"아웃, 하아, 하아, 흐윽……."

행복했다. 아이러니하게도 하륜이 처음으로 발을 들여놓은 곳은 불로 달군 단단한 무언가가 찔러 대는 것처럼 아프고 힘들었지만, 마음만은 그로 인해 행복했다.

하륜이 제 안에 있다는 것도, 그와 은밀한 사랑을 나눈다는 것도 모두 행복했다. 사랑을 나눈다는 것이 이토록 아름답고 따뜻한 행위인지 짐작도 못 했던 일이었다. 그녀는 제가 행복한 만큼 하륜도 이 순간만

큼은 행복하길 바랐다. 빈 가슴이 따뜻함으로 다 채워진 듯한 느낌이
길…….

그가 절정으로 내달렸다. 이현은 이미 죽을 것 같은 희열로 절정을
맞았지만, 그가 몸을 더욱 재우치자 다시 열락의 계단을 밟기 시작했
다. 심장이 터질 것 같은, 감당하기 어려운 쾌락이 몸을 휘감자 그녀
는 아찔해졌다. 벼랑 끝에 매달려 떨어지지 않으려 안간힘을 써 대는
것처럼 그녀는 하륜의 목을 끌어안고 매달렸다. 그렇게라도 하지 않으
면 정말이지 죽을 것만 같았다.

"좋아해……."

하륜은 절정의 쾌감에서 아직 완전히 벗어나지 못한 상태로 멍해지
고 말았다. 이건…… 분명 이현의 목소리였다. 그런데 믿어지지가 않
았다.

'날 좋아한다고? 죽이고 싶도록 증오하는 게 아니라?'

두 눈에 눈물을 그렁그렁 매달고 숨을 삼키듯 읊조리는 이현의 목
소리가 너무나 아팠다.

"아주 어렸을 때부터 주욱……. 그래, 언제인지 기억도 나지 않아.
그때부터 널 좋아했어. 네가 날 모욕하며 업신여겨도 난…… 등신처
럼 널 좋아하는 걸 멈출 수가 없었어. 하지만 네 패악을 다 받아 준
건 그 마음 때문만은 아니었어."

도대체 무슨 소리를 하는 걸까? 하륜은 뇌가 딱딱하게 굳은 듯 이
현의 말을 전부 이해할 수가 없었다. 그는 아직 이현의 안에 있었고,
그녀 또한 하륜을 밀어내지 않았다. 뜨겁게 상기된 그녀의 볼과 호흡
이 좀 전의 절정을 여지없이 증명하고 있었다.

"네게 가장 소중한 걸 내가 빼앗았으니까……. 그래서 네가 더 상
처받았으니까. 그래서 그랬어. 나는 네가 가장 가지고 싶었던 것을 빼

앗은 죄로 너무 행복했으니까, 네게 사죄를 해야 한다고 생각했어."

"그래서 내 잔인한 마음을 다 받아 주었다고?"

"서하륜, 너 그거 알지? 내가 너한테만 자존심을 조금도 내세우지 않았다는 거. 내 자존심을 짓밟아도 묵인해 준 사람은 너뿐이야. 하지만 그런 내게도 너에게 지키고 싶었던 자존심이 있었어."

이현이 밀어내자 하륜은 서서히 몸을 빼냈다. 이현은 몸을 일으켜 앉으며 이불을 끌어당겨 안았다. 그리고는 하륜을 외면한 채 말했다.

"죽어도 널 좋아한다고 말해 주지 않으려고 했어. 그것만이 네게 내세울 수 있는 유일한 내 자존심이었으니까."

"그런데 어째서……."

그런데 어째서 오늘 밤 자진해서 내게 안긴 걸까? 왜 사랑을 나눈 뒤 좋아한다고 고백하는 걸까. 마지막 자존심을 내버리면서까지, 왜…….

하륜은 문득 불안해졌다. 그리고 그 불안은 현실이 되었다.

"내 몸에 이어 내 마음까지 다 가졌으니 이제 됐지?"

"뭐?"

"이제 더는 날 찾지 마."

이현은 이불로 몸을 감싼 채 침대 아래로 내려섰다. 아랫배 아래로 찾아드는 낯선 통증에 잠시 휘청거렸다. 하륜은 이현을 잡아 줄 생각도 못 한 채 얼이 나가 버렸다.

'날 버리지 마라, 정이현…….'

녀석은 나를 등진 채 한숨처럼 중얼거렸다.

"더는 내게 미련 갖지 마. 넌 내가 아니어도 되잖아, 그치? 널 사랑해 줄 사람이라면 누구라도 상관없을 거야. 그러니까…… 이제 제발 날 놓아줘."

이현의 말이 머릿속에서 벌 떼처럼 윙윙거리며 날아다녔다. 단어들이 모조리 분리되어 떠돌 뿐 문장이 되어 해석되지 않았다. 하륜은 미칠 것 같았다. 이대로 머리가 터져 나갔으면. 그녀의 말을 이해할 바엔.

"이제 그만 끝내자, 우리."

"정이현······."

"그런 목소리로 내 이름 부르지 마."

이현이 고개를 슬쩍 돌린 채 아프게 외쳤다.

"그 목소리로 내 이름 부를 때마다 내가 매번 얼마나 기대했는지 알기나 해? 내가 얼마나 설레었는지 넌 짐작도 못 할 거야. 하지만 이젠 다 지겨워. 서하륜이라면 치가 떨려."

제 말이 하륜에게 모질 거라는 생각은 들었지만 어쩔 수 없었다. 이렇게 하지 않으면 하륜이 놓아주지 않을 것이다. 이현은 그의 품에 안겨 행복했지만, 그에게서 멀어지는 것이 그를 위한 일이라는 생각은 변함이 없었다.

그를 밀어내야만 했다. 제게서 진정으로 떨어져 나가게 만들어야 했다. 그래야 하륜이 행복한 일상을 되찾을 수 있을 것 같았다. 빼앗긴 엄마의 사랑과 버무려진 질투와 부러움으로 인한 집착을 사랑이라고 착각하며 살아선 안 되는 거니까······.

"날······ 좋아한다고 하지 않았나, 지금?"

"좋아해! 좋아한다고 했어! 하지만 그 이상으로 널 미워해."

하륜에게로 휙 돌아서며 소리치는 이현의 눈에서 눈물이 뚝뚝 떨어졌다.

"나, 너 없는 곳에서 새롭게 시작하고 싶어. 네가 놓아주지 않으면 난 이 세상을 놓아 버릴 거야."

하륜은 좀 전의 일이 꿈만 같았다. 일어나지 않은 환상 같았다. 분명 이현도 저도 서로 마음이 닿았다고 생각했었다. 단지 육체적으로만 이어진 것이 아니라, 서로의 마음이 깊숙이 닿았다고 믿었었다. 그런데…….

이현의 말이 농담으로 들리지 않기에 충격이 컸다. 하아…… 진심이란 생각이 들었다. 그만큼 이현이 제게서 벗어나고 싶다는, 죽고 싶을 만큼 자신이 밉다는 말이다.

'좋아하는 마음 따윈 어떻게 돼도 상관없을 만큼…… 내가 싫다는 뜻이군…….'

얼마나 시간이 지났을까.

하륜은 먹먹해진 가슴으로 잠시 시간을 잃었다. 정신을 차려 보니 이현이 옷을 챙겨 입고 방문 앞에 서 있었다.

"너도 인간이라면…… 지금만이라도 인간으로서 최소한의 배려라는 것을 해 봐. 부탁이야."

"널 놓아 달라는 건가?"

"그래."

심장에 물이 찼다. 어쩌면 그는 이 물 때문에 숨을 쉴 수 없어 익사할지도 모르겠다. 하지만 이미 결심하지 않았던가. 다시는 나로 인해 이현이 눈물을 흘리지 않게 하겠다고.

"가도 되지?"

"……."

"가도 되지, 서하륜!"

이현은 발악하듯 소리쳤다. 하륜에게 대답을 강요했다. 제 결심은 뚜렷했지만, 하륜이 인정하지 않으면 소용없었다. 그의 입에서 가도 된다는 대답이 나오게 해야 했다. 그래야 그도 저와는 인연이 끝났다는 것을 인정할 수 있을 테니까.

"……그래……."

하륜은 차마 이현을 쳐다볼 수가 없었다. 잠시 할 말이 있는 듯 원망스러운 눈으로 하륜을 바라보던 이현이 방문을 열고 나가 버렸다. 순간, 정적이 찾아왔다. 하륜은 밀랍인형처럼 그렇게 굳어 버렸다. 아무 생각도, 아무 행동도 할 수 없었다.

'이제 끝이구나, 나의 낙원……. 유일하던 나의 안식처이자, 나의 사랑…….'

눈물 한 방울이 뚝 하고 침대보 위로 떨어졌다. 이현의 상처 입은 마음처럼 붉은, 그녀가 자신에게 안겼다는 흔적 위로.

❀　　　❀　　　❀

사흘 밤낮을 앓았다. 하륜은 누군가에게 죽지 않을 만큼 두들겨 맞은 것처럼 몸도 마음도 다 아팠다. 손가락 하나 까딱할 수 없었고 물 한 모금 넘기기 어려웠다. 의식조차 가물가물해 눈을 뜨고 있어도 세상은 온통 어둠뿐이었다. 식은땀으로 몸이 축축하게 젖어도 그의 가슴에 찬 눈물에 비하면 아무것도 아니었다.

박 교수가 하륜을 살펴보고 나오자 하준은 문밖에서 기다렸다가 조급하게 물었다.

"어떤가요?"

"누구보다 강한 정신력을 가진 놈이라고 생각했는데. 어디서 저렇게 망가진 거냐, 도대체?"

박 교수는 도무지 이유를 알 수 없다는 듯 머리를 내저었다. 하준은 짐작 가는 바가 있으나 입 밖에 내지 않았다.

"마음의 병은 약으로 못 고쳐. 너희 엄마 봐라. 정신착란까지 갔지만 약은 소용이 없었지. 그러다 이현이가 나타나면서 정상생활이 가능할 정도로 좋아지지 않았냐."

하준은 할 말이 없었다. 하륜의 병이 어디에서 비롯되었는지는 알 것 같았다. 하륜이 강현에게서 이현을 빼앗아 간 뒤, 강현과 이현의 약혼은 없었던 걸로 처리되었다. 이현이 사라진 걸 알고 은린이 강력하게 반대하고 나선 것이다.

하준은 은린이 그토록 화를 내며 강하게 나오는 건 그때 처음 보았다. 난감해진 현묵은 함께 추진하기로 한 리조트 이윤의 일부를 포기하는 걸로 사죄하고 약혼은 없었던 일로 마무리 지었다.

"저러다 멀쩡한 놈 하나 잡겠다. 짐작 가는 것도 없냐? 하, 저건 살기를 포기한 놈 같잖아! 차라리 독기 품은 호랑이 새끼 같았던 예전이 훨씬 보기 좋구나."

"마음 써 주셔서 감사합니다."

하준은 박 교수를 배웅했다. 그는 주치의기도 했지만 현묵과는 오랜 친구라 친인척과도 같은 존재였다. 하준이 박 교수를 배웅하고 오자 은린이 현관 앞에서 그를 기다리고 있었다.

"하륜 군은 좀 어때?"

"그냥 그래요."

"하연이 때문이지?"

은린이 두 손을 모아 쥐고 안타깝게 물었다.

"하연이와 함께 나갔다면서 돌아올 땐 혼자였어. 그 뒤로 저렇게 아프잖아. 응? 하륜 군이 저렇게 아픈 건 하연이 때문이지?"

"그런 것 같아요."

하준은 씁쓸하게 웃었다. 은린은 제가 한 번 봐야겠다며 2층으로 향했다. 정신은 맑아지는 대신 부쩍 건강이 나빠진 은린이었다. 그는 은린을 부축했다. 은린은 침대에 가만히 앉으며 하륜의 얼굴을 살폈다. 그새 얼굴이 많이 상해 있었다.

"어떡하니……. 이러다 큰일 나겠다. 하연일 불러야겠어."

"소용없어요, 어머니."

"어째서?"

은린은 하준을 올려다보았다. 하준은 곤란한 눈으로 하륜에게로 시선을 돌렸다.

"하연인 오지 않을 겁니다. 두 사람…… 다시는 만나지 않기로 했답니다……."

"어째서?"

은린은 자리에서 일어나다 휘청거렸다. 어찔했다. 하준이 은린을 부축했다.

"그렇게 결정했답니다. 이현이…… 아니, 하연이가 그렇게 하길 원했고, 하륜인 하연이가 원하는 대로 해 주기로 했답니다."

"하연이가?"

강현과 약혼하기로 결심했다는 이현이에게 하륜을 좋아하는 게 아니었냐고 물었던 생각이 났다. 그때 이현인 제가 곁에 있어 봤자 그는 불행할 뿐이라고 쓸쓸하게 대답했었다.

"날 보러 오라고 해야겠다, 하준아. 날 보러 오라고 하면 하연이도 거절하지 못할 테니까."

은린은 서둘러 아래층으로 내려갔다. 그녀는 방으로 들어가 휴대전화를 집어 들었다.

[여보세요.]

"하연이 아니니?"

[안녕하세요. 저 영미예요. 지금 이현, 아니 하연이가 좀 아파서 전화받기가 그래서요.]

"하연이가 아파?"

[네. 며칠 전부터 몸살기가 있다더니…….]

은린은 마음이 무거웠다. 이현이도 하륜처럼 아픈 걸 보니 마음이 편치 않았다.

"영미 양, 지금 내가 찾아가도 될까?"

[얼마든지요. 아무 때나 대환영이에요, 어머니.]

전화를 막 끊으려고 할 때였다. 전화를 건네받은 이현이 다급하게 은린을 찾았다.

"그래, 하연아. 엄마야. 몸은 괜찮니?"

[몸살이에요. 이제 많이 좋아졌어요. 어쩐 일이세요?]

"그게……."

은린은 문 앞에 와 선 하준을 돌아보았다.

"엄마가 너 보고 싶어서. 파혼한 것 때문에 집에 오는 거 면목 없어하는 거 알지만, 그래도 엄마는 네가 마음이 쓰여서……."

[갈게요, 제가.]

"몸도 안 좋은데 괜찮겠니?"

[괜찮아요, 이제.]

"그래."

은린은 전화를 끊고 어두운 표정으로 한숨을 푹 내쉬었다. 하준이 다가와 은린의 손을 잡아 주었다.

"하준아, 난 왜 이 모든 게 다 내 탓인 것 같을까?"

"왜 그런 생각을 하세요."

"모르겠다. 그냥 다…… 다 내 탓인 것 같아."

"아닙니다."

하준은 은린을 다정하게 안았다. 마치 어린아이를 다루듯 등을 쓰다듬으며 힘들어하는 그녀의 마음을 어루만져 주었다.

"세상에……!"

은린은 이현의 얼굴을 보자마자 기가 막힌 듯 두 손으로 입을 가렸다. 이현 역시 얼굴이 말이 아니었다. 심하게 앓았던 흔적이 얼굴 곳곳에 스며들어 있었다.

"그러게 왜 집은 나가서 그 고생이니! 아파도 엄마가 돌봐 줄 수도 없는데!"

은린이 이현을 끌어안고 등을 쓰다듬었다. 그새 더 마른 것도 같았다.

"이번 몸살이 좀 독하더라고요. 이제 괜찮아요. 영미가 죽 끓여 줘서 잘 먹고 있어요."

"고생 그만하고 집으로 들어와라, 응? 난 처음부터 네가 나가는 거 싫었는데."

"어머니, 하연이도 이제 어린애 아니에요. 생각하는 게 있다니까 지켜봐 주세요."

하준이 이현을 거들었다. 이현은 하준에게 고맙다는 듯 눈인사를 건넸다.

"하연아, 오늘은 자고 가라, 응? 김 집사한테 몸에 좋은 거 많이 해 놓으라고 했으니까 그거 다 먹고 집에서 자고 가."

이현은 곤란한 시선으로 다시 하준을 바라보았다. 하준은 그렇게 하라는 듯 고개를 한 번 끄덕였다.

"그렇게 할게요."

"나 좀 볼까?"

하준이 이현의 손을 잡아끌자 은린이 이현의 등을 슬쩍 떠밀어 주었다. 하준은 이현을 데리고 서재로 향했다.

"너도 얼굴이 많이 상했구나."

"괜찮아."

"하륜이도 지금 많이 아프다."

"⋯⋯!"

이현은 하륜이란 이름을 듣자 기다란 쇠꼬챙이가 가슴을 파고드는 듯 따끔하게 저려 왔다. 그러나 그녀는 마음을 다잡고 무심한 태도를 유지했다.

"서로 좋아하면서, 왜 이렇게 힘든 길을 가려고 하는지 난 모르겠다."

"시간이 지나면 알 거야, 하륜이도. 지금은 사랑 같아도, 시간이 흘러 지금 이 순간을 조금 더 객관적으로 판단할 수 있게 되면 그저 집착 같은 거였다는 걸 하륜이도 알게 될 거야."

"단정 짓진 마."

"엄마가 날 딸로 받아들이고 하륜일 부정했을 때, 그때도 하륜인 며칠 동안 아팠어. 지금도 그런 거야. 또다시 엄마의 사랑으로 결집되어 있는 날 잃었다고 생각하고 아파하는 걸 거야."

"널 엄마의 사랑 대신이라고 생각한다는 거니?"

"지금은 그렇게밖에 생각이 안 돼. 시간이 필요해, 오빠."

"그래⋯⋯."

이현의 말처럼 시간이 필요할 것 같았다. 하륜과 이현이 풀어 가야 할 시간들이 아직은 조금 더 많이 필요한 듯 보였다.

"하륜이에게 한번 가 봐 줘."

"오빠……."

이현은 아픈 눈으로 하준을 올려다보았다. 그 눈빛에서 하준은 더는 부탁할 수가 없다는 생각이 들었다.

"하륜이 혼자 극복해야 해. 하륜이 혼자 극복해서 새롭게 시작해야 돼. 그래야 하륜이도 행복해질 수 있어. 지금 내가 하륜일 받아 주면…… 그 앤 또다시 내게 집착할 거야. 엄마의 사랑을 갈구할 때처럼 내게서 엄마의 사랑을 찾으려 할 거야……."

하준은 마음이 먹먹해져서 한숨만 깊어졌다. 이현의 말에도 일리가 있었다. 하륜의 마음이 아무리 진실하다고 해도 전해지지 않는다면, 전해지기까지의 시간이 필요할 것이다. 게다가 줄곧 이현인 하륜에게서 집착 같은 일그러진 관심만 받아 왔기에 더 그런 생각이 들 수 있다고 생각했다. 오로지 다른 사람에게 빼앗기기 싫다는 욕심과 오기가 만들어 낸 집착, 어머니의 사랑을 듬뿍 받은 이현을 어머니의 사랑과 동일시하는 왜곡된 사랑이라고 믿어도 무리는 아니었다.

"그래, 시간이 필요한 것 같다."

하준은 이현의 말에 동의했다. 하륜에게 맡기는 수밖에 없었다. 시간이 지나 제 사랑이 왜곡되었음을 깨닫든, 진실한 마음이라는 것을 깨닫든 그건 오롯이 하륜의 몫이었다.

"온 김에 너도 푹 쉬다 가라. 하륜인 지금 방에서 꼼짝도 못하니까 마주칠 염려는 말고."

"많이…… 아파?"

"정신을 못 차리네. 눈을 뜨고 있어도 눈앞이 캄캄하다고 하는 거 보니 넋이 반쯤 나간 것도 같고. 괜찮을 거다. 강한 놈이잖아."

하준은 이현의 어깨를 꽉 잡았다가 놓아주었다. 힘내라는 의미였다. 이현은 하준의 미소에 조금은 마음이 편해졌다. 그러나 그녀의 마음

대부분은 온통 아픈 하륜에게 향해 있었다.

세상도 모두 잠이 든 새벽, 이현은 자리에서 일어났다. 도무지 잠이 오지 않았다. 깜깜한 적막이 무서울 정도로 가슴을 옥죄여 왔다. 눈을 떠도 눈앞이 온통 깜깜하다고 하는 하륜은 얼마나 답답할까, 그 생각을 하니 가슴이 에였다. 얼마나 아프면 정신을 못 차릴 정도일까.

이현은 문 앞을 왔다 갔다 하며 갈등에 빠졌다. 하륜에게 가 보고 싶었다. 가서 이마라도 짚어 주고 손이라도 잡아 줄 수 있다면 얼마나 좋을까. 하지만 그러다 하륜이 정신을 차려 저를 알아보기라도 하면, 모든 게 다 수포로 돌아갈 것이다. 하륜은 저를 사랑이라 믿고 집착할 것이고 이현은 그런 하륜에게서 벗어날 수 없어 허우적댈 게 뻔했다.

손가락을 잘근잘근 씹으며 마음을 다잡았다. 밤공기가 무겁게 가라앉아 이현의 가슴을 짓눌렀다. 제 몸도 완전히 낫지 않았으면서, 이현은 하륜이 걱정되어 애달팠다. 어쩌면 좋을까, 어쩌면…….

"조금만……. 그래, 조금만 보고 오자."

이현은 손잡이를 잡았다. 그러나 쉽게 돌리진 못했다. 죽어도 가족이 되는 건 싫으니 강현에게 주라던 하륜의 목소리가 귓가에 환청처럼 울렸다. 그 목소리가 이현의 발목을 잡았다. 그녀는 손잡이를 잡은 채 눈을 질끈 감았다.

한 번은 아파야 했다. 제 것이라고 철석같이 믿었던 것을 잃는 것이 어떤 마음인지 알 필요가 있었다. 이현은 하륜이 지금 겪어야 하는 감정과 싸우는 중이라 믿었다. 가질 수 없는 것을 욕심내었다가 잃은 슬픔으로 자신이 아팠던 것처럼, 그도 제 것이 아닌 것을 제 것이라 욕심내었다가 잃은 슬픔으로 아파 보아야 깨닫는 게 있을 거란 생각이 들었다. 하지만…….

이현은 결심한 듯 문을 열었다. 제 마음을 다 준, 첫정을 다 준 남자의 가슴을 마지막으로 한 번만 쓸어 주고 싶었다. 괜찮다고, 아파도 괜찮다고, 대신 얼른 털고 일어나라고 가슴을 토닥여 주는 것쯤은 해 주고 싶었다.

하륜의 방문을 열자 침대 머리맡의 스탠드 조명이 은은하게 빛을 나눠 주고 있었다. 이현은 어두운 방 안을 가득 채우고 있는 하륜의 앓는 소리에 심장이 뚝, 멎었다. 이렇게까지 아파할 줄은 몰랐다. 밤새 끙끙 앓을 정도로 아플 거라고는 생각지 않았다. 그녀는 천천히, 무거운 발걸음을 옮겼다.

"어떡해……."

이현은 하륜의 얼굴을 구석구석 살피다 울컥했다. 짙은 눈썹도, 반듯한 눈매도, 날렵한 콧매와 이지적으로 닫힌 입술도 다 그대로인데 어쩐지 하륜이 아닌 것처럼 낯설었다. 바짝 말라 버린 입술이 부르터 메마른 사막처럼 거칠었다. 그녀는 침대에 살며시 걸터앉았다. 작은 미동에도 하륜이 깰까 봐 조심스러웠다.

"어쩜 좋지……."

보지 말 걸 그랬다는 생각이 들었다. 하륜을 보니 마음이 흔들렸다. 일부러 더 매몰차게 모진 말을 내뱉고 밀어낸 그였다. 그런데 지금 흔들리면 그를 상처 주면서까지 밀어낸 의미가 없었다. 하지만 폭풍우에 흔들리는 꽃잎처럼 하염없이 혼란스러웠다. 집착이라고 해도 좋고, 엄마의 사랑 대신이라고 해도 좋으니 네 곁에 있고 싶다는 말이 목구멍까지 차올랐다.

왈칵, 토해 내고 싶은 마음…….

이현은 고개를 돌려 하륜의 얼굴을 외면했다. 뜨거운 눈물이 울컥 치밀어 어눌러야만 했다. 그녀는 잠시 숨을 가다듬고 눈가에 맺힌 눈

물도 닦아 냈다. 고작 하륜을 보며 울기 위해 어려운 발걸음을 한 게
아니었다.

이현은 조심스레 하륜의 이마에 손등을 대어 보았다. 열이 있는 듯
했다. 식은땀도, 신음도 여전했다.

"내가 널 위해 무엇을 할 수 있는지…… 더는 모르겠어."

들릴 듯 말 듯 아주 작은 목소리로 읊조린 이현은 하륜의 심장 위
에 손을 올려놓았다. 하륜이 숨을 쉴 때마다 오르락내리락하는 가슴의
움직임이 유일하게 그가 살아 있다는 것을 증명하고 있었다.

"나…… 항상 널 생각할 테니까, 그러니까 넌 자유롭게 살아. 난
네 거야……. 그래, 맞아. 난 언제나 네 거였어. 앞으로도 그럴 거야.
그러니까 제발 넌…… 나한테 집착하지 말고 자유롭게 살아, 응?"

하륜이 살짝 뒤척였다. 그러나 조금 전보다는 숨소리가 부드러워졌
다. 앓는 소리도 잦아들었다. 이현은 조심스럽게 그의 가슴을 쓸어내
렸다.

"잊지 않을게. 내가 네 것이었다는 걸……."

이현은 하륜의 가슴을 쓸어내리지 않는 손으로 눈물을 닦아 내었
다.

"죽어도 잊지 않을 거야. 네가 좋아한다고 속삭이던 그 목소리를,
죽어도…… 죽어도 잊지 않을 거야. 그러니까 제발…… 아프지 마. 아
프지 마……."

더는 울음을 참을 수가 없었던 이현은 하륜의 방을 황급히 빠져나
왔다. 이현은 방으로 들어가 문을 닫자마자 손잡이를 잡고 흐느꼈다.
처음 하륜을 만났던 날이 떠올랐다. 아픈 제 머리맡을 지키던 하륜.
그리고 제 눈을 보석 같다 말해 준 그…….

"잊지 않을게, 흐으윽……."

하준은 미음이 담긴 쟁반을 들고 하륜의 방으로 들어섰다. 죽조차 잘 넘기지 못하는 하륜에게 미음이라도 먹여야겠다는 생각으로 방문을 연 하준은 깜짝 놀랐다. 하륜이 눈을 뜨고 있었던 것이다. 드디어 그가 정신을 차린 것 같아 기뻤다.

"정신 차렸구나!"

"얼마나 누워 있었던 거지?"

하륜의 목소리가 바짝 말라 있었다. 그동안 먹은 것이라고는 쌀뜨물 수준의 미음 몇 숟가락이 전부였으니 기력이 달릴 만도 했다. 하륜이 일어나 앉으려는 동작을 취하자 하준이 쟁반을 내려놓고 그를 부축했다.

"잘생긴 얼굴이라 그런가? 수척해져도 잘생겼네?"

하준은 가벼운 농담으로 하륜의 기운을 북돋아 주려 노력했다. 그러나 하륜은 딴생각에 빠져 있었다. 그는 무언가를 골똘히 고민하는 듯했다.

"형……"

"우선 물부터 좀 마셔."

하준은 미지근한 숭늉을 내밀었다. 하륜은 군말 없이 그릇을 받아 몇 모금 삼켰다. 목이 말랐다. 간밤의 꿈 때문에 속이 타서 그런지 입술이 자꾸만 바짝바짝 타들어 갔다.

"어제 혹시…… 이현이 왔었어?"

"어? 아, 아니."

하준은 흠칫 놀라 얼버무렸다. 이현이 아침 일찍 집을 나서며 신신 당부했다. 제가 집에 온 건 하륜에게는 비밀로 해 달라고. 혹시나 하륜이 제가 그의 방에 들어갔던 걸 눈치채기라도 하면 이렇게 한 번씩

집에 들르는 일도 못한다며 재차 부탁했었다.

"그래……."

"이거라도 좀 먹어라, 일단. 기운부터 차려야지."

하준은 미음을 내밀었다. 하륜은 이번에도 군말 없이 받아 들었다. 그는 숟가락을 미음 그릇에 담근 채 다시 생각에 잠겼다.

"하긴, 이현이 왔다고 해도 내 방에 들어올 일은 없겠지……."

하륜은 스스로를 비웃듯 입꼬리를 올려 옅은 미소를 지었다. 꿈을 꾼 게 틀림없었다. 하지만 꿈이라고 생각하기엔 너무나 선명했다. 이현의 목소리…….

"형."

"어."

하준은 하륜을 가만히 지켜보았다. 그가 무슨 말을 하려는지 궁금했다. 여전히 얼굴엔 핏기가 없었지만, 하준을 바라보는 그의 눈동자엔 서서히 생기가 감돌기 시작했다.

"꿈을 꿨어. 아니 환상인지도 몰라. 정신을 차릴 수가 없어서 꿈인지 아닌지 확인조차 할 수 없었지만…… 감각은 있었어. 이현이……."

"어?"

"이현이가 왔었어."

"이현이?"

하준은 뜨끔했다. 의식이 옅은 상태였던 하륜이 이현을 느끼고서도 꿈인지 현실인지 구분하지 못하는 것 같았다.

"꿈이든 환상이든 상관없어. 중요한 건 우리가 이어져 있다는 그 감각이니까……."

하륜의 입가에 미소가 피어올랐다. 하준은 기적 같은 하륜의 미소에 놀라고 있었다. 하륜이 이토록 행복해하는 미소를 지은 적이 있었

던가? 아니 없었다. 그가 지금처럼 편안해 보이는 미소를 지은 적은
단 한 번도 없었다.

"형."

"어, 그래."

"나 자유로워질 거다."

"뭐?"

"자유로워질 거야. 그러고 난 뒤 다시 찾아올 거야."

"어?"

하준은 하륜의 말을 선뜻 이해하지 못했다. 무엇에서부터 자유로워
지고, 무엇을 다시 찾아온단 말인가.

"내 안에서 그동안의 나를 다 버리고 자유로워진 다음…… 이현이 마
음, 다시 찾아올 거라고."

"아……."

하준이 그제야 이해한 듯 감탄하자 하륜이 피식 웃었다. 그는 숟가
락을 들어 미음을 떠먹었다.

"그러려면 우선 건강부터 찾아야지."

"그래, 이현이도 그걸 바랄 거다."

하륜의 귓가에 아프지 말라던 이현의 목소리가 메아리처럼 울렸다.

'잊지 않을게. 내가 네 것이었다는 걸…….'

이현의 목소리가 심장으로 파고들자 하륜도 심장을 움직여 대답했다.

'나도 잊지 않아. 난 네 거란 걸.'

제6장
그대가 먹먹

 

화창한 4월 초의 날씨는 완연한 봄기운을 머금고 있었다. 소강당에서 듣는 교양과목은 사람들로 만원이었다. 이현은 창가에 앉아 현대미술의 미학 강좌를 듣고 있었다. 아이들을 위한 교구를 만들 때 조금이라도 도움이 될까 싶어 신청한 교양과목이었는데 제 취향에도 잘 맞았다. 그녀는 늘 가장 앞쪽 창가 자리에 앉아 교수님의 설명에 집중하곤 했다.

"20세기 전반기의 미술을 두고 볼 때, 이 시기에 대두된 갖가지 미술운동은 한 가지의 기본적인 과제를 앞세우고 있습니다. 그것을 우리는 '순수에의 의지' 또는 '순수에의 노력'이라는 말로 집약시킬 수 있습니다. 여기에서 말하는 순수라는 것은 바로 조형 요소들, 즉 색채와 형태의 순수성을 말하죠."

이현은 교수의 강의를 노트에 메모를 해 가며 꼼꼼하게 들었다. 때때로 따사로운 햇살에 창밖으로 시선을 돌리기도 했다.

'하륜인 지금쯤 뭘 하고 있을까?'

문득문득 궁금해졌다. 다른 대학 건축학과에 입학한 그는 한 번 시작한 건 완벽하게 몰두하는 성격이라 잘 해내고 있을 거란 생각이 들었다.

대학에 들어가면서 하륜은 독립을 했다. 하준이 그 소식을 전하며 다른 말은 하지 않았지만 이현은 알 수 있었다. 자신이 편하게 은린을 찾아올 수 있도록 배려해 준 거라는 걸. 얼핏 그가 어디에 사는지 물어보았으나 하준은 딱히 대답해 주지 않았다. 제게는 비밀로 해 달라는 부탁을 받은 듯했다.

'여자들에게 인기가 많겠지? 지금쯤 새로운 생활에 지난 일은 다 잊은 듯 살겠지……'

섭섭하진 않았다. 그러길 바랐으니까. 하지만 때때로, 아주 가끔은 하륜이 저를 떠올려 주길 바랐다. 저와의 하룻밤을, 그 하룻밤에서 나눴던 마음을 완전히 잊진 않길 바랐다. 지나가다 익숙한 것을 보았을 때 막연하게나마 새록새록 떠오르는, 그런 느낌으로 저를 기억해 주길 바랐다. 너무 선명하게도 말고, 너무 희미하게도 말고 딱 그 정도로만.

"오늘 강의는 여기서 마치도록 합시다."

"감사합니다."

이현도 필기도구를 필통에 챙겨 넣고 책을 정리했다.


투명한 햇살이 눈부시게 이현을 비추고 있었다. 옅은 노란색의 블라우스와 아이보리색 스커트를 입은 이현은 창가에 앉아 강의에 집중하고 있었다. 늘 앉는 그 자리였다.

하륜도 늘 그녀가 앉는 반대편 자리의 뒤쪽에 앉았다. 이현은 강의를 듣기 위해서 늘 오른쪽으로 얼굴을 비스듬히 돌리고 있었고 그런 그녀의 얼굴을 가장 잘 볼 수 있는 자리가 바로 이 자리였다. 이현과는 반대쪽, 가장 뒤.

'병아리 같군.'

하륜은 피식 웃었다. 긴 생머리를 하나로 올려 묶은 머리가 그녀를 더욱 발랄하게 보이도록 만들었다. 그는 책상 위에 턱을 괴고 이현에게 집중했다. 옆자리의 여학생이 하륜을 힐끔댔지만 개의치 않았다.

"저기요……."

옆자리의 여학생이 하륜에게 말을 걸어왔다. 책도 없이 앉아 있는 그에게로 교재를 슬쩍 들이밀면서.

"책, 같이 보실래요?"

그러자 하륜은 싱긋 웃으며 여학생에게 책을 도로 밀어 주었다.

"아뇨. 전 지금 제 미학을 공부 중이라."

"네?"

"귀여움과 사랑스러움 간의 유사성에 대해서 고민 중이거든요. 색채와 형태의 순수성으로 이루어진 조형물이 지금 내 눈앞에서 있어서."

"네?"

여학생이 무슨 말인지 이해하지 못해 되묻기만 하자 하륜은 자리에서 일어났다. 강의가 끝났다. 이현이 저를 발견하기 전에 강의실을 먼저 빠져나가야만 했다.

여학생은 하륜이 나가는 뒷모습을 물끄러미 응시했다. 보고 있는 것만으로도 가슴이 후끈거렸다. 큰 키와 날렵한 몸매에서 풍기는 그의 섹시함은 옷으로도 감춰지지 않았다.


"어제 뮤직플레이 봤어? 넥소 너무 멋지더라! 어디 그런 남자 없나?"

"야야, 연예인 보고 침 흘려 봤자 현실만 더 팍팍해진다. 그만해라."

"후훗."

이현은 과 친구들의 말을 들으며 생글생글 웃었다. 교내식당에서 백반정식을 시킨 이현은 젓가락으로 계란말이를 집어 들다가 문득 생각에 잠겼다. 계란말이는 하륜이 좋아하는 반찬이었다. 하준이 애기 입맛이라며 놀려도 계란말이에 대한 그의 애정은 꿋꿋했다.

"왜? 계란말이가 너보고 뭐라고 해?"

맞은편에 앉은 지영이 이현의 쟁반을 젓가락으로 가볍게 톡톡 치며 물었다. 이현은 아무것도 아니라며 웃었다.

"요거요거 수상하지? 밥 먹을 때마다 계란말이만 나오면 넋을 놓더라? 계란말이 닮은 남자라도 좋아했었어?"

"푸핫, 지영아 너무 웃긴다! 계란말이 닮은 남자면 도대체 어떻게 생겨야 하는 거니?"

지영의 옆자리를 차지한 윤지가 큰 소리로 깔깔 웃었다. 이현은 윤지의 호탕한 웃음소리에 절로 웃음이 났다.

"아냐. 나 계란말이 무지 좋아하거든. 먹을 때마다 먹기가 아까워서."

이현은 둘러댔다. 하지만 사실이기도 했다. 이현도 계란말이를 무척 좋아했다. 처음엔 하륜을 따라 먹기 시작했지만 어느새 그녀도 계란말이가 가장 좋아하는 반찬이 되어 있었다.

"그래? 그럼 너 다 먹어라."

지영이 제 반찬 그릇을 들어 계란말이를 몽땅 이현에게로 넘겨주었다. 그러자 윤지도 따라 제 몫의 계란말이를 이현에게로 퍼 주었다. 이현은 작은 그릇에 수북하게 쌓인 계란말이를 보자 눈시울이 뜨거워졌다.

"야야, 그렇다고 뭐 감동까지?"

"계란말이 엄청 좋아하나 보네? 앞으로 너 다 줄게!"

지영과 윤지는 눈가가 붉어지는 이현을 보며 당황해했다. 그러나 이내 지영이 이현의 머리를 쓱쓱 쓰다듬어 주었다.

"이궁, 우리 이쁜 이현이, 요래 마음이 여려서 장차 꼬꼬마들을 어찌 휘어잡을꼬?"

지영은 엄마 미소로 이현을 다독였다. 말은 그렇게 했지만 이현에게 다른 사연이 있을 거란 짐작은 하고 있었다.

그때였다. 웬 낯선 남자가 다가와 커피 캐리어를 테이블 위에 내려놓았다. 이현을 비롯한 그 자리에 모인 모두가 남자를 올려다보았다.

"누구?"

"부탁받았어요."

남자는 식당 뒷문을 힐끔 바라보았다. 모두의 시선이 남자를 따라 뒷문으로 향했지만 특별히 짐작 가는 사람은 없었다. 그저 오고 가기 바쁜 무심한 사람들뿐.

"저희 줄 거 확실해요?"

윤지가 의심스러운 듯 재차 확인했다. 그러자 남자가 이현의 연노랑 블라우스를 힐끔 쳐다보더니 고개를 끄덕였다.

"맞아요. 드세요."

남자가 자기 할 일은 다 끝났다는 듯 터벅터벅 걸어 사라졌다. 지영은 캐리어에서 테이크아웃 컵을 하나씩 빼 올려 내용물을 확인했다.

"아이스 아메리카노, 아이스 카페라떼, 아이스 홍차라떼……. 이거 딱 우리 취향인데?"

"우리 중 누군가에게 맘이 있는 놈이 틀림없어. 난가? 푸하핫."

윤지는 아이스 카페라떼를 집어 들며 새침하게 눈을 내리깔았다.

그러다 저도 어이가 없는지 하핫 웃었다. 이현은 아무래도 상관없었다.

"강현이란 그 친구 아니야?"

지영이 묻자 이현은 잠시 생각하는 듯하더니 고개를 내저었다.

"아냐. 강현이라면 직접 왔겠지. 나하곤 상관없는 사람 같아. 지영인 스타일이 좋고, 윤지는 아기자기하게 예쁘니까 남자들이 좋아할 타입이잖아. 조심해. 니들 지켜보는 남자들 많나 봐."

이현이 목소리를 낮추며 은밀하게 말하자 지영이 콧방귀를 뀌었다.

"지는!"

"훗, 글치? 나도 빠지진 않지?"

"어머, 준다고 넙죽 받네? 오호홋. 이현이 요것도 능청이 많이 늘었어."

윤지가 이현을 웃으며 흘겨보자 이현도 낮은 목소리로 웃었다. 즐거웠다. 대학에 들어와 새로운 친구들도 사귀게 되었고, 새로운 생활들로 가득했다. 단 한 가지만 제외하면 일상적인 행복으로 채워진 평온함이었다.


하륜은 천천히 식당 복도를 걸었다. 친구들과 맛있게 점심 식사를 하는 이현을 봤으니 이제 돌아가 봐야 할 시간이었다. 오후에 있을 강의를 듣기 위해선 아쉽지만 움직여야만 했다. 이현이 저와는 다른 대학을 지원하는 바람에, 그는 늘 강의가 비는 시간을 이용해 이현의 학교를 찾았던 것이다.

매주 금요일, 점심 식사가 끝나면 늘 카페로 몰려가 차를 마시는 그들이었다. 1시간의 빈 강의 시간을 때우기 위한 목적으로. 하지만 오늘은 식당으로 가며 날씨도 좋으니 테이크아웃해서 잔디밭에서 마시

자던 그들의 대화를 들었다. 하륜은 그녀들이 항상 마시는 음료로 준비해 식사를 마치고 나오는 한 남학생에게 전달해 달라 부탁했던 것이다.

"완전 멋있지 않냐?"

"울 학교에 연예인 다닌단 말 들었어?"

로비로 나서자 그를 지나쳐 가던 여학생 둘이 숙덕거리는 소리가 하륜의 귀에도 들렸다. 그는 씁쓸하게 피식 웃었다. 지나갈 때마다 여자들이 저를 힐끔대고, 저를 두고 이야기를 나눈다는 것쯤은 알고 있었다. 하지만 그에겐 아무런 의미 없는 관심이었다. 오히려 어딜 가나 쉽게 다가오는 관심이 그를 더 외롭게 만들었다. 정작 그가 원하는 단 하나의 관심이 그의 것이 아니었기에.

'내가 없는 공간에서 넌 무척 평온하구나. 난 아직도 힘든데…….'

하륜은 밖으로 나와 하늘을 올려다보았다. 뭉게구름이 달팽이 같은 걸음으로 흘렀다.

'그래도 다행이다……. 행복해 보여서…….'

하륜은 이현의 선택이 옳았다는 것을 깨닫고 있었다. 그녀의 말대로 시간이 필요했던 것이다. 특히 저에겐 꼭 필요했던 헤어짐이라는 것에 깊이 공감하고 있었다. 이현과 떨어져 지내 보니 더욱 제 맘을 확실히 알 수 있었던 것이다. 제 마음이 집착인지 아닌지, 이현이 엄마의 사랑 대신었는지 아니었는지를.

'지금보다 더 당당해질 때까지…… 조금만 더 기다려 줘.'

하륜은 밝은 얼굴로 한숨을 내쉬었다. 열심히 공부해야 했다. 조기 졸업을 위해서. 그는 한시라도 빨리 대학을 마치고 성공하고 싶었다. 계획한 것들이 많았다. 그중 가장 큰 과제는 사랑하는 법을 배우는 일이었다. 아니, 사랑을 표현하는 법을 배우는 일이었다.

'사랑한다, 정이현⋯⋯.'

그는 이현의 눈빛처럼 맑고 푸른 하늘을 올려다보며 마음속으로 읊조렸다.

❀　　　❀　　　❀

"하륜 군."

오랜만에 집에 들른 하륜을 가장 먼저 맞아 준 건 은린이었다. 한 달 만이었다. 은린은 하륜의 손을 잡고 그의 손등을 쓰다듬었다.

"밥은 잘 먹고 있어요?"

"네."

"남자 혼자 지내는데 밥 해 먹기 힘들지 않아요? 김 집사가 반찬은 해 주지만 그래도 어디 금방 한 집 밥만 할까."

"괜찮습니다."

하륜은 은린에게서 손을 빼내지 않고 그녀의 손길을 가만히 내려다보았다. 예전 같았으면 당장에 손을 빼냈을 터였다. 엄마이면서 남처럼 대하는 은린을 보는 게 쉽지 않았기에.

"운전도 조심하고 있죠?"

"네."

하륜은 어색하게나마 옅은 미소를 지어 보였다. 은린에게는 입꼬리조차 미세하게 올리는 것도 힘들었다. 그러나 이젠 어색한 미소 정도는 쉽게 지어졌다. 그는 사랑하는 법을, 그리고 사랑을 표현하는 법을 은린을 통해서 극복해 보고자 애쓰고 있었다.

"자주 와요. 한집에 산 시간이 길어서 그런가, 하륜 군 없으니까 많이 허전해. 하연이도 독립했지, 하준이도 일하느라 늦게 들어오지. 왠지 요즘 부쩍 하륜 군이 보고 싶어서."

"건강…… 조심하세요."

"고마워요."

하륜이 민망함으로 눈썹을 일그러뜨리며 말하자 은린이 빙그레 웃었다. 그녀는 하륜의 손을 이끌어 주방으로 향했다.

"앉아요, 앉아. 하륜 군 온다고 해서 맛있는 거 많이 했어. 회장님도 늦으신다고 하고 하준이도 야근한다고 하니까 우리끼리 먹어요. 자자, 어서 앉아요."

은린의 재촉에 하륜은 의자를 당겨 앉았다. 은린은 비쩍 마른 몸으로 직접 밥을 퍼서 하륜에게 내밀었다.

"해물 넣고 된장찌개 끓였어요. 하륜 군 좋아하잖아. 계란말이도 했어. 옛날부터 계란말이라면 사족을 못 썼죠, 하륜 군?"

은린은 다정한 엄마 미소로 하륜의 맞은편에 앉았다. 하륜은 은린을 물끄러미 바라보다가 숟가락을 들었다. 은린은 앞 접시에 된장찌개를 수북하게 떠서 놓아 주었다.

"이거 다 하륜 군을 위해서 준비한 거니까 많이 먹어요."

"고……맙습니다."

하륜은 목이 멨다. 시간이 지나면 은린이 저를 알아봐 주는 날이 오지 않을까, 기대하는 마음을 완전히 버린 것은 아니었다. 티끌 같은 희망이라 할지라도 무의식중에 그런 바람을 가지고 있었다. 하지만 이제는 그런 마음을 정리했다. 가지지 못한 것에 대한 집착을 모두 버려야 제 마음을 제대로 읽을 수 있을 것 같았다. 무엇보다 현실을 인정해야 한다는 사실을 깨달아 버린 것이다.

"저기……."

"응?"

하륜은 숟가락을 도로 내려놓고 은린을 응시했다. 은린은 하륜이 무슨 말을 하고 싶어 하는지 궁금한 눈으로 그의 시선을 마주했다.

"어머니⋯⋯라고 불러도 될까요⋯⋯?"

"어?"

은린의 눈이 놀람으로 커졌다. 하륜은 역시 그건 안 되는 거구나, 싶었다. 깨끗하게 마음을 접자 생각했다. 그는 다시 젓가락을 집어 들기 위해 손을 뻗었다.

"정말?"

"⋯⋯!"

은린이 흥분한 목소리로 되물었다. 하륜은 흠칫 놀란 눈으로 은린을 바라보았다. 은린의 눈이 어느새 반달 모양으로 굽어 있었다. 그는 은린의 환한 미소에 마음이 털썩 내려앉았다.

"정말 엄마라고 불러 줄래요?"

"전⋯⋯."

"실은 전부터 그렇게 부르라고 하고 싶었어. 근데 하륜 군이 날 좀 꺼리는 것 같아서 차마 말을 못 꺼내겠더라고."

"아⋯⋯."

하륜은 뻗었던 손을 내렸다. 은린이 그런 생각을 하고 있을 줄은 몰랐었다.

"하륜 군이 어렸을 땐 날 엄마라고 불렀잖아. 그때 내가 하륜 군에게 너무 모질게 대해서⋯⋯. 그래서 차마 내가 먼저 그러라고는 못하겠더라고."

은린은 미안한 얼굴로 시선을 피했다.

"그땐 내가 좀 많이 아팠잖아. 이해해요, 하륜 군이."

"이해⋯⋯합니다."

은린은 차분한 하륜의 목소리에 시선을 들었다. 그녀는 아직 저에 대한 어색함과 불편함이 존재하는 하륜의 얼굴을 물끄러미 응시했다.

"우리 이십여 년을 한집에서 살았잖아요. 그러면 굳이 말하지 않아도 부모 자식처럼 되는 거야. 지금부터 나도 하륜 군한테 말 놓을게. 그러니까 하륜 군, 아니 하륜이도 날 편하게 대해 줘. 엄마처럼, 아니 진짜 엄마라고 생각하고, 응?"

"……."

하륜은 가슴이 너무나 먹먹해져서 대답을 할 수가 없었다. 그저 힘겹게 한 번, 고개를 끄덕였을 뿐이다. 심장은 이미 눈물바다였지만 그는 울지 않았다. 비록 눈시울이 뜨겁게 달아올랐지만 눈물을 비치진 않았다.

완벽하진 않아도, 드디어 은린에게 아들로 인정받았다는 사실에 무척이나 혼란스러웠다. 그러나 이제야 제 몸을 이루는 체온이 정상으로 돌아온 듯한 따스함을 느끼는 그였다.


이상한 일이다. 이현이 보이질 않았다. 늘 앉는 그 자리가 비어 있었다. 지각은 이현에게 있을 수 없는 일이었다. 아파서 출석하지 못했으면 못했지.

하륜은 늘 앉는 뒷자리에 앉아 비어 있는 이현의 자리를 지켜보았다. 늦게라도 오지 않을까 하는 일말의 희망을 가진 채.

'어머니와 가까워졌다는 얘길 해 주면 좋아할 텐데…….'

그는 이현에게 직접 말할 수는 없었지만, 그 사실만으로도 이현에게 훌쩍 다가간 것 같아 기분이 좋았다. 제가 마음을 비울수록, 사랑하는 법에 대해 배워 갈수록 이현에게 한 걸음 한 걸음 다가가는 것 같아 즐거웠다.

강의가 시작되고 20분이 지났지만 이현은 나타나지 않았다. 그는 조용히 소강당을 빠져나왔다. 같은 대학 일본어과를 다니고 있는 영미에게 전화를 걸었다. 그는 이현과 헤어지고 나서 영미를 붙들고 사정했었다. 저를 도와 달라고. 태어나서 누군가에게 사정이라는 것을 해본 건 그때가 처음이었다.

[전화 올 줄 알았어.]

영미는 기다렸다는 듯이 하륜이 묻기도 전에 운을 떼었다.

"이현이가 오질 않아."

[그럴 거야. 이현이 몸살 났어.]

"몸살?"

[어. 무슨 맘을 먹었는지 어제부터 성모 보육원에 봉사활동을 나가더라고. 근데 첫날부터 강행군을 한 모양이야. 봄맞이 대청소에 이불 빨래까지 엄청났나 봐. 혼자 한 건 아니지만 이현이 성격 알잖아. 누구보다 열심히 했을 테니 몸살이 안 나고 배기겠어?]

"많이 아파?"

[그냥 좀 끙끙 앓는 정도. 약 먹는 거 보고 나왔으니까 괜찮아질 거야. 너무 걱정하지 마.]

"강의 다섯 시에 마치지?"

[징그럽다, 야. 이현이 스케줄만 꿰고 있지, 내 스케줄까지 꿰냐? 이현이한테는 사랑이라도, 나한테는 스토킹이거든!]

말은 투박했지만 영미의 목소리에 웃음이 묻어났다.

"이후에 집으로 갈게. 잠시만 나와 줘."

[그래, 그게 뭐 어렵다고.]

하륜은 전화를 끊고 한숨을 내쉬었다. 이현이 좀 마른 것 같단 생각은 하고 있었다. 그런데 결국 아프기까지 한 걸 보니 마음이 좋지 않았다.

'잘 먹고 있기는 한가?'

은린이 먹거리야 살뜰하게 챙기겠지만 이현이 잘 챙겨 먹고 있는지는 의문이었다. 그는 그길로 마트로 향했다.


영미는 하륜의 연락을 받고 문을 열었다. 그러자 하륜이 두 손 가득 커다란 봉지를 들고 서 있었다. 영미는 작은 목소리로 물었다.

"이게 다 뭐야? 이현이 금방 죽이랑 약 먹고 잠들었어. 잠깐 들어왔다 갈래?"

"아니."

하륜은 현관문까지만 들어가 장을 봐 온 봉지를 내려놓았다. 그는 집 안을 휙 돌아보았다. 대학에 입학하면서 영미는 원룸에서 투룸으로 이사를 했다. 작은 투룸이었지만 아기자기하게 꾸며 놓아 따뜻한 분위기가 물씬 풍겼다.

"이번 학기 마치고 군대 갈 거다. 그럼 내 아파트로 들어와 살아."

"네 아파트에? 아니 그보다 군대 가?"

"가야지. 나도 대한민국 남자니까."

하륜이 피식 웃었다.

"이현인 내가 살고 있는 아파트 몰라. 그러니까 사촌 오빠 거라고 하든지 대충 둘러대. 여기 월세지? 그 돈 아껴."

"뭐, 나야 좋지만……."

영미는 하륜을 물끄러미 바라보았다. 단단하면서도 섹시한 눈빛은 그대로인데, 예전에 비해 왠지 모르게 편안해 보이는 미소가 덧입혀져 있었다. 하지만 강인한 분위기는 그대로였다. 묘하게 성장한 느낌이 드는 하륜이 낯설면서도 좋아 보였다.

"뭐가 좋을지 몰라서 손에 잡히는 대로 사 왔어."

영미는 봉지 안을 대충 훑어보더니 기가 막힌 듯 큭큭 웃었다.

"완전 고기밭이네, 고기밭! 덕분에 목구멍에 기름칠 좀 하겠다? 이건 뭐야? 헉, 약국도 털어 왔니?"

영미는 다른 봉지 안에 들어 있던 또 다른 봉지를 열어 보고 입을 딱 벌렸다. 각종 비타민제에 피로회복제, 영양제가 그득했던 것이다.

"건강관리에 좋은 약을 추천해 달라고 했더니 약사가 이것저것 꺼내 놓더라고. 그래서 그냥 다 쓸어 왔어."

"하나씩만 챙겨 먹어도 배 터지겠다, 야."

"같이 먹어."

"나까지? 동창들이 알면 기함하겠다. 서하륜이 날 챙겨 줬다고 하면 동창회가 발칵 뒤집어지겠어!"

영미는 풉, 웃음이 터지려는 걸 손으로 꾹 막았다. 그러나 악의는 없었다. 하륜도 아무렇지 않았다.

"들어왔다가 가. 이현이 걱정돼서 온 거잖아. 지금이라면 문 열어 봐도 안 깰 텐데."

"아니, 그러다 깨기라도 하면 그동안의 내 노력이 물거품이 돼. 아직은 일러."

하륜은 영미에게 이현을 잘 좀 챙겨 달라 재차 부탁하고 문을 닫았다. 그러나 그는 쉽게 발을 뗄 수가 없었다. 이 문 안에 있는 이현이 걱정되어 돌아설 수가 없었다. 몸살 정도로 큰일이 나는 건 아니라며 스스로를 달래 봤지만 소용없었다. 그는 그 자리에서 꼼짝도 할 수 없었다.

영미는 일찌감치 잠자리에 들기 위해 준비를 하다 이현의 상태를 살폈다. 숨소리가 고른 걸 보니 많이 좋아진 것 같았다.

"자고 일어나면 괜찮아지겠네. 다행이다."

그녀는 이현의 머리를 손으로 짚어 제 이마의 체온과 비교해 보며 안도했다.

"아, 음식물 쓰레기 버려야 하는 날이네. 귀찮아, 귀찮아."

그녀는 음식물 쓰레기를 담은 봉투를 들고 문을 열었다. 봄밤의 바람이 아직은 조금 쌀쌀했다.

"옴마야!"

영미는 문을 닫고 돌아서다가 깜짝 놀랐다. 벽에 기대어 앉아 있는 하륜을 발견한 것이다. 하륜은 영미가 저를 보고 놀라자 멋쩍은 표정으로 일어섰다.

"아……. 조금 앉아 있다가 갈 생각이었는데……."

하륜이 쑥스럽다는 듯 피식 웃었다. 영미는 잠시 넋 나간 눈으로 그를 바라보다가 기분 좋은 한숨을 푹 내쉬었다.

"이제야 네가 사람처럼 보인다."

"어?"

"전엔 너 좀 연예인 삘이었거든. 뭐랄까. 바로 눈앞에 있는데도 텔레비전 화면 안에 있는 사람처럼 비현실적인 느낌?"

"아."

하륜은 영미의 말뜻이 무엇인지 짐작이 갔다.

"범접하기 힘들었어. 포스가 장난 아니었거든. 선생님들 중에서도 너한테 은근 긴장하는 분들 많았다? 지금도 포스는 장난 아닌데, 뭐랄까…… 인간미가 느껴진달까나?"

"칭찬, 고맙다."

하륜은 어깨를 으쓱거리며 쑥스러워했다.

"이현이 이제 괜찮아진 것 같아. 숨소리도 고르고. 너도 얼른 가서 쉬어. 이현이 걱정 말고."

"그래."

하륜은 영미의 손에 들려 있던 음식물 쓰레기봉투를 슬그머니 빼앗아 들었다. 별말 없이 그가 사라지자 영미는 도저히 믿을 수가 없다는 듯 고개를 절레절레 내저었다.

"서하륜 맞아? 내가 알던 그 서하륜 맞아, 진짜? 믿을 수가 없네."

혼잣말로 중얼대던 영미는 피식 웃음을 터트렸다.

"뭐, 내가 서하륜과 이렇게 편하게 이야기할 수 있다는 것부터가 믿을 수가 없는 일이긴 하네!"

❀          ❀          ❀

시간이 그렇게 빨리 흐를 줄은 몰랐다. 하륜이 군대에 간다는 건 들어서 알고 있었다. 그동안 마음의 준비를 했다고 생각했는데 막상 그가 입대하는 날이 다가오자 이현의 마음은 걷잡을 수 없이 심란해졌다. 더욱이 하륜이 훈련소로 떠나는 날이 되자, 도저히 가만있을 수 없어서 그녀도 기차에 몸을 실었다.

제법 싸늘해진 가을바람이 가슴에 스며들어서일까. 차창 너머의 풍경이 공허하게 떠올랐다가 사라졌다. 이현은 꾸준한 속도로 달리는 기차가 야속했다.

가족들의 배웅도 마다하고 혼자 훈련소로 향하는 하륜을 따라 기차에 오르긴 했지만 그에게 모습을 드러낼 순 없었다. 그저 멀리서, 그가 모르게 배웅을 하고 싶어 따라나서긴 했지만 그에게 잘 다녀오란 인사는 할 수가 없었다.

기차가 멈추었다. 이현은 움직이지 않았다. 발길이 떨어지지 않았다. 여기서 내리면 헤어짐의 순간이 더욱 빨리 찾아올 것임을 알기에.

기차의 문이 곧 닫힌다는 안내 방송이 흐르자 그제야 이현은 움직였다. 한 무리의 사람들이 우르르 몰려 나간 후라 플랫폼은 제법 한적했다. 이현은 서둘러 계단을 오르려다 휴대전화가 울리는 소리에 멈춰 섰다. 가방을 열어 휴대전화를 꺼내 들었다. 지역번호가 찍힌 모르는 번호였다. 받지 않을까 했지만 어쩐지 그래선 안 된다고 심장이 경고했다. 그녀는 조심스레 통화 버튼을 눌렀다.

[정이현…….]

"……!"

하륜이었다. 그가 공중전화로 전화를 걸어 온 거란 사실에 이현은 긴장했다. 한편으로는 기뻤다. 입대하기 전, 이렇게라도 목소리를 들을 수 있게 되어서.

그러나 그뿐이었다. 하륜은 더는 입을 열지 않았다. 이현도 목소리를 낼 수 없었다. 그렇게 시간은 흘러갔지만 누구도 먼저 말을 꺼내놓진 않았다. 침묵 속에서, 그들은 서로 이어져 있음을 확인했다.

[다녀올게.]

"……."

이윽고 하륜이 입을 열었다. 이현은 한 손으로 입을 가린 채 계단에 주저앉았다. 울음이 왈칵 쏟아졌다. 그 소리가 하륜에게로 전해질까봐 더욱 입을 가린 손에 힘을 주었다. 그리고 또다시 침묵이 흘렀다. 하륜은 쉽게 전화를 끊지 못했다.

잘 다녀와…….

그 한마디가 왜 그렇게 어려운지.

이현은 심장이 뒤틀려 숨을 쉴 수가 없었다. 깊이를 알 수 없는 한

숨이 감추어진 듯 나지막하게 들렸다. 전화가 끊겼다. 이현은 휴대전화를 가슴에 품고 하염없이 흐느꼈다. 끝내 잘 다녀오라는 말 한마디 못해 준 게 가슴에 사무쳤다.

"잘…… 다녀와……."

이현의 목소리가 눈물과 범벅이 되어 사그라졌다.

"잘 다녀와, 하륜아……."


누군가에겐 2년이란 세월은 눈 깜짝할 사이에 지나가는 것일 수도 있지만, 하륜에게 2년에 가까운 지난 시간은 길고 긴 시간이었다. 군 생활이 힘들어서가 아니다. 많은 것을 생각하고, 또 많은 것을 계획하기에 충분했던 시간이었기에 그렇게 느껴지는 것이다.

그는 군에서 마음은 비우고 몸은 채워 더욱 남자다워졌다. 비운 마음엔 새로운 계획과 도전들로 하나둘 채워 갔다. 제대를 하고서도 그는 그 계획들을 실행해 나가느라 바쁜 시간을 보냈다.

그는 여전히 이현을 지켜보았다. 영미를 통해 이현의 소식은 꾸준히 듣고 있었지만, 제대를 하고 난 뒤 직접 이현을 지켜볼 수 있다는 것에 비할 순 없었다. 하지만 한편으로는 유학 준비를 했다. 이현에게 더 멋진 남자가 되어 돌아오리라 결심한 그는 제 꿈을 위해, 그리고 이현을 위해 미국에서 학업을 마치기로 결심한 것이다.

그러나 세상일은 아무도 모른다고 했던가. 생각지도 못한 슬픔이 그에게 찾아오고 말았다. 은린이 세상을 등진 것이다. 그녀의 죽음은 급작스럽고도 당혹스러웠다.

남은 사람들은 점점 쇠약해져 가는 그녀를 지켜보며 언젠가는 그런 날이 올 거라고 은연중에 생각은 하고 있었다. 하지만 어제까지만 해도 미소를 지으며 뜨개질을 하던 그녀였다. 하륜은 은린이 편히 잠드는 것까지 지켜보고 그녀의 방을 나왔었다. 그런데 다음 날 아침, 그녀는 심장마비로 세상을 달리했던 것이다.

'하륜아, 이건 예전에 너 주려고 뜬 목도리인데 이제야 주게 되네?'

하륜은 은린이 내미는 검정색의 목도리를 받아 들고 멍해졌다. 은린이 저를 위해 목도리를 떴다니.

'너희가 열여덟 살 때인가? 그때 뜬 건데 지금이라도 받아 줄래? 완성했을 땐 하연이와 네 사이가 어색해져 버려서 줄 타이밍을 놓치고 말았었어.'

하륜은 대답 대신 목도리를 다시 은린에게 내밀었다. 그러고는 목을 숙였다. 은린은 하륜의 의도를 파악하고 다정하게 목도리를 둘러 주었다.

'멋있다. 역시 하륜인 시크한 블랙이 잘 어울리는 것 같아. 어쩜 남자애가 이렇게 피부가 곱니? 모공 하나 안 보이는 것 좀 봐.'

은린은 아기 볼을 어루만지듯 조심스럽게 하륜의 볼을 쓰다듬었다.

'군대 다녀오더니 더 남자다워진 것 같아.'

'지금은 뭘 뜨고 계세요?'

'아, 이거? 비밀인데 하륜이한테만 말해 줄게.'

은린은 소쿠리의 뚜껑을 열어 짙은 초콜릿색의 실로 짠 천 두 조각을 펼쳐 보여 주었다.

'이게 뒤판이고, 이게 앞판이야. 지금은 소매를 짜고 있고.'

'스웨터요?'

'그래, 회장님 드릴 거야.'

하륜은 놀란 기색을 드러내지 않으려 애쓰며 은린을 바라보았다. 이유는 알 수 없었지만 은린은 현묵이 제 아이를 빼앗아 갔다며 미워했었다. 이현을 딸로 알고 지내는 동안에도 한동안은 현묵에 대한 원망과 미움을 버리지 않았었다. 이현이 은린에게 현묵은 좋은 사람이다, 제게 잘해 준다와 같은 말로 끊임없이 설득 아닌 설득을 하면서 서서히 나아지긴 했지만.

그러다 어느 순간부터는 현묵에 대한 원망을 접고 안주인으로서의 역할을 하려고 노력하는 모습을 보였었다. 건강이 받쳐 주지 않아 여러모로 힘들었지만 은린은 최소한 노력은 했었다.

'시간이 지나 보니까 알겠더라. 회장님이 날 아주 많이 사랑한다는 걸.'

은린은 펼쳐 놓은 스웨터 조각을 쓰다듬으며 빙그레 웃었다.

'좀 더 빨리 깨달았으면 좋았을 텐데. 그랬으면 좋았을 텐데…… 이젠 후회해도 소용없겠지.'

'지금이라도…… 지금이라도 아버, 회장님을 사랑해 주시면 되지 않을까요?'

'아니, 그건 안 돼.'

'어째서죠?'

'너무 미안해서……'

은린은 스웨터 조각을 다시 조심스레 개어 소쿠리에 넣고 뚜껑을 닫았다.

'회장님을 사랑하기엔 내가 너무 미안해서 안 돼. 무슨 염치로…… 사랑도 염치가 있어야 하는 거다, 하륜아. 그러니까 넌 후회하지 않게 열심히 사랑하렴. 사랑할 수 있을 때 맘껏.'

'지금이라도 마음을 여시면 회장님도 좋아하실 겁니다.'

'그럴까?'

은린은 창밖으로 시선을 던지며 쓸쓸하게 미소 지었다. 그러다 서서히 그녀의 입가에 작은 희망이 번졌다.

'그랬으면 좋겠구나. 지금이라도 늦지 않았다면……'

'늦지 않았습니다.'

하륜은 이현을 떠올렸다. 제게도 해 주고 싶은 말이었다. 아직 늦지 않았다고. 이제는 제 쪽에서 시간이 더 필요했다. 당장이라도 이현에게 달려가고 싶었지만, 군대에서 세운 계획이 있었다. 좀 더 늦어지더라도 더 멋진 남자가 되어 나타나고 싶었다.

'그래서 말인데, 이 편지를 네가 대신 전해 주겠니?'

은린은 침대로 다가가 머리맡에 놓아두었던 편지봉투를 가지고 돌아왔다. 그녀는 그 편지봉투를 하륜에게 내밀었다.

'회장님께. 지금은 말고…… 봄이 오거든.'

은린은 어째서냐고 묻는 하륜의 눈빛에 미소로 대답했다.

'봄은 시작을 알리는 계절이지 않니? 그때가 되면 나도 새롭게 시작해 보고 싶구나.'

'그럼 그때 어머니께서 회장님께 직접 드리세요.'

'그냥 네가 전해 주렴. 왠지 그래 줬으면 좋겠어.'

은린은 편지를 내미는 하륜의 손을 도로 밀어냈다. 그녀는 어렴풋 느끼고 있었다. 자신이 이 추운 겨울을 다 보내지 못할지도 모른다고. 새 봄을 맞을 자신이 없었다. 왠지 요즘 들어 자꾸만 그런 생각이 들었다.

'부탁 하나 더 해도 되겠니?'

'네.'

'내가 잠들 동안 책을 읽어 주겠니? 하륜이 네 목소리, 기분 좋은 중저음이라 듣기 참 좋거든.'

'그럴게요.'

'고맙구나, 내 아들.'

'……'

하륜은 은린이 침대에 눕는 걸 도왔다. 그러고는 그녀가 내민 책을 들고 침대에 걸터앉았다. 한참 책을 읽어 내려가던 중 그는 은린이 잠든 걸 보고 책을 덮었다.

문득 죽은 듯 고요히 잠든 은린의 모습에 두려운 생각이 들었다. 하륜은 저도 모르게 손을 뻗어 그녀의 코밑에 대어 보았다. 다행히 호흡이 느껴졌다. 그는 은린이 편히 잠든 모습을 지켜보고 문을 나섰다. 그것이 그녀의 마지막 모습이 될 줄은 상상도 못 한 채.

장지로 나가는 날은 겨울비가 추적추적 내렸다. 이현은 평소 은린이 유언처럼 했던 말을 현묵에게 전했고, 현묵은 은린의 뜻을 따라 수목장으로 그녀를 보내 주었다.

검은 정장 차림의 하륜은 은린의 나무 앞에서 고개를 들지 못했다. 하준이 검은 우산을 그에게 기울여 주었다. 가족들만 단출하게 모인 장례엔 서글플 만큼 쓸쓸함만이 감돌았다.

이현은 하륜과 멀찌감치 떨어진 자리에서 그를 지켜보았다. 가슴이 미어졌다. 은린의 죽음은 심장이 끊어지는 아픔이자 슬픔이었다.

도망간 친엄마가 교통사고로 사망했다는 소식을 들었을 때도, 저를 버린 아버지가 알코올 중독으로 병원에서 치료를 받다가 사망했다는 소식을 들었을 때도 그녀는 한 번도 제가 고아라는 생각을 한 적이 없었다. 그것은 은린이 있었기 때문이다. 저를 딸로 착각해 받아 준 은린이었지만, 이현에겐 하나뿐인 엄마였다. 저를 끔찍이 사랑해 주는 엄마…….

그녀는 은린을 보내기 위해 준비하는 3일 동안 쉼 없이 울어서 더는 울 기력도 없었다. 하지만 3일 내내 울고 싶은 얼굴을 하고서도 눈물 한 방울 떨어뜨리지 못하는 하륜을 보고 있으려니 또다시 왈칵 눈물이 치솟았다. 누구보다 울고 싶을 그인데, 정작 그는 울지 못하고 있었다. 이현은 스산하게 내리는 빗속에서 마음으로 우는 하륜을 아프게 지켜보았다.

"이제 그만 가자꾸나."

현묵이 무거운 입을 열었다. 그 역시 몹시도 침통한 표정이었지만 울지 않았다. 그래도 현묵은 은린이 죽은 날 깊이 오열했었다. 하륜도 그렇게 울고 나면 조금은 아픈 마음에 위안을 받을 텐데……. 안타까웠다.

"가자, 하륜아."

"……."

"그만 가자. 가까우니까 자주 와 보면 되잖아."

"먼저 가, 형."

하륜은 땅이 꺼질 것 같은 무거운 목소리로 읊조렸다. 하준은 하륜을 설득하려 들지 않았다. 혼자 슬퍼할 시간을 주는 게 좋을 것 같단 생각이 들었다. 그는 하륜의 손에 우산을 쥐여 주었다. 그러고는 제 차 열쇠를 하륜의 주머니에 넣어 주었다.

"너무 오래 있진 마라."

하준은 이현의 곁에 서 있는 소은에게 내려가자는 눈짓을 했다. 소은은 이현의 어깨를 감싸 안으며 한 걸음 내디뎠다. 소은이 보기엔 하륜도 아슬아슬했지만, 이현도 곧 쓰러질 것처럼 불안하긴 마찬가지였다.

"가요, 아가씨. 어머닌 마음이 고우셨던 분이니까 좋은 데 가셨을 거예요. 어머니처럼 사랑이 깊으신 분, 없어요. 분명 여기보다 더 좋은 데 가셔서 지금쯤 편안하게 지내실 거예요."

이현은 내키지 않는 걸음을 뗐다. 소은이 이현에게 우산을 더욱 바짝 기울여 주며 그녀를 이끌었다. 이현은 땅에 붙어 버린 것 같은 발을 힘겹게 떼 걸으면서도 하륜을 향한 시선은 거두지 못했다.

하륜이 시선을 돌려 이현을 바라보았다. 이현은 입술을 깨물었다. 그의 눈빛이 곧 죽을 것처럼 아파 보였다. 당장이라도 죽어 버릴 것처럼 아파 보였다. 그녀는 하륜의 바로 곁을 지나치면서, 그의 시선을 조금이라도 더 보고 싶은 듯 간절히 매달렸다. 그러나 매정하게도 하륜이 그녀의 시선을 외면했다.

이현은 소은에게 이끌려 한참을 걸었다. 울음이 멈춰지지 않았다. 아이처럼 소리 내어 흐느끼는 이현의 등을 쓰다듬으며 소은도 울었다. 하준과 결혼하고 길지 않은 시간을 같이했지만, 소은에게 은린은 친구 같은 시어머니였다. 소은이 고아로 자랐다는 걸 알고 친정 엄마라고 생각하라며 그녀를 안아 주던 시어머니였다. 소은에게도 은린의 죽음은 가슴이 찢어지는 아픔이었다.

"언니, 아무래도 안 되겠어요. 먼저 가요."

이현은 소은이 말릴 새도 없이 왔던 길을 되돌아 뛰었다.

"아가씨, 우산이라도!"

소은의 외침이 공허하게 빗속에 묻혔다. 하준은 소은에게 다가와 고개를 내저었다.

"그냥 둬. 시간이 필요할 거야."

하준은 빗속을 뛰어가는 이현의 뒷모습을 물끄러미 지켜보았다.


이현은 가쁜 숨을 내쉬며 하륜에게로 돌아갔다. 그녀는 나무 뒤에 몸을 숨긴 채 하륜을 지켜보았다. 그는 우산도 내버린 채 비를 고스란히 맞고 있었다.

'하륜아……'

우산이 하늘을 가려 주지 않자 하륜은 마음 놓고 울 수 있었다. 비를 뿌리는 하늘과 눈물을 흘리는 제 사이를, 우산이 가로막지 않아 마음 편히 울 수 있었다. 제가 우는지, 하늘이 우는지 구분이 되지 않아 다행이었다. 그는 마음 놓고 울었다.

"으윽……."

그의 무릎이 꺾이며 잔디 위로 털썩 내려앉았다. 이현은 손으로 입을 가렸다. 하마터면 그를 소리 내어 부를 뻔했다. 저도 모르게 그에게 달려 나갈 뻔했다. 그녀는 당장이라도 그에게 달려가 안아 주고 싶은 걸 애써 꾹 눌렀다. 제가 모습을 드러내면 그가 마음 놓고 울 수 없을 거란 생각이 들었던 것이다. 지금은 아무도 그에게 필요치 않았다. 이현은 알 수 있었다. 지금만큼은 저도 그에겐 거추장스러운 존재일 뿐이란 걸.

"어머니……."

하륜은 얼음장 같은 겨울비를 고스란히 맞으면서도 추운 줄 몰랐다. 마음이 너무 아파서, 슬픔이 너무 짙어서 추위를 느끼지 못했다.

"엄마……."

하륜은 두 주먹을 땅에 댄 채 엎드려 오열했다. 그의 마음속에 은린이 마지막으로 제게 했던 말이 눈물범벅이 되어 울렸다.

'고맙구나, 내 아들.'

이현은 그 자리에 무릎을 꿇은 채 두 손으로 입을 틀어막고 흐느꼈다. 하륜의 슬픔이 너무 커, 그 슬픔을 보고 있기가 너무 마음이 아파 따라 울었다. 지금만큼은 하륜의 슬픔에, 함께 슬퍼 우는 이현이었다.


며칠 후, 이현은 경찰의 연락을 받았다. 미진을 잡았으니 와서 확인하라는 연락이었다.

미진은 은린이 세상을 뜨던 날, 그녀의 보석과 현금 등을 모조리 챙겨 달아났다. 은린이 죽었으니 며칠 동안은 정신이 없어서 제가 도둑질한 것조차 파악하지 못할 거라 계산한 것 같았다. 나중에 경찰에게 전해 들은 이야기로는 가족들이 장례를 치르는 동안 물건을 팔아 지방으로 숨을 생각이었다고 했다.

하지만 반지 하나 가격만 해도 수천만 원을 호가하고, 리미티드 제품도 간간이 섞여 있던지라 보석상에서 수상히 여기고 신고를 하는 바람에 그녀의 계획은 수포로 돌아갔다.

"이모……."

이현은 고개를 들지 못하는 미진을 보며 한숨을 내쉬었다.

"보석상 주인이 아무리 봐도 주인 같지 않더랍니다. 자꾸만 주위 시선을 살피고 불안한 기색이 역력해서 유도 질문을 했더니 그것도 대답을 잘 못 하고 해서 신고했답니다."

경찰관이 설명을 했다.

"자기 거라고 하면서도 다이아가 몇 캐럿짜리인지, 얼마 주고 샀는지, 심지어 어느 메이커인지도 모르고 무조건 현금으로 달라고 떼를 쓰더랍니다. 반지 두어 개만 팔아도 수천만 원을 호가하는데, 동네 보석상에서 그런 현금을 어떻게 당장 만들어 내겠습니까? 잠시만 기다리면 은행에 갔다 오겠다고 안심시킨 뒤에 경찰에 신고를 한 거죠."

"왜 그랬어!"

"나도 좀 편하게 살아 보고 싶어서……. 언제까지 남의 집 식모살이를 할 순 없잖아!"

"엄마가 이모한테 얼마나 잘해 줬는데……. 어떻게 엄마가 돌아가신 날 그런 파렴치한 짓을 할 수가 있어!"

이현이 소리를 질렀다. 창피했다. 오늘만큼 미진이 원망스럽고 창피한 적은 없었다. 걸핏하면 저를 하준의 방에 밀어 넣으려던 미진보다, 은린이 세상을 떠난 날 그녀의 물건을 도둑질해 사라진 미진이 더 원망스러웠다.

그때 현묵과 하준이 경찰서에 모습을 드러냈다. 경찰서 앞에서 만난 하륜도 함께였다. 그들은 경찰서 안으로 들어서자마자 날카로운 이현의 고함 소리에 잠시 말을 잃었다.

"다시는 이모라고 안 불러! 이모라고 생각도 안 할 거야!"

"그래, 이년아! 이모가 수갑 찼다고 괄시하는 거지, 지금? 나도 너 같은 조카년 필요 없어! 다시는 보지 말자, 우리! 어?"

미진도 바락바락 악을 썼다. 귀까지 붉어진 그녀의 눈에도 눈물이 고여 있었다. 창피했다. 후회도 되었다. 하지만 이미 엎질러진 물이었다. 미진은 현묵과 그의 아들들을 보자 더 바락바락 악을 써 댔다.

"그래, 너 혼자 잘 먹고 잘 살아라! 난 이제 네 이모도 뭣도 아니까, 너 혼자라고 생각하고 잘 먹고 잘 살라고! 이모 같은 거 죽었다고 생각하고 찾아올 생각도 마! 재수 없는 년, 나도 너라면 지긋지긋하니까!"

"수갑을 찬 이모보다…… 흐윽, 엄마가 돌아가신 날 엄마의 물건을 도둑질해 도망간 이모가 더 부끄러워……. 인간의 탈을 쓰고 어떻게 그럴 수 있어……."

이현은 바닥에 털썩 주저앉아 목 놓아 울었다. 세상에 없는 은린에게 부끄럽고 미안해서 죽을 것만 같았다. 앞으로 현묵을 어떻게 보며, 하준과 하륜은 또 어떻게 보란 말인가.

하준은 하륜에게 이현을 데리고 나가란 눈치를 주었다. 하륜은 잠시 망설였지만 하준의 말을 따르는 게 좋겠다는 생각이 들었다. 이현에게 할 말도 있었고.

그는 이현에게 다가가 그녀의 팔을 잡았다.

"일어나."

"……!"

이현은 그제야 주위를 둘러보았다. 그녀는 하륜이 이끄는 대로 몸을 일으켰다.

"잠시 나가자."

"죄송해요……."

이현은 현묵에게 울먹이며 사과했다. 현묵은 괜찮다는 듯이 이현의 팔을 쓸어 주었다.

"결과적으로 사라진 물건도 없으니 다행이지 않니. 걱정 말고 나가 있거라."

하륜이 이현의 팔을 당겼다. 이현은 군말 없이 그를 따라나섰다. 경찰서를 빠져나온 하륜은 이현의 팔을 놓아주었다.

"좀 걸을까?"

하륜이 침울한 목소리로 운을 떼었다. 그는 한적한 길을 걸으며 한 걸음 뒤떨어져 걷는 이현의 발소리에 귀를 기울였다.

"김 집사 일은 마음에 둘 거 없어. 아버지 말씀대로 잃어버린 물건도 없고."

"하지만……."

"네 잘못이 아니잖아."

하륜이 고개를 슬쩍 돌려 이현을 바라보았다. 이현은 하륜과 시선이 마주치자 심장이 뒤틀렸다. 군을 제대하고서 그를 처음 만난 게 장례식장에서였다. 은린은 하륜이 제대를 하고 얼마 있지 않아 세상을 떴다. 하륜이 그녀의 곁을 지킬 수 있어서, 은린이 하륜을 보고 갈 수 있어서 다행이라고 생각하는 이현이었다.

"앞으론 네 잘못이 아닌 것엔 마음 쓰지 마."

"어……."

"바래다줄게."

"안 그래도 돼……."

"나, 미국 갈 거다."

이현은 저도 모르게 그 자리에 우뚝 멈춰 서 버렸다. 하륜은 이현의 발소리가 들리지 않자 그녀에게로 돌아섰다. 이현과 그 사이에 열 걸음쯤 거리가 벌어져 있었다.

"유학 가기로 했다."

"아……. 그렇구나."

이현은 뭐라고 말을 해야 할지 몰라 당황스러웠다. 마음은 더 혼란스러웠다. 이제 겨우 그가 돌아온 줄 알았는데 또 떠난다니……. 그를 가질 순 없어도 가끔은 볼 수 있는 거리로 돌아왔다고 좋아했는데 더 먼 곳으로 떠난다니.

"학업을 마치면 거기서 취업도 하고 경력도 쌓을 거다."

"응……. 잘할 거야, 분명."

이현은 자꾸만 씰룩씰룩거리는 심장 때문에 조바심이 났다. 하륜 앞에서 울면 안 되는데, 마음이 약해지면 안 되는데 자꾸만 눈물이 차올랐다. 그녀는 울지 않으려 죽을힘을 다해 땅만 노려보았다.

'기다려 줄 수 있어?'

하륜은 그렇게 묻고 싶었지만 묻지 못했다.

'기다려도 될까?'

이현은 그렇게 묻고 싶었지만 차마 묻지 못했다.

"잘…… 다녀와……."

이현은 결심한 듯 고개를 들고 환하게 웃었다. 마지막일지도 몰랐다. 앞으로도 계속 그와 인연이 이어질 수 있을지…… 어떻게 될지는 아무도 모르는 일이었다. 미진이 그의 집에 누를 끼쳤는데, 계속 그의 집안과 좋은 관계를 유지할 수 있을지도 자신 없었다. 이렇게 끝이라면…… 그렇다면 최대한 그에게 예쁜 모습만 보여 주고 싶었다.

"넌 어디 가서든 잘할 거야."

"그래……"

하륜은 이현의 미소에 마음이 아팠지만 애써 외면했다. 제가 떠난다고 해도 환하게 웃음 짓는 이현이 야속하고 조금은 원망스러웠다. 빈말이라도 가지 말라고, 아니 적어도 언제 돌아오냐고 물어봐 주면 좋을 텐데. 그랬다면 조금은 위안이 되었을 텐데.

"아, 택시다."

이현은 택시를 발견하고 황급히 손을 들었다. 제발…… 제발 그냥 지나치지 말고 멈춰 서 줬으면. 더는 버틸 수가 없었다. 조금만 더 지체하면 그의 앞에서 왈칵 울음을 터트릴 것 같았다.

다행히 그녀의 바람대로 택시가 멈춰 서 주었다. 이현은 택시 문을 열고 하륜을 돌아보았다. 왠지 모르게 상처받은 듯한 하륜의 눈빛이 가슴에 와 박혔다. 그녀는 그의 얼굴을, 눈빛을 잊지 않으려 가슴에 꾹꾹 눌러 담았다.

"건강하게 잘…… 알았지? 건강하게 다녀와, 응?"

이현이 재차 하륜에게 강조했다. 하륜은 절대로 이현에게 눈물을 흘리는 약한 모습을 보여 줄 수 없다는 의지로 울컥하는 마음을 억눌렀다.

"다녀올게……"

이현은 마지막까지 밝게 웃는 얼굴로 고개를 끄덕이더니 택시에 올라탔다. 이현을 태운 택시가 그의 시야에서 점점 멀어져 갔다.

하륜은 희망을 버리지 않았다. 이현이 남긴 말을 곱씹으며 희망의 자락을 놓치지 않으려 애썼다.

잘 다녀오라는 말…….

하륜은 그 말에 모든 걸 걸기로 결심했다. '잘 가.'가 아닌 잘 다녀오라는 말에.

"그래. 꼭 돌아온다, 난. 그때가 되면 다시는 이렇게 널 보내지 않을 테니까……."

하륜은 주먹으로 제 심장을 두어 번 쿵쿵 타격했다. 그렇게라도 하지 않으면 숨이 쉬어지지가 않을 것 같았다.

"지금 네 미소…… 잊지 않을 거다, 정이현."

제7장

그대가 다시

"고모!"

"유치원에선 선생님이라고 불러야지?"

이현은 저를 향해 달려오는 보미를 꽉 껴안았다가 놓아주며 다시 한 번 일렀다. 커트 머리를 동글동글하게 펌을 한 보미의 볼이 오동통해 귀여웠다. 이현은 보미의 볼을 살짝 꼬집었다가 놓아주었다.

하륜이 군대 가기 전 서둘러 소은과 결혼식을 올린 하준은 아이를 천천히 가질 거란 발표와 달리 바로 아빠가 되었다. 아이를 뒤로 미루려 했던 건 소은이 아직 어려 당분간은 엄마라는 중책을 맡기고 싶지 않다는 이유 때문이었다. 하지만 소은의 생각은 달랐다. 결혼을 했으니 가능하면 빨리 아이를 가져 행복하고 다복한 가정을 꾸리고 싶었다. 그래서 그녀는 피임을 한다고 말만 하고 정작 피임을 하지 않았던 것이다. 덕분에 생긴 아이가 보미였다. 올해 여섯 살 난 보미는 하준과 소은의 예쁜 점만 골라 닮아 깜찍 그 자체였다.

"아빠가 자꾸 아빠라고 부르지 말래."

보미는 볼에 바람을 잔뜩 집어넣어 불만을 표시했다. 보미가 유치원에 오자마자 제일 먼저 하는 일이 바로 이현에게 부모님의 일을 고자질 하는 거였다. 이현은 못 말린다는 듯 후훗, 웃으며 보미의 손을 잡았다.

"또 멋쟁이 오빠라고 부르래?"

"응! 멋쟁이 오빠라고 부르기 전까진 아빠라고 부르지 말래!"

"그게 뭐야. 오빠라고 부르란 거야, 아빠라고 부르란 거야. 보미야 그럼 너도 아빠한테 이렇게 말해. 아빠라고 못 부르게 할 거면 내 볼에 뽀뽀도 하지 마."

"그럼 아빠가 져?"

"당연하지. 너희 아빤 하루라도 네 볼에 뽀뽀를 못 하면 금단증상이 일어난다고 했거든."

"그게 뭐야?"

"하고 싶은 걸 못하게 하면 불안해서 아무것도 못 하는, 그런 거 있어."

"오옹!"

보미는 콧잔등을 찌푸려 의기양양한 제 의지를 이현에게 보여 주었다.

"알았어, 고모."

"자, 고모는 다른 친구들도 마중해야 하니까 넌 교실에 가 있어."

"응!"

이현은 보미가 교실로 뛰어가는 모습을 물끄러미 지켜본 뒤 돌아섰다. 아직 도착하지 않은 아이들이 있었다. 유치원에서 일한 지도 벌써 4년이 되어 갔다. 이곳에서 아이들이 성장해 가는 모습을 지켜보며 산 시간은 꽤 평온하고 행복했다.

그녀는 유치원 현관문을 나서며 막 들어오는 아이와 어머니에게 인사를 건넸다. 아직 그녀의 반 아이 하나가 오지 않았다. 결석한다는 연락이 없는 걸 보니 조금 늦는 모양이었다. 그녀는 유치원 놀이터를 가로질러 대문 밖으로 나왔다. 아직 시간이 있으니 한 5분쯤 더 기다려 볼 생각이었다.

날이 많이 따뜻해졌다. 이현은 문득 하늘을 올려다보았다. 3월의 햇살이 제법 따사로웠다. 파란 하늘의 하얀 뭉게구름도 포근했다.

'하륜인 잘 있겠지?'

하늘을 올려다보면 어김없이 하륜이 떠오르는 이현이었다. 제대 후 그는 유학을 떠났다. 미국에서 대학을 조기 졸업하고 건축 회사에서 경험을 쌓고 있다고 했다. 멋진 일이다. 하륜이라면 그러고도 남을 거라고 생각했지만, 열심히 자신의 길을 가고 있는 그의 소식은 제 일처럼 기쁘고도 흐뭇했다.

'잘 있지, 하륜아?'

이현은 두 손으로 두 팔을 감싸 안았다. 때때로 하준에게서 하륜의 소식을 전해 듣긴 했지만, 하륜이 연락을 해 온 적은 단 한 번도 없었다.

꿈에서 하륜을 만날 때면 어떻게 연락 한 번 하지 않을 수 있냐며, 다신 찾지 말라고 했지만 정말 이렇게 매정하게 연락을 끊을 줄은 몰랐다며 그를 탓했다. 하지만 잠에서 깨면 꿈이어서 다행이라는 생각이 들었다. 멋진 인생을 살고 있는 하륜에게 질척대며 매달린 게 꿈이어서 참 다행이란 생각을 하는 이현이었다.

'나도 잘 있어. 널 잊지 않을 거란 그 약속 지키면서…….'

그때였다.

"여기, 입학 조건이 어떻게 됩니까?"

"……!"

이현은 심장이 기억하는 목소리에 흠칫 놀랐다. 예전보다 조금 더 낮아지고, 조금 더 굵어지긴 했지만 목소리에서 느껴지는 분위기는 그대로였다.

"여기 입학하고 싶은데 안 되겠죠? 내가 나이가 많아서."

"……."

이현은 대답은커녕 뒤를 돌아볼 용기도 나지 않았다. 웃음기 서린 목소리가 청량한 하늘만큼이나 유쾌했다.

"선생님 반에 들어가려면 어떻게 해야 하는지 알려 주세요."

뚜벅.

그가 걸었다. 구두가 땅을 밟는 소리가 이현의 심장 소리와 발맞춰 두근, 울렸다.

한 걸음, 그리도 또 한 걸음.

그러자 이현의 심장이 그의 걸음보다 훨씬 빠르게 뛰어 대기 시작했다.

"그게 어려우면……."

"……."

"선생님 마음에 들어가는 방법이라도 알려 주시면 안 될까요?"

이현은 다시 한 번 흠칫 놀랐다. 그의 말이 귀를 거치지 않고 심장으로 바로 날아와 꽂혔다. 그런 뒤 꽃봉오리가 활짝 피듯 가슴 가득 두근거림으로 퍼져 나갔다. 이현은 터질 것 같은 심장을 꽉 눌렀다. 그가 뒤에 가깝게 서 있는 느낌만으로도 그의 품 안에 안겨 있는 듯한 착각에 빠지다니. 어릴 때나 지금이나 그의 존재감은 변함이 없었다.

"다녀왔어……."

"……."

"다녀왔어, 이현아."

돌아보기엔 너무 치명적이었다. 하륜과 눈이 마주치면 7년 세월이 무색하게, 한순간에 무너질 것만 같았다. 이현은 두 주먹을 꼭 쥔 채 눈을 지그시 감았다가 떴다. 이 순간을 잘 거쳐 가야 했다. 어차피 한 번은 거쳐야 할 순간이었으니까.

이현은 서서히 발을 떼어 돌아섰다. 그 잠깐의 시간이 무겁고도 더디게만 느껴졌다. 자꾸만 떨려 오는 손을 감추기 위해 두 손을 맞잡았다. 그녀는 속으로 숨을 크게 들이마셨다가 차분하게 내뱉었다. 조금은 긴장이 잦아드는 것도 같았다.

이현이 고개를 들자 굳건해 보이는 가슴이 가장 먼저 다가왔다. 하얀 셔츠가 너무나 깨끗해 눈이 부실 지경이었다. 이현은 속 입술을 잘근 깨물며 고개를 더 치켜들었다.

"아……."

의지와는 상관없었다. 하륜의 시선과 마주치자 이현은 저도 모르게 울컥해 버린 것이다. 변하지 않았다. 그의 눈빛은 그대로였다. 비록 예전보다 어깨도 더 넓어지고 눈매도 더 그윽해진 것 같았지만, 제가 알던 서하륜의 눈빛은 그대로였다. 이현은 황급히 도로 돌아섰다.

하륜은 이현이 제게서 다시 돌아서자 안타까움에 움찔, 손을 뻗으려다가 말았다. 이젠 이현이 말하지 않아도, 그녀의 반응만으로도 말하고 싶은 것이 무엇인지 느낄 수 있을 것 같았다. 그는 입가에 반듯한 미소를 띤 채 이현의 반응을 이해할 수 있다는 듯 고개를 끄덕였다.

"여전히 잘생겼지?"

이현은 슬며시 고개를 돌리려다 멈칫했다.

"목소리도 여전히 멋있지?"

이현은 입이 떨어지지 않았다. 가슴 안에선 수많은 말들이 생겨났지만 목으로 끌어 올리려는 순간 새하얗게 변해 사라졌다.

"아마 내 마음도 여전할 거다."

"……!"

"확인해 볼 생각 없어?"

"죄송해요, 늦었죠!"

그때 마침 지각한 엄마가 아이를 앞세워 이현에게 인사를 건넸다. 이현은 그제야 숨통이 트였다.

"아니에요. 진수 오늘 늦잠 잤니?"

"네……."

진수가 시무룩한 얼굴로 말끝을 흐리자 이현은 진수의 머리를 쓰다듬으며 환하게 웃었다.

"밥 많이 먹고 왔어? 어서 들어가자. 친구들 다 기다려."

"죄송해요, 선생님."

"아니에요. 진수는 제가 데리고 들어갈게요."

"잘 부탁드려요, 선생님."

이현은 진수의 손을 잡고 한 걸음 떼었다가 이끌리듯 하륜을 돌아보았다. 그가 실망했을 거라고 생각했다. 오랜 시간 걸려 돌아왔는데, 인사는커녕 눈길조차 제대로 주지 않는 저에게 실망했을 거라고.

그러나 하륜은 미소 짓고 있었다. 어딘지 모르게 한껏 자유로움이 묻어나는 하륜의 미소에, 이현은 신선한 충격을 받고 말았다. 그래서였을까. 이현은 황급히 고개를 돌린 채 들릴 듯 말 듯 작은 목소리로 중얼거렸다.

"어서 와……."

이현이 아이를 데리고 유치원 안으로 사라지자 하륜은 고개를 숙인 채 훗, 하고 웃었다. 다행이었다. 검은색 컬러 렌즈로 제 눈빛을 감춘 것 외에, 이현은 하나도 변하지 않았다. 조금 더 성숙해진 느낌은 있었지만 예전 모습 그대로였다. 그리고 그는 알 수 있었다. 그녀의 마음도 변하지 않았다는 것을.

"이제부터 시작이다, 정이현. 각오하는 게 좋을 거야."

하륜은 기분 좋은 듯 고개를 한 번 내저으며 웃었다. 늦지 않아서 다행이었다. 미국에서 경력을 좀 더 쌓아 돌아오려고 했지만 조바심이 나서 견딜 수가 없었던 것이다. 요즘 들어 강현이 다시 이현에게 대시를 한다는 사실을 영미에게 전해 듣고서는 부쩍 더 그랬다. 그는 그길로 회사에 사표를 던지고 한국행 비행기를 탔다.

하륜은 왔던 길을 돌아서 걷다가 조금 전 이현의 모습이 떠오르자 저도 모르게 얼굴이 화끈거리며 웃음이 터졌다. 그는 한 손으로 얼굴을 가린 채 쑥스러운 듯 중얼거렸다.

"어서 와……라니. 너무 사랑스럽잖아."


"삼촌, 삼촌!"

방문이 열리며 보미가 달려들었다. 보미의 손에 그림책이 들려 있었다. 침대에 누워 생각에 잠겨 있던 하륜은 보미를 끌어안아 제 배 위에 올려놓았다. 보미는 하륜의 배 위에 엎드리고 누워 턱을 괴었다.

"그림책 읽어 달라고?"

"응응. 삼촌 목소리 좋아."

"삼촌 목소리 완전 섹시하지?"

"응응!"

보미가 고개를 끄덕이자 하륜은 쿡 하고 웃었다. 여섯 살밖에 되지 않은 보미가 섹시하다는 말뜻이나 알까 싶었다. 그는 보미의 곱슬곱슬한 머리를 흔들어 애정을 표하고는 그림책을 펼쳐 들었다.

"옛날 옛날, 겨울왕국엔 엘사라는 공주님과 안나라는 공주님이 살았어요. 엘사 공주님은 눈을 내리게 하는 마법을 가지고 태어나서……."

"삼촌, 삼촌."

"어?"

"고모 봤어?"

"봤지."

보미는 턱을 괸 채 빙그레 웃었다.

"고모 예쁘지?"

"후, 예쁘지."

"이건 비밀인데, 울 엄마보다 더 예쁜 것 같아."

"이것도 비밀인데, 삼촌도 그렇게 생각한다."

하륜은 보미에게 얼굴을 바짝 들이밀며 작은 목소리로 속삭였다.

"근데 왜 고모는 우리랑 같이 안 살아?"

"같이 살고 싶어?"

"응응. 고모랑 같이 살고 싶어. 근데 고모가 안 된대. 자주 놀러는 와도, 같이 사는 건 안 된대."

"우리 보미, 고모 많이 좋아하는구나?"

"응! 많이 많이. 고모는 예쁘고 착하고 냄새도 좋고."

보미의 말에 하륜은 이현의 체취를 떠올렸다. 이제는 아련해진 그 향기……. 하지만 절대 잊을 수 없는 뽀얀 살내음. 그 향기에 취해 있을 땐 세상을 다 가진 듯 행복했었다.

"고모랑 같이 살고 싶어?"

"응응, 고모랑 같이 살고 싶어!"

하륜은 그림책을 내려놓고 보미를 안은 채 일어나 앉았다. 보미는 하륜의 무릎에 앉아 그를 빤히 쳐다보았다. 아빠인 하준도 하지 못한 일을 삼촌은 할 수 있을 것 같다는 믿음이 샘솟았다.

"그럼 삼촌이 시키는 대로 할래?"

"응응!"

"좋았어, 요 꼬맹이."

하륜은 보미의 겨드랑이 사이로 손을 집어넣어 힘껏 들어 올렸다가 내려 주었다.

"귀 좀."

하륜은 보미의 귀에 대고 뭐라고 속삭인 뒤 보미의 옆구리를 간질였다. 그러자 까르르 웃으며 도망간 보미가 잔뜩 신이 난 채로 침대 위에서 통통 뛰었다.

"좋아, 좋아! 고모랑 같이 살 수 있다, 예!"

"서보미, 또 삼촌 괴롭히고 있냐?"

어느새 나타난 하준이 보미에게 나오라며 손짓을 했다. 그러나 보미는 오히려 하륜에게 폭삭 안기며 입을 삐죽거렸다.

"나 삼촌이랑 살 거다!"

"뭐?"

"삼촌이 결혼하면 삼촌 딸 하자고 했어! 그치, 삼촌?"

"어, 그래."

하륜은 하준을 보며 싱긋 웃었다. 하준은 두 사람을 번갈아 보며 어이없다는 내색을 감추지 않았다.

"넌 내 딸이지, 어떻게 삼촌 딸이 될 수 있냐, 서보미!"

"만날 멋쟁이 오빠라고 부르라고 하면서!"

"그거야 장난……."

"삼촌이 고모랑 결혼하면 같이 살 수 있댔어! 그럼 난 삼촌이랑 고모 딸 할 거야!"

"아하."

하준은 알 만하다는 듯 의미심장한 미소를 지으며 하륜을 바라보았다. 하륜은 눈썹을 치켜 올리며 딴청을 피웠다.

"그럴 생각으로 돌아온 거냐?"

"어."

"잘해 봐. 내 딸은 뺏어 가지 말고. 서보미, 이제 잘 시간이다. 삼촌한데 굿나잇 인사하고."

"삼촌, 잘 자."

보미가 뺨에 쪽 하고 입을 맞추자 하륜은 보미를 으스러져라 꽉 안았다가 놓아주었다.

"좋은 꿈꿔."

"서보미, 침대에 가 누워. 아빠 곧 갈게."

"응."

보미가 제 방으로 쪼르르 달려 들어가자 하준은 하륜에게로 다가갔다. 하준의 눈빛이 꽤나 진지했다.

"돌아가시기 전에 어머니가 네 걱정 많이 했어. 알지? 그리고 이현이 걱정도."

"알아."

"어머니가 두 사람 걱정을 많이 한 건 결국 한 가지로 이어진다는 것도 알지?"

"그래."

하륜의 입매가 단단하게 굳었다. 군대에서 막 제대했을 때, 은린은 건강이 악화되어 심장마비로 생을 달리했다. 무의식중에 은린의 죽음을 늘 대비해 오긴 했지만, 한편으로는 갑작스럽기도 했다. 쇠약해질 대로 쇠약해진 은린이었지만 그렇게 갑자기 생의 끈을 놓아 버릴 줄은 몰랐던 것이다.

그나마 다행인 건, 은린의 마지막 가는 길을 하륜이 지킬 수 있었다는 것이다. 그녀는 끝끝내 하륜을 아들로 알아보진 못했지만, 그가 은린을 어머니라고 부르길 원한 후로는 친아들처럼 살뜰히 살펴 주었었다.

하륜은 그것만으로도 충분했다. 은린을 진심으로 어머니라 불렀고, 은린도 진심으로 하륜을 아들로 대해 주었다. 그거면 족했다. 핏줄이니 아니니 따지기보단 마음이 이어졌다는 것을 확인한 것만으로도 하륜은 충분히 보상받은 기분이었으니까.

"어머닌, 너와 이현이가 이어지길 바라셨어."

"어머니의 바람이 아니더라도……."

하륜은 당당한 눈으로 하준을 직시했다. 열어 놓은 창문으로 훈훈한 봄바람이 흘러들어 왔다.

"내가 그걸 원해."

"그래."

"그리고 이젠 알 것 같아, 형."

"어?"

하륜은 시선을 돌려 창밖을 바라보았다. 봄바람 속에 이현의 체취와 비슷한 꽃 향이 은은하게 묻어나는 듯했다.

"이현이가 온몸으로 내게 하는 말들을……."


이현은 아연실색했다. 눈앞에 떡하니 버티고 선 건 다름 아닌 하륜이었다. 하륜이 보미의 손을 잡고 유치원 현관문 앞에 보란 듯이 서 있었다. 그를 다시 만나게 될 거라고 생각은 했지만 이렇게 빨리, 이런 식으로 다시 만날 거라고는 미처 예상하지 못했던 것이다.

분주한 아침 시간이었지만 유치원 선생님들이 주위를 맴돌며 하륜을 훔쳐보았다.

"보미 아버지 아니지?"

"아냐. 보미 아버지도 엄청 잘생겼는데 저 남자도 끝내준다! 누구지?"

"삼촌 아냐? 보미 아버지랑 좀 닮은 것 같은데."

"완전 멋있다, 얘!"

반마다 아이들이 소란스럽게 떠들어 대는데도 선생님들은 구석에 모여 하륜을 힐끔대느라 여념이 없었다.

하륜은 주먹을 입가에 대고 흠흠, 헛기침을 했다. 그러자 기다렸다는 듯이 보미가 큰 소리로 외쳤다.

"숙모오오오오!"

"……뭐?"

이현은 너무 놀란 나머지 눈이 커다래졌다. 저도 모르게 보미를 끌어안고 손바닥으로 입을 봉쇄했다. 심장이 벌떡벌떡 뛰었다. 잘못을 한 것도 아닌데 엄청난 잘못을 저지른 것처럼 낯은 뜨겁고 숨은 턱 막혔다. 그녀는 조심스레 보미의 입을 가렸던 손을 내리며 나지막하게 채근했다.

"왜 그래, 보미야. 그런 말 하면 안 돼."

"숙모오오오!"

다시 한 번 배에 힘을 준 보미가 큰 소리로 외쳤다. 마치 산 정상에 올라 야호라도 부르짖는 듯 패기 있게 외치는 보미였다. 기함한 이현은 다시 보미의 입을 가렸다. 그녀는 믿을 수 없다는 눈으로 하륜을 올려다보았다.

하륜은 이현의 시선을 피해 웃음을 참고 있었다. 그러나 감출 수 없는 웃음이 입꼬리에 주렁주렁 매달려 있었다.

"네가 시킨 거야?"

"보미는 자기주장이 분명한 아이야. 내가 의견을 내긴 했지만 실행에 옮긴 건 보미의 결단력이랄까?"

이현은 그러지 말라는 눈으로 하륜을 흘겨보고는 보미와 다시 시선을 맞추었다.

"보미야, 유치원에서 고모를 뭐라고 부르랬어?"

"선생님."

"그래, 그렇게 불러야지. 알았지?"

"응응, 알았어. 숙모 선생님!"

"헛!"

이현은 애꿎은 하륜을 노려보았다. 교육을 시켜도 단단히 시켰구나, 하는 이현의 눈빛에 하륜은 다시 흠흠, 헛기침을 했다. 그러자 명령 센서에 불이 들어온 로봇처럼 보미가 이현의 입술에 쪽, 뽀뽀를 하고 물러섰다.

"나 좀 전에 삼촌이랑 뽀뽀했다? 이제 숙모 선생님도 삼촌이랑 뽀뽀한 거네?"

"……!"

아이의 말장난이라고 치부해도 될 것을, 이현은 깜짝 놀라 손등으로 제 입술을 가렸다. 얼굴이 화끈 달아올랐다. 열두 살 소녀도 아닌데, 간접 키스란 말에 이토록 설렐 줄이야. 이현은 난감하면서도 부끄러웠다. 그때 지영이 다가와 하륜을 관찰하는 시선으로 바라보며 이현에게 말을 건넸다.

"선생님 반 아이들은 제가 잠깐 보고 있을 테니까 이야기 나누고 와요. 아직 수업 시작하려면 시간도 있으니까."

"아니, 그러지 않아도……."

"감사합니다. 그럼 잠시만 실례하겠습니다."

하륜은 지영의 호의를 흔쾌히 받아들였다. 그는 이현의 손을 찾아 쥐었다. 소스라치는 이현의 반응에도 하륜은 끄떡하지 않았다. 하륜이 이현의 손을 잡고 성큼성큼 걷자 이현은 못 이기는 척 그를 따랐다.

"이쪽으로 와."

이현은 하륜을 유치원 건물 뒤로 이끌었다. 최대한 사람들의 시선이 미치지 않는 곳을 찾았다. 이현은 하륜을 마주 보고 선 채 눈매를 찌푸렸다.

"애한테 무슨 말을 가르친 거야. 보미한테 난, 고모라고."

"보미는 어린애지만 어리석진 않아. 널 고모가 아닌 숙모라고 불러도 된다는 것쯤은 이해하고 있어."

"어린애를 이용해서 꼭 그래야만 했어? 그런다고 네가 만족할 만한 일은 일어나지 않아."

이현은 하륜의 시선을 피하며 그를 탓했다. 하지만 이현에게 닿아 있는 하륜의 시선엔 흔들림이 없었다.

"덕분에 네 말문이 트였으니까."

"……!"

"내가 바란 건 그거니까."

"약았어."

이현은 여전히 하륜에게 시선을 주지 않은 채 나지막하게 투덜댔다.

"어제까지만 해도 넌 날 돌아보지도 않았어. 내게 말을 꺼내 놓는 것조차 마음을 졸였지. 하지만 지금은 보미 덕분에 내게 말하는 게 편해지지 않았어?"

사실이었다. 너무나 황당한 일을 당해 반발하다 보니, 어이없게도 그와 대화하는 것이 편해졌던 것이다.

"남자친구 있어?"

마치 밥 먹었냐고 묻는 듯 무심히 내뱉는 하륜의 말에 이현은 흠칫 놀라 그를 올려다보았다. 까만 눈동자가 짙은 빛으로 진실을 요구하고 있었다.

"없어. 하지만 너와 상관없어."

이현은 맘에도 없는 오기를 부렸다. 이렇게 그를 마주하고 보니 자꾸만 그에게 투정을 부리고 싶은 마음이 들었다. 아이처럼 그에게 안겨 그동안 저를 외면한 것을 보상받고 싶은 심리가 일었다. 그를 탓할 수 없다는 걸 알면서도, 모든 걸 그의 탓으로 돌리고 싶은 서러움이 스멀스멀 솟구쳤다.

"좋아하는 사람은?"

"……!"

"없다고 안 하네?"

이현은 약세에 몰리자 원망스런 눈으로 하륜을 쏘아보았다. 하륜의 눈동자가 아침 햇살에 청명하게 빛나고 있었다. 그가 지금 이 순간을 즐기고 있다는 생각이 들자 이현은 울컥했다. 여전히 이 관계에서 강자는 하륜이었고 저는 약자란 생각이 들었다. 제게는 그와의 관계에 있어서 여유라곤 없는데, 하륜은 너무나 여유로워 보였다.

"상관없잖아."

이현이 그를 지나쳤다. 그러나 이내 이현의 발걸음이 뚝 하고 멈췄다.

"당사자한테 상관없다고 하면, 그럼 누구와 상관있다는 거지?"

하륜이 이현에게로 돌아섰다. 그의 입가에 맴돌던 웃음기가 사라졌다. 그는 당혹스러운 표정으로 도망치려는 이현의 허리를 꽉 껴안았다. 그의 가슴과 이현의 등이 맞닿았다. 제 두 팔 안에 가득 담긴 이현의 촉감과 체취에, 하륜은 그동안 참아 왔던 그리움이 왈칵 터졌다. 이현을 안고 있는데도 더욱 그리워지는 이 모순적인 감정. 그는 이 순간, 그리움에 사무쳤다.

"기회를 줘."

"……."

"난 달라지지 않았지만, 달라졌다는 걸 증명할 수 있는 기회를."

이현은 하륜의 손을 뿌리치기 위해 그의 팔목을 잡았다. 그러나 선뜻 뿌리칠 순 없었다. 이번에도 뿌리치면 두 번 다시 그를 잡을 수 없다는 걸 누구보다 잘 아는 이현이었다. 지금이 마지막 기회가 될 것이다.

"무엇보다……."

하륜은 이현을 더욱 꼭 옭아맸다. 이대로 이현과 하나가 되면 좋을 것 같았다. 다시는 떨어질 수 없게.

"날 잊지 않은 널 외면하는 일 따윈 할 수 없다, 난."

"……!"

이현은 흠칫 놀랐다. 하륜이 제 마음을 알고 있다니…….

내색하지 않으려 애쓴 보람도 없이 그렇게 티가 났던가? 아니면 꽁꽁 감춘 내면을 꿰뚫어 보는 능력이라도 생긴 걸까. 어디서 그런 자신감이 나오는 걸까. 이현은 혼란스러웠다. 하지만 그 이전에 제 마음을 알아주는 하륜에게 울컥했다. 말하지 않아도, 무심한 듯 꽁꽁 감추어도, 제 마음을 봐 준 그의 마음에 심장이 울컥 반응했다.

"우리 사랑하자, 이현아……."

"……!"

"이미 시작해 놓고 아닌 척하는 거, 더는 하지 말자, 우리."

"무슨…… 소릴 하는 거야. 난……."

이현은 하륜을 뿌리칠 수도, 그의 말이 틀렸다고 말할 수도 없었다. 그저 제 가슴 아래를 왈칵 끌어안고 있는 그의 팔을 꽉 쥔 채 눈시울만 붉힐 뿐이었다.

"난……."

"알아. 너도 날 사랑한다는 것쯤."

"흑……."

기어코 이현의 입에서 왈칵 울음이 터져 나왔다. 걷잡을 수 없었다. 무방비한 상태에서 터진 울음은 심장에서부터 걷잡을 수 없이 꼬리를 물고 밀고 나왔다.

하륜은 자칫 잘못 다루면 깨어지기라도 하는 듯이 이현을 천천히, 조심스레 돌려 세웠다. 하염없이 눈물을 쏟아 내는 이현의 눈동자를 응시하던 그는 힘겹게 미소 지었다.

"네 눈동자, 보석 같다고 했던 말, 지금도 진심이다."

"여전히 갖지 못한 것에 대한…… 집착이 아니라고 확신할 수 있어?"

이현이 울음을 삼키며 물었다. 하륜은 이현의 얼굴을 두 손으로 감싸 쥔 채 그녀의 눈동자를 애틋하게 응시했다.

"내 확신은 중요하지 않아. 지금 내게 중요한 건 너에게 확신을 주는 거다."

"모르겠어……. 정말 모르겠어. 나도 내 마음을…… 잘 모르겠어."

"네게도 기회를 줘. 네 마음을 확인할 수 있는."

이현은 대답 대신 하륜의 눈동자만 끊임없이 바라보았다. 그의 진심을 읽어 내려는 듯이. 그러다 그녀는 결심한 듯, 바람결에 나뭇잎이 흔들리듯 작은 움직임으로 고개를 끄덕였다.

그때였다. 이현의 결심에 놀란 눈빛을 띠던 하륜의 눈에서도 굵은 눈물 한 방울이 뚝 하고 떨어졌다.

"사랑한다, 정이현⋯⋯."


"서하륜, 돌아왔지?"

조용한 카페에 유행하는 노래가 흘렀다. 평소라면 유행가 가사에 시큰둥한 이현이었지만, 오늘따라 노래 가사에 귀가 기울여지는 그녀였다. 맞은편에 앉은 강현은 아메리카노 잔만 만지작거리며 무거운 마음으로 물었다.

"응."

"만났어?"

"응."

"어때?"

*헤어져도 헤어진 게 아냐. 보지 못해도 난 늘 널 봐.*

*너는 내 거인 듯, 나는 네 거인 듯 그렇게 하나야, 우린.*

노래 가사에 심취한 이현이 대수롭지 않게 대답하자 강현은 테이블을 검지로 톡톡 쳤다. 저에게 집중을 해 달라는 의미였다. 그 소리에 이현이 강현을 올려다보았다.

"미안, 듣고 있어. 근데 어떠냐니?"

"변하지 않았지?"

이현은 강현을 가만히 바라보았다. 변하지 않았냐는 게 무엇을 두고 묻는 건지 생각했다. 아무래도 저에 대한 그의 마음을 묻는 것이 분명했지만 이현은 대답하기가 어려웠다.

"시간이 많이 지났잖아. 변하지 않는 건 없는 것 같아. 우리들도 변했잖아."

친구로 지내기로 한 강현이었지만, 그는 여전히 이현에 대한 미련을 모두 버리진 못한 채였다. 이현도 그 정도는 느끼고 있었다. 하지만 그도 제법 거리를 유지하며 친구로서 지내려고 노력한다는 것을 알기에 강현을 완전히 밀어낼 순 없었다.

"어쩐지 서하륜이 변했다면 실망스러울 것 같다."

"왜?"

"글쎄, 기대치라는 것이 있어서 그런가?"

강현은 씁쓸하게 웃었다. 이젠 친구로서도 이현을 전처럼 챙겨 줄 수가 없을 것 같아 안타까웠다. 여자친구를 사귀기도 했지만, 여자친구보다는 이현이 우선이었다. 그래서 헤어진 여자만 해도 수두룩했다. 이현은 그런 사실까진 알지 못했다. 만약 그 사실을 알게 되면 저를 밀어낼 거란 걸 알기에, 강현은 이현에게만큼은 철저히 비밀로 했던 것이다.

"사귈 건가?"

강현은 이현에게 시선을 주지 않은 채 물었다. 알고 싶지만 그 대답을 듣기엔 왠지 두려웠다. 이현이 하륜과 만나겠다고 하면 이제 저는 어째야 하는지.

"아직은 그런 이야기 하긴 이른 것 같아. 그냥……."

이현은 커피 잔을 만지작거리며 고민하는 듯 머뭇거렸다.

"우린 다시 만났고……. 한 가지 확실한 건 예전에도 지금도…… 서로가 그립다는 거……."

"서하륜, 변하지 않았네."

이현은 고개를 끄덕였다. 저를 원하는 마음엔 변함이 없다는 것에 동의했다. 하지만 그 마음의 모양이 어떻게 변했을지는 이현도 아직은 알 수가 없었다. 이제 그 마음을 확인해 보고자 결심을 굳힌 것만으로도 이현에겐 벅찼다. 하륜은 그 존재감만으로도 벅찬 상대였다. 그런 그가 저를 사랑한다니, 그의 사랑을 과연 감당할 수나 있을지.

'그가 날 사랑한다니…….'

이현은 하륜의 말이 실감 나지 않았다. 그가 빈말을 내뱉는 성격이 아니라는 것을 누구보다 잘 알지만, 그가 사랑이라는 말을 입에 올린 것부터가 낯설고 신기했다. 저를 사랑하라고 강요할 때나 입에 올릴 것 같은 '사랑'이란 단어를 '너를 사랑해'의 의미로 듣게 될 줄이야. 그의 마음을 의심한다기보다는, 단지 믿기가 어려웠다.

"그보다 넌 어때? 새로 사귄 여자친구랑은 잘돼 가?"

이현이 싱긋 웃으며 물었다. 강현은 이현이 제 여자친구에 대해 물을 때마다 마음이 불편했지만, 여자친구가 있기 때문에 그녀가 저를 편하게 대한다는 것을 알기에 피식 웃었다.

"귀여워. 오빠, 오빠 그러면서 얼마나 애교가 많은지."

"그래, 넌 왠지 그런 여자랑 잘 어울릴 것 같더라. 전에 여자친구들은 거의 다 동갑 아니면 연상이었나?"

"뭐가 그리 먹고 싶은 것이 많은지, 나만 보면 배고프시단다."

"맛있는 거 많이 사 줘. 너 능력 되잖아. 그거 다 너랑 함께 있고 싶어서 그러는 거야. 너랑 맛있는 거 먹으면서 데이트하고 싶어서."

이현은 진심으로 그가 여자친구와 잘되길 바라는 마음으로 조언했다. 이현을 욕심내지 않겠다고 결심한 강현이지만, 이현이 다른 여자와 진심으로 잘되길 바라는 기색을 비칠 때마다 그는 마음 한구석이 시큰해지곤 했다.

"난 그렇게 좋은 남자가 못 되는데, 그 아인 내가 엄청 좋은 남자라고 여기는 것 같아. 그게 좀 부담스럽기도 하고."

"뭐가 부담이야. 그만큼 널 좋아한다는 뜻이잖아."

이현은 여자 마음을 그렇게 모르냐며 슬쩍 눈을 흘겼다. 그러자 진지해진 강현이 이현에게 되물었다.

"너도 그랬어?"

"응?"

"너도 하륜이가 널 몰아붙일 때…… 그때도 그 녀석이 좋은 남자라고 생각했어?"

"아."

이현은 옛 기억을 되짚어 보았다. 저는 어땠을까.

생각해 보니 강현의 말이 틀리진 않은 것 같았다. 하륜이 저를 몰아세우고, 무리한 요구를 해 대도 근본적으로는 그가 나쁜 남자는 아니라고 믿었으니까. 노력하지 않아도 그의 좋은 점들이 눈에 들어왔고, 그의 집착 어린 강압에서도 그를 미워할 수 없는 의미를 찾아내려고 했었다.

"그런 것 같아."

바보 같았다. 이제야 깨닫다니. 하륜이 절 몰아붙이는 것도, 그것을 받아들이는 저도, 너무나 일상처럼 당연해서 깨닫지 못했던 것 같았다.

"좋아하면 그런 거 같아. 다른 사람은 다 모욕이라고 말해도 난 관심에서 비롯된 분노로 느껴지는 그런 거……."

이현은 고개를 들어 강현을 환한 미소와 함께 응시했다. 어쩐지 마음속에 깨달음의 불 하나가 켜지는 기분이었다.

"어쩌면 하륜이도 그랬을까? 남들에겐 집착으로 보였던 그 태도가,"

하륜이에겐 너무나 당연한 관심의 표현이어서 미처 깨달을 새도 없었던 걸까?"

"만약에 말야."

강현은 말을 할까 말까 잠시 망설였다. 지난 7년 동안 열심히 산 이현이었다. 하지만 늘 그리운 눈빛을 하고 있었다. 그건 저로서는 도저히 해결해 줄 수 없는 부분이었고, 가끔은 그녀를 잃어도 좋으니 하륜이 나타나 그녀의 그리움을 말끔히 앗아 가 주었으면 싶기도 했었다.

이제 하륜이 돌아왔고, 그가 돌아오자마자 이현의 눈동자에 서려 있던 짙은 그리움이 옅어진 것을 보았기에 말을 하지 않을 수가 없었다.

"남들은 다 내가 널 괴롭힌다고 생각했겠지만, 난 그마저도 관심의 표현이었다고 하면 해답이 될까?"

"아."

이현은 강현의 말뜻을 알아차렸다. 어쩐지 미소가 새어 나왔다. 제 경우를 들어 하륜 역시 그러했을 거란 대답을 해 주는 강현이 고마웠다. 그에게는 쉽지 않은 말이었을 수도 있었다. 이현은 가방에서 작은 선물 상자를 꺼내 그의 앞으로 내밀었다.

"생일 축하해."

"어?"

강현은 깜짝 놀랐다. 이현이 제 생일을 챙겨 주다니.

"그동안 생일 한 번 챙겨 주지 못해서 정말 미안해. 친구라면서 내가 너무 매정했어. 생일 많이 지나 버렸지만 늦게나마 축하해."

강현은 이현이 왜 그랬는지, 그 이유를 잘 알고 있었다. 하륜의 생일을 챙겨 주지 못하는 마음이 미안해서 다른 남자의 생일도 챙겨 줄 수가 없었다는 것을.

그런 그녀에게서 생일 선물을 받게 되니 여러 감정이 맞물렸다. 이현에게 받는 선물이 처음이라는 감격과 그녀가 제 생일을 챙겨 주었다는 기쁨, 그리고 이젠 이현이 하륜의 생일도 챙겨 줄 마음이 생겼다는 것을 알게 된 씁쓸함.

"열어 봐도 돼?"

"응, 별거 아니지만."

강현은 상자의 포장을 정성 들여 뜯었다. 물건 귀한 줄 모르는 그였다. 풍족함이 넘치니 아까울 게 없었다. 하지만 이번만큼은 달랐다. 포장지조차도 고이 접어서 간직하고 싶어지는 마음이라니.

"어······?"

그는 상자를 열어 보고 깜짝 놀랐다. 쿠키였다. 분명 제과점에서 산 게 아니라 직접 만든 수제 쿠키. 강현은 놀란 눈으로 이현을 바라보았다. 그의 눈이 묻고 있었다. 정말 저를 위해 만든 게 맞냐고.

"처음으로 해 주는 건데 덜렁 돈 주고 사긴 그렇더라고. 그렇다고 내가 손재주가 좋은 것도 아니고. 내가 할 수 있는 수준에서 가장 정성 들인 거니까 맛있게 먹어 줘. 설탕도 많이 안 넣었어."

"정말······ 날 위해서? 서하륜 주려고 만든 거 나눠 주는 거 아니고?"

강현은 여전히 믿기 어려운 눈으로 쿠키를 내려다보았다. 오백 원 정도 크기의 별 모양 쿠키가 손바닥만 한 상자에 그득했다.

"그런 거 아냐. 선물 줄 걸 어떻게 그런 맘으로 만들어? 맛은 좀 없을지도 몰라, 훗."

"맛있을 거 같아. 하지만 난 못 먹을 것 같다. 먹기 아까워서······."

"그럼 내가 먹어 주지."

"헛!"

일은 눈 깜짝할 새에 일어났다. 어느새 나타난 하륜이 쿠키 상자를 들더니 말릴 새도 없이 입안으로 들이부었다. 입안 가득 쿠키를 집어넣고 우적우적 씹으며 하륜은 이현과 강현을 번갈아 바라보며 웃었다.

"맛있네."

"서하륜!"

너무 어이가 없어서 아무 말도 못하는 강현 대신 이현이 소리쳤다. 그녀는 강현의 표정을 살피며 하륜을 노려보았다.

"그거 생일 선물이란 말야. 네가 먹으면 어떡해!"

"그런 거였어? 어쩐지 맛있더라."

하륜은 다시 고개를 젖히고 입을 벌리더니 상자 안의 쿠키를 들이부었다.

"미쳤냐, 서하륜!"

강현이 자리에서 벌떡 일어나 하륜의 손에서 쿠키 상자를 빼앗아 들었다. 그러나 이미 한발 늦었다. 상자 안에는 쿠키가 몇 조각 없었다. 두세 개 남은 쿠키를 보며 강현은 기함했다.

하륜은 볼이 미어져라 쿠키를 밀어 넣고 씹다가 목이 막히는지 이현의 식어 버린 커피를 꿀떡꿀떡 마셨다. 그는 커피 잔을 내려놓고 이현의 손을 찾아 쥐었다.

"커피도 다 마셨으니 이제 갈까?"

"어떻게 알고 온 거야? 그보다 잠깐만!"

하륜이 손을 잡아끌자 이현은 그에게 이끌려 가면서 뒤를 힐끔 바라보았다.

"다음에 다시 만들어 줄게! 미안해!"

"다음에라니. 박강현의 생일은 챙겨 주면서! 내 생일은 알고나 있는 건가?"

카페를 벗어난 하륜이 낮은 목소리로 투덜댔다. 그는 주차장으로 향하면서도 이현을 돌아보지 않았다. 조금 전까지만 해도 해맑은 미소로 웃던 그가 강현에게 등을 보이면서부터는 표정이 굳어 있었다. 화가 난 것 같지는 않았다. 이현은 하륜의 옆얼굴을 물끄러미 지켜보며 그가 어떤 감정인지를 파악하려 애썼다.

"이번 주 금요일이잖아."

"알아?"

표정이 풀린 하륜이 이현을 돌아보았다. 이현은 그제야 그의 표정이 말하고 싶은 바를 이해할 수 있었다. 질투였다. 하륜이 질투라는 것을 하고 있었다. 전과는 다른 방식으로.

"질투하는 거야?"

"질투라니. 어디서 그런 근거 없는 말을."

하륜이 발뺌을 했다. 그는 차 문을 열면서 시선을 회피했다. 이현은 그런 그를 보며 피식 웃었다. 달라졌다는 게 바로 이런 거구나, 싶었다. 예전 같았으면 윽박지르고 강요했을 터였다. 그런데 이젠 '나 질투가 나서 토라졌으니까 달래 달라'고 귀엽게 시위를 하고 있었다.

"질투라고 인정하면 달래 줄 텐데."

"뭐?"

"그 정도는 해 줄 생각 있는데."

그녀를 노려보듯 쳐다보던 하륜의 얼굴에 짐짓 망설이는 기색이 역력했다. 자존심 때문이 아니었다. 쑥스러워 미칠 것만 같았다. 질투가 나면 더 버럭버럭해야 쑥스러움을 감출 수가 있는데 인정하라니.

하지만 이현의 말은 너무도 유혹적이었다. 달래 준다니. 그녀가 달래 준다는 게 어떤 건지, 또 어떤 기분인지 느껴 보고 싶었다.

“우리가 다시 시작하기로 한 기념으로 너와 저녁을 먹고 싶었어. 살아생전 기념일이라고는 낯 뜨거워서 챙겨 본 적도 없는 내가, 너와 그 기념이라는 것을 해 보고 싶어서 집까지 찾아갔더니 넌 없고 전화도 안 받고. 뭐 대단히 중요한 일이 있나 보다 생각하고 돌아가던 중에 네가 박강현과 카페 안으로 들어가는 걸 봤지. 그게 내 눈에 띈 것도 신기하지만, 네가 박강현의 생일 선물을 챙겨 준 것도 신기할 뿐이고. 그럴 수 있다고 쳐도 수제 쿠키라니! 하! 그게 말이 된다고 생각하는 거냐, 넌?”

이현은 눈매를 찌푸린 채 제가 무슨 말을 하는지도 모르는 듯 횡설수설하는 하륜을 빤히 쳐다보았다. 하륜이 이렇게 많은 말을 한 번에 내뱉는 것도 신기할 따름이었다.

“질투라는 말을 그렇게 돌려 말해야 돼?”

“흠⋯⋯.”

하륜은 인정하지 않을 수 없었다. 그는 머리를 숙여 이현에게 들이밀었다.

“달래 줘⋯⋯.”

“훗.”

이현은 하륜의 머리를 쓰다듬었다. 그의 머리를 쓰다듬는 날이 오다니. 그가 제게 달래 달라고 앓는 소리를 하는 날이 오다니 꿈만 같았다. 이런 일이 일어날 줄은 상상도 못 했었다.

“강아지 같아.”

“뭐?”

그 말에 발끈한 하륜이 이현의 손을 잡아채며 눈을 부라렸다. 그러나 이현은 이제 그가 무섭지 않았다.

“예전부터 강아지 길러 보고 싶었어.”

"아……."

이현이 차에 올라타는 모습을 멍한 시선으로 따라가다 하륜은 정신이 번쩍 들었다. 그 말은, 저를 좀 더 가까이 두고 돌봐 주고 싶다는 건가? 하륜은 맘이 조급해진 나머지 조수석 안으로 머리를 밀어 넣었다.

"왜, 왜 이래?"

하륜이 얼굴을 바짝 들이밀자 이현은 그를 피해 최대한 몸을 움츠렸다. 하지만 그와 거리를 둔다는 것 자체가 무리였다. 이현은 호기심으로 빛나는 하륜의 눈동자와 마주하자 심장이 두근댔다.

"그 말은 날 길러 볼 생각이 있다는 건가?"

"네가 어린애도 아니고, 뭘 기른다는 거야."

"널 처음 봤을 때 난 널 기르겠다고 했어. 그땐 내 감정을 제대로 볼 줄 아는 나이도 아니었고, 표현력은 저질이었지. 하지만 분명한 건 너와 함께 지내고 싶다는 거였어. 너도 내가 했던 말을 되돌려 준 거 아닌가?"

"하여튼 머리는 좋아서."

이현은 하륜의 시선을 피해 입을 삐죽였다. 참 놀라움의 연속이었다. 그에게 입을 삐죽이는 날이 오다니.

"날 길들여 줘."

"어?"

길들여 달라니? 이 말이 정말 하륜의 입에서 나온 게 맞는지 의심스러웠다. 하륜은 제게서 돌아간 이현의 시선이 그리워졌다. 함께 있으면서도 그녀가 저를 바라보지 않는다는 건 떨어져 있을 때보다 더 큰 그리움이었다. 그는 이현의 턱을 돌려 제게로 시선을 돌려놓았다.

"길들여, 날."

"난……."

하륜의 입술이 이현의 입술 위로 내려앉았다. 이현은 저도 모르게 눈을 감았다. 그의 감미로운 입술이 제 입술을 짓누르는 감촉이 좋았다. 그는 살며시 입술을 뗀 채 새벽안개처럼 낮은 목소리로 속삭였다.

"뭐든 할 테니까……."


"진짜? 잘됐다, 이현아."

영미는 간만에 이현을 만나기 위해 그녀의 집을 방문했다. 임신 7개월에 들어선 영미의 몸이 제법 무거워져 있었다.

"내가 간다니까 굳이 왜 와? 몸도 무거운데."

이현이 직접 짠 토마토 주스를 영미 앞에 내려놓았다. 영미는 토마토 주스를 몇 모금 마신 뒤 몸을 소파 등받이에 기댔다.

"너랑 하륜이가 다시 만난다는 얘길 듣고 가만있을 수가 있어야지! 그래서 어떻게 됐어? 하륜이가 뭐래?"

"천천히."

이현은 토마토 주스 잔을 들고 낮은 한숨을 내쉬었다. 아직 혼란스럽긴 마찬가지였다. 그러나 예전에 비해 한결 마음이 편안해진 것도 사실이었다. 실은 하륜을 만난 후로 자꾸만 웃음이 배실배실 새어 나와 지영에게 핀잔을 여러 번 들었다.

"엄청 어색할 줄 알았어. 하륜이 다시 만나게 되면 낯설고…… 어색해서 예전 같지 않을 줄 알았어."

"그런데 아냐?"

"내 맘속의 서하륜은 늘 그대로라서, 칠 년 동안 늘 함께해 와서 하나도 낯설지 않지만……. 실제로 보는 서하륜은 너무나 오랜만이고 예전보다 훨씬 남자다워져서 낯설어야 당연한데……."

"어제도 만난 것처럼 낯설지 않더라, 그 말?"

"응. 당혹스러웠긴 했지만 낯설진 않았어."

"오오."

영미는 감탄 어린 눈으로 이현을 바라보며 남은 토마토 주스를 홀랑 마셨다.

"하륜이 맘, 변하지 않았지?"

"왜 그렇게 생각해?"

이현이 되묻자, 영미는 조금 당황한 눈빛으로 시선을 회피하며 둘러댔다.

"뭐, 서하륜은 내가 보기에도 심장이 아주 묵직해 보이거든. 한 번 이거다, 싶으면 끝까지 이거! 그런 느낌이랄까?"

"그거 집착 아닐까?"

이현은 늘 물어보고 싶었지만 물을 수 없었던 것을 입에 담았다.

"야야, 집착도 보통 애정 없이는 불가능한 거다? 생각해 봐. 넌 관심도 없는데 거기에 집착이 생기든?"

"그렇긴 하지만."

"내가 보기엔……."

영미는 명탐정처럼 한 손으로 턱을 괸 채 다른 손으로는 팔꿈치를 받들고 심각한 표정을 지었다.

"서하륜에겐 집착도 사랑인 것 같다."

"응?"

"다른 건 못 보는 성격 때문에, 오로지 하나만 보는 성격 때문에 다른 사람들이 봤을 땐 집착이니 뭐니 왜곡돼 보이는 거 같아. 하지만 지난 칠 년 동안 내가 지켜본 서하륜은 엄청난 집중력과 단단한 마음을 가진……."

"지난 칠 년?"

이현은 영미의 말을 놀란 눈으로 듣고 있다가 의문을 느끼고 되물었다. 지난 칠 년 동안 서하륜을 지켜봤다고? 저조차도 그의 소식을 듣지 못하고 지낸, 그 시간 동안?

그러자 영미는 제가 말실수를 했다는 걸 깨닫고 딴청을 피웠다.

"아, 이제 본격적으로 봄이 시작되려나 봐. 아까 보니까 목련도 피고, 개나리도……."

"딴소리 말고 영미야, 그게 무슨 말이야?"

영미는 슬쩍 이현의 눈치를 살피다 하는 수 없다는 듯 자세를 고쳐 앉았다. 그녀의 눈빛이 사뭇 비장해 보이기도 했다.

"실은 나…… 서하륜과 계속 연락을 해 왔었어."

"뭐?"

이현은 하마터면 손에 들고 있던 주스 잔을 놓칠 뻔했다. 영미의 말을 어떻게 받아들여야 할지, 잠깐 충격으로 넋을 놓을 뻔했다. 영미는 제 휴대전화를 꺼내 메일 앱을 터치했다. 그러고는 하륜 전용 편지함을 열어 이현에게 내밀었다. 메일이 수백 통에 이르렀다.

"보면 알겠지만 전부 네 얘기야."

"아……."

이현은 떨리는 손으로 편지함 하나를 열었다. 가장 최근의 편지였다.


여기 회사 일은 도전적이고 활기가 넘쳐. 무척 마음에 들고 가능하다면 여기서 경력을 더 쌓아 내가 설계한 건물이 우뚝 선 모습을 보고 싶다. 하지만 내겐 그보다 더 중요하고 더 소중한 계획이 있어. 내 평생을 걸고서라도 꼭 이루고 싶은 소원이지.

이현이에겐 아직 말하지 마. 내가 저를 찾아갈 거란 걸 알면 숨으려고 들지도 모르니까.

이현이에게 다가가기 위해 난 여기서도 사랑하는 법을 배우고 있다. 일주일에 한 번, 외로운 아이들과 함께 지내며 그 아이들에게서 사랑을 베푸는 법도, 받는 법도 배우고 있어. 그 경험은 내겐 아주 귀한 선물 같은 시간이다.

근데 박강현, 그 자식은 참 끈질기기도 하다. 아직도 이현이 근처에서 알짱거린단 말이지? 하지만 그 근성은 높이 사 줘야겠군. 박강현은 신경 쓰지 마. 돌아가면 그 자식부터 끝장을 낼 테니까.

이현이에게 보고 싶다고 말해 줘. 나 대신 매일……. 부탁한다. 넌 이현이에게도 멋진 친구지만, 내게도 좋은 친구다. 고맙다, 영미야.


이현은 심장이 떨려 다른 메일을 열어 볼 수가 없었다. 불현듯 지난 일주일이 되짚어졌다. 영미는 매일 하루에 한 번은 꼭 전화를 걸어 보고 싶다고 말했었다. 쑥스럽게 왜 그러냐고 이현이 핀잔을 주면, 영미는 함께 살다가 결혼하고 떨어져 지내니 왜 이렇게 보고 싶은지 모르겠다며 투정을 부렸다. 그게 다 하륜의 마음을 대신해서였다니…….

"못 보겠어……."

이현이 휴대전화를 건넸다. 영미는 휴대전화를 다시 가방에 넣으며 말했다.

"하륜이가 보낸 메일, 너한테 다 보내 줄게. 이젠 봐도 괜찮겠지. 나중에 마음이 좀 진정이 되면 하나씩 천천히 봐. 그거 보면 너에 대한 서하륜의 마음이 집착인지 아닌지 알 수 있을 거야."

"난 기다린 것밖에 한 일이 없는데……."

이현은 입술을 지그시 깨물었다. 제가 하륜을 위해 한 일이라고는 기다린 것뿐이었다. 그러나 하륜은 제게로 돌아오기 위해 많은 노력들을 해 왔다는 사실에 뭉클해졌다. 마음이 아팠다. 그가 심적으로 얼마나 힘들었을지, 짐작이 갔다.

"그래, 솔직히 서하륜이 노력한 거, 그건 너도 인정해 줘야 돼. 하륜인 하루라도 빨리 너한테 돌아오려고 밤잠 안 자고 공부했대. 조기 졸업하고 나선 건축설계사 자격증을 따기 위해서 경력 쌓는다고 또 미친 듯이 일했대. 네게 멋진 남자가 된 모습을 보여 주고 싶다고 그랬어."

"……."

"어디 그뿐이야? 하륜이 한국에 있을 때 너 다니던 보육원에 봉사하러 다녔던 것도 모르지?"

"어?"

처음 듣는 말이었다. 하륜이 조기 졸업한 거나, 건축 회사에서 실력을 인정받으며 경력을 쌓아 가고 있다는 것은 하준에게 들어서 알고 있는 사실이었다. 그러나 그 노력들이 다 저를 위해서라고는 생각하지 못했다. 그런데 하륜이 한국에 있을 때부터 봉사활동을 다녔다고?

"너 처음 봉사활동 나가고 난 뒤에 몸살 앓았잖아. 일이 좀 힘들어서. 그 뒤로 하륜이도 너 다니는 보육원에 봉사활동을 나갔어. 네가 일요일에 봉사활동을 갔었잖아? 하륜인 토요일에 가서 이불 빨래나 아이들 목욕 같은 힘든 건 다 해 놓고 왔어. 조금이라도 너 편하라고."

"설마……."

믿을 수가 없었다. 어쩐지 몇 년을 봉사하러 다녔지만 첫날을 제외하고는 이현이 갈 때마다 이불 빨래나 아이들 목욕 같은 일은 거의 없었던 것이다. 봉사하러 오는 젊은 남자가 여간 일을 잘해 주는 게 아니라는 원장님의 말을 듣긴 했지만, 그게 하륜일 거라고는 짐작조차 할 수 없었던 일이었다.

"말 나온 김에 다 해야겠다."

영미는 벼르고 있던 것을 오늘에서야 다 털어놓을 수 있다는 것에 조금 흥분한 것 같았다. 그녀는 아파트를 둘러보며 말했다.

"처음 우리가 이 아파트에 들어오던 날 생각나? 네가 인테리어 너무 예쁘다고 해서 내가 큰맘 먹고 꾸몄다고 했었지? 실은 그것도 다 하륜이 작품이야. 군대 가기 전에, 너 여기서 행복하게 지내라고 싹 다 꾸며 주고 갔어."

"왜……. 왜 그런 얘기 안 했어?"

"했음, 그 당시의 네가 여기서 살려고 했겠어?"

그도 그랬다. 그때의 저라면 하륜의 손길이 닿은 곳에서 살 수 없었을 것이다. 이현의 눈가가 촉촉이 젖어 들었다. 알고 보니 하륜의 손길이 미치지 않은 곳이 없었던 것이다. 그와 7년 동안 헤어져 지냈다고 생각했는데 실은 늘 함께였던 것이다.

"작년에 내가 너한테 선물한 원피스 있지? 그것도 하륜이가 미국서 보내 준 거였어. 그뿐이 아니야. 네 졸업식에 꽃을 보낸 것도, 네가 처음 취업을 했을 때 꽃을 보낸 것도 다 하륜이었어. 난 이름만 빌려 줬을 뿐이야."

"흑……."

문득 하륜이 그리워지는 이현이었다. 그의 마음이 왈칵 쏟아지니 그 마음에 제 마음도 공명했다. 이현은 뜨거워진 눈으로 벌떡 일어섰다.

"미안, 영미야. 나, 가 봐야 할 거 같아."

"그래. 어서 가 봐."

영미는 환하게 웃으며 이현을 재촉했다. 그녀가 가 봐야 할 것 같던 곳이 어디인지는 말하지 않아도 충분히 알 것 같았다. 이현이 지금 달려갈 곳은 단 한 곳뿐이었다.

이현은 어두워진 거리를 달렸다. 걸음이 빠르지 않은 게 오늘처럼 답답한 적은 없었다. 택시라도 수월하게 잡혀 주면 좋을 텐데 그렇지도 않아 속상했다. 봄밤의 훗훗한 바람이 간질간질 양 볼을 간질인다. 중간에 몇 번이고 멈춰 서서 손짓을 해 봐도 손님을 태운 택시는 무정히 그녀를 지나쳤다.

"하륜아……."

하륜이 들을 수 없는 공허한 부름을 공기 중에 아련히 내뱉은 이현은 발을 동동 굴렀다. 사실 택시를 탔다고 해도 어디로 가야 할지 알지 못하니 답답하기는 마찬가지였을 것이다. 집으로 전화도 해 봤지만 하륜은 없었다. 하준도 하륜이 어디에 있는지 알지 못했다.

오늘 당장 만나지 못한다고 해서 죽는 건 아니었다. 내일이면 또 보미를 데려다 준다는 명목으로 하륜이 유치원에 모습을 드러낼 것은 분명했다. 하지만 이현은 단 1초도 가만히 앉아서 기다릴 수가 없었다.

이제 더 이상은 앉아서 그를 기다리는 일 따윈 하고 싶지 않았던 것이다.

이럴 때 전화번호라도 알아 두었다면 얼마나 좋을까. 이현은 애꿎은 제 휴대전화를 노려보았다. 그때 불현듯 혹시 하는 생각이 들었다. 하륜이 고등학교 때 쓰던 휴대전화 번호를 바꾸지 않았을지도 모른다는 생각이 들었던 것이다. 제가 그런 것처럼.

이현도 전화번호를 바꾸지 않았다. 어쩌면…… 혹시 어쩌면 하륜이 연락을 해 올지도 모른다는 생각으로.

신호가 갔다. 이현은 상대방이 전화를 받기까지 두근거리는 마음으로 기다렸다. 만약 모르는 사람이 받으면 어쩌지? 그럼 사과하고 끊으면 되지만 그 후엔? 그 후엔 어디 가서 하륜을 찾아야 하지?

[정이현!]

"아!"

바뀌지 않았다. 이현은 휴대전화를 두 손으로 꼭 쥔 채 귀에서 떼지 못했다. 잘못 들은 게 아니다. 하륜의 목소리가 틀림없었다.

[드디어 전화해 주네.]

"번호……."

[너라면 바꿀 수 있겠어? 나 역시 바꿀 수 없었다. 혹시라도 네게 잘못 걸린 전화라도 오지 않을까 해서.]

"……어디야?"

[집.]

"하준 오빠랑 통화했어. 너 집에 없다고……."

[그 집 말고. 너 밖이지?]

"그럼?"

이현은 돌아왔던 길로 도로 돌아섰다. 그녀는 하륜이 말하는 집이 자신의 아파트라는 걸 바로 알아차렸다. 길이 엇갈린 모양이었다.

"기다려, 갈게."

이현은 전화를 끊자마자 하륜에게 비밀번호를 알려 주지 않았단 사실이 떠올랐다. 재빨리 문자에 비밀번호와 들어가서 기다리라는 말을 남기고 왔던 길을 다시 내달렸다. 그리 멀리 오지 않아 다행이었다. 하륜에게로 돌아가는 길이 그리 멀지 않아서.

헐레벌떡 달려오긴 했지만, 이현은 선뜻 문을 열진 못했다. 제 몰골이 말이 아닐 것이다. 그녀는 황급히 흐트러진 머리를 손으로 빗어 가지런히 정리하고 옷매무새를 바로잡았다. 가방에서 팩트를 꺼내 화장을 점검했다. 다행히 땀에 화장이 뭉개지진 않았다. 그러나 뛰어다니는 바람에 땀 냄새가 나진 않을까 걱정이 되었다.

"향수라도 사 놓을걸."

평소에 향수를 쓰지 않는 것이 오늘만큼은 아쉬웠다. 이현은 밤공기를 마시며 숨을 가다듬었다. 하륜을 만나면 무슨 말을 가장 먼저 할까. 조금 전까지만 해도 그에게 하고 싶은 말이 무더기였는데, 막상 그와 대면할 순간이 가까워지자 머릿속이 깨끗해졌다. 아무 생각도 나지 않았다.

"어쩌지? 무슨 말부터 하려고 했더라?"

이현은 문 앞을 왔다 갔다 하며 제가 하려던 말을 되짚어 보았다. 도무지 생각이 나지 않았다. 그러다 문이 벌컥 열리자 이현은 소스라치게 놀랐다.

"깜짝이야……."

가슴을 쓸어내리며 깜짝 놀랐음을 표하자 하륜이 쿡 하고 웃었다.

"비디오폰으로 보고 있었는데."

"뭐?"

"발소리가 들려서. 넌가 확인하고 문 열어 주려고 보고 있었지."

"하!"

이현은 어이가 없었다. 하륜이 아닌, 제게 어이가 없었다. 하륜이 보고 있는데 예쁘게 보이려고 온갖 폼은 다 잡았으니.

"넌 지금도 예쁘지만 화장 안 하고 옷을 안 입었을 때가 가장 예뻐."

"헛!"

이현은 눈매를 찌푸리며 기함했다. 예전과 다르면서도, 어쩐지 달라지지 않은 것 같은 하륜의 직설화법에 얼굴이 뜨거워졌다.

"변한 거…… 아니었어?"

"변했지. 하지만 기질은 쉽게 변하는 게 아니지. 난 내가 배우지 못한 것을 학습해서 터득했을 뿐이지, 성격까지 뜯어고쳤다고는 하지 않았어."

하륜은 이현의 팔을 잡아 안으로 이끌었다. 재미있다는 듯 싱글싱글 웃는 하륜의 옆얼굴을 흘겨보던 이현은 그의 말뜻을 이해하기 위해 머리를 굴려야만 했다.

"머리 굴리지 마. 차차 알게 될 거니까."

"독심술도 배웠어?"

"말했지? 이젠 네가 말하지 않아도 네가 무슨 말을 하고 싶은지 알 것 같다고."

하륜은 이현을 제 앞에 마주 보게 세웠다. 그런 뒤 그녀의 양팔을 쥔 채 심호흡을 했다. 뭔가 대단한 이야기를 꺼내려는 사람처럼 비장함도 느껴지는 눈빛이었다. 그 바람에 이현은 왜 제가 하륜을 만나려고 했는지를 잊고 있었다.

"나 여기서 살 거다."

"어?"

이현은 하륜의 말을 전혀 이해하지 못했다.

"네 곁에서 살 거라고."

"뭐?"

그의 말을 이해했으면서 이현은 이해하지 못한 척 되물었다. 당황스러워서 쉽게 이해한 내색을 할 수가 없었다. 진지한 하륜의 눈빛이 끈질기게 이현에게 요구했다. 저를 받아 달라고.

"단 일 초도 너와 떨어져 있기 싫다. 지난 칠 년, 우리에게 필요했던 시간이지만 생각해 보면 너무 억울하기도 하잖아. 그래서 난 지금부터라도 너와 단 일 초도 떨어지지 않겠다고 결심했어."

"마, 말이 되는 소릴 해…… . 어떻게 늘 붙어 있을 수 있어?"

이현은 하륜의 팔을 부드럽게 뿌리치며 거실 한쪽에 놓인 커다란 캐리어를 쳐다보았다. 짐까지 싸서 온 걸 보니 그냥 해 보는 소린 아닌 듯했다. 이현은 밥이나 먹고 가라며 주방으로 향하다 흠칫 놀라 몸을 떨었다.

하륜은 이현을 붙들어 벽에 밀어붙이고는 제 두 팔로 달아나지 못하게 막아섰다. 그는 최대한 이현과 가깝게 다가서서 나지막하게 물었다.

"나와 같이 사는 게 싫어?"

"시, 싫다 아니다의 문제가 아니라…… ."

"싫다, 아니다로 대답해."

"싫은 건 아니지만, 같이 사는 건 아무래도 무리…… ."

이현은 고개를 슬쩍 돌려 바닥으로 시선을 던졌다. 하륜의 얼굴이 너무 가까웠다. 그의 눈빛이 저를 잡아먹을 듯 너무 강렬해서 이현은 그를 마주 볼 수가 없었다. 가슴이 콩닥콩닥 뛰고 숨이 점점 가빠지는 게, 제게서 일어나는 감정의 변화가 낯설지 않았다. 오래전 겪어 보았던 뜨겁고도 저릿했던 그 감각과 관련 있는 흥분이라는 것을, 이현은 느끼고 있었다.

"네 곁에 있게 해 주면 네 방에 몰래 기어 들어가는 짓은 하지 않는다. 약속할게."

"……."

분명 안심해야 하는 말인데, 어쩐지 그 말도 마땅찮은 이현이었다. 저도 제 마음을 어떻게 해석해야 할지 난감했다.

"당당하게 걸어 들어가는 한은 있어도."

"그게 뭐야?"

이현은 기가 막혀 코웃음을 쳤다. 그 말이 그 말이지 않은가. 하륜의 입가에 옅은 미소가 피어올랐다. 사악해 보이기도 하는 그 미소에 이현은 심장이 떨렸다.

"너와 자고 싶어."

"……!"

"너와 사랑을 나누고 싶어."

하륜의 목소리가 뜨거운 정염에 잠겨 있었다. 이현은 놀란 눈으로 하륜을 올려다보았다. 놀라움이 커서 눈동자조차 쉽게 움직일 수가 없었다.

"네 육체를 원하는 게 아냐. 네 사랑을 원하는 거지."

"난…… 이제 겨우 널 받아들였어. 그리고 넌 내게 확인시켜 주고 싶다고 했잖아? 집착이 아니라 사랑이라는 것을."

"그래, 네게 보여 주고 싶어. 내가 널 얼마나 사랑하는지. 그 방법 중에 하나가 사랑을 나누는 행위지."

이현은 할 말이 없었다. 하륜의 말에 반박할 수가 없었다. 이미 그와의 사랑으로 겪어 보지 않았던가. 사랑하는 사람과의 잠자리는 단지 쾌락의 행위가 아니라 마음을 나누는 가장 솔직하고도 진실된 표현이라는 것을.

"설마 지금 당장은…… 아니지?"

이현은 하륜의 시선을 피하며 어색한 목소리로 물었다. 그러자 조금 전보다 더 뜨거워진 하륜의 목소리가 들려왔다.

"네가 지금 날 원하지 않는다면."

"……!"

정말 약았다. 이현은 입술을 잘근 깨물었다. 대답 대신 선택권을 제게로 넘기며 거절하지도 못하게 만들다니.

'변하지 않았어! 하나도 안 변했어! 여전해! 여전히 숨 막혀! 어릴 땐 몰랐는데, 지금은 곁에 있는 것만으로도 내가 그를 원하게 돼……. 하아…… 어쩌지?'

이현은 한숨을 속으로 삼켰다. 하륜은 어릴 때도 지금도 여전히 섹시했다. 그의 눈빛, 목소리, 짓궂게 웃는 미소까지도. 아니, 더욱더 강렬해졌다. 그가 짙은 눈길로, 낮은 목소리로 '벗어'라고 명하면 저도 모르게 그렇게 할 것 같은 포스가 존재했다.

"날 원하지 않는다면…… 밀어내."

하륜의 얼굴이 이현에게로 기울었다. 이현은 터질 것 같은 심장을 보호하기 위해 두 손을 하륜의 가슴에 가져다 댔다. 그러나 차마 밀어내지는 못하는 그녀였다.

"그전에 나…… 할 말 있어. 그것 때문에 널 찾으러 갔었어. 웃기지? 네가 어디에 있는지도 모르면서 무작정 달려 나갔었어."

이현이 다소곳하게 눈을 내리깐 채 수줍게 말문을 열었다. 지금 꼭 해야만 하는 이야기가 있었다. 하륜은 수줍어하는 이현의 얼굴을 가만히 내려다보았다. 그녀가 하고 싶다는 이야기가 뭘까.

"나 실은 쭉 너 기다렸어……."

"뭐……?"

하륜의 왼쪽 눈썹이 일그러졌다. 제가 들은 이야기가 혹시 착각은 아닌가 의심을 품은 눈빛이었다. 이현은 그런 그의 눈빛을 따뜻한 제 시선으로 어루만졌다.

"널 밀어낸 건 나였지만 다시 돌아와 주길 기다렸어. 네가 날 좋아한다는 말…… 그 말이 사실이길 바라면서 기다렸어. 언젠가 네가 네 마음에 확신이 들면, 그땐 돌아와 주겠지 하는 마음으로 기다렸어."

"정이현……?"

하륜의 눈동자가 커다래졌다. 이현의 말을 듣고 있어도 믿기지가 않았다. 저를 기다렸다고?

"네게서 벗어나고 싶었던 것도 사실이야. 그땐 정말 그랬으니까. 하지만 시간이 지날수록…… 나도 깨달은 게 있어."

이현의 눈가가 촉촉해졌다.

"넌 그냥 좋아하는 남자가 아니라…… 나의 일부였어. 죽어도 끊어낼 수 없는 그런 거. 아무리 미워도…… 아무리 괴로워도 너 없인 안 되겠더라……."

"그런데 어째서……."

하륜은 이현의 눈가에 맺힌 눈물을 엄지로 부드럽게 닦아 주었다. 그의 마음도 먹먹해졌다.

"어째서 내게 조금의 힌트도 주지 않았지?"

"너한테 난 독이라는 생각은 변함이 없었으니까. 내게서 벗어나야 네가 자유로워지고 행복해질 거란 생각은 그대로였으니까."

"정말 못됐다, 정이현."

"미안해."

"너한테 돌아오려고 내가 얼마나 열심히 산 줄 알아? 때때로 그렇게까지 했는데도 네가 날 밀어내진 않을까, 얼마나 불안했는지 알기나 하냐고."

이현은 원망스러운 하륜의 눈빛에 마음이 아팠다. 그녀는 그의 볼을 두 손으로 다정하게 감쌌다.

"알아. 이젠 알 것 같아. 네가 날 좋아한다는 그 말…… 그때도 지금도 집착이 아니라는 거 믿어, 이젠."

"하아……."

하륜이 고개를 숙인 채 한숨을 내쉬었다. 무거운 짐을 내려놓은 듯한 한숨이었다. 뭔가 풀릴 듯 말 듯 잘 풀리지 않던 일이 겨우 풀린 후의 홀가분함 같은 한숨이었다.

"아직도 네가 나한테 독이라고 생각해?"

"아니."

이현이 입가에 미소를 띠며 고개를 저었다.

"너도 나 같을 거라고 생각해. 너한테도 나……."

이현은 오른손은 제 심장 위에, 왼손은 하륜의 심장 위에 살며시 가져다 댔다.

"아무리 아파도, 아무리 괴로워도 떼어 놓을 수 없는 일부라고……."

하륜은 이현의 이마에 제 이마를 가볍게 올려놓았다. 이제야 그녀와 완벽하게 하나가 되었다는 생각이 들어 가슴이 뭉클했다. 더 이상무슨 말이 필요할까. 이렇듯 마음이 통했는데 더 무슨 말이 필요할까.

이현도 하륜과 같은 생각이었다. 더 할 말은 많지만 무의미할 것 같았다. 그녀는 느끼고 있었다. 지금 이 순간, 그와 제 마음이 하나로 이어져 있다는 것을.

둘 사이에 뭉클한 침묵이 흘렀다. 먼저 침묵을 깨고 입을 연 건 이현이었다.

"씻고…… 싶어."

이현의 목소리가 나뭇잎 위로 떨어지는 빗방울만큼이나 작았다. 그러나 하륜에게는 그 어떤 소리보다 사랑스럽게 들렸다. 그 말은 곧 저를 허락한다는 뜻이었으니.

"날 가져."

하륜의 입술이 이현의 입술 위로 가깝게 내려앉았다. 그의 목소리가 밤공기보다 더 무겁게 가라앉아 있었다. 하지만 밤공기만큼이나 은밀하고도 섹시했다.

"날 가져, 정이현."

"……"

"네게 다 줄 테니."

"……"

"네가 날 가져."

하륜의 뜨거운 입술이 이현의 떨리는 입술 위로 날아들었다. 마치 첫 키스처럼 설렘과 떨림으로 가득한 입맞춤이었다. 제 마음을 다 담아 이현에게 전하고 싶은 그의 마음이 느껴지는 키스였다.

이현은 하륜을 살며시 밀어냈다. 그녀는 설렘으로 떨리는 눈을 들어 하륜을 응시했다.

"가지고 싶어……."

하륜은 이현의 고백에 흠칫 놀랐다. 조금 더 저를 밀어낼 줄 알았다. 그는 코끝이 찡해져 올 만큼 감격스러웠지만, 울컥하는 마음을 억누르며 참아 냈다.

"넌 내 거야, 서하륜. 그치?"

하륜은 대답 대신 이현의 손을 잡아 손가락 다섯 마디에 모두 입을 맞추었다. 이현의 눈가가 붉어지며 환한 미소를 지었다.

"어서 와……."

이현은 목이 멨다. 하지만 꼭 하륜에게 해 주고 싶었던 말이었다. 그가 잘 들을 수 있도록, 큰 소리로 환하게 해 주고 싶었던 말이었다.

"어서 와, 하륜아!"

이현은 하륜의 목을 와락 끌어안았다. 이현의 마음속에 들어차 있던 문의 빗장이 활짝 열리는 순간이었다.

"다녀왔어……."

하륜은 이현의 허리를 꽉 끌어안으며 울컥한 목소리로 속삭였다. 이제야 겨우 이현이 제게 마음을 다 연 것 같아 고마웠다. 이보다 더 행복할 수 있을까? 하륜은 이현을 더욱 꼭 껴안았다.

"사랑한다."

"나도……."

"사랑한다, 이현아."

"응……. 나도……."

"사랑해, 정이현."

"나도…… 사랑해."

이현은 하륜이 제 목덜미에 얼굴을 묻은 채 훗 하고 나지막하게 웃는 소리를 들었다. 기분 좋은 웃음이었다. 하륜이 웃자 이현은 절로 행복해졌다.

행복했다. 이렇게 서로 꼭 껴안고 있는 것만으로도 더할 나위 없이 행복했다. 하륜은 이현을 놓아줄 생각이 없었고, 이현은 그에게서 벗어날 생각이 없었다. 그들은 서로의 가슴을 통해 전해져 오는 심장 소리를 들으며 끊임없이 체온으로 사랑을 전하고 있었다.

"방으로 갈까?"

"씻고 올게……."

이현은 하륜을 거부하지 않았다. 마음을 감추고 싶지 않았다. 그에게 다 주어도 아깝지 않은 밤이었다. 하지만 그전에, 봄밤의 후덥지근한 바람에 노출되었던 몸을 씻어 내고 싶었다.

"그럼 같이 씻자."

"아, 아니 그건 아직……!"

이현이 하륜을 밀어내며 당황했다. 더욱 건장한 남자가 되어 돌아온 그의 몸을 보는 첫날이었다. 그것은 마치 첫날밤처럼 두근거리고도 설레는 일이었다. 한편으로는 떨려서 두렵기도 한 일이다. 아무리 그와 함께하는 밤이 처음은 아니라고 해도 함께 목욕부터 할 강심장은 아니었다. 이현은 하륜의 가슴에 손을 댄 채 머리를 흔들었다.

"내가 가장 후회하는 일 중에 하나가 뭔지 알아?"

"응?"

"널 처음 안았던 밤, 널 안은 다음 내 손으로 널 씻겨 주지 못했던 거다."

"아……."

"적어도 사랑을 나눈 뒤에 널 따뜻하게 안아 주고 싶었어. 내 손으로 정성 들여 씻겨 주면서 아파하던 널 어루만져 주고 싶었는데 그러질 못했어. 그러니까 이번만큼은 내게 맡겨 줘."

"그럼 그건 후에……."

"지금부터 모든 걸 내게 맡겨. 내가 널 얼마나 사랑하는지 보여 줄 수 있는 기회니까."

하륜이 입꼬리를 올려 웃었다. 이현은 이러지도 저러지도 못한 채 하륜의 옷자락을 움켜쥐었다. 하륜의 바람은 너무나 다정하고 따뜻해서 거절할 수가 없었다. 그는 망설이는 이현을 번쩍 들어 올렸다.

"이럴 땐 대답을 기다리는 게 아니지!"

"정말 너, 대박 약았어."

이현은 하륜의 목을 끌어안으며 원망조로 웅얼거렸다. 하지만 싫은 기색은 아니었다. 하륜은 이현을 안아 욕실로 향하며 피식 웃었다.

"욕해도 좋아. 날 밀어내지만 마."

하륜은 이현을 욕실에 내려놓고 샤워기의 손잡이를 돌려 온도를 맞추었다. 물이 약간 미지근한 온도가 되길 기다리는 동안 하륜은 이현의 블라우스에 손을 뻗었다. 이현은 흠칫 놀라 한 발을 뒤로 뻗었다가 멈칫했다. 그 동작을 이현이 저를 거부하는 몸짓으로 느꼈는지, 하륜의 눈빛이 금세 상처받은 것처럼 미세하게 일그러졌던 것이다.

"미안. 떨려서 나도 모르게⋯⋯. 내, 내가 할게."

이현은 스스로 단추를 풀었다. 하륜의 손길이 옷자락에 닿았을 뿐인데도, 단추를 푼다는 행위 때문인지 심장이 멎을 것만 같았다. 그와 사랑을 나누기도 전에 심장이 에너지를 다 소모하면 안 될 것 같았다. 그녀는 긴장된 손으로 단추를 하나둘 풀어 나갔다.

하륜은 이현의 손을 물끄러미 바라봤다. 작고 여린 손으로 단추를 푸는 손길이 사랑스러웠다. 조금만 기다리면 햇살에 탐스럽게 익는 복숭아처럼 탄력 있는 젖가슴이 모습을 드러내리라. 그의 입술이 바짝 말라 갔다. 갈증이 일었다.

조심스럽게 블라우스를 벗어 바닥에 내려놓은 이현은 스커트의 지퍼도 내렸다. 그러나 차마 스커트를 내리지 못하는 이현의 손길이 어정쩡하게 머뭇거렸다. 하륜은 조바심이 났다. 어서 빨리 앙증맞은 팬티에 감춰진 오아시스 속으로 빠져들고 싶은 마음에 아랫도리가 묵직하게 팽창했다.

"이리로 와."

하륜이 손을 내밀었다. 이현은 그의 눈을 한 번 바라보고 그의 손을 향해 시선을 내렸다. 그의 손을 잡으면 격정이 시작될 거라는 걸 본능적으로 깨닫는 이현이었다.

하륜이 먼저 샤워기에서 쏟아지는 물에 몸을 맡겼다. 물줄기가 하륜의 몸 위로 거침없이 떨어졌다. 셔츠가 젖어 그의 맨살이 드러났다. 이현은 그의 몸에서 시선을 뗄 수가 없었다. 제 가슴을 짓누르던 그의 가슴이 제게 어떤 흥분을 주었는지, 그녀는 똑똑히 기억하고 있었다.

그녀는 하륜의 손을 잡았다. 물에 젖은 그의 머리카락과 눈빛이 상처받은 짐승처럼 애틋하게 빛나고 있었다. 그는 이현을 돌려세워 왈칵 끌어안았다. 그녀의 엉덩이에 제 분신을 완벽하게 밀착시킨 뒤 그는 이현의 브래지어 안으로 손을 밀어 넣었다.

"씻, 씻는다고 했잖아……. 아웃."

"구석구석 씻겨 줄게. 부드럽게."

"아아, 이건……."

이현은 입술을 깨물었다. 브래지어를 밀어내고 주물대는 하륜의 손은 크고 따뜻했다. 그것만으로도 몸 이곳저곳이 저릿해져 오는데, 하륜이 스커트 안으로 손을 밀어 넣자 소스라치며 몸을 떨었다.

"안 돼……."

이현은 하륜의 손목을 잡고 밀어내려 안간힘을 썼다. 부끄러웠다. 그가 제 은밀한 여체를 손으로 씻겨 준다고 생각하자 얼굴이 화끈거렸다. 그러나 한편으로는 그의 손이 닿자 잊고 있었던 쾌감이 스멀스멀 잠에서 깨어나 이현의 몸을 타고 올라왔다. 좀 더, 그가 좀 더 만져 주길 바라는 마음도 일었다.

그의 손이 무람없이 팬티 속으로 파고들었다. 여린 속살을 가르고 예민하고 뜨거운 곳을 부드럽게 가로질러 오르내렸다. 그의 긴 손가락이 오랜만에 다시 만난 이현의 여체를 희롱했다.

"으흣."

이현이 허리를 비틀며 신음했다. 가슴과 아랫도리에서 불길이 일었다. 단지 하륜의 강인한 손길만으로도.

하륜은 팔을 돌려 샤워기를 잠갔다. 이현의 가쁜 숨소리가 욕실 안을 꽉 채우며 맴돌았다. 그는 이현의 턱을 제게로 돌려 키스를 퍼부었다. 그녀의 신음마저도 다 삼켜 버릴 듯이. 그동안 참아 왔던 마음을 다 쏟아붓듯이.

"하륜아, 서하륜······! 그, 그냥······ 그냥 안아 줘······."

이현이 그의 키스를 받으면서도 더는 못 견디겠다는 듯이 애원했다. 하륜은 그녀가 말을 하는 와중에도 그녀의 입술과 혀를 탐했다. 잠깐 말을 하느라 생기는 공백도 아까웠다.

질척, 질척.

이현은 허리를 숙이며 벽을 짚었다. 물소리가 들리지 않자, 그의 손가락이 제 몸 안을 들락거리는 소리가 증폭되어 울렸던 것이다. 그의 손가락만으로도 쾌감의 절정에 다다른 이현은 그에게 안아 달라 애원하는 지경에 이르렀다.

"못 견디겠어······. 더는······ 더는······."

"사랑한다고 말해."

하륜은 이현의 몸을 들쑤시던 손가락을 멈추지 않으며 애원했다. 그의 다른 손이 탐스러운 그녀의 젖가슴을 왈칵 움켜쥐었다. 마치 그에게 심장을 잡힌 듯 이현의 몸에 작은 경련이 일었다.

"으응, 하앗."

"사랑한다고 말해 줘. 그럼 뭐든 할 테니까. 널 위해서면 뭐든!"

"사랑해……."

하륜의 손이 멈췄다. 이현의 입에서 한숨 돌린 신음이 쉴 새 없이 쏟아졌다. 그러나 그것도 잠시뿐이었다. 이현은 하륜이 옷을 벗어 던지는 소리에 귀를 기울였다. 이내 제 몸에 옹색하게 남아 있던 브래지어가 헐렁해짐을 느꼈다. 그녀는 스스로 브래지어를 벗어 던졌다. 그러나 팬티가 내려지는 느낌이 들자 그녀는 엉덩이를 비틀었다. 부끄러웠다.

하륜은 이현의 등을 조심스레 눌렀다. 이현은 그의 손길이 시키는 대로 허리를 숙였으나 이 상황을 이해하진 못하고 있었다.

"으읏, 앗!"

이현이 소스라쳤다. 그가 엉덩이 사이를 비집고 혀를 밀어 넣었던 것이다.

"이런 건! 이런 건 없었잖아?"

이현은 두 팔로 벽을 짚은 채 신음하다 그를 돌아보며 울먹였다. 여린 꽃잎을 핥아 대는, 바람처럼 부드럽게 움직이는 그의 혀로 인해 아랫배까지 희락으로 꽉 채워졌다. 미칠 것만 같았다. 그와 은밀한 사랑을 나누는 사이라는 것만으로도 죽을 것처럼 행복했다. 그런데 그가 직접적으로 전해 주는 쾌감은 미치기 직전까지 그녀를 뒤흔들어 놓았다.

"사랑을 나누는 방법이 무궁무진하다는 것쯤은 알 나이다, 나도."

하륜이 몸을 일으키며 허스키해진 목소리로 말했다. 그는 이현을 돌려세웠다. 그는 두 손으로 달뜬 이현의 얼굴을 어루만졌다. 부끄러움에 시선을 내리던 이현은 우뚝 솟은 그의 분신에 흠칫 놀랐다. 이미 제 몸으로 한 번 받아들인 그였지만, 그땐 제대로 보지 못했었다. 제대로 보는 건 이번이 처음이었다. 굵고 큰 그의 분신은 그의 마음만큼이나 단단해 보였다.

'이렇게 큰 게 내 몸 안에 들어왔었단 말야?'

하륜이 이현의 허벅지 안쪽을 어루만지다가 한쪽 다리를 들어 올렸다. 이현은 그가 제 몸 안으로 들어오기 위해서 준비 중이라는 것을 알았다. 심장이 터질 것처럼 뛰어 댔다. 하륜은 이현의 입술을 덥석 삼켰다. 그가 격정적으로 키스를 해 오자 이현은 아찔해진 정신으로 잠시 키스에 몰두했다. 그러나 이내 제 몸 깊숙이 찌르며 들어오는 그의 분신에, 엉덩이에 힘을 주며 비틀었다.

"윽, 너 날 제대로 길들일 생각이구나?"

하륜은 이현의 다리를 잡고 있지 않은 팔로 벽을 짚으며 신음했다. 그는 이현의 목덜미에 입을 맞추며 뜨거운 숨을 토해 냈다.

"그렇게 힘주지 마. 갈 것 같다."

하륜은 이현의 목선을 따라 키스하며 속삭였다. 이현은 두 손으로 하륜의 머리를 끌어안았다.

"그만큼 날 좋아한다는 거지?"

"후."

하륜이 이현의 턱에 입을 맞추며 기분 좋은 웃음을 흘렸다.

"몇 번이고…… 다 받아 줄게."

"아……."

"네가 날 기다려 준 만큼…… 나도 널 기다려 줄게. 네가 만족할 때까지……."

하륜은 이현의 눈을 응시했다. 렌즈를 뺀 그녀의 눈이 푸른색으로 돌아와 있었다. 하륜은 이현의 눈동자가 좋았다. 푸른 호수 같기도 하고, 하늘 같기도 한.

"그 말, 후회하게 될지도 몰라."

"후회 안 해."

"진짜 너……."

하륜은 곤란하다는 듯 미간을 찌푸리며 고개를 숙였다가 이내 다시 이현의 눈을 응시했다.

"사랑스러워 미칠 것 같다."

그는 말이 끝나기 무섭게 이현의 안을 힘껏 파고들었다. 이현의 몸이 들썩이며 신음했다. 그의 엉덩이와 허벅지가 힘 있게 움직였다. 이현은 한 발로 버티고 서 있기가 어려워 하륜의 목을 끌어안고 매달렸다. 살과 살이 부딪히는 소리가 욕실 안을 가득 메웠다. 정말이지 색정적이고 원초적인 소리였다.

"아흑, 하아……."

"이현아……."

"흐읏……."

더욱 빠르게, 더욱 깊게.

그들이 함께 만들어 내는 소리가 점점 더 격렬해져 갔다. 하륜은 멈출 수 없는 질주 본능으로 이현을 몰아쳤다. 그러나 이현이 서 있는 것조차 버거워하며 무너져 가자 그는 격정적인 몸짓을 멈추었다.

"너 감기 걸리겠다."

하륜은 끙 하고 앓는 소리를 내더니 수건을 가져와 이현의 머리를 닦아 주었다. 그의 손이 움직일 때마다 살랑살랑 얼굴을 간질이는 머리카락의 움직임이 좋았다. 가빴던 숨소리도 조금씩 안정을 찾아갔다. 그러자 그가 이현을 수건으로 꽁꽁 싸더니 안아 올렸다.

"이제 방으로 가서 하던 거 마저 할까?"

"끝난 거 아니었어?"

이현이 놀란 기색을 감추지 않았다. 그러자 이현의 말에 하륜이 더 놀란 눈을 했다.

"무슨 소리지? 난 아직 시작도 안 했는데?"

"어?"

이현은 어리둥절해져서 말문이 막혔다. 그렇게 격정적인 사랑을 나누고 아직 시작도 안 했다고?

"오늘 밤은 잘 생각 하지 마."

이현은 아직도 저릿저릿 저려 오는 아랫배를 한 손으로 지그시 누르며 수줍게 그의 시선을 피했다.

무척이나 달콤하고도 훈훈한 봄밤, 그들은 서로의 마음을 확인하고 또 확인하며 이미 빠져 있는 사랑에 다시 빠져들고 있었다.


이현은 하륜을 위해 두 팔을 걷어붙였다. 그의 생일이다. 가족들끼리 다 같이 저녁을 먹자고 했더니 촌스럽고 낯간지럽다며 하륜이 거절했다고 한다. 이현은 하준에게서 그 말을 듣고 그답다는 생각이 들었다. 예전부터 하륜은 생일을 챙겨 주는 걸 무척이나 싫어했었다. 자신이 태어난 것부터가 잘못되었다고 생각하는 그였으니까.

"아가씨, 정말 이래도 되겠어요?"

소은은 이현이 사 온 계란 두 판을 보며 고개를 갸웃거렸다. 아무리 계란을 좋아한다고 해도 생일상에 계란 반찬만 올린다는 계획 자체가 좀 무리란 생각이 들었던 것이다.

"생일이라고 거창한 상을 받으면 하륜인 더 불편해할 거예요. 이거면 돼요."

이현의 생각은 달라지지 않았다. 잡채와 불고기라도 하자는 소은의 주장에도 불구하고 이현은 제 생각을 굽히지 않았다. 한 상 떡하니 차려 놓고 가족 모두가 그가 돌아오기만을 기다려 생일 축하 파티를 할 거라고 하면, 외박을 하고도 남을 그였다.

"꼭 한 번은 알려 주고 싶었어요, 하륜이에게. 태어난 게 잘못이 아니라는 걸."

"네."

소은은 빙그레 웃으며 커다란 유리 볼을 내왔다. 이현은 달걀을 하나씩 깨뜨려 볼에 똑 떨어뜨렸다. 저녁에 집에서 보자는 문자를 하륜에게 남겨 놨으니 늦지 않고 올 것이다.

이현은 서둘렀다. 퇴근 시간이 좀 늦어지는 바람에 시간이 많이 지체가 되었다. 가능하면 그가 돌아오기 전까지 다 끝내 놓고 싶었다. 하준은 맛있는 냄새가 난다며 주방을 기웃거렸고, 보미는 아이다운 호기심으로 들락날락거렸다.

소은이 식탁에 수저를 놓으며 약간 긴장한 목소리로 말했다.

"실은 저, 좀 긴장돼요."

"왜요?"

"저 결혼할 때 두어 번 뵙고, 도련님 제대하고 잠시, 그리고 이번에 다시 만난 거라……."

이현은 식탁 위로 출격할 준비가 다 된 접시들을 옮기며 소은을 살폈다. 그녀는 조금 상기된 듯했다.

"하륜이가 어려우세요?"

"좀 그런 것도 있고……."

"걔가 좀 그래요. 저도 예전엔 눈도 못 마주칠 만큼 긴장했었으니까요."

"그런 것도 있지만 도련님 너무 멋있잖아요. 가족인데도 보고 있으면 심장이 두근두근거려요."

소은은 이현에게 바짝 다가서며 검지를 입술에 댔다. 그러고는 거실의 기척을 살폈다. 하준이 보미와 함께 거실에서 책을 보고 있었던 것이다.

"마치 연예인을 실제로 보고 있는 기분이랄까! 소녀 시절에 만화책이나 소설책 보면서 꿈에 그리던 그런 남자라고나 할까! 아무튼 너무 멋있어요. 하준 씨에겐 비밀이에요. 전에 한 번 얼핏 그런 말 했다가 토라져서 하루 종일 말도 안 하더라니까요?"

"네."

이현이 웃음을 참으며 다른 접시를 가지러 움직였다. 그때 '삼촌!' 하며 하륜을 부르는 보미의 목소리가 들려왔다. 이현은 재빨리 식탁 위를 둘러보았다. 소박하지만 정성을 다한 상차림에 만족한 이현은 얼른 거실로 나섰다.

"삼촌, 삼촌! 고모가 저녁 해 준대! 고모가 한 밥 맛있어!"

"그래?"

하륜은 보미를 안아 올리며 이현을 응시했다. 역시 집에서 보자고 한 이유가 그거구나 싶었다. 집으로 오는 내내 이현이 저를 위해 생일상을 차렸을지도 모른다는 생각을 하지 않은 건 아니었다. 하지만 막상 그 사실을 확인받고 보니 감격스러움이 배가 되었다.

"삼촌! 식탁 위가 완전 노란색이야!"

"어?"

보미의 힌트에도 하륜은 감을 잡지 못했다.

"완전 노란 꽃이 피었어. 노란 꽃밭이야!"

"손만 씻고 와. 밥부터 먹자."

이현의 말에 하륜은 보미를 내려놓고 욕실로 향했다. 소파에 앉아 그 모습을 지켜보던 하준이 상체를 돌려 이현을 바라보았다.

"완전 말 잘 듣네?"

"길들이기로 했어."

"하륜이가 따라 준대?"

"본인이 원한 거야."

"호오."

하준은 대단하다는 눈으로 엄지를 치켜세웠다.

"오빠도 얼른 와. 보미도."

이현은 보미를 향해 손짓을 했다. 보미가 쪼르르 달려와 이현의 품으로 파고들었다. 그전엔 보미가 사랑스럽고 귀여웠을 뿐 다른 생각은 하지 않았다. 그런데 하륜을 다시 만나고부터는 생각이 달라졌다. 보미를 볼 때마다 그와 저 사이에 보미 같은 딸이 있다면 어떤 기분일까, 하는 생각을 종종 하게 되었던 것이다. 그것은 때가 돼서 태양이 떠오르고, 때가 돼서 바람이 부는 것처럼 자연스럽게 일어난 감정이라 새삼스럽다는 느낌마저도 들지 않았다.

모두가 자리를 차지하고 앉자 하륜도 모습을 드러냈다. 이현은 그가 슈트 재킷과 넥타이를 벗어 놓고 가벼운 화이트 셔츠 차림으로 나타나자 주방 안이 고급스러워지는 기분이 들었다.

"이게 다 뭐야? 풉."

하륜은 식탁 위를 보고 깜짝 놀랐다. 그제야 보미가 식탁 위가 전부 노랗다고 한 말뜻을 이해할 수 있었다. 그는 웃음이 터져 나와 참을 수가 없었다. 하륜이 고개를 내저으며 졌다는 듯 웃자 이현도 생그레 미소 지었다.

"전부 계란말이잖아."

"잘 봐. 전부 계란말이긴 하지만 다 다른 계란말이야."

"그렇군."

하륜이 하나하나 찬찬히 둘러보았다. 오로지 계란만 가지고 만든 것, 파를 송송 넣어서 만든 것, 당근과 양파를 썰어 넣고 만든 것, 김을 넣고 만든 것, 참치를 넣고 만든 것, 볶은 김치를 넣고 만든 것, 햄을 넣고 만든 것 등 어느 것 하나 같은 계란말이가 없었다.

"생일상이지만, 생일상 같지 않은. 그렇지?"

하륜은 눈썹을 찌푸려 웃었다. 이현의 재치에 그녀가 더욱 사랑스러워졌다. 생일상은 부담스러워서 싫다고 한 저를 위해서 생일상처럼 부담스럽지 않으면서도 특별한 생일상을 차려 준 이현을 당장이라도 껴안고 사랑한다고 고백하고 싶었다. 하지만 식구들이 다 보고 있어서 그럴 수 없음이 안타까울 뿐이었다.

초인종이 울리자 소은이 현관으로 쪼르르 달려 나갔다. 현묵이 때맞춰 도착한 것이다. 이현이 현묵에게도 저녁은 꼭 집에서 함께 먹자고 연락을 했던 것이다.

"이게 다 뭐냐?"

현묵 역시 주방으로 들어서자마자 깜짝 놀랐다. 온통 계란 밭이었다. 현묵은 저도 모르게 훗 하고 나지막한 웃음을 터트렸다.

"이거 오늘, 이현이 덕분에 다들 웃네요?"

하준이 이현에게 눈을 찡긋거리며 말을 건넸다. 하륜은 이현의 옆자리에 앉아 그녀를 사랑스런 눈으로 응시했다.

"하륜이 생일날 이렇게 가족 다 모여서 밥을 먹는 게 몇 년 만이냐."

"이것도 다 이현이 덕분이죠, 아버지."

이번에도 하준이 이현을 두둔하고 나서자, 현묵이 이현에게 옅은 미소를 지어 보였다.

"그래? 고맙다, 이현아."

"아니에요. 제가 뭘요."

이현은 쑥스러워 얼굴을 붉혔다. 하륜이 식탁 밑으로 이현의 손을 찾아 쥐었다. 이현은 화들짝 놀라 가족들을 둘러보았다. 맞은편에 앉은 하준과 소은, 그리고 보미와 상석에 앉은 현묵까지 전부 눈치를 채지 못한 것 같아 마음이 놓였다. 그녀는 하륜에게서 손을 빼내기 위해 손목을 비틀었으나 역부족이었다.

"이현이가 만든 거냐? 하륜이 좋아한다고 계란말이만 잔뜩 만든 모양이구나?"

"이건 김치가 들어가서 입맛에 맞으실 거예요."

이현은 자유로운 손으로 볶은 김치를 넣은 계란말이를 현묵 앞에 놓아 주었다.

"아니다, 나도 계란말이 좋아한다. 저 녀석이 내 입맛을 닮았어."

현묵이 껄껄 웃었다. 하준은 현묵과 하륜을 번갈아 바라보다 기분 좋은 듯 큰 소리로 웃어 댔다.

"이렇게 다 모이니까 정말 좋군요! 보미 너도 좋지?"

"응, 좋아! 삼촌도 있고, 숙모도 있고!"

"……!"

이현은 그대로 얼음이 되었다. 이현과 보미를 제외한 모두가 깜짝 놀란 눈으로 하륜을 바라보았다. 하륜은 태연했다. 눈썹 하나 까딱하지 않은 채로 그 시선들을 다 받아 주고 있었다. 그러나 이현은 달랐다. 이 순간을 어떻게 모면해야 할지 난감했다. 하륜을 다시 받아들이긴 했지만 아직은 가족들에게 알리긴 이르단 생각 때문이었다. 그런데 갑자기 숙모라니! '숙모'라는 단어가 가진 파장은 엄청난 것이기에, 이현이 긴장하는 것도 당연했다.

"이게 무슨 소리냐?"

현묵은 놀란 눈치였지만 그보다 궁금증이 더 큰 듯했다. 하륜은 이현의 손을 꽉 잡은 팔을 공중으로 번쩍 들어 올렸다. 이현이 소스라쳤다.

"이런 거죠?"

"오호!"

하준이 감탄사를 내뱉었다. 아무런 설명을 듣지 않아도 상황이 파악되었다. 눈치 빠른 소은도 하륜과 이현의 관계가 남다름을 파악하고 수줍은 미소를 지었다. 그녀는 이현에게 파이팅이라는 눈빛을 보내었다.

아직 상황 파악이 안 되는 건 현묵뿐이었다. 긴가민가하는 현묵이 궁금해하고 있을 때 보미의 하이 톤 목소리가 식탁 위 공기를 장악했다.

"삼촌이랑 숙모랑 사랑한다, 예!"

순식간에 이현의 얼굴이 빨개졌다. 이현은 가만히 앉아 있을 수가 없어서 자리를 뜨려고 했으나 하륜이 옴짝달싹 못하게 손을 꽉 잡고 있었다.

"그런 거냐?"

현묵의 놀람은 이만저만이 아니었다. 최대한 담담한 척 표정을 감추었지만 상당히 당황해하는 기색이 역력했다. 하륜은 현묵을 진지한 눈으로 직시했다.

"제가 많이 좋아합니다."

"……!"

이현은 그럴 줄 알았다는 듯 눈을 질근 감았다. 하륜이라면 직설적으로 제 마음을 표현할 거라고 생각은 했다. 하지만 이렇게 빨리 둘 사이의 관계를 가족들에게 말하게 될 줄이야.

"흠, 난 좀 당황스럽구나."

현묵도 솔직했다.

"따로 말씀드리겠습니다. 저희 식사부터 하죠? 어서 맛보고 싶은데요."

"그래. 그래요, 아버지. 생일 케이크는 없지만 생일을 축하하는 자리니 맛있게 먹어요."

하준이 분위기를 전환했다. 옆에서 보미가 가장 신나했다. 떨어져 지내던 삼촌과 고모가 다 모인 게 더없이 기쁜 듯했다. 현묵이 숟가락을 들자 하륜도 미역국을 한 숟가락 퍼 입으로 가져갔다.

"맛있어."

하륜은 이현을 돌아보며 입가를 끌어올렸다. 이현은 조금 난감한 표정으로 고개를 저었다. 그러지 말란 뜻이었지만 하륜은 개의치 않았다.

"덕분에 생일이 좋아졌어. 태어나길 잘했단 생각, 처음으로 한다."

현묵은 숟가락을 국에 담근 채 하륜을 지켜보았다. 이현을 바라보는 그의 눈길이 영락없이 사랑에 빠진 남자의 눈이었다. 놀라운 일이었다. 현묵은 하륜에게서 저를 보았다.

오래전 은린을 사랑하던 한 남자로서의 그는 난폭하고 이기적이었다. 그녀가 사랑하는 남자가 있다는 걸 알면서도 그 사실을 모른 척할 만큼 그녀를 갖고 싶었다. 결국 은린과 정략결혼을 하고 하준을 낳았지만, 그녀는 늘 다른 남자를 품고 살았다.

그러던 어느 날, 늘 침울하던 은린이 밝아졌다. 이제야 마음을 돌렸나 생각했다. 하준이 초등학교에 입학할 나이가 되니 그녀도 이젠 한 남자의 아내이자 한 아이의 엄마라는 자각을 하게 된 거란 생각을 했었다. 그런데 그것은 그의 착각이었다. 은린이 첫사랑이었던 남자를 다시 만난 것이다.

그녀는 이혼해 달라고 애원하고 애원했다. 하준을 데리고 가고 싶지만 그것만은 현묵이 용납하지 않을 걸 안다며, 하준에게는 죽어서 사죄를 할 테니 놓아 달라 간청했다. 현묵은 사랑하는 남자에게 가지 못해 점점 시들어 가는 은린을 지켜보면서도 그녀를 놓아줄 생각은 추호도 없었다.

은린은 오랜 세월 사랑했던 그 남자와 넘어서는 안 되는 선을 넘었고 아이를 가진 채 야반도주를 했다. 현묵은 아이를 가진 그녀가 병원을 찾을 것을 예상하고 지인을 동원하고 사람을 사서 그녀의 행방을 수소문했다. 그러나 은린이 병원 진료를 받지 않는 바람에 그녀를 찾는 데는 시간이 걸렸다.

가난한 남자의 형편상 그들의 도피 생활은 그리 화려하지 않았다. 은린이 고생하는 걸 못 견딘 남자가 먼저 현묵에게 연락을 취해 왔다.

그렇게 다시 찾은 은린은 정신착란까지 일으킬 정도로 피폐해져 갔지만, 그는 그녀를 놓아주지 않았다. 제 곁에 두고 보살펴 주고 싶었다. 그 남자 곁에서 고생한 기억 따윈 다 잊어버릴 수 있게 뭐든 풍족하게 해 주고 싶었다. 그는 그것이 자신이 사랑하는 법이라고 생각했다. 언젠가 은린도 마음을 돌려 줄 거라고 믿으며.

은린은 죽기 전에야 마음을 돌렸다. 드디어 은린이 마음을 열었는데도 현묵은 기쁘지 않았다. 심장이 후회로 가득 찼다. 진즉에 그녀를 놓아줬어야 했다고 후회했다. 그런데 지금…… 하륜을 보고 있으려니 제 모습을 보는 것 같아 마음이 짠한 현묵이었다.

오래전, 하륜이 이현에게 짓궂게 집착한다는 걸 그도 알고 있었다. 그땐 하륜의 성격이 강하고 자존심이 강해서 그런 거라고 생각했었다. 좋아해서라기보다는 은린을 빼앗긴 것에 대한 사나울 정도의 짓궂은 응징이라고만 생각했었다. 그런데 지금 보니 그마저도 하륜에게는 사랑의 표현 방식이었다는 생각이 들었다. 제 피붙이가 아닌 하륜이, 저를 가장 많이 닮아 있었다. 현묵은 그 사실에 가슴 한쪽 구석이 묵직해져 왔다.

"이현아, 오늘은 자고 가라."

"네."

이현은 겨우 목소리를 낼 수 있었다. 하륜의 눈매가 일그러졌다. 자고 가겠다고 한 걸 나무라는 눈빛이다. 본가에서 자면 식구들 눈치 보느라 마음대로 사랑을 나눌 수 없다고 볼멘소리를 하는 듯한 표정이었다. 그의 눈빛에 이현은 왠지 얼굴이 화끈거렸다.

"생각해 보니까 자고 가는 건 무리겠어요. 유치원에서 하던 일을 집에 가져다 놨다는 걸 깜빡했어요."

"그래. 종종 자고 가거라."

"네."

이현은 현묵에게 싱긋 웃어 보인 뒤 시선을 거두다가 하륜의 눈과 마주쳤다. 마치 잘했다는 듯 흐뭇한 표정을 한 그의 눈빛이 예사롭지 않았다. 이현은 하륜의 얼굴을 보고 있으면 참 신기했다. 반듯한 이미지인데 어쩜 이리 색정적인 분위기를 풍길 수 있는지.

"그럼 하륜이 가는 길에 이현일 데려다 주면 되겠구나."

아직 집에서는 하륜이 이현과 함께 지낸다는 사실을 모르고 있었다. 하륜이 예전 아파트로 돌아가 지내는 줄로만 알고 있었던 것이다.

"그럴게요, 아버지."

현묵의 말이 떨어지기가 무섭게 하륜이 밝은 표정으로 냉큼 대답했다. 이현은 풋, 웃음이 터지려는 걸 간신히 참았다. 그의 변한 점을 하나 더 찾았다. 좋으면 좋다고 솔직하게 표현하는 것.

그의 표정 변화가 많아졌다.


"일은 할 만해?"

하륜과 나란히 걷는 아파트 복도가 참 정감 있게 느껴지는 이현이었다. 어디선가 라일락 향이 묻어나는 듯한 바람이 불어와 코끝을 스치고 지나갔다. 왠지 모르게 감상적으로 만드는 보름달도 그녀의 마음을 어수선하게 어지럽혔다.

"재미있어. 귀국하자마자 아버지께 프로젝트 기획안을 하나 올렸는데 다행히 긍정적인 결과가 떨어졌어. 그래서 요즘 팀원들과 머리 터지게 회의 중이야. 알다시피 우리 회사는 기획과 설계팀이 하나의 팀을 이뤄서 진행되잖아. 그런 기획설계팀이 두 팀이고. 피 터지게 경쟁해서 보다 나은 쪽으로 오더가 떨어지기 때문에 다들 프로젝트 결과가 나올 때까진 미치기 직전이야. 우리 아버지도 좀 괴짜지, 그런 거 보면."

"그래서 사업 규모보다 훨씬 높은 가치를 인정받는 거잖아?"

"그렇지. 내실이 탄탄하고 독특한 리조트로 정평이 나 있으니까."

"귀국하자마자 힘들지 않아? 적응할 시간도 없이 바로 투입된 거잖아."

"바라던 바다. 난 하루라도 빨리 자리를 잡고 싶으니까. 이번에 우리 팀은 애견 문화를 반영해서 반려견들과 함께 지낼 수 있는 리조트를 계획 중이야."

"진짜? 그거 좋다. 우리나라에선 반려견들과 지낼 만한 곳이 없잖아."

"그렇지. 그래서 눈치 보지 않고 함께 즐길 수 있는 곳으로 만들려고 해. 반려견들이 즐길 수 있는 스포츠 프로그램이나 유치원, 카페

등도 있고 반려견을 돌봐 주는 안전 요원들도 채용해서 사람들끼리만 오붓하게 보낼 수 있는 시간도 갖게 해 줄 생각이야."

"어떻게 그런 생각을 했어?"

이현은 하륜이 그런 생각을 했다는 것 자체가 신기했다. 동물을 싫어하진 않았지만 크게 관심을 두고 있지도 않은 듯했기 때문이다. 문 앞에 다다라 이현이 비밀번호를 누르자 하륜은 그녀를 제게로 끌어당겨 안았다. 다시 문이 드르륵 하고 잠기는 소리가 들렸다.

"네가 좋아할 만한 일이 뭐가 있을까 생각하면 아이디어가 막 솟아."

이현은 하륜의 가슴에 얼굴을 묻은 채 숨죽였다. 그의 심장 소리가 들렸다. 단단하지만 메마르지 않은 그의 가슴에서 들려오는 심장 소리가 참 듣기 좋았다.

"생일…… 축하해."

"고마워."

"실은 케이크 샀어. 근데 케이크까지 보면 네가 부담스러워할까 봐 가져가진 않았어."

"너무 사랑스러워서 너 잡아먹고 싶어졌다."

하륜은 장난스레 이현의 머리를 와락 깨물었다. 이현은 자꾸만 심장 부근에서 살랑살랑 간지러운 바람이 이는 것을 느꼈다. 하륜과 있는 일이 이렇게 즐거울 줄이야. 그를 생각하면 늘 마음이 아프고 저렸는데 이젠 그러지 않아도 된다는 사실이 기뻤다.

"들어가자."

하륜이 비밀번호를 눌렀다. 그는 이현의 손을 잡고 성큼성큼 들어섰다. 7년 전 제 손으로 꾸며 놓고 간 인테리어에서 크게 달라지진 않았다. 커튼이 바뀌고 소소한 장식품이 달라지긴 했지만, 소파도 액자도 텔레비전과 식탁도 모두 그대로였다.

이현은 하륜과 둘만 있게 되자 또 얼굴이 화끈거렸다. 정말 미스터리한 일이었다. 그가 한 공간에 있다는 것만으로도 이렇게 야릇한 기분이 들다니.

"영미 사촌 오빠 아파트인데 이민 갔대. 그래서 여기 전세로 싸게 주고 있어. 얼마 전에 영미도 결혼해서 이젠 나 혼자 사는데도 전셋값 한 번도 안 올리더라? 아이스크림 케이크로 샀는데, 괜찮지?"

이현은 냉동실에서 아이스크림 케이크 상자를 꺼내며 묻지도 않은 말들을 늘어놓았다. 화끈거리는 심장을 감추기 위해.

"실은 여기, 내가 살던 아파트야."

"응?"

이현은 케이크를 거실 탁자 위에 내려놓다가 깜짝 놀라 하륜을 돌아보았다. 하륜은 베란다 쪽으로 다가가 커튼을 만지작거렸다. 짙은 보라색의 암막 커튼에 꽃무늬가 수놓아진 얇은 투명 커튼의 조화가 딱 이현을 연상케 했다.

"군대 가면서 영미에게 부탁했어. 너와 같이 여기 들어와 살라고. 투룸보다야 아파트가 더 안전하기도 하고."

"아……."

이현은 어리둥절했다. 그렇게까지 저를 챙겨 주고 있었을 줄이야. 하륜이 아파트 인테리어를 해 주었다는 건 영미에게 들어서 알고 있는 사실이었다. 하지만 이 아파트가 하륜의 것이었다니. 영미에게서 건네받은 하륜의 편지를 다 읽기는 했지만 아파트 사연까진 알 수가 없었다. 하륜이 아파트를 내어 준 건 군대 가기 전이었고, 영미와 하륜이 주고받은 전자메일은 그가 미국에 가고부터였으니까.

"커튼 예쁘다."

하륜은 일부러 화제를 바꾸었다. 이현도 더는 캐묻지 않았다. 이젠 그가 저를 위해 곳곳에 장치해 둔 '배려'를 알게 될 때면 그저 차곡차곡 가슴에 쌓아 사랑으로 흡수할 수 있게 되었다.

"이리 와."

이현이 그를 불렀다. 하륜은 소파에 앉아 옆자리를 손바닥으로 톡톡 두들겼다. 이현에게 제 옆으로 와 앉으라는 신호였다. 이현은 잠시 망설이다가 그에게로 다가가 앉았다. 그녀는 쑥스러움을 감추며 아이스크림 케이크 위에 초를 꽂았다.

"하나만 꽂자."

"어째서?"

"오늘에서야 새로 태어난 기분이거든."

"응."

이현은 꽂았던 초들을 도로 빼내어 테이블 위에 가지런히 줄을 세워 놓았다.

"생일 선물은 없어."

"충분해. 그 다양한 계란말이에서 네 마음은 다 전해졌으니까. 그리고 이 케이크까지."

하륜은 먹먹해진 목소리로 말했다. 이현은 다행이다 싶었다. 그에게 제 마음이 전해졌다니.

"소원 빌어."

"내 소원은 하나다. 정이현을 갖는 것."

이현은 못 들은 척 어서 소원을 빌고 촛불을 끄라고 재촉했다. 하륜은 잠시 눈을 감고 소원을 비는 듯하더니 이내 후, 하고 촛불을 껐다.

"내 소원은 이미 말했고, 그 소원을 누구에게 빌었는지 궁금하지 않아?"

"하느님? 넌 종교 없잖아. 미국에서 종교를 가진 거야?"

"아니."

하륜은 이현의 몸을 제게로 돌려세웠다. 하륜과 마주 보게 된 이현은 여자로서 위험을 감지했다. 자칫 제 안의 경계가 와르르 무너질 것만 같았다. 짙게 물든 그의 눈빛이 뜨거운 정염으로 일렁이고 있었던 것이다.

"너."

"나?"

"그래, 너. 너한테 빌었어. 정이현이 내 여자가 되게 해 달라고."

"그 소원 들어줄 수 없어……."

이현은 자리에서 일어나며 머뭇거리는 목소리로 말했다. 그녀의 눈동자가 부끄러움으로 물들어 있었다. 하륜은 그녀를 따라 자리에서 몸을 일으켰지만 어째서냐고 캐물을 수가 없었다.

분명 저를 받아들인 그녀가 이제 와 자신의 여자가 될 수 없다고 거부하면 어쩌나 두려웠다. 아무 것도 두려울 것이 없는 그였지만 유독 이현과 관련된 일에서만큼은 두렵다는 감정을 쉽게 느끼고 있었다.

"그건 이미……."

이현은 입술을 앙다물고 심호흡을 했다. 말을 내뱉기 전에 결심이 필요했다. 저로서는 입 밖으로 내뱉기가 굉장히 쑥스러운 말이었기에.

"이루어진 거니까."

그제야 하륜은 맘이 놓이는 듯 낮은 한숨을 내뱉었다. 그와 동시에 그의 입가에 만족스런 미소가 떠올랐다. 그의 눈이 저를 피해 시선을 바닥으로 떨어뜨린 이현의 눈동자를 찾아 더듬었다.

"정말 맘에 드는 생일 선물을 받았군."

하륜의 목소리가 다정했다. 이현은 그의 목소리만으로도 그가 무척 행복해한다는 것을 느낄 수 있었다. 그래서였을까. 그녀는 조금 더 용기를 내기로 했다.

"같이 살게 해 주면 내 침대로 기어들어 오는 일은 없을 거라고 했지?"

"그렇게 말했지."

이현의 말에 하륜의 목소리가 천국에서 지옥으로 떨어졌다. 슬쩍 올려다본 하륜의 표정이 잔뜩 일그러져 있었다. 분명 그 말을 후회하는 듯했다. 이현은 저도 모르게 웃음이 났다. 하륜이 곤란해하는 표정이라니, 언제 또 저런 표정을 볼 수 있을까.

"후회해?"

"미치도록."

하륜은 목에 잔뜩 힘을 준 채 낮게 외쳤다. 그의 의지가 느껴지는 목소리였다.

"하지만 당당히 걸어 들어온다고는 했었잖아."

"아……."

하륜의 목소리가 굴곡을 이뤘다. 마치 이현의 의도를 이해했다는 듯 그의 눈동자가 빛났다. 아주 재미있는 것을 발견한 탐험가의 눈처럼 열정과 호기심으로 반짝였다. 그러나 하륜은 아무런 동작도 취하지 않았다. 이현은 그가 제 말 뜻을 이해했으면서도 아무런 움직임이 없는 것이 의아했다. 시간이 지날수록 점점 당황스러운 건 이현이었다. 민망하고 쑥스러워 서 있기가 어려웠다.

"아, 내 정신 좀 봐. 접시 가져 올게……."

"움직이지 마. 덮치고 싶어지니까."

이현은 몸을 돌리려다 말고 멈칫했다. 그녀는 조심스런 눈빛으로 하륜을 돌아보았다. 덮치고 싶다더니 정작 미동도 없었다. 그는 미간을 찌푸린 채 잠시 무언가를 생각하는 듯 뜸을 들였다. 그러다 이내 눈빛이 돌변하더니 이현을 와락 끌어당겼다.

"역시 덮치고 싶어."

"앗."

이현이 상황을 파악했을 땐 이미 소파에 누운 자세였다. 하륜이 이현의 몸을 짓누른 채 그녀의 눈을 뚫어져라 응시했다.

"숨 막혀."

"난 너 때문에 늘 숨이 막혀."

하륜이 이현의 목덜미에 얼굴을 묻었다. 마치 고해성사를 하듯 그의 목소리가 숨죽인 채 흘러나왔다.

"고백할 게 있어. 실은……."

"응, 말해."

"네가 집착이라고 할까 봐, 오해받을까 봐…… 참아 왔어."

"응?"

"내 쪽에서 먼저 널 안을 수가 없었다고……."

"아."

이현은 하륜이 무엇을 걱정하는지 알 것 같았다. 그는 계속 기다린 것이다. 그가 저를 안고 싶다고 말해도 집착이나 성욕만을 위한 것이 아니란 믿음을 줄 수 있을 때까지. 그가 다시 안아 주길 기다렸던 저처럼 그도 저를 다시 안을 날을 기다려 왔단 사실에 웃음이 났다.

"어머니를 받아들이면서 너에 대한 잘못된 애정 표현도 바로잡았어. 덕분에 마음을 표현하는 방법이 많이 부드러워지고 풍부해졌어. 그런데 사람 근본은 쉽게 변하는 게 아냐. 난……."

하륜은 하기 힘든 말을 꺼내 놓으려는 듯 끙 하고 앓는 신음을 흘렸다.

"너에게만은 부드러울 수 없을 것 같다……."

"음……. 대충 눈치는 채고 있었어."

"뭐?"

이현의 말에 하륜은 놀란 눈으로 고개를 들었다. 이현이 생그레 웃고 있었다.

"내가 널 다시 받아들였던 날, 그날 느꼈어. 서하륜 여전히 난폭하구나."

"난 죽을힘을 다해 절제……했어."

하륜의 눈매가 일그러졌다. 하륜의 난감한 표정에 이현은 그럴 것 없다는 듯 그의 얼굴을 감싸 쥐었다.

"나도 참 바보 같지? 어째서 그런 네가 좋은 걸까?"

하륜의 눈이 조금 전보다 더 커졌다. 그는 이현의 말에 놀라움을 감추지 못했다.

"난폭해도 좋았던 건…… 그만큼 네가 날 좋아한다는 마음으로 절박했으니까. 그 마음이 느껴져서 싫지 않았어. 어쩐지 그편이 더 너다운 것도 같았고."

"나답다는 건, 더 이상 절제하지 않아도 된다는 허락인가?"

"그건…… 뭐, 그런…… 뜻일걸, 아마?"

이현은 하륜의 시선을 피해 고개를 옆으로 돌렸다. 그가 저를 빤히 내려다보는 것이 아무래도 쑥스러웠다.

"무거워. 비켜, 이제."

가슴을 짓누르는 하륜의 무게감은 정말이지 숨 막히게 좋았다. 단지 무거워서가 아니다. 그의 단단한 가슴은 왠지 듬직한 느낌이 들어 의지가 되었다. 기대고 싶고 안기고 싶은 단단함.

하지만 지금은 그의 시선이 조금 부담스러웠다. 아무래도 제가 내뱉은 말의 의미 때문에 부끄럽지 않을 수 없었다. 절제하지 않아도 된다는 건, 그가 원할 땐 언제든 덤벼들어도 좋다는 허락이 아닌가. 이현은 귓불까지 빨개진 채로 하륜의 얼굴을 손바닥으로 부드럽게 밀었다.

"그만 좀 비켜 봐. 무거워 죽을 것 같아."

할짝.

"읏."

이현은 저도 모르게 뻗었던 손을 움츠리며 주먹을 꽉 쥐었다. 하륜을 밀어내려 그의 얼굴에 닿았던 손을, 하륜이 날름 핥았던 것이다.

"남의 손은 왜 핥고 그래? 깜짝 놀랐잖아."

"아직 맛보지 못한 곳이 너무 많아."

하륜이 몸을 일으켰다. 그는 이현의 허벅지 위에 올라 앉아 셔츠를 벗어 던졌다. 이현은 그가 옷을 벗는 모습을 지켜보며 숨을 멈추었다. 그가 몸을 움직일 때마다 근육들이 미세하게 따라 움직였다. 그 모습이 이현의 눈에는 무척이나 섹시해 절로 침이 삼켜졌다.

"맛본 곳들도 아직 턱없이 부족해. 만족스럽지 않아."

하륜은 손바닥으로 제 목을 조르듯이 매만졌다. 갈증이 나서 미치겠다는 듯 그는 뜨거운 혀로 입술을 적셨다. 그의 눈빛이 달라졌다. 이현은 오래전 저를 압박해 오던 그때의 그를 보는 듯했다.

차갑지만 뜨거운 눈동자, 잔인한 듯 섹시한 입매.

그리고 저 외에 다른 건 절대로 허용하지 않겠다는 강압적인 심장.

이현은 점점 입술이 말라 갔다. 그녀 역시 갈증이 났다. 그를 가지고 싶다는 욕구가 심장을 뜨겁게 달아오르게 만든 것이다. 그가 벨트의 버클을 풀고 지퍼를 내렸다. 그 동작을 나른한 시선으로 응시하던 이현이 저도 모르게 손을 뻗었다. 남성의 굴곡이 고스란히 드러나는

340

속옷 위로 그녀의 손이 조심스레 내려앉았다.

"만져…… 봐도 될까?"

"안 돼."

하륜이 딱 잘라 거절하자 이현은 좀 충격이었다. 어째서 만져 보지 못하게 하는지. 정작 그는 제 몸 이곳저곳 만지지 않은 곳이 없으면서. 이현의 눈동자가 당혹스러움으로 물들어 가자 하륜은 미간을 찌푸린 채 한숨 쉬듯 말했다.

"네가 만지면 갈 것 같다. 스무 살 동정도 아니고, 그거 너무 꼴불견이잖아."

"아……."

제가 만지는 게 싫어서가 아니란 걸 확인받은 이현은 마음이 놓였다. 한편으로는 좀 더 그를 곤란하게 만들어 주고 싶다는 생각이 일었다. 언제나 곤란한 건 저였고, 그렇게 만드는 건 하륜이었다. 하지만 지금 이 순간만큼은 저도 그를 곤란하게 만들 수 있다는 것에 흥미가 일었다.

"만져 보고 싶어."

"안 돼. 그런 소리도 하지 마. 벌써 흥분해서 날뛰잖아. 그럴수록 힘들어지는 건 너다."

"만져 볼래."

이현은 물러서지 않았다. 하륜은 조금 전보다 더 눈매를 찌푸리며 한숨을 내쉬었다. 이현의 요구는 감히 거부할 수 없을 만큼 달콤한 유혹이었다. 그녀의 작고 하얀 손이 제 몸에 닿는다는 생각만으로도 단단하게 부풀어 올랐다.

"후회하지 마라. 오늘 내가 널 죽이려고 들지도 모르니까."

"훗."

이현이 작은 목소리로 웃었다. 그의 협박이 사랑스러웠다. 그가 팬티를 내려 제 몸을 드러내 주었다. 팬티가 내려가는 반동에 의해 그의 것이 탄력 있게 튀어 올랐다. 벌써 팽창할 대로 팽창해 제 구실을 힘 있게 할 수 있다는 것을 과시하고 있었다. 중력을 거슬러 위로 치솟은 그의 것이 이젠 무섭지 않다는 것에 새삼 놀라운 그녀였다.

"윽……."

이현의 손이 맨살에 닿자 하륜은 신음했다. 겨우 그녀의 손가락 하나가 그의 머리에 살짝 닿았을 뿐인데 그는 전율하며 이현의 손을 와락 붙잡았다.

"안 되겠어."

"응?"

"역시 만지는 건 내 쪽이다. 넌 아무것도 하지 마. 내 품에 매달려 우는 것 외엔 아무것도!"

하륜은 사악한 미소와 함께 이현의 입술을 집어삼켰다. 더는 기다릴 수가 없었다. 이미 부풀 대로 부푼 분신이 제가 있어야 할 곳을 찾아가기 위해 발악하고 있었다.

추웁, 춥.

그의 혀가 이현의 입안에서 가장 부드럽고 사랑스러운 혀를 찾아내 휘감았다. 수줍게 밀려나는 이현의 혀를 집요하게 쫓아가 핥아 올렸다. 이현은 입 안에 고이는 침을 삼킬 새도 없이 몰아치는 그의 혀를 몰아내려 애를 썼다. 그러나 하륜은 양보가 없었다. 입술과 혀를 이용해 그녀 안의 타액을 전부 삼켜 버리고 또다시 그녀의 혀를 삼키듯 빨아 당겼다.

"흐읏."

하륜은 끊임없이 이현의 입술을 탐하면서 두 손으로는 그녀의 블라우스 단추를 풀기 시작했다. 진주빛 레이스가 사랑스럽게 달린 블라우스가 오늘은 무척이나 거추장스러웠다.

"망할 레이스!"

하륜이 입술을 떼고 나지막하게 짜증을 부렸다. 레이스 때문에 작은 단추가 손에 잘 잡히지 않았던 것이다. 그는 블라우스를 한 번 내려다보고는 이내 이현을 노려보았다.

"앞으로 단추 많은 옷은 사지 마!"

낮게 으르렁대는 하륜의 목소리에 이현은 달뜬 얼굴로 생그레 웃었다.

"나도 이 블라우스 맘에 안 들어. 안 입을게."

"잘됐군!"

하륜은 블라우스 양쪽을 잡고 와락 열어젖혔다. 단추가 우두둑 뜯겨져 나가는 소리에 이현은 깜짝 놀라 바닥을 내려다보았다. 여기저기로 흩어진 단추 중 하나가 또그르르 굴러 탁자 아래로 사라졌다.

그제야 만족스런 표정으로 돌아온 하륜이 입가를 끌어 올리며 씨익 웃었다.

"근성은 바뀌지 않는다는 말이 맞는 것 같다. 너하고 사랑을 나눌 때만큼은 좋은 남자인 척 못 하겠다, 이현아."

"이제 상관없어. 네가 뭘 하든, 무슨 말을 하든 넌 나한테 좋은 남자야."

이현은 하륜의 목을 끌어안았다. 하륜은 두근거리는 심장으로 이현의 심장을 짓눌렀다.

"기억하고 있어. 초등학교 때 친구들이 내 눈을 가지고 이상하다고 놀려 댔을 때 네가 대신 싸워 줬던 거. 네가 놀리는 건 괜찮아도 다른 애들이 놀리는 건 참을 수 없을 뿐이라고 했지만……. 난 그마저도 좋았어. 넌 내게 무척 지독했지만 한편으로는 무척 좋은 남자이기도 했어. 고등학교에 올라가기 전까진."

"고등학교에 가서는 내가 개새끼처럼 굴었지."

하륜은 이현의 이마에 입을 맞추며 읊조렸다.

"아냐. 그때의 넌 어느 때보다 지독하긴 했지만…… 또 어느 때보다 내게 좋은 남자였어."

"그럴 리가?"

"너 때문에 말도 안 되는 소문에 휩싸이기도 했지만, 너 때문에 놀림받는 일은 없었으니까."

"그 소문…… 나도 알아. 그건 고등학생이었던 네겐 치욕적인 거였다는 것도. 그땐 사실 상관없었어. 넌 내 거라고 생각했으니까 그런 소문은 신경 쓰지 않았어. 난 네가 그렇지 않다는 걸 알고 있었고, 내 거니까 내 거라고 소문나는 게 이상할 것도 없다고 생각했어. 나중에야 알았어. 너한테 가장 나쁜 놈은 널 놀리는 아이들이 아니라 바로 나였다는 걸."

"네 말처럼……."

이현은 검지로 하륜의 입술을 막았다. 옛날 일을 떠올리며 괴로운 표정을 짓는 하륜을 보고 싶지 않았다. 표현이야 거칠었지만, 그래서 제가 힘들었던 것도 사실이지만, 알고 보면 그것 역시 저를 좋아한다는 왜곡된 표현이었으니 지금에 와 이해 못 할 것도 없었다.

"근성은 쉽게 변하지 않는 것 같아. 아주 오래전에 널 내 마음에 담고 그 마음을 바꿀 수 없었던 것도 근성 같은 거였어. 네가 짓궂게 굴어 아팠던 적도 많았지만 그런 널 좋아한 건 나였어."

"정이현……."

하륜은 여러 감정이 교차하는 듯 목소리가 잠겼다. 저를 이해해 주는 것도, 쭉 좋아해 왔다는 것도 가슴 벅차긴 마찬가지였다.

"너한테도 나, 근성인 거지?"

"아니. 넌 나한테 전부다."

하륜의 눈빛이 짙어졌다. 그는 몸을 일으켜 이현의 치마를 벗겨 냈다. 그러자 손바닥만 한 팬티가 성스러운 영역을 수줍게 가리고 있었다. 그는 제 몸에 걸쳐져 있던 천을 모두 벗어 내고 이현의 몸을 눈으로 훑어 내렸다. 볼록한 젖가슴과 매끈한 배, 그리고 잘록한 허리에서 이어지는 골반 라인과 날씬한 다리. 모든 게 사랑스러웠다.

그는 이현의 팬티에 손가락을 넣어 아래로 벗겨 냈다. 이현은 부끄러운 얼굴로 허리를 비틀면서도 엉덩이를 들어 그가 팬티를 수월하게 벗길 수 있도록 도왔다. 그는 이현의 숲에서 눈길을 떼지 못했다. 검고 윤기 있는 숲 사이에 숨겨져 있을 샘을 생각하면 숨이 막혔다. 한시라도 빨리 그 샘에 혀를 담그고 목을 축여야 살 것 같았다. 그는 소파 위로 올라가 이현의 허벅지를 잡아 세웠다.

"아니야, 그러지 마!"

이현은 하륜이 하려는 행동을 간파하고 고개를 저었다. 황급히 그를 만류해 보았지만 그는 들은 척도 하지 않았다. 하륜이 제 다리 사이에 깊숙이 얼굴을 묻자 이현은 숨을 크게 들이마시며 고개를 뒤로 꺾었다. 계산된 행동이 아니었다. 저도 모르게 일어나는 조건반사와도 같았다.

하륜은 이현의 숲 사이로 얼굴을 묻고 깊이 숨을 들이마셨다. 그녀의 체향이 느껴졌다. 죽을 것 같았다. 아니, 죽을 만큼 행복했다. 이현의 가장 은밀하고 가장 사랑스러운 곳에 얼굴을 묻을 수 있는 자격이 저에게만 있다는 것에 세상을 다 얻은 것 같았다. 달콤하면서도 상큼한 이 체향을 맛볼 수 있는 남자는 오롯이 저뿐이라는 사실에 심장이 뻐근하게 저려 왔다.

"좋은 냄새가 나."

그가 얼굴을 들고 허스키한 목소리로 읊조렸다.

"거짓말."

이현은 두 손으로 얼굴을 가리며 울먹였다. 창피했다. 하륜이, 그 대단하던 서하륜이 제 다리 사이에 얼굴을 묻고 제 체취에 빠져 있는 걸 보게 되다니. 보면서도 여전히 믿기지 않았다.

"거짓말이 아니라는 걸 보여 주지."

하륜은 이현의 허벅지를 움켜쥐고 그녀의 몸 쪽으로 밀었다. 그러자 통통해진 허벅지가 맞물린 그 사이로 소담스러운 속살이 모습을 드러냈다. 이현이 부끄럽다고 소리쳤지만 그는 못 들은 것처럼 혀를 가져다 댔다.

"아훗."

어김없이 이현의 입에서 신음이 비명처럼 터져 나왔다. 남들보다 조금 더 긴 그의 혀가 그녀의 도톰한 꽃잎을 가르고 여린 속살을 핥아 올렸다. 이현이 자지러졌다. 뾰족하게 날을 세운 그의 혀가 여린 살에 생채기를 낼 듯이 핥아 대자 그녀는 숨이 끊어질 듯 헐떡였다. 손과 발의 말초신경에 잔뜩 힘이 들어갔다. 생경하고도 강력한 자극이었다. 이현은 저도 모르게 하륜의 머리를 휘어잡았다.

그만하라고, 미칠 것 같다고 소리치고 싶었지만 이현은 머릿속이 새하얘져서 말을 내뱉지 못했다. 그저 비교적 자유로운 상체만 이리저리 비틀며 고통 같은 쾌감을 이겨 내 보려고 악을 썼다.

"아응, 하앗!"

이현의 엉덩이가 들썩였다. 하륜은 제게서 벗어나려 애쓰는 이현의 행동이 괘씸해졌다. 그녀의 행동이 참을 수 없는 희열 때문이라는 것을 알면서도 용서가 되지 않았다. 그는 그녀의 허벅지를 더 그녀의 몸 쪽으로 밀어 올렸다. 엉덩이가 들리자 그녀의 숲이 더욱더 적나라하게 펼쳐졌다.

그는 돌기를 찾아 입술로 깨물고 혀로 돌려 감았다. 기어코 이현의 입에서 울음 같은 신음이 터져 나왔다. 머리를 흔들며, 조금이라도 이 죽을 것 같은 쾌감에서 벗어나려 안간힘을 쓰는 그녀를 보자 하륜은 만족스러웠다. 그러나 아직은 부족했다. 저로 인해 조금 더 할딱이는 모습이 보고 싶었다.

할짝할짝.

진주알을 혀끝으로 튕기듯 핥자 이현이 울며 애원했다. 그만하라고, 죽을 것 같다고. 그러자 하륜은 긴 혀에 힘을 주어 속살을 따라 내리 그었다. 그 간질간질하면서도 저릿한 자극에 신음하던 이현은 이내 흡, 하고 숨을 들이켠 채 멈추었다. 그의 혀가 제 안으로 무람없이 침범한 까닭이었다.

"하아, 하앗, 아윽……. 그만……. 그만 안아 줘……."

하륜은 이현의 꽃늪 안을 들락거리던 혀를 멈추고 고개를 들었다. 잘못 들었나? 분명 이현이 안아 달라고 한 것 같았는데.

"뭐라고 했지, 지금?"

"하아, 하……. 안아…… 달라고 했어."

"분명 네가 먼저 안아 달라고 한 거지?"

이현은 가쁜 숨을 내쉬며 고개를 끄덕였다. 그녀의 볼이 핑크빛으로 탐스럽게 물들어 있었다. 달뜬 얼굴이 세상 그 어느 것보다 사랑스러웠다.

하륜은 그녀의 다리를 벌리고 그 사이에 자리를 잡고 앉았다. 팔딱이는 그의 몸이 어서 빨리 안으로 들여보내 달라고 애원하고 있었다.

그는 상체를 숙여 이현의 입술에 입을 맞춘 뒤 머리를 쓰다듬었다. 그러고는 애틋하게 속삭였다.

"한 번만 더 말해 봐. 날 원한다고⋯⋯."

"사악해. 서하륜 너, 정말 사악해."

이현은 원망스런 눈으로 하륜을 바라보았다.

"안아 주지 않으면 죽을 것처럼 만들어 놓고⋯⋯. 안아 달라 애원하게 만들어 놓고 즐기는 거지, 지금."

"애원하는 건 내 쪽이다. 다시 한 번 말해 줘. 날 원한다고, 어서."

하륜은 이현의 눈과 코, 입술에 차례로 입을 맞추며 재촉했다. 이현은 침을 꼴딱 삼킨 후 열기에 잠긴 목소리로 속삭였다.

"널⋯⋯ 원해. 내게 와 줘⋯⋯."

하륜은 후후, 기분 좋은 웃음소리와 함께 그녀의 입술을 왈칵 집어삼켰다. 그와 동시에 그의 커다란 손이 탄력 있게 봉긋 솟은 그녀의 젖가슴을 와락 움켜쥐었다. 아직까지 옹색하게 남아 있던 브래지어가 그의 거침없는 손길에 밀려 올라갔다. 그는 이현의 젖가슴을 마치 제 것처럼 지분거렸다.

그의 커다란 손바닥이 짓궂을 만큼 제 젖가슴을 지분거리자 이현은 그의 아랫입술을 살짝 깨물었다.

하륜은 이현의 공격에 조금 놀란 듯 입술을 떼고 바라보다가 씨익 입꼬리를 올려 웃었다. 도전을 받아 주겠다는 듯 그의 미소가 사악하게 빛났다. 그가 이현의 입술을 아프지 않게 물었다. 혀로 그녀 안을 휘저으며 제 영역임을 과시했다. 그의 혀는 예의도, 이성도 없었다. 오로지 그녀의 혀를 희롱하는 희열에 뜨겁게 날뛸 뿐이었다.

브래지어가 벗겨지자 그의 입술이 점점 아래로 내려갔다. 그는 두 손으로 이현의 젖가슴을 그러모아 쥐고 통통하게 여문 그것을 한입에

삼켰다. 탱탱해진 유두가 혀를 자극했다. 하륜은 혀끝으로 그녀의 유두를 휘감아 빨아 당겼다가 놓아주길 반복했다.

"흐읏, 흑."

이현이 하륜의 머리카락에 손을 넣고 할딱였다. 그녀의 신음 소리는 맑았지만 묘하게도 그 어떤 소리보다 색정적이었다. 하륜의 귀에는 그녀의 신음만큼 뜨거운 최음제는 없었다. 그가 젖가슴을 번갈아 삼키고 빨고 핥아 대는 동안 이현은 온몸을 비트는 것으로 저항했지만, 의미 없는 반항에 불과했다.

이윽고 그가 이현의 안으로 들어가기 위해 아랫도리를 붙여 왔다. 이현은 단단하고 몽톡한 것이 제 속살에 닿는 느낌에 소스라쳤다. 처음이 아닌데도 불구하고 긴장되는 감각이었다.

"긴장하지 마."

하륜은 미끌미끌해진 몸을 천천히 그녀의 속살 속으로 밀어 넣었다.

"아윽."

"아직도 아파?"

"조금."

하륜은 제 몸을 아주 조금만 밀어 넣은 채 멈추었다. 그는 제 검지를 이현의 입술에 대 주었다.

"물어도 돼."

"싫어. 널 문다고 해서 내가 덜 아픈 것도 아니잖아."

이현의 눈가에 눈물이 살짝 맺혀 있었다.

"네가 얼마나 아픈지 나도 느껴 보고 싶어. 함께하자."

하륜의 반복되는 요구에도 이현은 고개를 살짝 내저었다.

"싫어. 다시는 나 때문에 네가 아파하는 일은 만들지 않을 거야."

이현이 무엇을 염두에 두고 한 말인지, 하륜이 모를 리가 없었다. 그는 옅은 미소로 이현의 마음에 호응했다. 그는 그녀의 머리를 쓰다듬으며 달래듯 속삭였다.

"사랑해."

"으윽……."

"사랑한다, 정이현."

"아응, 앗."

"힘 빼. 아프게 하고 싶지 않아. 괜찮아."

하륜은 이현의 머리를 하염없이 쓰다듬으며 달랬다. 그러면서 제 몸을 그녀의 몸 안으로 깊숙이 밀어 넣었다. 그의 몸이 들어올수록 아파하던 이현은 그가 저를 어린아이처럼 어르고 달래 주자 조금은 아픔을 잊을 수 있었다.

그가 이현의 목을 한 팔로 끌어안은 채 천천히 몸을 움직였다. 그의 허리와 엉덩이, 그리고 허벅지가 완벽하게 힘을 조율하여 그녀의 속을 헤집어 댔다. 아래에서 위로 치받듯 움직이는 동작이 우아한 왈츠처럼 리드미컬하게 반복되었다.

"흐읏, 흑, 아응……."

"하아……."

이현의 신음이 높아질수록, 하륜의 신음은 낮아졌다. 그는 억제된 신음을 간간이 흘리며 이현의 몸을 집요하게 파고들었다. 그녀의 몸과 그의 몸에서 흘러나온 투명한 액체가 둘 사이의 마찰을 부드럽게 이어 줄수록 질척이는 소리는 더욱 더 요란해져 갔다.

"정이현……."

그는 더 이상은 절제할 수 없다는 듯 이현의 이름을 나지막하게 되뇌었다. 이현 역시 점점 달아오르는 희열에 절로 몸이 떨렸다. 그녀는 그의 목을 끌어안은 채 쉬지 않고 신음했다.

"사랑해. 사랑해, 하륜아……."

그 말밖에는 할 수 있는 말이 없었다. 머릿속에서 단어를 떠올릴 수가 없었다. 오로지 열락으로 머릿속이 꽉 찬 것처럼 다른 말은 떠오르지 않았다.

하륜은 그녀를 안아 일으켰다. 그러자 이현은 하륜의 허벅지 위에 올라타 앉는 자세가 되었다.

"읏! 깊어."

이현은 무릎을 세워 앉았다. 그러지 않으면 너무 깊숙이 들어오는 그의 몸 때문에 견디기 힘들 것 같았다. 하륜은 이현의 가슴에 얼굴을 묻은 채 엉덩이와 아랫배에 힘을 주어 그녀의 안으로 파고들었다.

"읍!"

이현이 그의 어깨로 무너졌다. 버틸 수가 없었다. 자세가 바뀌었을 뿐인데 색다른 자극에 허벅지 안쪽이 파르르 떨렸다. 하륜은 그녀의 허리와 등을 꽉 끌어안은 채 다시 엉덩이에 힘을 주어 파고들었다. 다시 이현이 무너졌다.

하륜은 그녀를 꼭 껴안은 채 뒤로 몸을 뉘였다. 아무래도 아직은 이현에게 이 자세는 무리인 듯했다. 이현은 그의 몸 위에 누운 채 고개를 들어 그를 바라보았다. 여전히 그의 몸은 그녀 안에 있었다.

"이렇게 네게 안겨 있는 느낌…… 너무 좋아."

이현은 하륜의 가슴에 볼을 비비며 다사롭게 말했다. 쿵쿵 뛰는 하륜의 심장 소리가 듣기 좋았다.

"이제 그만 씻으러 갈게."

"무슨 소리지? 아직 멀었어."

하륜이 무릎을 세웠다. 그 바람에 이현의 몸이 절로 앞으로 쏠렸다.

이현은 소파를 손으로 짚으며 하륜을 내려다보았다. 만족이라고는 모르는 남자였다. 뭐든 제 성에 찰 때까지 해야만 직성이 풀리는 그의 성격을 잘 알고 있음에도 불구하고, 왜 그 성격이 사랑을 나눌 때에도 적용될 거란 생각은 하지 못했던 걸까. 이현은 아찔해졌다. 그의 사랑을 받는다는 것이 이런 거구나, 새삼 깨닫고 보니 아찔할 정도로 황홀해졌다.

잠시 그의 까만 눈동자에 빠져 있을 때였다. 이현은 다시 제 안을 파고드는 그의 몸짓에 소스라치듯 놀라며 부르르 떨었다. 하륜은 무너지는 이현의 젖가슴을 받쳐 들고 날름 입안으로 집어넣었다. 탐스러운 포도송이를 들고 따 먹듯 그는 이현의 젖가슴을 탐닉했다. 제가 움직일 때마다 같은 리듬으로 출렁이는 그녀의 가슴이 무척이나 탐스러워 하륜은 성말라졌다. 그의 목에서 성급한 신음이 새어 나왔다.

질척질척. 찰싹찰싹.

아래에서 세차게 파고드는 하륜의 몸과 젖가슴을 빨아 대는 그의 입술 때문에 이현은 정신을 차릴 수가 없었다. 이대로 기절이라도 했으면 싶었다. 자칫 신음이 비명처럼 터져 나올 것 같아 불안할 지경이었다.

퍽퍽퍽.

"그만! 그, 그만……. 그만, 그만, 하륜아……."

이현이 하륜의 몸으로 무너지며 다급하게 속삭였다. 이현으로서는 감당하기 힘든 쾌감이었다. 그러나 하륜은 이현의 허리와 등을 더욱 꽉 끌어안으며 세차게 엉덩이를 움직일 뿐이었다.

"아앗, 아, 하윽……."

하륜은 이현이 더는 견딜 수 없을 거란 걸 느끼고 있었다. 그도 점점 한계에 다다르고 있었다.

"조금만. 으윽……."

억제된 듯한 신음이 그의 목에서도 점점 가쁘게 흘러나왔다. 이현은 그의 신음 소리가 좋았다. 흥분된 중저음의 그 목소리를 듣고 있으면 심장이 찌르르 떨려 왔다.

착착착, 착.

폭풍우처럼 몰아치던 하륜의 움직임이 멈췄다. 몇 번인가 있는 힘껏 치받아 올리던 그의 몸이 이제야 겨우 잠잠해졌다. 그는 이현을 끌어안은 채 가쁜 호흡을 내쉬었다. 이현 역시 할딱이는 숨을 몰아쉬며 절정의 희락을 음미했다.

"하아, 하아……."

"하아……."

하륜은 이현의 정수리에 입을 맞춘 뒤 등을 쓸어 주었다. 그녀가 진정이 될 때까지 기다려 주기로 했다. 욕심 많은 제 정염에 힘들었을 그녀를 보듬어 주었다.

이현은 그의 어깨에 얼굴을 묻은 채 아주 작은 목소리로 속삭였다.

"사랑해, 하륜아……."

"사랑을 나눈 뒤엔 그런 말 하지 마."

"어째서?"

이현이 시선을 들어 하륜을 올려다보자 그도 이현을 내려다보며 웃었다.

"다시 하고 싶어지니까."

"아……."

"하지만 오늘은 인심 썼다. 네가 내 몸에 좀 더 적응할 때까진 참아 주지."

이현은 괜스레 민망해져 주먹을 쥔 손으로 그의 어깨를 콩 하고 때렸다. 그녀는 하륜의 품에 안겨 싱긋 미소 지었다. 나른하면서도 따뜻한 기분이 정말이지 좋았다.

환희가 채 가시지 않은 행복.

하륜과의 사랑에서만 느낄 수 있는 소중한 감각이었다. 그 기분 좋은 감각에, 이현이 그의 가슴에 볼을 비비자 하륜이 끙 하고 앓았다.

"생각해 보니까 내 몸에 적응하려면 더 많이, 더 자주 해야 할 것 같다."

"어?"

하륜은 이현을 안은 채 자리에서 일어났다. 이현은 깜짝 놀란 눈으로 하륜을 바라보면서도 무슨 말인지 되묻지 않았다. 씨익 웃고 있는 그의 표정만 봐도 그가 무슨 생각을 하는지 알 수 있었다.

"침대로 가자, 이현아."

"아니, 오늘은 그만……."

"내 생일이잖아. 생일 선물로 널 통째로 내게 줘."

이현은 차마 안 된다고 대답할 수 없었다. 싫다고도 할 수 없었다. 다만 생일 선물로 저를 통째로 달라는 말에 머뭇거리며 고개를 끄덕였다. 간절히 원하는 그의 눈빛을 차마 외면할 수가 없었던 것이다.

"널 좋아한다 말하지 못했던 지난 세월, 오늘 밤 다 보상해 줄 테니까."

❀　　　❀　　　❀

"팀장님, C구역 조경이 다른 구역에 비해 좀 이질적인 느낌이 들지 않을까요?"

민준이 건축 모형물을 살펴보며 손가락으로 관자놀이를 벅벅 긁었다. 하륜 역시 민준이 말한 부분을 꼼꼼하게 살펴보고 있었다.

"그렇군. C구역 조경뿐만 아니라 전반적인 조경의 디자인을 새로 점검하죠. 지금보다 좀 더 인공미를 뺀 느낌으로."

"넵, 알겠습니다."

민준은 군 상관에게 인사를 하듯 거수경례를 하다 눈이 동그래졌다.

"팀장님, 코피가……."

"아."

하륜은 손등으로 코를 막았다. 지켜보던 세정이 티슈를 몇 장 빼서 하륜에게 내밀었다. 하륜은 멋쩍은 표정으로 화장실로 향했다.

"요즘 팀장님 무리하시는 것 같죠?"

"회사에서도 늦게까지 야근하고, 집에서도 일하시는 것 같던데."

세정이 걱정스런 눈으로 하륜의 뒤를 좇으며 말하자 민준도 동의했다.

"건강해 보이시는 분이 코피까지 흘리는 거 보면 정말 무리하시는 것 같아요. 좀 쉬시라고 권유해야 하는 거 아니에요, 대리님?"

"팀장님 추진력 보고도 그래? 내가 쉬라고 한다고 해서 쉬면 서하륜 팀장이 아니다. 안 그래?"

"하긴, 그도 그렇네요."

세정은 후후 웃으며 다시 하륜이 나간 곳을 응시했다.

"정말 멋있는 사람 같아요. 도전적이고 저돌적이야. 같이 일한 건 얼마 안 됐지만 저분 스타일에 반해 버렸다니까요?"

"세정 씨는 여자니까 괜찮지만 난 어떡하지? 남자인 내가 저분한테 홀딱 반해 버렸으니."

민준은 제 정체성을 의심하는 듯 시무룩한 표정을 짓다가 세정이 핀잔을 주자 웃음을 터트렸다.

"요즘 같아선 정말 일할 맛 난다니까? 우리가 무심히 내뱉는 말 한

마디도 다 아이디어라고 받아 주는 팀장님 덕분에 말야. 예전엔 그것도 아이디어라고 내냐고 욕먹기 일쑤였는데. 지금은 생활 속에서 느낀 작은 불편함을 토로해도 아이디어라고 추켜세워 주시니!"

"그쵸? 그래서 저도 요즘은 일상 속에서도 뭔가 불편한 게 없나, 그 불편함을 어떻게 바꾸면 효율적일까, 그런 생각을 많이 하게 돼요. 그런 생각을 팀장님께 말씀해 드리면 꼼꼼하게 메모까지 하시면서 칭찬해 주시니까 정말 일할 맛 나요."

세정이 격하게 공감했다.

"그래도 칼 같을 땐 칼이더라. 난 회장님 아들이라 임원단들 앞에서 쫄지 않고 할 말 다 하나 싶었거든? 근데 협력 업체들과 회의할 때도 절대 양보 없는 거 보고 팀장님 무서운 분이라는 걸 알았지, 흠."

민준은 팔짱을 낀 채 고개를 끄덕였다. 세정은 두 손을 모으고 가슴에 댄 채 감탄했다.

"저런 분이랑 결혼할 여자분은 정말 좋겠다!"

"아직 젊으시잖아. 결혼은 먼 얘기 아닐까?"

"그랬으면 좋겠다! 내 남자가 될 순 없지만, 만인의 연인으로 오래 계셔 주셨으면!"

"세정 씨, 팀장님이 무슨 연예인이야? 푸하하!"

"대리님은 팀장님 독립할 때 데리고 가 달라며 우셨으면서, 흥."

"아…… 아핫."

민준은 그만 멋쩍어져서 머리를 긁적였다. 회식 때 술을 먹고 하륜의 품에 매달려 그런 말을 했다고 들었다. 쥐구멍이라도 있음 들어가고 싶었다. 하지만 다음 날 하륜이 지나가는 말로 자신이 독립하게 되면 민준이 창단 멤버 1순위라고 하자, 또 감격에 겨워 눈시울을 붉혔던 그였다.

"B팀 서 팀장님은 아랫사람들 뺑뺑이 돌려 죽을 맛이라지?"

"그렇다고 하더라고요. 그분이야 워낙 스파르타식이라서."

"같은 서 팀장님인데 왜 그렇게 다르지? 푸웃."

민준은 어깨가 으쓱했다. 제가 하륜의 팀이라는 것이 자랑스러웠다. 저보다 나이는 어려도 배울 게 많은 하륜이었다.

태어나서 처음으로 보는 코피였다. 제 기억이 맞다면 어린 시절에도 코피 한 번 흘린 적 없었고, 미국에서 죽자 살자 공부에 매달리고 일에 매달려도 코피를 흘린 적은 없었다. 그런데 요즘은 확실히 무리를 한 모양이란 생각이 들었다.

야근을 마치고 집으로 돌아가면 그는 저녁을 먹기가 무섭게 이현에게 매달렸다. 저녁을 먹는 것도 뒷전인 그를 달래고 달래서 밥을 먹게 하는 건 늘 이현의 몫이었다.

애당초 이현과 사랑을 나눌 목적으로 그녀의 집으로 들어간 건 아니었다. 하지만 한번 되찾아 버린 이현에 대한 감각은 꺼지지 않는 지옥불처럼 끊임없이 타올랐다. 그녀를 안지 못하면 죽을 것처럼 애가 탔다. 애가 타서 일이 손에 잡히지 않는 지경에까지 이르렀다. 하륜은 자신이 이현에게 완전히 길들여졌다는 것을 인정하지 않을 수 없었다.

이현과 사랑을 나누고 난 뒤면 그는 어김없이 제 방으로 돌아가 일에 매달렸다. 계획하는 일이 있었다. 회사 일 외에 그가 계획하는 일이.

그는 새벽을 쪼개어 일에 매달렸다. 그러다 보면 동이 터 올 때도 있었다. 새벽녘에 다시 이현의 침대로 들어간 그는 그녀를 괴롭혔다. 잠들기엔 시간이 어중간하다는 이유로 사랑하자고 졸라 댔다.

'이현이도 좀 피곤해 보이던데.'

하륜은 아침에 저를 배웅하던 이현의 얼굴을 떠올리곤 미간을 좁혔다. 그녀를 힘들게 할 생각은 없었는데 난감할 노릇이었다. 아무리 오늘은 돌아가면 자제를 하자고 마음을 먹어도, 이현의 몸이 닿으면 어김없이 몸이 달아오르는 그였다.

"오늘부터 접근 금지 신청을 해야겠군."

하륜은 유리에 비친 제 모습을 살펴보며 피식 웃었다. 저는 이현을 만지려고 할 게 분명하니 접근 금지는 이현에게 부탁해야겠다는 생각이 들었다. 그녀와 닿지 않으면 최소한 자제는 되지 않을까 싶었다.

코피가 멎었다. 다행히 가볍게 실핏줄만 터진 모양이었다. 하륜은 손을 씻고 화장실을 나왔다. 그러다 전화가 울리자 발신자를 확인했다. 이현이었다.

[나야. 지금 잠깐 회사 로비로 나올 수 있어?]

"지금 회사야?"

[응.]

"기다려!"

하륜은 이현이 회사에 와 있다는 말을 듣고 반가운 마음에 달려 나갔다. 그녀가 회사까지 저를 찾아오다니 왠지 감격스러웠다. 이현이 저를 만나러 온다는 기분은 설레는 감동이었다.

그는 엘리베이터에서 내리자마자 내달렸다. 사원증으로 신분을 확인하는 그 잠깐의 순간이 지겹게 느껴졌다. 로비 한편, 그러나 잘 보이는 곳에서 이현이 방긋 웃고 있었다. 이현이 웃는 얼굴을 이렇게 마음껏 볼 수 있다니. 하륜은 매일이 꿈만 같았다.

"어쩐 일이야, 여기까지?"

"좋지?"

"키스해도 돼?"

"뭐?"

이현은 하륜의 너스레에 눈을 흘겼다. 그가 참 많이 변했다는 것을 매일같이 느끼고 있었다. 근본적으로는 서하륜, 그대로였지만 표현 방식엔 많은 변화가 생겼다. 그것은 아무래도 그가 사랑을 받을 준비가 되어 있고, 사랑을 할 준비가 되어 있기 때문이라는 생각이 드는 이현이었다.

"먹을 걸 좀 싸 왔어."

하륜은 이현의 손에 들린 도시락 가방을 내려다보았다. 그 순간 멍해졌다. 이런 기분을 어떻게 표현해야 할까. 그는 심장이 뻐근해져 왔다.

"요즘 계속 야근하잖아. 별거 아니야. 김밥이랑 유부초밥 좀 쌌어. 과일이랑 맑은 된장국도 있으니까 팀원들이랑 같이 먹어."

"정말 키스하면 안 될까?"

"응?"

"키스하고 싶다. 말로는 어떻게 표현해야 할지 모르겠어서."

이현은 싱긋 웃었다. 엄청 좋은 기분을 말로 표현할 수 없어서 키스로 전하고 싶은 하륜의 마음을 읽을 수 있었다. 그녀는 하륜의 손을 찾아 쥐었다.

"전해졌어. 걱정 마."

"따라와."

하륜은 이현의 손을 잡고 회사 내부로 발길을 돌렸다. 이현에게는 사원증이 없어 요란한 경고음이 울렸다. 그러나 경비원은 하륜을 확인하고 재빨리 조치를 취해 주었다. 그는 이현을 이끌고 비상구로 향했다. 1층과 2층 사이의 층계참에서 멈춰 선 그는 이현을 벽으로 밀어붙였다.

"아무래도 난 아직 짐승의 탈을 못 벗은 것 같다."

"어째서?"

"말로 표현하는 것보단 몸으로 표현하는 게 편해."

하륜이 입꼬리를 올렸다. 이현은 그의 미소가 참 섹시하다고 느꼈다. 이렇게 짙은 검은 눈으로 저를 내려다보며 입꼬리를 올려 웃을 때면 심장이 요동쳤다.

"내 귀여운 강아지, 이리 와."

이현이 하륜의 목을 끌어안았다. 그때를 기다렸다는 듯 하륜이 이현의 입술을 급습했다. 하루 종일 그리웠다. 이현의 체취와 촉감, 그리고 그녀의 사랑이.

입술과 입술이 맞닿고 혀와 혀가 부딪히며 서로를 옭아맸다. 하륜이 이현의 혀를 빨아 당기자 서로의 타액이 마찰을 일으키며 야릇한 소리를 만들어 냈다. 그 소리가 비상구의 계단을 타고 맴돌았다.

"자, 잠깐만⋯⋯."

이현은 하륜의 손이 가슴을 움켜쥐자 황급히 그를 밀어냈다. 달뜬 숨을 내뱉으며 이현이 말했다.

"가볍게 입만 맞출 생각이었어. 회사에서 이러면 안 되잖아."

"조금만."

하륜이 이현의 입술을 다시 덮치려는 듯 입술을 가져다 댔으나 이현이 고개를 돌려 그를 거부했다.

"CCTV 없어?"

"하아."

하륜은 그제야 비상구 곳곳에 설치된 CCTV를 떠올렸다. 사각지대를 찾으려면 못 찾을 것도 없었지만 그는 깔끔하게 물러나기로 결심했다. 조금 전까지만 해도 자제하기로 결심하지 않았던가. 벌써 흔들리다니 한심했다.

"올라가자."

"어딜?"

"내가 일하는 곳. 보고 가."

"아냐. 일하는 데까지 어떻게 가. 난 분명히 외부인인데."

"외 자 빼고 그냥 부인 하면 안 되나?"

"뭐?"

이현은 하륜의 말장난에 훗 하고 웃음을 터트렸다.

"괜찮아. 우리 팀원들, 널 보면 반가워할 거다."

"정말 괜찮아?"

"이렇게 맛있는 것도 손수 준비해 왔는데 안 반가울 수 있겠어? 방해되는 거 없으니까 걱정 마."

하륜은 이현의 손을 잡고 비상구 문을 빠져나왔다. 그들은 엘리베이터를 기다려 올랐다. 하륜은 변해 가는 숫자판을 보면서 침을 꼴깍삼켰다. 고요한 곳이라 그 목 넘김이 크게 울렸다.

"배 많이 고파?"

"네가 고파."

"자꾸."

이현은 하륜에게 잡히지 않은 손으로 그의 가슴을 콩 하고 때리고는 얼굴을 붉혔다.

하륜이 저를 원했다. 그것도 매일, 밤낮없이 쉬지 않고. 이현에게는 그 사실이 무척 감격스러웠다. 그와 이런 사이가 될 거라고는 꿈도 꾸지 못한 시절이 자꾸만 떠올랐기 때문이다. 하륜의 품에 안겨 그에게 사랑을 받고, 그가 사랑한다고 속삭이는 소리를 들을 수 있다니…….

엘리베이터가 멈춰 서자 하륜은 사무실로 이현을 이끌었다. 팀원들은 화장실에 간다던 하륜이 한참이 지나도 돌아오지 않자 의아해하다가, 함께 들어오는 이현을 보고 더 의아한 표정을 지었다.

"출출한데 이거 먹고들 합시다."

팀원들이 모여들자 하륜은 이현의 어깨에 손을 올리며 제 쪽으로 바짝 당겼다.

"제 여자친구입니다. 오늘은 이 두 사람만 남아서 잔업 중."

"와! 완전 미인이세요! 안녕하세요. 김민준입니다."

"안녕하세요. 이세정이에요."

"안녕하세요. 정이현이라고 해요."

이현은 수줍게 팀원들과 인사를 나눴다.

"그런데……."

민준이 이현의 눈동자에서 시선을 떼지 못한 채 홀린 듯 말문을 열었다. 이현은 민준의 시선이 제 눈동자에 꽂히자 조금 당황스러웠다. 하륜을 다시 만난 후로는 컬러 렌즈를 착용하지 않았다.

"눈동자 색이 완전 예뻐요!"

"진짜! 매력적이에요. 호수 같다!"

민준의 말에 세정도 이현의 눈동자를 가만히 응시하다가 감탄했다. 이현은 그저 수줍게 배시시 웃었다. 그들의 말이 빈말 같진 않았다. 이현은 하륜을 올려다보며 기분 좋은 미소를 지었다. 하륜 역시 이현을 내려다보며 그것 보라는 듯 싱긋 웃었다.

민준은 이현의 눈을 피해 하륜에게 대단하다는 듯 엄지를 치켜들었다. 하륜이 기분 좋게 웃었다. 세정이 도시락을 펼쳐 보고 감탄했다.

"우와, 맛있겠어요. 솜씨가 좋으신가 봐요!"

"오, 김밥이 예술인데?"

민준은 눈이 휘둥그레졌다. 누드 김밥이야 많이 봐 왔지만 계란 지단 위에 밥을 얹고 속을 넣어 돌돌 말아 썬 김밥은 독특했다.

"한입 주먹밥에 유부초밥까지! 전 같은 여자라도 엄두도 못 내겠어요. 잘 먹겠습니다!"

"맛은 어떨지 모르겠지만 많이들 드세요. 여기 맑은 된장국도 있으니까."

이현이 가져온 종이컵에 아직 따뜻한 국을 부어 나누어 주었다. 하륜은 그런 이현의 모습을 물끄러미 응시했다. 뿌듯했다.

"맛있어요! 된장국이랑 같이 먹으니까 속도 편하고. 완전 대박입니다!"

민준이 감탄해 마지않는다는 듯 두 눈을 질끈 감고 맛을 음미했다. 이현이 하륜을 올려다보며 싱긋 웃었다. 모두 좋은 사람 같다는 뜻이었다.

"팀장님도 드세요."

"네, 많이 드세요."

하륜이 팀원들과 식사를 하는 동안 이현은 사무실을 쓰윽 둘러보았다. 같이 먹자는 말을 한사코 사양한 그녀는 하륜의 명패가 놓인 자리로 다가섰다.

"앉아 봐."

하륜이 이현을 눈으로 좇고 있다가 말을 건넸다.

"아냐. 그냥 좀 멋지구나, 싶어서."

이현은 하륜의 책상을 손으로 쓰윽 쓸었다. 엄지를 제외한 손가락 네 개를 가지런히 모아 책상 모서리를 따라 천천히 움직였다. 심플하면서도 감각 있는 책상이 그의 이미지를 닮아 있었다.

"그렇게 만지지 마. 흥분돼."

"……!"

"……!"

맛있게 음식을 먹고 있던 민준과 세정이 깜짝 놀란 눈으로 굳었다. 우적우적 유부초밥을 씹던 민준은 볼에 음식을 가득 넣은 모양으로, 김밥을 집으려던 세정은 젓가락을 뻗은 채로.

"아니, 난 그저 건축을 설계하는 사람이라면 모든 사물에 생명이 깃든 듯 대해야 한다고 생각하는 주의라……."

하륜이 대충 얼버무렸다. 이현이 흐뭇한 미소로 제 책상을 만지는 손길이 마치 자신을 어루만지는 듯한 기분이 들어 저도 모르게 내뱉은 말이었다. 그는 조금 당황한 시선으로 수습했지만 민준이나 세정은 믿는 눈치가 아니었다.

"저, 저는 소화제를 좀 먹어야 할 것 같아서……."

"저도 커피 한 잔……. 커피 드실래요?"

"괜찮아요."

민준이 먼저 자리를 뜨자 세정 역시 어색해진 분위기에 숨이 막혀 서둘러 자리를 떴다.

"왜 그래, 정말!"

이현은 하륜에게 다가가며 눈을 흘겼다. 하륜은 의도하지 않은 거라며 난감해했다.

"이번엔 정말 실수야. 일부러 그런 거 아니니까 화내지 마."

"화내는 거 아냐. 두 사람 얼마나 당황했겠어. 어쩌려고 그래."

"자제하려고 노력하고 있어. 미워하지 마."

하륜은 곧 시무룩해졌다. 그런 그를 바라보던 이현은 이젠 더 이상 속지 않는다는 듯 김밥을 집어 그의 입속으로 우악스럽게 밀어 넣었다. 갑작스레 이현이 제게 김밥을 밀어 넣자 하륜은 큭, 하고 웃어 버렸다.

"안 속네?"

"너만 내 몸짓 언어를 파악하고 있는 건 아니니까. 나도 네 몸짓 언어를 너무나 잘 알거든?"

"그렇겠지. 내가 밤마다 얼마나 많은 말들을 몸으로 속삭였는데."

"또!"

이현이 다시 김밥을 집어 하륜의 입안으로 밀어 넣었다. 그러자 이번엔 하륜이 그녀의 손을 덥석 잡아 손가락마저 와락 집어삼켰다. 그는 깜짝 놀라 주위를 두리번거리는 이현의 손가락을 쪽 빨아 당겼다가 놓아주었다.

"맛있다."

"변했다더니, 완전 에로변태가 됐어!"

이현은 하륜에게 빨린 손을 감싸 쥐며 얼굴을 붉혔다. 하륜이 사악하게 미소 지었다.

"나 원래 에로변태였는데."

"뭐?"

"기억 안 나? 고등학교에 입학하고 얼마 안 있어서 너한테 벗어 보라고 했던 거."

"아."

잊을 수가 있겠는가. 여자의 몸이 궁금하다며 제게 옷을 벗어 보라고 강요한 그의 요구를.

"그날부터 널 떠올리며 이런 거 저런 거 많이 했지."

"말하지 마!"

이현은 귀를 틀어막았다. 그에 관한 환상을 깨고 싶지 않아서가 아니었다. 그가 저를 떠올리며 마스터베이션을 했을 장면이 머릿속에 그려져서였다. 그건 그것대로 꽤나 자극적이었다. 저를 원하는 남자의 신음만큼이나.

"그땐 그저 널 가지고 논다고만 생각했어. 그렇게 너를 지배한다는 느낌? 지금 생각해 보면 어리고 뭘 모르던 시절의 얘기지만."

"나 먼저 갈게. 팀원들에겐 인사도 없이 가서 미안하다고 전해 줘."

쑥스러워진 이현이 가방을 집어 들자 하륜이 그녀를 막아섰다.

"같이 가. 오늘은 이만 정리해야겠다."

하륜은 설계 도면이 담긴 가방을 집어 들었다.

"그래도 돼?"

"사무실에 있다고 해서 일이 잘 되는 건 아니니까. 가자."

하륜은 이현의 어깨를 감싸 안았다. 그러자 이현이 잠시만 기다리라며 하륜의 책상에서 메모지와 볼펜을 가져다 그에게 내밀었다.

"팀원들에게 메모라도 남겨. 그냥 가면 찾을 거야."

"그렇군."

하륜은 세심한 이현의 배려에 옅은 미소를 지었다.

"아버지, 약속을 이행해 주시죠?"

하륜은 설계 도면을 현묵 앞에 펼쳐 놓고 당당한 시선으로 그를 쳐다보았다. 현묵은 서재로 찾아와 사뭇 도전적인 눈빛을 보내오는 하륜을 관찰하듯 응시했다.

"저희 팀에서 낸 기획안과 설계로 임원단의 최종 결정이 떨어졌습니다. 제가 이기면 제가 원하는 건축물을 세울 수 있게 제 지분을 미리 주기로 하신 거, 기억하시죠?"

"기억하지. 그럼 수익의 일부를 내게 주기로 한 것도 기억하겠지?"

"물론입니다. 거래는 거래니까요."

하륜이 씨익 웃었다. 현묵도 만족스러운 듯 흐뭇한 웃음을 드리웠다.

"너와 하준이 나온 고등학교는 하준이가 맡아서 경영하고 있다. 회사 일도 하면서 병행하고 있지. 그런데 넌 왜 하필 유치원이냐? 혹시 이현이 때문이냐?"

"그리고 미래의 저희 아이들을 위한 유치원이기도 하죠."

"이 녀석."

현묵은 어느새 훌쩍 커 버린 하륜이 뿌듯해졌다. 늘 남자다운 냄새를 풍기긴 했지만 지금은 그 어느 때와도 비교할 수 없을 만큼 짙은 남자의 냄새를 풍기고 있었다. 그것도 강인한 수컷의 냄새를.

"이현이와 결혼할 생각이냐?"

"반대하실 겁니까?"

"난 네 생각을 먼저 물었다."

"대답을 아시면서 물어보시는 건 아버지 스타일이 아니지 않습니까?"

"내가 새아기를 반대하지 않은 이유를 아느냐?"

하륜은 대답하지 않았다. 단지 현묵 자신이 평생 사랑을 갈구해 왔기 때문에 하준에게는 사랑을 허락한 거라고만 생각했다. 그것 외에 또 다른 이유가 있단 말인가.

"어쩌면 너와 이현이가 이렇게 될지도 모른다고 생각했기 때문이다."

"정말……이십니까, 아버지?"

"예전엔 그저 네가 이현일 미워하는 줄 알았다. 이현이가 약혼을 파혼한 것도 다 네 녀석 때문이라지? 나는 그 사실도 얼마 전에야 하준에게 들었다. 다들 감쪽같이 날 속였더구나."

"죄송합니다."

"뭐, 그건 박 회장 아들도 마찬가지지. 이현이 파혼을 원한다는 말만 했지, 그 원인이 네게 있다는 말은 하지 않았으니까. 그러고 보면 그 녀석도 생각보다 꽤 괜찮은 구석이 있구나."

현묵은 두 팔을 책상 위에 올려 깍지를 꼈다. 그의 표정이 사뭇 진지했다.

"이현이가 파혼했을 때 어렴풋 느꼈는지도 모르겠다. 이현의 짝이 어쩌면 너일지도 모른다고."

"어째서입니까?"

하륜은 궁금했다. 현묵이 그런 생각을 하게 된 이유가.

"글쎄, 왜일까? 흠, 아버지이기 때문일지도 모르지."

"네?"

하륜이 의아한 눈으로 되묻자, 현묵이 옅은 미소로 답했다.

"감정에 무디다고는 해도, 난 아버지다. 내 아들에 관해서는 감이 발달할 수밖에. 정확한 근거는 없다. 내가 확실히 느꼈다고 말할 수도 없고. 다만 은연중에 그런 생각을 했던 것 같다. 그래서 고아인 새아기를 큰 무리 없이 받아들일 수 있었던 것 같다. 이현일 생각하면 새아기를 받아들이지 않을 수가 없었지."

"감사합니다, 아버지."

하륜은 진심으로 현묵에게 감사했다.

"그래서 네 생일에 너와 이현이가 서로 좋아한다는 것을 알게 되었을 때 놀랐던 거다."

"저도 예전엔 미처 깨닫지 못했던 적도 있었습니다. 깨닫고 난 후로도 지금까지 쭉 이현일 놓지 못했고요. 헤어져 있었지만 저는 늘 이현이와 함께였어요."

"그러면서 왜 그땐 강현이에게 이현일 시집보내라고 악을 썼었니?"

생각해 보면 그보다 더 어이없는 일이 있을까. 그때 그 일은 하륜의 인생에서 가장 후회하는 일 중에 하나였다.

"오해가 좀 있었어요. 형이 형수님 얘길 하는 걸 저는 이현이라 착각했습니다. 그래서 이현이가 제 형수가 되는 줄 알고 미쳐서 날뛰었던 겁니다. 지금 생각하면 부끄러운 오해였어요."

"그랬구나. 난 그것도 모르고 이현일 박 회장 댁 며느리로 보내려고 했던 거군."

현묵이 쯧쯧 혀를 찼다.

"그땐 이현일 박 회장 댁으로 보내면 더 이상 너한테 괴롭힘당하는 일도 없을 거라 생각했다."

"혹시 그래서 이현이가 독립하겠다고 했을 때 쉽게 허락하신 겁니까?"

"그래. 그게 너를 위해서도 좋다고 생각했다. 아무튼 말이다. 네 어머니도 하늘에서나마 너희 둘이 이렇게 하나가 된다고 하니 기뻐할 것 같구나."

현묵이 하륜과 이현의 결혼을 허락했다. 하륜은 더 이상 바랄 것이 없었다.

"이현인 호적에 오르진 않았지만 내 딸이나 마찬가지다. 네가 유치원을 세워 주지 않더라도 내가 때가 되면 그러려고 했다."

"제가 하고 싶습니다, 아버지. 제 힘으로요."

"그래. 그럼 나는 결혼 선물로 이현이에게 평창 리조트를 줘야겠구나. 이건 친정아버지 같은 마음으로 딸 결혼에 주는 선물이다. 그만하면 지금의 네게 꿀리지 않는 재력이니 친정 없다고 괄시하지 마라."

"설마요, 아버지."

하륜은 현묵의 농담에 재미있다는 듯 큭큭 웃었다. 별일이었다. 현묵이 농담을 하다니.

"제겐 결혼 선물 없습니까, 아버지?"

"며느리 사랑은 시아버지라고 했다. 이번엔 시아버지로서 이현이에게 뭘 선물할까 생각을 좀 해 봐야겠으니 넌 끼어들지 마라."

하륜이 피식 웃자, 현묵도 작지만 낮은 목소리로 웃었다. 그는 현묵이 소리 내어 웃는 걸 참 오랜만에 보는 것 같았다. 하준이 결혼을 할 때도 크게 웃지 않던 분이 보미가 태어났을 땐 큰 소리로 웃으셨다고 한다. 문득 하륜은 저도 현묵에게 그런 웃음을 전하고 싶다는 생각이 들었다.

"감사합니다, 아버지."

"부모 자식 간에 감사는 무슨."

현묵은 조금 쑥스러운 듯 말을 얼버무리며 서류철을 펼쳐 들었다.

"사랑합니다, 아버지."

"……!"

현묵은 습관적으로 만년필을 손에 쥐고 서류를 검토하다가 스르륵 만년필을 떨어뜨렸다. 처음이었다. 하륜의 입에서 사랑한다는 말이 나온 건.

"진심입니다. 존경합니다, 아버지."

하륜이 낮은 목소리로 연거푸 말하자 현묵은 코끝이 찡해져 왔다. 그는 고개를 들지 않은 채 태연함을 가장해 말했다.

"사내 녀석이 그런 말을 잘도 하는구나. 그것도 이현이 때문이냐?"

"네."

"나쁘진 않구나. 그만 나가 보거라."

하륜은 진심을 담아 목례를 하고 돌아섰다. 그가 막 문손잡이를 잡았을 때였다. 들릴 듯 말 듯 중후한 현묵의 목소리가 그의 발목을 잡았다.

"사랑한다…… 아들아."


'유에스비를 두고 왔어. 가져다주러 나오는 김에 우리 점심 같이 먹자.'

이현은 하륜의 부탁을 받고 회사로 향했다. 로비로 들어선 그녀는 막 점심을 먹으러 나오던 하준과 마주쳤다. 회사에서 만나는 하준은 늘 점잖고 젠틀한 이미지였다. 장난치는 걸 좋아하는 모습은 온데간데 없었다.

"오빠."

"하륜이 보러 왔구나? 날 좀 이렇게 보러 오지?"

하준의 너스레에 이현은 비죽이 웃었다. 그는 함께 점심을 먹기로 한 최 비서에게서 몇 걸음 떨어지며 나지막한 목소리로 물었다.

"그나저나 너희들 결혼은 언제 할 생각이냐?"

"어?"

"그렇잖아. 얼렁뚱땅 함께 살면서 결혼 계획 없어? 하륜이가 별말 안 해?"

"그다지……."

행복해서 그 생각까지는 못 했었다. 결혼이라니. 일하는 시간 빼고는 늘 하륜과 함께여서 아무 문제를 못 느끼고 있던 이현이었다. 벌써 그와 함께 산 지도 석 달이 다 되어 갔다. 그동안 하륜은 한 번도 결혼 이야기를 꺼낸 적이 없었다.

"아직 할 일이 많잖아, 하륜인. 때가 아닌 것 같아, 오빠."

말은 그렇게 했지만 한편으로는 섭섭함을 금할 길이 없었다. 그렇게 좋아한다면서, 저 없인 못 살 것 같다면서 정작 결혼 애긴 꺼내지 않는 하륜에게 섭섭함이 일었다.

'아……. 나 하륜이와 결혼하고 싶은 건가?'

그제야 이현은 하륜과의 결혼을 꿈꾸게 되었다. 지금도 늘 그와 함께이지만, 앞으로도 늘 그와 함께할 수 있다는 약속인 결혼.

'아니야. 아직은 일러, 하륜이에겐…….'

이현은 마음을 다시 먹었다. 하륜인 저와 달랐다. 남자 나이 스물일곱은 한창 일할 때였다. 일찍 결혼하지 말라는 법은 없지만, 일을 좋아하는 남자에게 스물일곱은 결혼을 염두에 두지 않을 만한 나이였다.

"아버진 너희들이 빨리 결혼하길 바라신다."

"정……말?"

이현은 하준에게 되물었다. 하준이 눈을 찡긋거리며 웃음으로 대답을 대신했다. 그러나 이현은 믿기지가 않았다. 현묵이 저와 하륜을 인정해 주다니…….

"이제 걸릴 게 하나도 없잖아. 근데 왜 하륜인 프러포즈를 하지 않는 거지? 난 돌아오자마자 할 줄 알았거든. 그 녀석 성격에 뭉그적거릴 놈도 아니고, 애당초 그럴 생각으로 널 찾은 거니까."

"그렇구나."

이현은 마음이 싱숭생숭해졌다. 하준의 말대로라면 제가 하륜을 받아들였을 때 바로 프러포즈를 할 수도 있었을 것이다. 그 후로도 시간은 많았다. 그런데 어째서 그는 망설이고 있는 걸까.

"기다려 볼래, 오빠."

이현은 아무렇지 않은 척 하준에게 웃어 보였다.

"어서 가. 최 비서님 기다리신다. 나도 하륜이랑 점심 먹을 거야. 점심 맛있게 먹어, 오빠."

"그래, 또 보자?"

하준과 헤어진 후에도 이현의 머릿속은 하준이 했던 말로 가득 찼다. 어쩐지 가슴 한구석이 움츠러들며 뒤틀렸다.

'내가 늘 함께 지내서 결혼 생각을 미처 못 했던 것처럼…… 하륜이도 그랬던 걸까? 아니면 나와 결혼까진 생각이 없는 걸까? 뭐지……?'

이현은 엘리베이터를 타고 이동하는 동안 내내 그 생각으로 똘똘 뭉쳐 있었다. 제 안에서 의심이라는 씨앗이 싹트고 있다고는 짐작도 못한 채.

'날 다 가졌다고 생각하는 걸까? 그래서 흥미를 잃어 가는 걸까? 남자들은 그렇다는데……. 아니야, 아니야. 무슨 생각을 하는 거야, 내가…….'

이현은 사무실에 들르기 전 화장실로 향했다. 불안한 생각은 화장실에 모두 버리고 와야겠다는 생각으로. 그녀는 아침부터 메슥거리던 속이 점점 더 심해지는 걸 느꼈다.

'나쁜 생각을 하니까 그렇지!'

이현은 거울을 보며 스스로를 나무랐다. 짐작으로 의심을 키우면 안 된다며 스스로를 다잡았다. 하지만 사랑에 빠진 이현은 어떠한 상황에서도 이성적이던 그녀가 아니었다.

'내가 너무 쉽게…… 날 내어 줬나……?'

하준의 말 한마디가 이현의 가슴에 남긴 파장은 엄청났다. 꼬리에 꼬리를 물고 이어지는 의심은 눈덩이만큼 커져 갔다. 불안감이 커지자 속이 더욱 메슥메슥했다. 그녀는 화장실 문을 열고 들어가 아무것도 나오지 않는 빈속을 게워 냈다.

그때였다. 재잘재잘 이야기를 나누며 들어오는 여직원들의 대화에 이현은 몸이 굳었다.

"서하륜 팀장님 너무 섹시하지 않아? 일하는 모습마저도 섹시하더라!"

"그렇긴 하지?"

"넌 좋겠다, 기집애. 서 팀장님 팀원이라서. 매일, 하루 종일 볼 수 있잖아."

이현은 하륜의 이름이 거론되자 숨을 죽였다. 모르긴 몰라도 여직
원들 중 한 명은 세정이란 그 여자인 듯했다.

"유진아, 난 서 팀장님, 팀장님으로서 정말 좋아하는 거거든? 왜곡
하지 말아 줘."

세정의 말에 이현은 안도의 한숨을 내쉬었다. 세정을 만난 건 잠시
였지만 호감 가는 타입이었다. 그런 그녀가 하륜을 팀장으로서 진심으
로 좋아한다니 고맙기까지 했다.

"그나저나 은혜야, 넌 서 팀장님이랑 어떻게 되어 가?"

'은혜?'

이현은 귀를 곤두세웠다. 은혜가 누구기에 하륜과 어떻게 되어 가
냐고 묻는 건지! 이현으로서는 그 말 자체로 크나큰 충격이었다.

"모르겠어……."

"모른다니?"

"그래, 모른다는 게 말이 돼? 아이까지 가졌는데!"

세정과 유진이라고 불린 여자가 목소리를 높였다. 이현은 다리가
휘청거려 벽에 몸을 기대었다. 아이를 가졌다니. 하륜의 아이를 가졌
다니! 말이 되질 않았다. 있을 수가 없는 일이었다. 이현은 머리를 흔
들어 제가 들은 이야기를 털어 내려 애썼다. 하지만 생생한 여자들의
목소리가 이현을 괴롭혔다.

"아이는 생각도 안 해 봤대."

은혜라는 여자의 목소리가 제법 덤덤했다. 이미 포기했다는 말투였
다. 흥분한 건 다른 두 여자였다.

"분명 너한테 관심 있어 보였는데!"

"그래, 맞아. 그런 무책임함이 어디 있어!"

유진이 입에 거품을 물었다. 흥분한 유진을 차분하게 진정시키는

건 세정이었다.

"혹시 말야, 널 좋아하긴 하는데 갑작스레 생긴 아이 때문에 당황한 게 아닐까? 남자들 그럴 수 있잖아. 지금은 단지 좋아서 만나는 건데 아이가 덥석 생기면 괜히 발목 잡히는 것 같고 그런 거."

"그런 걸까?"

"그럴지도 몰라. 그럴 거야. 그러니까 너무 실망하지 말고 대화를 해 봐."

"그래, 알았어. 그렇지 않아도 오늘 저녁에 밖에서 만나기로 했어."

"잘해 봐. 점심 먹으러 가자. 이럴수록 잘 먹어야지."

"맞아. 힘내, 은혜야."

"고마워."

여자들이 움직이는 발소리가 들렸다. 이현은 다시 욕지기가 올라왔다.

"욱, 우욱."

이현은 몸에서 기운이 다 빠져나가 버린 기분이었다. 천천히 벽을 짚으며 밖으로 나왔다. 차가운 물로 입안을 헹구고 얼굴에도 끼얹었다. 정신을 차려야 했다.

'하륜이 아닐 거야……. 그가 아니야……. 하륜일 수 없어……. 그럴 리가 없잖아…….'

주문처럼 되풀이해 보았지만 한 번 피어오른 의심은 사그라질 줄 몰랐다. 낯빛이 하얗다. 이현은 힘겹게 가방을 열어 오렌지빛 립스틱을 꺼냈다. 립스틱으로 입술에 생기를 불어넣었지만 그것만으로도 부족해 보였다. 립스틱을 손가락에 살짝 묻혀 급한 대로 볼터치 대용으로 썼다. 하륜이 제 모습을 보고 걱정하게 하고 싶지 않았다. 가능하면 그에겐 늘 예쁜 모습이고 싶었다.

이현은 다시 슬금슬금 피어오르려는 의심을 떨쳐 버리려 매섭게 머리를 흔들었다. 상상이 되지 않았다. 하륜이 양다리였다고?

아니다, 절대. 그의 성격으로 양다리를 걸칠 남자는 아니었다. 다른 여자가 생겼으니 헤어지든 받아들이든 하라고 강요하면 했을까, 몰래 바람을 피울 남자는 아니었다. 그런데도 이현은 질투가 나서 미칠 것만 같았다. 그가 다른 여자를 안았을지도 모른다는 생각만으로도 가슴이 울렁거려 자꾸만 토악질을 하고 싶어졌다.

이현은 화장실에서 나와 하륜의 사무실 쪽을 노려보았다. 그러다 그녀는 그대로 돌아서 왔던 길을 되돌아갔다. 도저히 견딜 수가 없었다. 이대로는 도저히 하륜을 만날 자신이 없었다. 그녀는 로비를 지키고 있던 보안 직원에게 유에스비를 맡겼다. 하륜에게 전달해 달라고 부탁한 뒤 그녀는 휴대전화를 꺼내 문자를 남겼다.

「유에스비는 보안 직원에게 전달해 달라고 부탁했어. 유치원 점심시간도 끝나 가. 다른 선생님한테 아이들 부탁하고 나온 거라 가 볼게.」

이현은 밖으로 나왔다. 여름의 길목에 선 화창한 봄 햇살이 눈부시게 아름다웠다. 그녀는 울지 않으려 입술을 꽉 깨물었다.

"하륜이 그럴 리가 없어!"

이현은 낮은 목소리로 소리쳤다. 하지만 사랑에 빠진 여자의 이성은 감성에 비하면 연약해 빠진 거였다. 쉽게 무너지고 마비되는 그런 것.

그녀는 쏟아지는 햇살 속으로 한 걸음 내디뎠다. 그녀가 지나친 바닥에 눈물 한 방울이 떨어진 자국이 선명하게 찍혀 있었다.

"언니, 저 왔어요."

이현은 퇴근하자마자 소은을 찾았다. 마음이 뒤숭숭해서 하루 종일 일이 손에 잡히지 않았다. 이럴 땐 친언니처럼 편한 소은이 약이 될 것 같았다.

"어서 와요. 아버님과 하준 씨는 늦는다고 해서 보미랑 밥 먹으려고 하던 참인데 잘됐네요."

소은이 주방에서 나오며 이현을 반겼다. 이현은 주방에서 흘러나오는 냄새에 후각을 집중시켰다.

"보미가 라면 먹고 싶다고 해서요. 저녁하기도 귀찮고 뭐 대충 때우려고요. 나도 오랜만에 라면이 먹고 싶기도 했고. 아가씬 밥 드려요?"

"저녁 생각 없었는데 조금 땡기네요? 라면 별로 안 좋아하는데."

"그래요? 손 씻고 와요. 이제 막 물 끓여서 라면 넣었거든요."

이현은 역시 오길 잘했다는 생각이 들었다. 소은과 몇 마디 나누지 않았는데 마음이 좀 편안해졌다. 소은에겐 그런 힘이 있었다. 일상적인 이야기로 상대방의 마음을 어루만져 편안하게 해 주는.

손을 씻고 주방으로 들어서자 이현은 이상하게도 배가 급격히 고파졌다. 그러고 보니 오늘 하루 종일 아무것도 먹지 않았다는 것이 생각났다. 어제 저녁도 먹는 둥 마는 둥 했고.

"많이 먹어요."

"네. 보미야 먹자."

"응."

이현은 매콤하고 자극적인 라면을 한 젓가락 떠서 입으로 가져갔다. 라면의 얼큰한 맛이 하루 종일 괴롭히던 메슥거림을 가라앉혀 주는 것 같았다. 어느새 한 그릇을 후딱 비운 이현은 이제 좀 살 것 같다는 표정으로 빙그레 웃었다.

"라면이 이렇게 맛있는 건 줄, 전 오늘 처음 알았어요."

"그러게? 아가씨 라면 안 즐기잖아요. 오늘은 좀 유별나네?"

"나이 들어서 입맛이 변하는 건가? 홋."

"딸기 먹을래요?"

"네!"

이현은 아이처럼 기뻐했다. 왠지 딸기란 소리를 듣기만 했는데도 입안 가득 침이 고였다. 벌써부터 달콤하고 향긋한 딸기 향이 온몸으로 퍼지는 듯했다.

"엄마, 숙모 애기 같아!"

보미가 이현을 빤히 쳐다보며 빙그레 웃었다. 그만 쑥스러워진 이현은 보미의 볼을 살짝 꼬집었다가 놓아주었다.

"고모, 원래 딸기 좋아하잖아."

"아가씨, 호칭 통일해 주세요. 보미 헷갈리겠어. 삼촌은 숙모라고 부르라고 하고, 아가씬 고모라고 부르고."

"아……."

그 말에 이현은 다시 속이 부대끼기 시작했다. 낮에 들었던 여직원들의 대화가 머릿속을 웅웅 떠돌아다녔다.

"숙모, 슬퍼?"

"아, 아냐."

소은은 딸기를 씻다 말고 이현을 힐끔 돌아보았다. 아니라고 하는데 웃는 표정이 슬퍼 보였다. 그녀는 딸기 꼭지를 따 접시에 담았다. 그때 이현의 휴대전화가 울렸다. 이현은 휴대전화를 확인하더니 가방 속으로 도로 집어넣었다.

"삼촌 아니에요?"

소은은 식탁 위에 딸기 접시를 내려놓으며 넌지시 떠보았다. 이현은 씁쓸하게 웃으며 대답을 회피했다. 그러자 이번엔 문자 알림 소리가 울렸다. 이현은 휴대전화를 확인하고 가방에 넣었다.

「오늘 회식 있어. 늦을 것 같으니까 기다리지 말고 먼저 자. 나도 오늘은 본가에서 잘게. 마무리해야 할 일이 있어서.」

'오늘 저녁에 밖에서 만나기로 했어.'

낮에 들었던 낯선 여자의 목소리가 하륜의 문자와 겹쳐졌다. 왜 하필 오늘 회식일까. 오늘 일찍 들어왔다면 얼마나 좋을까. 이현은 하륜이 원망스러웠다. 제 의심을 가라앉혀 주길 바랐는데, 증명이라도 하듯 오늘 회식이 있으니 늦는다고 한다. 그것뿐인가. 본가에서 자고 온다는 핑계를 댄다.

'마무리할 일이 있다고?'

이현은 속 입술을 질근 깨물었다.

'그 여자와의 일을 마무리하겠다는 건 아니겠지?'

이현은 태연한 척, 스스로를 속이며 딸기를 먹었다. 다 씹어 삼키기도 전에 또 딸기를 입안으로 밀어 넣었다. 소은은 그런 이현의 행동을 가만히 지켜보다가 작은 접시를 꺼내 딸기를 몇 개 담은 뒤 보미에게 쥐여 주었다.

"보미야, 엄만 숙모랑 이야기할 게 있거든? 그러니까 방에 가서 그림책 보면서 먹어?"

"응."

보미는 딸기 접시를 조심스레 들고 종종걸음으로 주방을 나갔다.

"아가씨."

소은은 우악스럽게 자꾸 입속으로 딸기를 밀어 넣는 이현의 손을 잡았다.

"삼촌이랑 무슨 일 있어요?"

"······!"

이현의 눈동자가 심하게 흔들렸다.

"아뇨······."

말과는 달리 이현의 눈시울이 점점 붉어졌다.

"모르겠어요. 내 머리가 어떻게 됐나 봐요. 내가 이 정도로 속 좁은 여자인 줄은 몰랐어요."

"무슨 일인데 그래요?"

소은은 안타까운 눈으로 이현을 응시했다.

"오늘 회사에 갔다가 본의 아니게 여직원들이 하는 말을 들었어요. 하륜이가····· 욱······."

이현은 욕지기가 올라와 황급히 입을 틀어막았다. 너무 급하게 딸기를 밀어 넣은 모양이었다. 그녀는 차분하게 속을 다스려 보려고 했으나 이내 다시 올라오는 욕지기에 욕실로 내달렸다.

"아가씨, 괜찮아요?"

문밖에서 걱정스런 소은의 목소리가 들렸다. 이현은 얼른 입을 물로 씻어 내고 욕실을 나왔다.

"괜찮아요. 오늘 신경을 써서 그런가, 계속 이러네요."

"위가 안 좋은 거 아니에요? 검사를 받아 보는 게······."

말을 하다 말고 소은의 눈이 커다래졌다. 이현은 소은이 놀란 표정이 되자 저도 덩달아 놀랐다. 왜 갑자기 소은이 저를 보고 놀란 표정을 짓는지.

"혹시 아가씨······."

"네?"

"잠시 기다려 봐요!"

소은은 2층으로 달려가 지갑을 가지고 내려오더니 재차 기다리란 말을 남기고 밖으로 달려 나갔다.

이현은 초조했다. 왜 소은이 저렇게 놀란 눈으로 나가 버린 건지. 소은이 돌아올 때까지의 20여 분이 2시간만큼이나 길게 느껴졌다. 이윽고 모습을 드러낸 소은은 계속 달려왔는지 조금 헐떡이고 있었다.

"어디 다녀온 거예요?"

"아가씨, 이거."

소은은 주머니에서 무언가를 꺼내 내밀었다. 이현은 그녀가 내민 작고 길쭉한 상자에 쓰인 글자를 읽다가 소스라쳤다.

임신테스터.

이현은 선뜻 받지 못하고 소은을 바라보았다. 어째서 이런 걸 저한 테 내미냐는 듯.

"삼촌 독립했다곤 하지만 실은 아가씨와 함께 지내는 거죠? 그렇지 않다고 해도 두 분, 손만 잡고 데이트하진 않았을 거 아니에요? 부끄러워할 일이 아니에요, 아가씨."

"흐윽……."

어쩐지 오늘 하루 동안 차곡차곡 쌓였던 서러움이 한꺼번에 밀려들었다. 이현은 제 맘을 알아주는 소은의 품에 안겨 흐느꼈다. 그러나 차마 하륜에게 다른 여자가 있는지도 모르겠다는 말은 할 수 없었다. 저조차도 완벽히 그 사실을 믿을 수가 없었기에, 감히 입 밖으로 낼 수가 없었다.

아직은 의심일 뿐이었다. 오해일지도 모르는 일이었다. 그런데도 그녀는 가슴이 아팠다. 마치 그가 정말로 양다리를 걸쳐 왔던 것처럼 서러웠다.

"미안해요, 언니. 왜 자꾸만 눈물이 나는지 모르겠어요."

"괜찮아요. 임신하면 원래 좀 예민해져요. 괜찮아."

소은은 이현의 등을 토닥거리며 안심시켜 주었다. 그녀의 품에서 한참을 운 이현은 조금씩 진정이 되어 갔다.

"해 볼게요."

마음을 다잡은 이현은 소은에게서 임신테스터를 받아 욕실로 향했다.

넋이 나가 버렸다. 이현은 방 안에 홀로 앉아 미동도 하지 않았다. 어두운 방 안의 공기가 싸늘하게 그녀를 옭아맸다. 그녀는 무릎을 감싸 안은 채 오랫동안 석고상처럼 굳어 있었다.

'아가씨, 축하해요!'

소은은 결과를 보고 기뻐해 주었다. 이현도 기뻤다. 사실 너무너무 기뻤다. 하륜의 아이라니……. 그의 아이라니! 자신이 하륜의 아이를 가졌다니! 믿을 수가 없었다. 하륜을 다시 만난 후로 믿을 수 없는 일들이 참 많이도 일어났다. 그중에서도 아이는 그녀에게 기적과도 같은 일이었다.

이현은 조심스레 제 배를 만져 보았다. 아직은 아무런 느낌도 없는 게 당연했지만, 그녀는 왠지 아랫배가 따뜻해지는 기분이었다. 그와 제 아이가 자라고 있다는 생각만으로도 그녀는 온몸으로 따스한 생명의 기운이 퍼져 나가는 기분이었다.

생각을 정리해 볼 필요가 있었다. 하륜에게 확인을 해야 했다. 도저히 그가 저를 속이고 양다리를 걸쳤다고는 믿을 수 없었다. 그녀는 사실이 아니라고 확신했다. 아이가 함께라는 생각이 들자 용기가 생겨났다.

"그래, 이제 난 엄마야. 바보처럼 굴면 안 돼."

이현은 자리에서 일어났다. 거울 앞에서 화장을 하고 옷을 갈아입었다. 하룬을 만나러 가야겠단 생각이 들었다. 찜찜하게 마음을 졸일 게 아니라 만나서 확인을 하는 게 옳았다. 아이를 위해서라도.

이현은 본가로 향했다. 택시에 올라타 집으로 가는 동안에도 그녀는 마음이 약해지지 않으려 두 주먹을 꼭 쥐고 있었다.

"하룬인요?"

"삼촌을 왜 여기서 찾아요?"

12시가 다 되어 가는 시간에 나타나 하룬을 찾는 이현을 보고 소은은 깜짝 놀랐다. 이현은 하룬이 없다는 사실에 당황했지만 침착함을 잃지 않으려 애썼다.

"회식이 있다고 하더니 아직 안 끝났나 봐요. 죄송해요, 소란 피워서."

"기다려요, 아가씨. 데려다 줄게요."

"혼자 갈게요. 괜찮아요."

이현은 소은을 만류하고 밖으로 나왔다. 이젠 어디로 가야 할지 막막했다. 그녀는 큰길로 나와 택시를 기다리며 하룬에게 전화를 걸었다.

[하아, 어, 정이현.]

하룬의 숨소리가 조금 거칠었다. 애써 태연한 척 숨소리를 숨기려는 기색이 역력했다. 이현은 심장이 두근거렸지만 역시 태연함을 가장해 물었다.

"어디야?"

[본가. 오늘 자고 간다고 했잖아.]

"그래?"

이현은 심장이 바닥으로 내동댕이쳐지는 기분에 눈을 질끈 감았다.

[왜 그래? 혼자 있기 무서워서 그래?]

[팀장님 지퍼가 안 내려가요. 이것 좀 벗겨 주세요.]

[아, 새벽에라도 갈게. 하던 일만 좀 마무리해 놓고. 무서우면 영화
라도 틀어 놓고…….]

이현은 전화를 끊어 버렸다. 여자의 목소리가 들렸다. 분명 여자였
다.

"집이라면서!"

왈칵. 눈물이 치솟았다. 그동안 하륜이 제게 한 달콤했던 말들이 뇌
리를 스치고 지나갔다.


'날 받아 줘.'

'날 길들여 줘. 너 없인 살 수 없을 만큼.'

'깨닫고 보니 난 처음 만난 순간부터 너만 좋아했더라? 이 서하륜이 한
여자만 바라보다니 놀랍지 않아? 눈빛만 줘도 까무러치는 여자들이 널렸는
데도 불구하고. 정이현, 넌 로또보다 더한 기적을 손에 쥔 거다, 알지?'

'너 없인 이제 죽을 것 같다. 앞으로는 절대 잠시도 못 떨어져 있겠어.
다시는 떨어지지 말자, 우리.'

'사랑해, 사랑한다. 사랑해, 정이현…….'


하륜의 마음이 진심이라고 믿었기에 아픔도 더 컸다. 그의 말들이
그때는 진심이었겠지만 서서히 흐려져 갔을지도 모른단 생각에 가슴
이 찢어졌다. 언제부터였을까. 언제부터 그는 제게 마음이 식어 버렸
을까…….

"아냐! 아니야……."

이현은 고개를 힘껏 내저었다. 가슴은 상처로 얼룩졌지만 아직도
하륜을 믿고 싶은 마음이 간절했다.

"그럴 리가 없어. 오늘 아침까지만 해도 사랑한다고 속삭였는데……"

이현은 제 아랫배에 손을 댄 채 심호흡을 했다. 그를 믿어야 한다고, 그가 말하지 않은 것들을 의심해선 안 된다고 수없이 되뇌었다.

택시가 섰다. 이현은 택시에 올라타 집으로 가자고 말했다가 마음을 바꿔 먹었다. 생각을 정리할 시간이 필요했다. 그녀는 별장이 있는 바닷가로 향했다.


"거의 다 된 건가?"

하륜은 거실을 둘러보며 흐뭇한 미소를 지었다. 덩달아 세정과 민준, 은혜도 저희들이 꾸며 놓은 거실을 보며 환한 미소를 지었다.

"거실 완료!"

민준이 하륜에게 엄지와 검지를 동그랗게 말아 오케이 사인을 보냈다. 그러자 세정이 민준을 따라 손가락으로 원을 만들며 외쳤다.

"침실도 완료!"

"욕조도 완료입니다!"

은혜 역시 손가락으로 동그라미를 만들어 보이며 싱긋 웃었다. 하륜은 팀원들과 은혜를 바라보며 진심으로 고마움의 눈빛을 보냈다.

"모두 고맙습니다. 괜히 팀장의 권한을 남용한 게 아닌가 싶어 미안하기도 하지만, 덕분에 한시름 놓았어요."

"아니에요. 팀장님이라서 도와드린 거 아니에요. 그냥 좋아하는 분이라 도와드린 거지."

"맞아요. 인간적인 호의로 도와드린 겁니다. 팀장님도 며칠 전에 제가 실수한 거 만회한다고 밤새신 거 알아요."

민준이 머리를 긁적이며 미안해하자 하륜은 그의 어깨를 꽉 잡았다가 놓아주었다. 개의치 말라는 의미였다.

"그나저나 은혜 씨까지 고생이 많습니다."

"저야 세정이 친구로 온 거니까요. 재미있었어요. 게다가 로브스터 쏘신다고 하셔서 부푼 기대감으로 온 거니까 미안해하지 마세요, 팀장님."

"그래요, 팀장님. 안 그래도 이 친구, 기분 꿀꿀했는데 여기 와서 기분 전환도 됐다고 하니까 신경 쓰지 마세요."

세정이 은혜의 어깨를 감싸 안으며 헤헤, 웃었다.

"그나저나 팀장님, 저 드레스 지퍼가 아무리 해도 안 내려가요. 어쩌죠?"

세정은 아까부터 마네킹에 입혀 놓은 드레스를 벗기려고 해도 지퍼가 꼼짝도 하지 않아 난색을 표했다.

"내일 손을 좀 봐야겠어요. 다들 출출하죠? 음식 사 온 거 데워서 먹을까요?"

하륜이 고생한 팀원들을 위해 음식을 준비하러 주방으로 간 사이 초인종이 울리자 민준이 확인하러 나섰다. 그는 비디오폰으로 방문자를 확인하고 어리둥절한 표정으로 문을 열었다.

"왜요?"

세정이 물었다. 민준은 어찌해야 좋을지 모르겠다는 표정으로 시계를 올려다보았다. 새벽 2시였다.

"팀장님······."

하륜이 거실로 돌아오자 민준은 뭉그적거리며 한 발 뒤로 물러섰다. 그러자 현관문이 열리고 이현이 모습을 드러냈다. 하륜은 이현을 보자 흠칫 놀랐다. 이현 역시 문을 열자마자 제게 집중된 시선에 깜짝 놀랐다.

이현은 애당초 실례를 무릅쓰고 별장을 관리하는 부부의 집으로 연

결된 초인종을 누를 생각이었다. 그런데 도착해 보니 별장 가득 불이 환하게 켜져 있었다. 어쩌면 하륜이 있을지도 모른다는 생각이 든 건 아주 자연스러운 거였다.

열쇠가 있다면 조용히 문을 열고 들어갈 수도 있었겠지만, 이현은 열쇠가 있다고 해도 그러고 싶진 않았다. 몰래 급습하는 행동 따윈 하고 싶지 않았다. 그녀는 떨리는 손으로 초인종을 눌렀다. 그런 뒤 심호흡을 하며 기다렸다. '그를 믿어야 해.'를 끊임없이 주문처럼 되뇌며.

그런데 어찌 된 일일까. 하륜은 혼자가 아니었다. 그렇다고 은혜라는 여자와 단둘도 아니었다. 초면이 아닌 민준과 세정도 함께였다. 정말 이곳에서 회식이라도 하고 있었던 걸까? 하지만 그렇게 생각하기엔 거실 풍경이 회식 자리와는 너무도 이질적이었다.

"이 밤에 여긴 웬일이야?"

하륜은 이현에게 달려가며 놀란 표정을 숨기지 않았다. 이현은 하륜의 말을 무시한 채 거실을 둘러보았다.

오색의 파스텔 풍선이 거실 천장을 가득 메우고 있었다. 풍선마다 '정이현, 사랑해.'라는 글귀를 새긴 종이가 매달려 있었다. 그뿐이 아니었다. 바닷가 쪽으로 난 통유리엔 금빛 전구로 '서하륜♡정이현'이라고 수놓아져 있었다. 바닥엔 양초 대신 화이트 장미를 빼꼭하게 꽂은 유리잔으로 커다란 하트를 그려, 그 안을 다시 붉은 장미 꽃잎으로 채워 놓았다.

그중 가장 그녀의 눈길을 끈 건 하얀 드레스였다. 누가 봐도 웨딩드레스라는 것을 알 수 있었다. 여신 같은 느낌을 연출하는 드레스였다. 심플하면서도 세련된 터틀넥과 유려하게 흐르는 스커트 자락이 아름다웠다. 가슴 아래에서 포인트를 준 비즈 비딩이 시선을 사로잡는, 우아하면서도 소녀 같은 청순함이 물씬 풍기는 웨딩드레스.

이현의 눈에 감동의 눈물이 고이기 시작했다. 그러자 하륜이 그녀를 다그쳤다.

"지금이 몇 신 줄 알아? 어떻게 왔어? 택시 타고 왔지? 한밤중에 택시가 얼마나 위험한데 여자 혼자 겁도 없이!"

하륜은 마음이 철렁했다. 한밤중에 여자 혼자 택시를 타고 이 외진 곳까지 무사히 와서 다행이지, 만에 하나 나쁜 사람을 만났다면 어쩔 뻔했는가. 하륜은 그 생각만으로도 끔찍해졌다. 그래서였을까. 그녀를 위한 프러포즈 이벤트를 들켰다는 당혹감을 느낄 새도 없이 화가 치밀었다.

"정이현! 너, 내가 잘해 주니까 겁도 없어진 모양이지? 영화라도 보면서 기다리란 소리 못 들었어? 새벽에라도 내가 간다고 했잖아!"

"미안해……. 흐윽, 미안해……."

이현은 고개를 떨군 채 흐느꼈다. 사람들이 보고 있다는 것도 잊었다. 단지 하륜에게 너무 미안하고 또 미안해서 죽을 것만 같았다. 그를 잠시나마 의심한 것이, 그를 믿어야 한다고 죽을 듯이 되뇌어도 그에 대한 의심을 떨쳐 버리지 못한 것이 미안해서 이현은 두 손으로 얼굴을 가리고 흐느꼈다.

"팀장님, 무사히 오셨잖아요."

"그래요. 무사히 오셨으니까 화내지 마세요."

"하아……."

민준과 세정이 거들자 하륜은 깊은 한숨을 내쉬었다. 그의 눈매가 짙게 일그러져 있었다. 아무 일 없이 무사히 제게 온 이현에게 안도를 느끼면서도, 한편으로는 만약이라는 일어나지 않은 일 때문에 두려웠던 그였다. 하지만 이현이 흐느껴 울자 마음이 짠해졌다. 그녀를 울릴 생각은 아니었는데.

그는 이현을 와락 안았다.

"화내서 미안하다. 세상이 너무 험하니까, 만에 하나라도 네가 잘못될 수도 있었다는 생각에 잠시 내가 돌았다. 울지 마……."

하륜은 어린아이를 달래듯 이현의 등을 쓰윽쓰윽 쓸어 주었다. 그 모습을 지켜보던 세정이 민준에게 눈치를 주었다. 말하지 않아도 세정의 의도를 알아챈 민준은 고개를 끄덕였다. 그들은 한쪽에 놓아둔 외투와 가방을 집어 들었다.

"팀장님, 저흰 이만 가 볼게요."

"주말 푹 쉬시고, 월요일에 뵐게요."

"자고 가요. 시간도 늦었는데. 애당초 그러기로 했지 않습니까?"

하륜은 그들을 만류했다. 이현은 하륜의 품에서 벗어나 황급히 눈물을 닦았다. 저 때문에 가겠다는 팀원들에게 미안해졌다.

"미안해요. 가지 마세요. 너무 기뻐서……. 너무 기뻐서 저도 모르게 눈물이 났네요. 괜찮다면 저도 끼워 주세요. 같이 맛있는 것도 시켜 먹고……."

"아니에요. 원래 팀장님이 내일 프러포즈 할 거라고 하셨는데, 이렇게 현장을 들켜 버렸으니 지금이야말로 프러포즈를 할 때인 것 같아요. 그죠, 팀장님?"

세정이 눈치 있게 하륜의 등을 떠밀자 그는 멋쩍은 듯 싱긋 웃었다. 천하의 서하륜이 쑥스러워하다니. 이현은 그저 놀라울 뿐이었다.

"김 대리님이 차 있으니까 괜찮아요. 저흰 그만 가 볼게요."

"그래도 이렇게 가면……."

"다음에 또 김밥이랑 유부초밥 만들어 주세요. 진짜 맛있었어요."

민준이 입맛을 쩝쩝 다시며 칭찬하자 이현도 생그레 미소 지었다.

한눈에도 그들이 프러포즈 이벤트를 도와주었다는 것을 알 수 있었다. 그녀는 진심으로 고마운 마음을 담아 목례를 했다.

"은혜 씨 먼저 내려 주고 세정 씨 집으로 가면 되지?"

"네, 대리님."

"저기요."

이현은 은혜라는 이름에 황급히 그녀를 불러 세웠다.

"은혜 씨?"

"네?"

이현은 은혜를 물끄러미 바라보았다. 귀여운 타입의 은혜는 이현을 보며 생글생글 웃고 있었다. 부러운 시선으로. 이현은 그 눈빛을 보자 모든 의심이 눈 녹듯 녹았다. 아니, 거실로 들어선 순간 의심은 흔적도 없이 사라진 듯했다.

"고마워요."

"아, 아니에요. 좋으시겠어요. 부러워요, 정말."

은혜는 부러운 눈으로 인사를 건네고 마지막으로 현관문을 나섰다.

둘만 남게 된 이현은 하륜에게로 다가갔다. 하륜은 이현이 다가오는 모습을 지켜보며 한숨을 푹 내쉬었다.

"내일 프러포즈 하려고 했어."

"들켜 버렸네?"

"그러게. 눈치 빠른 누구 덕분에."

"그 내일이 오늘 아니야?"

하륜이 피식 웃었다. 듣고 보니 그랬다. 오늘 저녁에 프러포즈 하려고 했던 것이 다만 새벽이 된 것뿐이었다. 이현은 하륜의 손을 찾아 쥐었다.

"미안해……."

"뭐가 자꾸 미안하지?"

"그동안 너한테 사랑이 아니라 집착이라고 한 거……."

"아……."

하륜은 왜 갑자기 이현이 그 말을 꺼내는지 알 수 없었다. 이현은 시선을 떨군 채 마음을 가다듬었다.

"정정할게. 집착이 아니라…… 네 방식의 질투였다고."

"어?"

"유독 남자아이들과 있을 때만 네 분노가 커지던 거, 나에 대한 집착이라고만 생각했었는데……. 이젠 아냐. 그때도 넌 날 너무 좋아해서 질투했던 거야. 그래서 내게 집착하듯 몰두했던 거야. 그래……. 질투보단 몰두라고 하는 게 맞는 것 같아."

"몰두라……."

하륜은 기분 좋은 웃음을 흘렸다. 듣고 보니 그 말도 일리가 있었다. 그는 이현에게 미친 듯이 몰두했던 것이다. 그녀를 만나고 난 뒤 하루도 빠짐없이, 오롯이 그녀에게만.

"어째서 갑자기 그런 생각을 하게 된 거지?"

이현은 하륜의 품에 안겼다. 그의 허리를 꽉 껴안았다.

"지금부터 내가 놓아 달라고 할 때까지 날 놓지 마."

"그래."

하륜은 이현을 품에 안고 그녀의 말을 기다렸다. 왠지 한층 더 애틋하게 느껴지는 이현이었다.

"오늘 나…… 하루 종일 널 의심했어."

"뭐?"

"회사에 갔다가 화장실에서 세정 씨가 네 이야기를 하는 걸 들었어. 인간적으로 네가 너무 좋대."

"설마 그 말 때문에?"

하륜은 흠칫 놀랐다. 한 번도 세정이 끈적끈적한 관심을 보낸 적은 없었다.

"아니, 세정 씨 동료들이 하는 말 때문에 오해했어. 은혜 씨가 서 팀장님과 사귄다는 얘길 했어."

"은혜 씨?"

하륜은 조금 전 나간 세정의 친구가 은혜라는 이름으로 불린 게 떠올랐다.

"오다가다 세정 씨와 함께 있는 모습을 몇 번 보긴 했지만 정식으로 대화를 나눠 본 건 오늘이 처음이었어."

"해명하지 않아도 돼. 내가 오해한 걸 아니까. 네 얘기가 나온 뒤에 연달아 서 팀장이 거론되니까 난 당연히 너라고 생각했어."

"다른 팀 팀장도 공교롭게 성이 서 가인데. 혹시 서준혁 팀장을 말하는 건가?"

"그러게. 그땐 왜 그 생각을 못 했을까? 여기 와서야 그 생각이 들더라. 바보 같지? 그땐 회사에 서 팀장은 너뿐인 듯 생각됐어. 게다가 세정 씨는 너한테 내가 있다는 걸 알잖아. 하지만 은혜 씨한텐 그런 내색을 전혀 하지 않았거든. 정말 질투에 눈이 멀면 아무것도 안 보이나 봐. 네가 날 몰아쳤던 거, 이젠 이해할 수 있을 것 같아."

"내가 널 두고 다른 여자를 만난다고 생각한 거군?"

"……응. 그럴 리 없다고 생각하면서도 완전히 떨쳐 버릴 수가 없었어. 미안해, 의심해서……."

"바보다, 정이현."

하륜은 이현을 안은 팔에 힘을 주었다. 이현도 그의 품으로 더욱 깊숙이 파고들었다.

"그래서 나와 헤어져야겠다고 생각한 건가?"

"아니……."

이현은 아기 새처럼 하륜의 품에 볼을 비볐다.

"나 정말 바본가 봐……. 네가 나한테 싫증을 느끼는 건지도 모른
다고 생각하면서도…… 너에 대한 내 마음은 변함이 없었어. 진짜 바
본가 봐. 그 와중에도 난 널 사랑한다는 것만 깨달았으니까."

"다행인 줄 알아."

"응?"

"헤어져야겠다고 생각했다면 오늘 널 가만두지 않았을 거다."

하륜은 이현의 귀를 입술로 깨물었다.

"다시는 그런 생각 하지 못하게 밤새도록 널 몰아쳤을 거다. 잘못
했다고 울며 매달릴 때까지."

이현은 하륜의 입술에 간지러움을 느끼며 그를 밀어냈다. 그러나
하륜은 이현을 놓아주기는커녕 그녀의 턱에 입을 맞추며 으르렁거렸
다.

"생각할수록 화가 나는군."

"미안해."

"네가 내 사랑을 의심할 정도로, 그렇게 내 사랑 표현이 부족했단
말인가?"

"아, 아니, 그런 게 아니라……."

하륜은 이현의 목덜미를 혀로 핥아 올렸다.

"아웃……."

"더 진하게 사랑을 고백해야겠군!"

"충분해! 정말이야, 충분해. 내가 널 너무 사랑해서 질투에 눈이 멀
었어. 인정할게. 그러니까 잠깐만……. 잠깐만, 할 말 있어."

이현이 그를 밀어내려고 했지만 하륜의 애무에는 제동이 걸리지 않았다.

"내 품에서 말해. 울면서, 내게 매달려 사랑한다고 속삭이면서 말해. 그럼 들어 주지."

하륜의 손이 한 치의 망설임도 없이 이현의 브래지어 속으로 파고들었다. 그의 입술이 이현의 입술을 짓눌러 왔다. 뜨거워진 그의 입술이 닿자 이현은 마음이 놓였다. 그가 제 남자라는 사실이 온몸으로 전달되는 기분이었다.

"사랑해. 사랑한다, 이현아. 나와 결혼해 줘."

"프러포즈를 이렇게 야하게 하는 게 어딨어!"

이현은 신음하며 그를 탓했다. 그러나 하륜은 거침없었다. 그녀의 블라우스를 휙 밀어 올린 뒤 이현의 등을 두 손으로 받쳤다. 그가 젖가슴을 와락 깨물었을 때 이현은 그가 짐작한 대로 흠칫 몸을 떨며 상체를 뒤로 젖혔다. 그는 두 손으로 이현을 지탱하며 그녀의 젖가슴을 아이처럼 빨아 댔다. 이현은 그의 머리를 움켜쥔 채 흥분으로 바르르 떨었다.

"으흣, 나 할 말 있어……. 아흑, 제발……."

"먼저 내 얘기부터 들어. 난 대화를 시작할 준비가 끝났으니까."

하륜이 눈을 들어 이현을 응시했다. 그의 눈이 정염으로 짙게 젖어 있었다. 이현은 그의 대화라는 것이 사랑을 나누는 거란 걸 알기에 황급히 그를 밀어내고 옷을 내렸다. 그러자 하륜의 눈매가 상처 입은 짐승처럼 일그러졌다.

"정말 중요한 얘기야."

"난 지금 당장 너한테 내가 얼마나 널 사랑하는지 말해 주지 않으면 죽을 거 같은데, 그것보다 더 중요한 얘기야?"

하륜이 이현을 원망하듯 노려보았다. 이현은 생그레 미소를 띤 얼굴로 끄덕였다. 하륜은 두 손을 허리에 올려 거들먹거리는 표정으로 인심 쓰듯 말했다.

"좋아. 삼 초 주지. 그 뒤엔 내가 하고 싶은 말만 할 거니까. 일 초, 이 초, 삼……."

"아기……."

"뭐?"

어느새 거들먹거리는 표정은 사라지고 놀라움으로 멍해진 하륜이었다.

"아기 가졌어, 나……."

"다시…… 말해 봐……."

이현은 목에 멨다. 하륜이 점점 상황을 파악하면서 눈시울이 붉어지는 것을 보았기 때문이었다.

"내가…… 서하륜의 아이를 가지다니……. 믿어지지 않아……."

하륜은 붉어진 눈시울로 무언가를 참아 내듯 입매를 단단히 굳혔다. 그러나 자꾸만 울컥거리는 심장의 요동으로 그는 심장이 뻐근해졌다. 눈매를 찌푸린 채 우는 약한 모습을 보여 주지 않으려 딴청을 피우는 하륜을, 이현은 가만히 끌어안았다.

"내 아이의 아빠가 되는 거야, 너……."

"다시…… 다시 한 번 더 말해 줘……."

하륜은 이현을 있는 힘껏 껴안고서 그녀의 머리 위에 입을 맞췄다.

"우리 아이야……. 너랑 나랑…… 우리 아이……."

"아아."

하륜은 심장이 너무 뻐근하게 저려 와서 숨을 제대로 쉴 수가 없었다. 프러포즈를 앞두고 이보다 더 큰 선물이 있을까! 하륜은 너무나 감격스러워 입이 떨어지지 않았다.

"밤새도록 속삭여 줘. 우리 아이……. 내 아이를 가졌다고……."

"믿기지 않아?"

"아니, 너무나 행복한 말이라서."

하륜은 다시 이현의 머리 위에 짙게 입을 맞춘 뒤 이현의 턱을 치켜 올렸다.

"너 정말 사랑스러운 짓만 골라서 할래?"

"근데 나……."

이현은 뜨거워진 하륜의 눈시울을 보며 걱정스런 표정을 지었다.

"내 아이에게도 내 눈…… 유전될까 봐 겁나……."

하륜은 이현의 걱정에 잠깐 놀라는 듯했다. 제게는 아무 문제 될 게 없는 거였지만, 아무래도 이현은 신경 쓰일 수도 있겠구나 싶었다.

"눈 감아."

이현은 하륜이 시키는 대로 눈을 감았다. 하륜은 진심을 담아, 이현의 두 눈에 번갈아 입을 맞추었다.

"난 진심으로 네 눈이 좋아."

"……!"

"그리고 보석을 품고 태어날 내 아이도 축복받았다고 생각한다, 난."

"아……."

이현은 눈을 떴다. 하륜의 말에 다시 한 번 감격했다. 그녀의 두 눈에 이슬이 맺혔다.

"네 눈엔 호수도 있고 하늘도 있어. 내 아이도 호수와 하늘을 모두 품은 아이로 태어난다면 너처럼 이렇게 아름다운 아이로 성장하겠지."

"난 널 닮은 아이를 낳고 싶어."

"뭐가 걱정이야? 널 닮은 아이도 낳고, 날 닮은 아이도 낳고!"

이현은 하륜의 품에 얼굴을 묻었다. 기뻤다. 제게 아이가 찾아와 주었다는 것도, 그가 아이를 기뻐해 주는 것도 모두.

"사랑한다, 이현아."

"사랑해……."

"사랑한다, 우리 쪽쪽이……."

"쪽쪽이?"

하륜은 이현을 품에서 풀어 주며 그녀의 아랫배에 조심스레 손을 얹었다. 이현의 아랫배를 응시하는 그의 눈빛이 사랑으로 그윽했다.

"쪽으로 푸른색을 염색하는 건 알고 있지? 우리 아이가 푸른 눈을 하고 태어날지도 모르니까 태명은 쪽쪽이라고 부르자."

"훗."

이현은 하륜의 배려가 느껴졌다. 자신의 불안감을 없애 주려는 그의 마음이 고마웠다.

"게다가 쪽은 입을 맞출 때 나는 소리와도 같잖아. 우리 아이, 사랑으로 가득하라고."

"아!"

듣고 보니 그랬다. 쪽쪽이라니, 재미있으면서도 의미 있는 태명이었다. 이현은 마음에 들었다.

"마음에 들어?"

"응. 맘에 들어."

"좋아. 쪽쪽아, 지금부터는 엄마랑 아빠가 하는 일을 보지도 말고 듣지도 말고 푹 자라?"

"응?"

"난 아직 하고 싶은 말을 다 못 했으니까."

하륜은 이현을 번쩍 안아 올렸다. 이현은 수줍게 웃으며 그의 목을 끌어안았다. 오늘은 그와 밤새도록 사랑을 나눠도 좋을 것 같았다. 그와 몸과 마음을 다해 사랑을 속삭여도 좋을 것 같았다.

"기대해. 오늘은 밤새 사랑한다고 속삭여 줄 테니까."

"……응, 기대돼……."

하륜은 이현을 안아 하얀 장미 하트 속으로 들어갔다. 그가 바닥에 깔린 붉은 장미 위로 이현을 눕혔다. 이현은 차가운 바닥을 생각했다가 포근한 감촉에 놀랐다.

"아래에 뭘 깔았어?"

"포근한 러그."

"처음부터 이럴 생각으로?"

하륜은 허리를 숙여 이현의 얼굴 위로 가깝게 내려갔다. 그녀의 입술과 그의 입술이 닿을 듯 말 듯 가까워졌다.

"당연하지. 프러포즈 다음엔 당연히 사랑을 나눠야 하는 거 아니겠어?"

"서하륜, 너 은근 밝히는 거 알지?"

"설마!"

하륜이 기가 막힌다는 듯 코웃음을 쳤다.

"난 대놓고 밝혀."

"뭐?"

이현이 어이가 없다는 듯 입을 삐죽이며 웃었다. 하륜은 이현의 머리를 아기 다루듯 사랑스럽게 쓰다듬었다.

"평생 함께하자. 지금까지 그래 왔던 것처럼."

"응. 다신 내게서 떨어지지 마."

"사랑해."

"말은 그만."

이현이 하륜의 목을 끌어안고 그의 입술에 입을 맞추었다. 하륜은 마음을 다해 이현에게 입을 맞추었다.

길고 긴 봄밤이 흘렀다. 하륜과 이현, 두 사람의 사랑하는 마음을 타고 훗훗하게 물들어 갔다. 봄밤의 은은함에 수놓아진 그들의 사랑은 이듬해도, 그 이듬해도 여전히 변함없을 것을 증명하듯 뜨겁게 피어올랐다.

에필로그 1
그대가 오직

"어서 와요, 아가씨. 아버님께서 아까부터 기다리고 계세요."

소은이 반갑게 이현을 맞았다. 이현이 아이를 가졌다는 소식을 듣고 누구보다 기뻐한 건 현묵이었다. 당장 기사를 보내 이현이 편안하게 병원에 다녀올 수 있도록 배려해 주었다. 산부인과에서 검사한 결과 임신한 것이 확실하자 현묵은 결혼을 서둘러야 한다며 성화였다.

"벌써 좋은 날짜를 뽑으셨다네요? 예식장 잡기 힘든 시간데 예약도 해 놓으셨다고 하고."

소은이 목소리를 낮춰 고자질하듯 말했다. 그러자 이현도 목소리를 낮춰 고자질하듯 속삭였다.

"그런 건 하륜이랑 똑같죠?"

"그런 것 같아요. 두 사람 다 해야겠다고 생각하면 정말 물불 안 가리는 것 같아요. 그런데 삼촌은 왜 아직 안 들어오세요?"

"아, 운전하고 왔더니 속이 좀 안 좋다고."

이현이 뒤를 돌아보며 중얼거렸다. 마침 현관문을 열고 하륜이 모습을 드러냈다.

"어머, 삼촌. 며칠 새 얼굴이 핼쑥해지셨네요?"

소은이 깜짝 놀라 외쳤다. 이현과 결혼 소식을 알리던 일주일 전만해도 멀쩡하던 하륜이 그새 얼굴이 반쪽이 되어 있었다. 게다가 왠지기운도 없어 보였다.

하륜은 벽을 짚으며 주먹으로 입을 틀어막았다.

"형수님, 이거 무슨 냄새죠?"

"아가씨가 삼계탕 먹고 싶다고 해서……."

"욱!"

하륜은 치밀어 오르는 헛구역질에 도로 밖으로 달려 나갔다. 소은이 의아한 눈으로 이현을 바라보았다. 이현은 상당히 곤란한 눈으로대답을 머뭇거렸다.

"입덧……해요."

"네?"

"저랑 같이…… 입덧해요."

"아……!"

소은은 풉, 하고 웃음을 터트렸다. 민망해하는 이현과 달리 소은은재미있어 죽겠다는 표정이었다. 강인하고 냉정해 보이는 하륜이 입덧이라니!

"어머, 아가씨! 정말 부러워요. 삼촌이 얼마나 아가씨를 사랑하면!"

"전 민망해 죽겠어요. 저보다 더 심해요. 그러다 보니 걱정도 되고요. 저 임신했다는 거 알고부터는 제대로 먹지도 못해요."

"그러게. 그건 좀 걱정이네요. 삼촌 얼굴이 많이 핼쑥하던데."

"그래서 일부러 삼계탕을 부탁한 건데 아무래도 하륜인 못 먹을 것 같네요."

"어쩌나."

소은은 안타까움에 한숨을 내쉬면서도 눈은 웃고 있었다. 남편과 아내의 유대감이 강하면 남편이 입덧을 같이 하거나 대신 하기도 한다더니, 하륜이 그럴 줄은 상상도 못 했던 일이었다.

"하륜이 데리고 올게요."

"그러세요, 아가씨."

이현은 정원으로 향했다. 하륜은 티 테이블 의자에 앉아 심호흡을 하고 있었다.

"괜찮아?"

"괜찮아졌어."

저 때문에 고생하는 하륜이 안쓰러운 이현은 그의 등을 쓰다듬어 주었다.

"어떡해. 나 때문에 제대로 먹지도 못하고."

"나아지겠지. 그래도 너 혼자 고생하는 것보단 나아."

하륜은 이현의 손을 잡으며 미소 지었다. 그는 이현을 제 무릎 위에 앉히고 그녀의 배에 얼굴을 기댔다.

"어서 빨리 보고 싶다, 우리 아이."

"나도."

"얼른 시간이 흘렀으면 좋겠어."

이현은 하륜의 머리를 어루만졌다. 달빛이 고왔다.

"삼계탕 먹고 힘내. 너 힘든 거 못 보겠어."

"그래도 다행이지. 네 입덧이 심하지 않아서."

이현이 하륜의 얼굴을 감싸 쥐었다. 그녀는 달빛에 비친 그의 얼굴을 물끄러미 내려다보았다.

"밖에 나와서 먹을까? 그럼 바람에 냄새가 실려 나가 좀 덜할지도 모르잖아."

"그럴까? 그래도 못 먹을 것 같은데."

하륜이 앓는 소리를 했다. 사실이기도 했지만, 약한 소리를 할 때마다 이현이 저를 걱정해서 토닥토닥해 주는 느낌이 좋아 일부러 더 앓는 소리를 하기도 했다.

"다 먹으면…… 오늘 밤은 내가 널 안아 줄게……."

"안아 준다고?"

하륜의 귀가 번쩍 뜨였다. 요 며칠 입덧이 심해서 통 이현을 안지 못했던 것이다.

"어서 식구들 불러. 밖에서 먹자고 해. 갑자기 식욕이 막 돋아."

"훗."

하륜이 이현을 집 안으로 밀어 넣으며 채근했다. 하지만 정작 그는 냄새 때문에 집 안으로 들어가지 못했다. 이현은 신발을 벗으며 하륜을 힐끔 돌아보았다. 그가 싱긋 웃었다.

하륜은 저를 걱정하는 이현의 마음이 편해질 수 있다면 뭐든 못 할 게 없었다. 오늘만큼은 무슨 일이 있어도 고기를 먹어 이현의 걱정을 덜어 주리라 결심했다. 아직 사랑을 나눌 때마다 부끄러워 어쩔 줄 몰라 하면서도, 저를 위해 안아 주겠다고 큰소리치는 이현을 위해서라도.

"정말이지, 사랑스러워 미칠 것 같잖아."

하륜은 제 마음을 감당할 수 없다는 듯 피식 웃었다. 보름달이 참 밝았다. 그는 이현과 함께 저 보름달을 오래오래 볼 수 있길 바랐다.


"서하륜이 그런 프러포즈도 할 줄 안단 말야?"

영미는 제 눈으로 보지 않아 믿을 수 없다는 듯 입을 딱 벌렸다. 그동안 제게 보여 준 하륜의 모습이라면 충분히 가능한 일이긴 했다. 하지만 그의 성격에 배려해 주고도 시치미를 떼면 모를까, 그렇게 호들 갑스러운 프러포즈를 계획했다니 놀라운 일이긴 했다.

"서하륜이라면 나랑 살래, 죽을래! 뭐 그럴 것 같거든?"

"훗, 아직 그런 면이 많아. 그런데 그마저도 예전과 달라."

이현은 포크로 딸기 하나를 콕 찍어 입속으로 넣으며 생긋 웃었다. 영미의 집은 작지만 아담했고 신혼부부의 분위기가 물씬 풍겼다.

"예전엔 화가 난 것 같거나 약이 잔뜩 오른 것 같은 느낌이었다면 지금은 뭐랄까. 즐기는 느낌? 자길 좀 봐 달라고 조르는 느낌 같은 거."

"호오, 길들여진 호랑이 새끼 같아졌다는 거지?"

"뭐 그런 느낌?"

이현은 영미의 말에 동조하며 후훗, 웃었다. 행복했다. 온통 꽃으로 장식해 놓은 별장에서 주말을 보내면서 그녀는 하륜의 마음에 감동했었다. '네가 최고.'라는, '널 너무나 사랑한다.'는 하륜의 마음에 젖어 지냈다. 반지는 없었지만 웨딩드레스로 대신한 프러포즈는 완벽했다. 하륜은 미완성이라고 아쉬워했지만 이현은 그렇게 생각하지 않았다.

"웨딩드레스 정말 예쁘더라! 청순하면서도 섹시하고, 우아한 게 너랑 정말 잘 어울리겠어. 부럽다, 기집애."

"고마워. 나도 드레스 맘에 들어. 나보다 하륜이 안목이 나아."

"서하륜, 자고 막 일어난 순간까지도 화보지?"

영미는 정말 궁금하다는 눈으로 이현의 대답을 기다렸다. 영미로서는 흐트러진 하륜을 상상할 수가 없었던 것이다. 아무리 떠올려 보려고 해도 머릿속에서 그려지지 않았다.

"음……. 욕하지 마? 내 눈엔 그래."

"우이씽."

영미는 들고 있던 포크를 앞 접시 위에 쨍 소리 나게 던지며 못마 땅한 표정을 지었다.

"눈에 콩깍지가 단단히 씌었네!"

"하지만 사실인걸? 자고 일어나도 머리가 뻗치는 것도 없고, 얼굴 에 기름도 안 흐르고."

이현은 하륜이 자는 모습을 떠올렸다. 잘 때만은 아기 같았다. 너무 나 해맑은 얼굴로 비스듬히 엎드려 자는 그의 얼굴을 가만히 들여다보 고 있으면 마음이 평온해질 만큼.

"정말 탁월한 유전자다, 얘. 좋겠다, 네 아이. 그런 아빠 유전자 물 려받아서. 난 얘, 울 남편 대머리 기질 있는 것 같아서 얼마나 신경 쓰이는지 아니? 연애할 땐 몰랐는데, 아이 가지니까 내가 미쳤지 하는 생각 들더라?"

"결혼한 거 후회하는 거 아니잖아."

"응, 아냐. 근데도 문득문득 그런 생각은 들더라고, 으흐흐."

영미는 마치 남편한테는 비밀이라는 듯 은밀한 웃음소리로 장난스 럽게 웃어 댔다. 이현은 영미가 사는 모습이 보기 좋았다. 나이 차이 는 있었지만 친구처럼 지내는 부부의 모습이 예뻤다. 사는 재미가 저 런 거겠지, 하는 생각이 들 정도로.

"그럼 결혼식은 바로 하는 거야?"

"응, 배 불러 오기 전에 하재. 다음 달로 날 잡았어."

"오, 얼마 안 남았네? 축하해! 유월의 신부가 되는구나!"

제 일처럼 기뻐해 주는 영미를 보며 이현은 환하게 웃었다. 그녀는 벽에 걸린 시계를 힐끔 올려다보았다.

"나, 이제 슬슬 가 봐야겠어. 하륜이랑 어딜 좀 가기로 했거든."

이현이 가방을 들고 자리에서 일어났다. 때마침 그녀의 휴대전화가 울리기 시작했다. 발신자를 확인하는 그녀의 얼굴에 발그레 꽃물이 들었다. 영미는 그 반응만으로도 하륜이라는 걸 짐작할 수 있었다.

"밑에 와 있대."

전화를 끊는 이현의 눈빛이 살짝 떨렸다. 오랫동안 알고 지냈으면서, 막 사랑을 시작한 연인처럼 설렘으로 가득한 이현을 보고 있으려니 영미는 엄마 미소가 절로 나왔다. 그동안 그녀가 한 마음고생을 알기 때문이었다.

"갈게. 나중에 봐."

"그래, 조심해서 가."

이현은 영미의 배웅을 받으며 아파트를 나섰다. 그녀는 하륜에게로 가는 그 길이 참 길게만 느껴졌다. 엘리베이터는 더뎠다. 하지만 그에 비해 그에게로 가는 그 시간이 주는 행복은 짙었다.

하륜은 차에 기대어 아파트 입구만을 응시하고 있었다. 이현의 모습이 보이자 그는 한 손을 뻗어 그녀를 맞았다. 이현이 하륜이 내민 손을 잡자, 그는 그녀를 제게로 바짝 끌어당겼다.

"영미는 잘 있지?"

"어."

"네가 궁금해하던 소식, 알려 줄까?"

"뭐?"

이현은 하륜의 허리를 끌어안은 채 고개를 한껏 젖혀 그의 얼굴을 응시했다. 하륜은 이마를 가리는 이현의 머리카락을 옆으로 쓸어 넘겨 주었다.

"나 말고 다른 서 팀장, 은혜 씨와 결혼한단다. 내년 봄에."

"와, 잘됐다!"

이현은 제 일처럼 기뻐했다. 오해를 하게 되면서 알게 된 그녀의 사정을 안타깝게 생각하던 차였다.

"서 팀장도 은혜 씨 좋아한다고 하더라. 너무 갑작스럽게, 생각지도 않은 아이가 생겨서 당황한 나머지 은혜 씨 마음을 좀 아프게 했다면서 후회하더라고."

"진짜 잘됐다. 축하한다고 전해 줘."

"또 있는데."

"뭐?"

"김 대리와 이세정 씨, 사귄다던데?"

"진짜? 와, 대박!"

이현은 생각지도 못한 커플 탄생에 까르르 웃었다. 왠지 잘 어울렸다. 약간 덤벙대는 것 같지만 사람 좋은 민준과 새침한 것 같아도 살갑게 잘 챙기는 세정이 사귄다니, 꽤 어울리는 커플이란 생각이 들었다.

"싸우면서 정들었다니, 꼭 우리 같지?"

"제대로 말해. 우린 싸운 건 아니잖아. 일방적으로 네가 몰아붙인 거지."

"그런가?"

하륜은 제 과거를 되짚어 보는 듯 잠시 하늘을 올려다보았다. 다시 이현을 내려다보는 그의 눈빛이 짓궂게 번들거렸다.

"지금 생각해 보면 널 몰아붙일 때마다 내 눈빛, 내 목소리, 내 손길에 반응하는 널 보는 게 좋았던 것 같다. 자길 어떻게 할까 봐 흠칫흠칫 몸을 떠는 너, 얼마나 예쁜지 모르지?"

"그때 네 눈빛은 전혀 그런 느낌 아니었거든?"

"어떤 눈빛이었지?"

"먹잇감을 앞에 두고 이리 굴리고, 저리 굴리면서 즐기는 눈빛?"

"넌 역시 나한테 잡아먹힐 운명이었던 거지."

하륜의 입가가 미묘한 의미를 내포하는 미소로 치켜 올라갔다. 이현은 그의 말뜻을 이해하고 그를 휙 밀어냈다. 괜스레 그를 흘겨보며 조수석 자리로 올라탔다.

"출발하시죠? 기다리시겠어."

"가 볼까?"

하륜은 운전석에 올라탔다. 그가 핸드브레이크를 풀고 서서히 차를 출발시켰다. 이현은 뒷좌석에 놓인 백합 다발을 확인했다.

'엄마……'

백합은 은린이 좋아하는 꽃이었다. 은은하고 그윽한 백합 향기를 참 좋아하던 그녀였다.

"가는 길에 마트에 잠깐 들르자. 엄마가 좋아하시던 오렌지랑 석류 좀 사야 할 것 같아."

"샀어."

하륜은 뒤를 돌아보지 않은 채 제 뒷좌석 아래를 엄지로 가리켰다. 바닥에 작은 상자가 보였다. 혹시나 과일이 굴러다닐까 봐 아래에 놓아둔 모양이었다. 세심한 하륜의 마음 씀씀이에 이현은 흐뭇해졌다.

"역시 아들은 달라."

이현의 칭찬에 조금 우쭐해진 하륜의 입가에 미소가 번졌다. 그가 운전하는 차가 서서히 아파트 단지를 벗어나고 있었다.


이현은 한 손으로는 백합 다발을 안고 다른 한 손으로는 하륜의 손을 잡은 채 은린에게로 향했다. 오솔길은 길진 않았지만 산책로로도 좋을 만큼 고즈넉하고 습습했다.

이곳에 올 때마다 그녀는 하륜이 은린이 묻힌 곳에서 오열하던 모습이 떠올라 마음이 아팠다. 하지만 이젠 그러지 않아도 될 것 같았다. 그가 마음 아파하면 어루만져 줄 수 있으니까.

"있잖아."

"어."

"하나만 약속해 줘."

이현은 하륜을 바라보지 않았다. 그저 앞만 바라보며 속삭이듯 말했다. 하륜은 이현의 손을 꼭 잡은 채 그녀를 내려다보았다. 무엇을 약속해 달라는 건지 짐작할 수 없었지만, 그녀가 요구하는 거라면 뭐든 들어줄 용의가 있었다.

"말해 봐."

"앞으로는 아프면 아프다고 하기. 절대로 혼자 아프지 않기."

"흠, 난 남자야. 지켜 주고 싶은 내 여자 앞에서 약한 모습 보이기 싫은데?"

하륜은 그것만은 들어줄 수 없다는 듯 단호한 눈길로 이현을 외면했다. 그 역시 앞만 노려보며 걸었다. 이현은 입을 비죽이며 어깨로 그의 어깨를 톡 쳤다.

"지켜 주고 싶은 내 남자가 내 앞에서 약한 모습 좀 보이는 게 어때서?"

"그래도 안 돼. 그건 내 사랑 앞에서 남자답고 싶은 내 자존심이니까."

"그럼 나도 싫어."

이현은 냉정하게 하륜의 손에서 제 손을 쏙 빼냈다. 예상치 못한 상황이라 하륜은 맥없이 그녀의 손을 놓치고 말았다. 그는 저보다 한 걸음 뒤, 그 자리에 우뚝 서 저를 외면하는 이현을 돌아보았다.

"네가 아픈지 어떤지도 모르고, 혼자만 즐거운 게 무슨 사랑이야? 왜 나만 너한테 보호받아야 돼? 난 그렇게는 못 하겠어. 내 사랑은 사랑도 아니야?"

"정이현?"

하륜의 눈동자에 두려움이 얼핏 비쳤다. 그럴 바엔 그만하자는 말이라도 나올까 봐 긴장한 기색이었다. 이현은 하륜에게서 비스듬히 돌아서며 당장이라도 돌아가 버릴 것처럼 그를 외면했다.

"난 널 감싸 줄 수 없는 거야? 그래서는 안 되는 거냐고. 네가 힘들 때, 속상할 때 내가 들어 주고 안아 주고 토닥여 주면 안 되는 거야? 그것도 못 하는 게 무슨 사랑이야."

"내 마음 알면서."

"너도 내 마음 알면서."

하륜은 한숨을 푹 내쉬었다. 한 치의 양보도 없을 것 같은 이현의 단호한 모습에 제가 백기를 들어야 할 것 같았다. 그는 다시 한 번 한숨을 푹 내쉬며 말했다.

"나 힘들다. 당장이라도 네가 끝내자고 할까 봐."

한숨 속에 섞인 하륜의 목소리에 이현은 그를 힐끔 돌아보았다. 눈썹을 일그러뜨린 채 쓸쓸한 눈빛을 한 하륜의 시선과 마주치자 이현은 피식 웃었다. 그 표정이 꾸며 낸 거라는 건 금방 알 수 있었다. 하지만 그의 연기가, 제가 말한 것을 들어주겠다는 다른 표현이라는 걸 알기에 웃음이 났다. 그녀는 하륜에게로 한 발 다가가 그의 손을 찾아 쥐었다.

"그럴 리 없잖아. 무슨 일이 있어도 끝내자는 말은 절대 안 할 거야."

"약속해."

"응?"

"금방 네가 한 말, 약속하라고."

"약속해. 절대로 끝내자는 말 안 해."

"나도 약속한다. 절대로 끝내자는 말은 안 한다."

이현은 하륜의 손을 잡고 걸었다. 그의 손을 잡고 걸으면 무서울 것도, 두려울 것도 없었다. 그의 손을 놓치는 것이 두려울 뿐, 그와 함께 있으면 아무것도 두려울 게 없었다.

"누구지?"

오솔길을 거의 빠져나왔을 때, 이현은 은린의 나무 앞에 서 있는 한 남자를 발견했다. 회색의 승복을 입은 남자가 은린이 묻혀 있는 향나무 앞에 서 있었다.

"글쎄."

하륜도 알지 못하는 남자였다. 한 번도 본 적이 없는 남자임에 틀림없었다. 누구기에 은린을 찾아온 것일까. 은린은 외출을 거의 하지 않아 지인도 많지 않았다.

"스님?"

하륜이 남자를 불렀다. 고요히 합장을 한 채 기도를 하던 남자가 흠칫 놀란 듯 어깨를 미세하게 떨었다.

"누구십니까?"

하륜이 던진 두 번의 질문에도 남자는 대답은커녕 뒤를 돌아보지도 않았다.

"저희 어머니를…… 아십니까?"

하륜은 의아했다. 은린은 가톨릭 신자였다. 이현이 가톨릭을 믿게 된 이유도 은린에게 있었으니까. 그런데 신부님도 아니고 스님이 그녀의 무덤에서 불경을 외우고 있다니 아무래도 이상했다.

"소싯적에 잠시 알던 분이십니다."

남자의 목소리가 미세하게 떨렸다. 목이 메는 듯도 했다. 그는 하륜에게로 돌아섰지만 차마 고개를 들진 못했다. 속세를 벗어난 승려의 모습에서 온화함과 진중함이 묻어났다.

"그러시군요. 감사합니다."

하륜은 고개를 숙여 고마움을 전했다. 무신론자인 그는 남자처럼 합장을 하진 않았다.

"저희 어머니를 위해 기도를 해 주시고 계셨습니까?"

하륜의 말에 남자가 얼핏 눈을 들어 그를 바라보았다. 그러나 이내 다시 고개를 숙였다. 이현은 남자의 움직임이 왠지 애틋해 보였다. 여자의 예민함이 하륜이 보지 못한 그의 분위기를 읽어 내게 했다.

"소승이 고인을 위해 할 수 있는 거라곤 그것뿐이라……."

"어머니도 좋아하실 겁니다."

"그럼 소승은 이만……."

남자가 합장을 한 뒤 하륜을 지나쳤다. 이현은 어쩐지 그를 그냥 보내면 안 될 것 같은 기분이 들었다.

"잠시만요. 저희랑 좀 더 계세요."

남자의 발이 번뇌에 휩싸인 것처럼 무겁게 멈춰 섰다.

"도시락 싸 왔거든요. 같이 좀 드세요. 저희랑 어머니 곁에서 이야기 나누다가 가시면 안 될까요?"

하륜은 의아한 눈으로 이현을 바라보았다. 은린의 지인이라고는 해도 생전 처음 보는 남자에게 왜 이렇게 간절하게 매달리는 건지.

"젊은 시절의 어머닌 어떠셨는지, 저희가 궁금해서 그래요."

"외람되지만…… 소승은 소싯적의 인연을 다 버리고 부처님께 귀의

했습니다. 그럼에도 불구하고 소승이 이곳을 찾은 연유는……."

남자는 뒤를 돌아보지 않은 채 잠시 말을 끊었다가 이었다.

"속죄하여야 한다고 생각했기 때문입니다. 앞으로 평생을 그분께 속죄하는 마음으로 살 것입니다. 그럼……."

남자는 천천히 걸어갔다. 이현은 더는 잡지 않았다. 다만 안타까운 마음이 가시질 않아 스스로도 의아했다.

"왜 그래?"

"모르겠어. 왠지 그냥 보내 드리면 안 될 것 같아서."

"어머니께 저분에 대해 이야기를 들은 적 있어?"

이현은 입을 열지 않았다. 하륜의 말을 듣고 불현듯 드는 생각이 있었다. 첫사랑……. 은린에게 첫사랑이 있었다고 했다. 결혼을 해서도 잊지 못한 남자. 혹시 점점 멀어져 가는 저 승려가 그 남자가 아닐까, 하는 생각이 들었던 것이다.

"아니……."

이현은 고개를 저었다. 왠지 하륜에게 말을 해선 안 될 것 같았다. 어머니의 첫사랑, 그리고 하륜의 친아버지……. 그는 모르고 있지만, 이현은 알고 있었다. 미진이 은린의 불륜에 대해 이야기한 적이 있었다.

'하륜인 지금의 아버지를 친아버지로 알고 있어. 가족들 누구도 그 사실을 그에게 알리고 싶지 않아 하는데 말할 수 없어.'

이현은 하륜을 올려다보며 일부러 더 과장된 미소를 지어 보였다.

"호오, 이 가식적인 미소는 뭐지?"

하륜이 이현의 볼을 가볍게 잡아당기며 자신도 과장된 미소를 지었다.

"우리, 나중에 또 저 스님 만나러 갈까?"

"어째서?"

"저 스님, 눈매가 너랑 비슷해. 잘생기셨더라."

"반하기라도 한 거야?"

"응, 왠지 끌리는데?"

"어느 절에 계시는지 여쭤 보고 올까?"

"아냐. 이곳을 안다는 건 집안 누군가와 연락이 닿았다는 거니까 내가 알아볼게. 여름휴가는 저 스님 계시는 절에서 템플스테이 해도 좋을 것 같다."

천천히, 하륜과 그분을 만나게 하는 것이 좋을 것 같단 생각이 들었다. 차후의 문제는 그때 가서 생각해도 나쁘지 않을 것이다. 지금의 두 사람에겐 딱 그 정도의 거리가 좋지 않을까.

"무서운 소리 하지 마."

하륜은 소름 끼친다는 듯 정색하며 머리를 흔들었다.

"왜? 혹시 절 무서워해? 아이들처럼 탱화에 겁먹고 그러는 거 아냐? 풉!"

"절에선 널 안을 수 없잖아."

"진짜! 여기까지 와서 그럴래?"

이현이 하륜의 등을 콩 때리며 투정을 부렸지만, 썩 싫지 않은 목소리였다. 하륜은 준비해 온 꽃과 과일을 정성 들여 은린의 나무 앞에 내려놓았다.

"어머니, 저희 왔어요. 보시다시피 사이좋죠?"

하륜은 이현의 어깨를 감싸 안으며 은린이 잠들어 있는 향나무를 다정하게 응시했다.

"저희 결혼합니다, 어머니."

"저희 결혼해요, 엄마."

이현도 하륜의 허리를 감싸 안으며 은린에게 결혼 소식을 전했다. 때마침 은근한 봄바람이 향나무 잎 사이로 파고들었다. 샤르르, 바람에 미세하게 흔들리는 향나무의 몸짓이 마치 은린의 대답처럼 느껴지는 그들이었다. 하륜과 이현은 서로를 마주 보며 싱긋 웃었다.

"좋아하시는 것 같지?"

"응."

햇살이 좋았다. 봄에서 여름으로 가는 길목의 햇살은 자연의 녹음을 머금어 더없이 싱그러웠다.

"저희, 아이도 가졌어요. 우리 쪽쪽이 태어나는 것까지 보셨으면 좋았을 텐데…….."

하륜의 목소리에 슬픔이 묻어났다. 그러나 그는 이내 밝은 얼굴로 미소 지었다.

"어머니, 저희 쪽쪽이 건강하게 자라서, 건강하게 태어날 수 있도록 지켜 주세요."

하륜은 은린의 나무를 등지고 앉았다. 이현에게도 제 옆에 앉으라는 듯 옆자리를 톡톡 두드렸다. 이현은 천 재질의 돗자리에 앉아 그의 어깨에 머리를 기댔다.

"여기 전망 너무 좋아. 저 멀리 호수도 보이고. 늘 집에만 계시던 엄마였잖아. 여기 좋아하실 것 같아."

"나도 여기가 좋다. 왠지 마음이 편안해져."

하륜은 이현이 머리를 기댄 팔을 들어 그녀의 머리를 쓰다듬었다. 그는 속삭이듯 말을 꺼냈다.

"좀 더 빨리 엄마를 대하는 내 맘이 편해졌다면 어땠을까…….. 요즘 종종 그런 생각이 들어."

"자책해?"

"아쉬움이랄까……."

"자책은 하지 마. 넌 지극히 정상적인 감정이었어. 날 몰라보는 엄마…… 대하는 거 쉽지 않아. 나라도 그랬을 거야. 넌 아파했던 거고, 아픈 게 당연했어."

"어렸었지."

"고마워, 하륜아……."

"뭐가?"

뜬금없이 제게 고맙다는 말을 전하는 이현에게, 하륜은 의아한 눈으로 되물었다. 이현은 입가에 함박꽃을 피우며 대답했다.

"날 키우겠다고 해 줘서."

"아, 어렸을 때? 지금 생각하면 참 어이없는 말을 잘도 지껄였다, 나."

"덕분에 지금 내가 네 곁에 이렇게 있을 수 있다고 생각해."

하륜은 이현의 고백에 옅은 웃음을 흘렸다. 이현의 마음이 따사로운 햇살만큼이나 따뜻하게 심장을 물들였다.

"그럼 난 김 집사한테 고마워해야 하나?"

"어? 우리 이모 밉지 않아?"

"끝이 그래서 안타깝긴 하지만 그분 미워할 수 없어. 김 집사가 우리 집에서 일하지 않았다면, 네 아버지가 널 우리 집 앞에 놔두고 가지 않았을 테니까."

"아……."

"너도 김 집사님한테 연락 오면 그만 용서해 줘. 그때 경찰서에 잡혀 왔을 때 말야. 아버지께 잘못했다고 빌면서, 너하고는 아무런 상관 없는 일이니까 제발 너는 미워하지 말라고 애원하셨다더라."

"진짜?"

417

이현은 하륜의 어깨에서 벗어나며 깜짝 놀란 표정으로 그를 바라보았다.

"그런 얘긴 없었잖아? 그냥 선처해서 형사처벌은 받지 않았다고만 들었는데⋯⋯."

"김 집사가 말하지 말아 달라고 했대. 그냥 조용히 없는 사람처럼 살겠다고. 처음이자 마지막으로 너한테 이모 노릇 하겠다고. 나도 며칠 전에야 형한테 들었어."

"그랬구나⋯⋯."

이현은 순간 울컥했다. 경찰서에서 미진이 그렇게 제게 악을 쓴 건, 정말 저를 싫어해서라고만 생각했었다. 저 때문에 재수가 없어 잡혔다고 생각하는 줄 알았다. 그런데 미진이 저지른 일과 제가 상관없다는 것을 현묵과 그 가족들에게 보여 주기 위해 더 악을 쓴 거였는지도 모른다는 생각이 들었다.

미진과는 연락이 되진 않았지만, 언젠가 그녀에게서 연락이 온다면 다시 한 번 이모와 조카로서 잘해 보고 싶다는 생각이 새록새록 드는 이현이었다.

"아, 좋다!"

이현은 기지개를 쭉 켠 뒤 다시 하륜의 어깨 위로 머리를 기울였다.

"이렇게 엄마랑 너랑, 우리 아이랑 같이 있으니까 너무 좋아. 행복해."

"나도 그 생각 하고 있었어."

"그럼 너도 이 생각 해? 사랑해⋯⋯."

"그건 늘 생각하는 거고."

하륜은 이현의 손을 잡았다. 따스한 온기가 서로의 손을 통해 전해졌다.

"마지막 순간 네가 눈감을 때 아름다운 기억들만 떠오르도록, 내가 더 많이 사랑할 거다."

"그것도 나랑 같은 생각이네?"

이현이 아이처럼 까르르 웃자, 하륜이 그녀의 이마에 입을 맞추었다. 가볍지만 사랑스러운 입맞춤.

그들은 같은 곳을 바라보고 있었다. 저 멀리 보이는 푸른 호수, 그리고 그 호면(湖面)에 내려앉은 햇살의 파편들을. 정말이지 평온하고도 훗훗한 정경이었다. 그만큼이나 행복하고 다사로운 그들의 사랑이 손끝을 통해 서로에게 전해지고 있었다.

어디선가 달콤하고도 산뜻한 바람이 한 줄기 불어와 그들을 감싸 돌았다. 마치 보이지 않는 운명의 끈처럼.

## 그대도 왈칵

"원장 선생님!"

가람반 담임인 연지가 원장실로 쪼르르 달려와 난감한 얼굴로 말을 잇지 못했다. 이현은 새로 입학하게 된 강토의 어머니와 면담이 막 끝나 함께 가람반으로 이동하려던 찰나였다. 연지는 원장실 문을 벌컥벌컥 여는 것 때문에 지적을 많이 받았지만, 올해 처음으로 유치원에서 일하게 된 그녀는 문제가 생길 때마다 다급하게 이현을 찾는 습관을 고치지 못하고 있었다.

"죄송합니다. 손님이 계신지 모르고."

"무슨 일이에요?"

"다람이가……."

이현은 가볍게 한숨을 내쉬었다. 또 다람이다. 연지가 저를 찾을 땐 항상 다람이와 관련되어 있다는 것을 짐작하고 있는 바였지만, 역시나라니.

420

"강토 어머님, 제가 반을 안내해 드릴게요. 오늘은 다시 한 번 꼼꼼히 둘러보시고, 다음 주부터 등원하면 될 것 같아요."

"네, 원장님. 정말 감사해요. 자리를 만들어 주셔서. 이사하고 유치원 구하는 거 너무 힘들었거든요. 게다가 유치원이 너무 예뻐서 제가 다 다니고 싶을 정도라니까요? 호호."

윤정은 안도의 한숨을 내쉬며 진심으로 고마워했다.

"감사합니다."

"듣자 하니, 남편분께서 직접 설계하고 지어 주신 거라면서요?"

"아…… 네."

이현은 쑥스러운 기색으로 웃었다. 동네에 소문이 자자했다. 개원한 지 3년이 다 되어 갔지만 새로 입학하는 학부형들 사이에서 꾸준히 회자되며 부러움의 대상이 되었다. 부부 금슬이 좋고, 원장 내외의 성품이 좋은 걸 보니 아이들에게도 잘할 것 같아 믿고 보낸다며, 다들 한마디씩 하는 통에 이현은 늘 얼굴 붉히기가 일쑤였던 것이다.

"선생님이랑 같이 갈까, 강토야?"

"네."

이현은 강토의 손을 잡았다. 아직 여섯 살밖에 되지 않은 강토는 이목구비가 뚜렷한 것이 강인한 인상을 주었다. 상담하는 동안 제 의견도 제법 또렷하게 말할 줄 알고 의젓했다. 아들을 낳으면 강토 같은 아이를 낳고 싶다는 생각이 들 정도로.

이현은 볼록 나온 배를 손으로 감싸 안으며 가람반으로 향했다. 민망해진 연지가 그 뒤를 따랐다. 이현이 가람반의 문을 여는 동시에, 다람이 뒤로 휙 나자빠지며 엉덩방아를 찧었다. 상윤이 다람을 두 손으로 떠밀었던 것이다. 깜짝 놀란 연지가 달려 나가려고 하자, 이현이 그녀를 막아섰다.

"내버려 둬요."

윤정은 깜짝 놀란 눈으로 이현을 돌아보았다. 아이가 넘어졌는데 내버려 두라니. 그녀의 놀란 기색을 눈치챈 연지가 목소리를 낮춰 넌지시 '원장님 딸이에요.' 하고 정보를 흘렸다. 그래도 그렇지, 하는 눈빛으로 다람에게 시선을 돌린 윤정은 다시 한 번 깜짝 놀랐다. 다람이 씩씩하게 일어나더니 엉덩이를 탁탁 털며 방긋방긋 웃고 있었던 것이다.

"나 괴물 아냐. 계속 같이 유치원 다녔으면서 내가 괴물로 변하는 거 봤어?"

"괴물로 변해야 괴물이냐! 네 눈 색깔 이상해! 그러니까 괴물이지!"

"아냐, 이상한 거. 울 아빠가 내 눈은 이상한 게 아니라 특별한 거랬어."

어깨 아래까지 내려오는 검은 머리, 마치 다듬어 놓은 것처럼 반듯한 눈썹, 그리고 그 아래 푸른 눈동자를 한 다람은 상윤과 당당히 마주 보고 선 채로 미소를 잃지 않았다.

"그래도 날 민 건 잘못한 거야. 미안하다고 말해."

"왜 내가 미안하다고 해야 돼?"

"사람을 미는 건 나쁜 행동이니까."

다람은 여전히 방긋 웃는 얼굴로 당당하게 말했다. 윤정은 다람의 기세에 감탄했다. 웃는 얼굴인데도 왠지 모르게 포스가 느껴졌다. 아니나 다를까, 상윤이라는 남자아이가 조금 흠칫하는 낯빛으로 말을 더듬었다.

"싫은데? 미안하다고 안 할 건데?"

상윤이 빈정대듯이 혀를 날름거리자 다람의 얼굴에서 웃음기가 싹 가셨다. 다람이 상윤에게로 바짝 다가가자 상윤이 긴장한 듯 입을 딱

다물었다. 다람은 상윤 앞에 바짝 버티고 섰다. 상윤은 뒤로 도망치려다가 등이 벽에 부딪치자 옆으로 방향을 틀었다. 그러나 다람이 더 빨랐다. 다람이 상윤의 어깨를 두 손으로 꽉 눌러 벽으로 밀어붙였다.

"호오!"

윤정은 저도 모르게 감탄사를 내뱉었다. 아직 어리지만 강단 있는 다람에게 한눈에 반해 버린 것이다. 다람은 상윤의 어깨를 두 손으로 꽉 누르며 한쪽 입꼬리를 올렸다.

"미안하다고 안 하면 울려 버린다?"

"읏!"

"빨랑 미안하다고 해."

"미……미안해……. 으앙!"

기어코 상윤이 울음을 터트렸다. 그러자 연지가 달려가 상윤을 안아 올렸다. 그녀는 상윤을 데리고 밖으로 나가면서 친구를 밀면 안 된다고, 울지 말라고 달랬다. 그러던 중에 연지는 막 원장실로 들어가려는 하륜을 발견하고 이현이 가람반에 있다는 사실을 알렸다.

"따님이 근성이 보통이 아닌데요?"

윤정이 놀라움을 금치 못하며 웃었다. 이현은 조금 민망하기도 했다. 다람의 동작에서 하륜을 떠올렸던 것이다. 분명 하륜이 제게 하는 행동을 보고 배운 게 틀림없었다.

'미치겠네. 울려 버린다니…….'

이현은 난감함을 감출 수 없었다. 하륜이 제게 울려 버린다고 하는 말뜻을 다람이 알 턱이 없었다. 그런데도 그걸 흉내 내고 있는 걸 보려니 낯이 뜨거웠다. 밖에서 저녁을 먹기로 한 하륜이 오면 따끔하게 말을 해야겠다는 생각을 하던 찰나, 하륜이 다가와 기척을 했다.

"아빠!"

다람은 하륜을 발견하고 달려오던 중, 앞을 떡하니 막아서는 강토 때문에 멈춰 섰다. 강토의 돌출 행동에 다람도 놀랐지만, 하륜과 이현, 윤정 모두 놀라긴 마찬가지였다.

"아, 눈 색깔이……."

짐짓 차가워 보일 정도로 반듯한 강토의 이목구비에 시선을 빼앗겼던 다람이 강토가 입을 여는 것을 보고는 귀 뒤로 머리카락을 넘기며 방긋 웃었다.

"난 서다람이야. 다람쥐 아니고, 다람."

다람(茶藍)은 푸른색 염료가 되는 쪽의 다른 이름이었다. 하륜이 그 이름으로 정하자고 했을 때 이현은 두말없이 찬성했었다.

"난 백강토. 근데 네 눈……."

강토는 제 소개는 건성으로 하고 다람의 눈에만 집중했다.

"원장 선생님도 그렇던데, 너도 눈에 하늘이랑 바다랑 같이 있네?"

"응?"

이현은 강토의 말에 하륜을 올려다보았다. 하륜도 이현을 내려다보며 같은 생각이라는 의미의 미소를 보냈다. 윤정은 제 아들의 지혜로움에 감탄을 금치 못하고 있었다. 강토가 제 아들이라는 것에 감격한 눈빛이었다.

"있잖아, 내 이름 우리나라라는 뜻이야. 그치, 엄마?"

강토가 윤정을 돌아보며 동의를 구하자, 윤정이 덧붙였다.

"맞아, 강토는 우리나라의 국토를 의미하기도 한단다."

"내 이름은 땅인데 네 눈은 하늘이랑 바다네?"

강토의 입가와 눈매가 부드럽게 휘며 환하게 웃었다. 이현은 강토와 만나 처음으로 그의 미소를 보았다. 조금 전까지만 해도 단단한 돌처럼 표정 변화가 없던 강토가 환하게 웃자 너무나 사랑스러운 인상이라, 이현은 저도 모르게 아이를 와락 안을 뻔했다.

"선생님?"

"어? 왜 강토야?"

"저 얘랑 짝해도 돼요?"

"아, 물론이지. 너희 둘만 좋다면."

그러자 강토가 다람을 돌아보았다. '너도 좋지?' 하고 묻는 얼굴로. 그러자 다람이 하륜의 품에 와락 안겼다. 하륜은 생전 처음 보는 다람의 쑥스러워하는 모습에 웃음이 터질 것 같아 꾹 참았다. 다람이 하륜에게 손짓을 했다. 귀를 좀 빌려 달라는 의미였다. 하륜이 고개를 숙이자 다람이 작은 목소리로 속삭였다.

"아빠, 강토 잘생겼어."

하륜이 다람을 번쩍 안아 올렸다. 그런 뒤 강토에게 직접적으로 물었다.

"우리 다람인 강토가 잘생겼다는데, 강토는 우리 딸 어떻게 생각해?"

"완전 예뻐요."

다시 무표정으로 돌아간 강토가 대답하자 다람이 꺄르르 웃으며 하륜의 품에 얼굴을 묻었다. 하륜은 흐뭇한 얼굴로 다람을 내려 주고 슬쩍 등을 떠밀었다. 다람은 강토와 마주하자 부끄러운 듯 두 손으로 얼굴을 가렸다.

"어머 아깐 강단 있더니 요럴 땐 또 완전 수줍은 소녀네?"

윤정이 귀여워 죽겠다는 듯 어쩔 줄 몰라 했다. 강토는 다람의 손을 내리고 눈을 뚫어져라 바라보았다.

"와, 진짜 예쁘다. 너, 앞으로 나랑만 짝하는 거다?"

"응."

강토가 다람의 손을 잡자 다람은 몸을 배배 꼬며 부끄러워하면서도 대답은 날름 했다.

"그럼 저희 이만 가 볼게요. 담 주에 뵐게요, 선생님."

"네, 조심해서 가세요. 강토야, 담 주에 보자?"

윤정이 강토를 데리고 교실을 나섰다. 걸어가던 강토가 뒤를 힐끔 돌아보며 환하게 웃자, 그 반전 매력에 이현이 까무러쳤다.

"강토 진짜 잘생겼어! 그치, 다람아?"

이현이 자세를 낮춰 다람의 얼굴에 볼을 비비며 감탄했다. 그러자 다람도 배시시 웃으며 고개를 끄덕였다.

"아니, 이 모녀 안 되겠네? 이렇게 잘생긴 남자를 앞에 두고 외간 남자한테 한눈을 팔아?"

그렇게 말하는 하륜의 입가에도 미소가 떠나질 않았다. 그는 다람을 안았다. 이현이 가방을 챙겨 나오겠다는 말을 하고 원장실로 돌아가자, 하륜은 다람과 함께 유치원 현관으로 향했다.

"솔직히 말해 봐. 아빠가 잘생겼어, 강토가 잘생겼어?"

"음, 아빠가 좀 더 잘생겼어. 그치만 강토가 더 잘생겼어."

"그건 또 무슨 말이야?"

하륜은 다람의 표현을 이해할 수 없었다. 재차 물어도 다람이 웃기만 할 뿐 말해 주지 않았다. 궁금해 미칠 것 같은 찰나 이현이 오자 그는 그녀에게 고자질하듯 말하고 해석을 부탁했다.

"간단하네, 뭐."

"간단해?"

"당신이 더 잘생기긴 했는데, 다람인 강토가 더 좋다는 거지."

"뭐? 아빠인 나보다 외간 남자인 강토가 더 좋다고?"

하륜이 눈을 크게 뜨며 다람을 바라보았다. 다람은 하륜의 시선을 피해 그의 가슴에 얼굴을 묻어 버렸다.

"당연한 거지. 아빠를 좋아하는 거랑 이성을 좋아하는 거랑 같을 수 있어? 포기할 건 포기해. 그대에겐 내가 있잖아?"

이현이 하륜의 팔에 자신의 팔을 두르며 생긋 웃었다. 그러자 '뭐, 하는 수 없나?' 하는 눈으로 피식 웃어넘긴 하륜이 그녀의 허리를 감싸 안았다. 그의 다른 팔엔 여전히 다람이 안겨 있었다.

"맛있는 거 먹을까? 다람인 뭐 먹고 싶어?"

"꼬기!"

"고기 먹으러 갈까?"

"예에!"

하륜의 말에 다람이 한쪽 손을 번쩍 들며 외쳤다. 하륜은 다람의 볼에 제 얼굴을 비비곤 앞으로 걸어갔다. 행복했다. 제 팔 안에 사랑하는 사람이 모두 안겨 있었다. 이현도 다람이도, 그리고 앞으로 태어날 아이도.

노을이 오렌지빛으로 지고 있었다. 이현은 하륜의 품에 안기다시피 걷다가 문득 뒤를 돌아보았다.


'다시 프러포즈 한다.'

'이게 뭐야? 건축 설계 모형……이잖아?'

'널 위해 지을 거야. 잘 봐, 유치원이야. 여기 현판은 빈칸으로 뒀어. 이름은 네가 정해.'

'정말 날 위해서……? 믿어지지 않아.'

'필로티(piloti) 공법으로 지을 거다. 보는 것처럼 일 층은 건물을 받쳐 줄 각주만 세우고, 이 층부터 건축물을 올려 갈 거야. 일 층은 아이들이 자연을 접할 수 있게끔 자연을 표방한 정원으로 만들 거고, 모든 재료들은

친환경적인 것들로만 쓸 거다. 내 아이가 지낼 곳이기도 하니까.'

하륜이 유치원 건물의 설계 모형으로 프러포즈 하던 모습이 떠올랐다. 벌써 6년 전의 일이었지만 아직도 생생하게 느껴지는 기억이다. 이현은 하륜의 허리를 꼭 껴안았다. 행복했다. 앞으로도 행복할 거란 걸 의심하지 않았다.

서로를 다정하게 껴안은 하륜과 이현, 그리고 다람을 사랑스러운 빛깔로 물들이는 저녁놀이 다사로웠다.

*—The End*

2014년 이른 봄을 하륜과 이현, 그들과 함께할 수 있어서 행복했습니다.

아릿한 사랑으로 아파한 그들이지만 그것이 전부는 아니었으니까요.

먹먹한 사랑으로 행복했던 그들을 지켜보는 동안 제 마음도 울컥했습니다.

사랑을 받는 법도, 표현하는 법도 알지 못하던 하륜이 성장하는 모습은 오랫동안 제 마음에서 잊히지 않을 것 같습니다.

사랑하세요.

그리고 표현하세요.

지금 당장 옆에 있는 그대에게,

사랑한다고 말하세요.

누군가의 마음속에 왈칵, 쏟아져 들어갈 만큼 사랑을 표현하세요.

아마도 이것이
하륜과 이현이 제게,
그리고 독자님들께 전하는 메시지일 것입니다.

이 책을 덮는 순간,
가장 가까운 곳에 있는 그대에게
혹은 가장 멀리 있지만 마음만은 함께이길 바라는 그대에게
전하세요, 사랑한다고.
그대가 왈칵,
내 마음에 흐르고 있다고.

저도 마음을 전합니다.
하륜과 이현이 사랑을 완성해 갈 수 있도록 지켜봐 주신 모든 독자님들과 제 곁에서 함께 글을 쓰며 힘이 되어 주신 작가님들, 그리고 하륜과 이현이 예쁜 모습으로 세상에 나설 수 있도록 도와 주신 정시연 팀장님. 감사하고 애정합니다.
그대가 왈칵!
제 마음에 흐르고 있다는 말씀을 드리며, 이만 물러갑니다.

―제법 훗훗해진 3월의 봄밤,
안정은(은혼비) 드림

# 그대가 왈칵

초판 1쇄 찍음 2014년 3월 19일
초판 1쇄 펴냄 2014년 3월 25일

지은이 | 안정은
펴낸이 | 정  필
펴낸곳 | 도서출판 **뿔미디어**

편집장 | 이재권
기획 · 편집 | 정시연, 이은정
편집디자인 | 이진선

출판등록 | 2002년 9월 11일 (제1081-1-132호)
주소 | 경기도 부천시 원미구 상동로 117번길 49(상동) 503호
전화 | 032)651-6513 / 팩스 | 032)651-6094
E-mail | dahyangs@naver.com
블로그 | http://blog.naver.com/dahyangs
홈페이지 | http://bbulmedia.com

**값 9,000원**

ISBN 979-11-7003-293-9 03810

# 도서출판 뿔미디어 홈페이지 OPEN!!

안녕하세요.

지금껏 저희 뿔미디어를 응원해 주신

독자님들의 성원에 힘입어

이번에 새롭게 홈페이지를 오픈하였습니다.


저희 뿔미디어는 홈페이지에서 독자님들께서

보다 빠른 출간 소식과 미리보기 등

알찬 내용을 제공하기 위해 많은 노력을 기울였습니다.

또한 독자님들에게 도서 할인, 이벤트 등

다양한 혜택을 제공하고자 합니다.


저희 뿔미디어 홈페이지 오픈을 계기로

한층 더 독자님들과 가까워질 수 있는 기회가 되었으면 합니다.


보다 많은 관심과 사랑 부탁드리며,

앞으로도 더 좋은 컨텐츠 제공에 힘쓰도록 하겠습니다.


감사합니다.

-도서출판 뿔미디어 올림-

www.bbulmedia.com

www.bbulmedia.com

www.bbulmedia.com